時は文政十年の春。
道連れ稼業の彦輔に、妙な仕事が
ふってきたのが、事の始まり。
小人目付・神宮の言いつけで、
めくぼの藤八、勧進かなめと共に
目黒三田村の新富士へ向かった彦輔だが、
どうもいつもとは勝手が違うようで・・・

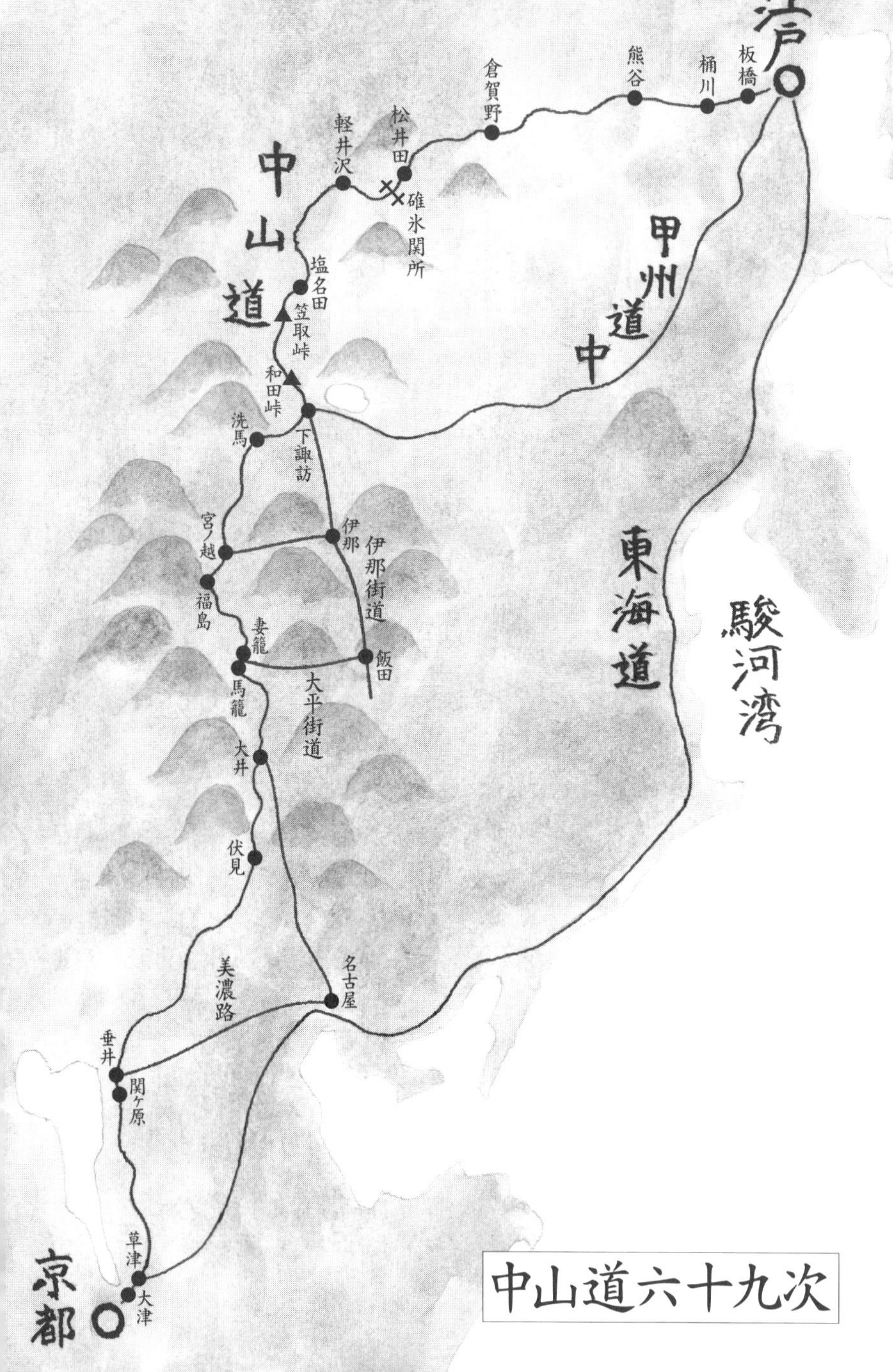
江戸
板橋
桶川
熊谷
倉賀野
松井田
軽井沢
碓氷関所
中山道
塩名田
笠取峠
和田峠
下諏訪
洗馬
甲州道中
宮ノ越
伊那
伊那街道
福島
妻籠
飯田
馬籠
大平街道
大井
東海道
駿河湾
伏見
名古屋
美濃路
垂井
関ヶ原
草津
大津
京都
中山道六十九次

「しかし、旦那。あの二本差し連中は、何者でござんしょうね。いたずらにしちゃあ、ちょいと度が過ぎやしやせんか」

「手間賃さえ出りゃあ、おれは細かいことを穿鑿しないたちでな」

目黒新富士

「道連れの仕事は、大半が女子相手だ。おひいさまでも、ただのお女中衆でも、いっこうにかまわぬ」

不忍池

気がつくと、座台を埋める男たちの大半が、ちらちらと菊野の方を、盗み見ている。

菊野の美しさが、それだけ際立っているのだ。どうやら、思ったよりもめんどうな旅に、なりそうだ。

板橋宿

いつ、どこで、だれが襲って来るのか、あるいはまったく襲って来ないのか、
かいもく見当がつかないのは、どうにも勝手が悪い。

戸田の渡し

「ここの渡しの賃料は六文、増水してるときは十二文だが、川止めにあった急ぎの客が、ほかで渡れるとなりゃ、百文でも出しやしょうぜ」

戸田の渡し

「ばかを言え。おれは、斬りつけてくるやつを追い払うので、手一杯だったのよ」
言い訳をしながら、彦輔はあのときの相手の太刀筋が、なぜか遠慮がちだったのを、思い出した。

桶川

「藤八さんは、すっかりかんになった二人に、元手を稼がしてやるとかなんとか、言っていたけれど」
「ふむ。藤八も、おれが何を考えているか、だいぶ分かってきたようだな」

鴻巣

「女三人に男二人、合わせて五人だが、宿がなくて困ってるのよ。
女たちは三人部屋、男は布団部屋でもかまわねえ。なんとかならねえか」

倉賀野宿

「中には男のなりをして、関所を抜けようとする女子衆も、まれにおります。それを、手で探って確かめるのも、改女の仕事でございます」

松井田宿

藤八は相手を挟み撃ちにしようと、蛇の目と逆の側に、回り始めた。
そのとき、二人の後ろでひっと、小さな悲鳴が上がった。

本宿

「なぜだか、わたしも知らないけれど、女子が口をゆすいだ水でぬぐうと、山蛭に吸われた血が止まって、きれいにふき取れると、そう教えられたのさ」

初鳥屋

「これはこれは、たいした眺めじゃ。のう、鹿角どの」
「いや、まことに。江戸にいては、めったに見られぬ眺望でござるな」

羽根石山

「こん先、坂がどんどん、きつくなるだよ。ひととおりでねえ、胸突きだわな。うっさのるが、かしこかよ」

和田峠

中山道一の難所

和田峠

茶飯に魚の干物、芋と豆と菜っ葉の煮物で、腹ごしらえをする。

食べているさなかに、土地の馬方や百姓が訛りの強い話しぶりで、洗馬村の山賊騒ぎの噂をするのが、耳に届いた。

平出村

木立の中から、黒装束に身を固め、黒覆面でおもてを隠した男たちが、次つぎに躍り出て来る。その数は七、八人。いずれも、抜き身をかざしている。

さて彦輔たちの命運やいかに。

道連れ彦輔
居直り道中

目次

江戸時代の単位

距離・長さ

一里＝三十六町（約三九三〇メートル）
一町＝六十間（約一一〇メートル）
一間＝六尺（約一八〇センチメートル）
一尺＝十寸（約三〇センチメートル）
一寸＝十分（約三センチメートル）

時間の長さ

四半時＝約三十分
半刻＝約一時間
一刻＝約二時間
一刻半＝約三時間
二刻＝約四時間

貨幣の目安（江戸後期）

一両＝四分（約十万円）
一分＝四朱（約二万五千円）
一朱＝約六千円

道連れ彦輔
居直り道中

目黒新富士 ㈠

勧進《かんじん》かなめは、ため息をついた。

「あんまり、気が進まないねえ、わたしは」

そう言って、わらじをはいた足を座台から出し、ぶらぶらと振ってみせる。

「おれだって、好きこのんで行きたくはねえが、神宮《じんぐう》の旦那のお言いつけとあっちゃ、行かねえわけにいくめえよ」

めくぼの藤八《とうはち》はそう応じて、隣にすわる鹿角彦輔《かづのひこすけ》の横顔に、ちらりと目を向けた。

彦輔は、聞こえなかったような顔つきで、冷たい甘酒をさもうまそうに、飲んでいる。文政十年の春。

彦輔ら三人は今、武家屋敷の並ぶ青山百人町に面した、善光寺門前の広い茶店に腰を据え、足を休めているところだ。

これから行く、目黒三田村の新富士には、一年ほど前に同じような顔触れで、出向いたことがある。

あのおりも、小人目付《こびとめつけ》の神宮迅一郎《じんいちろう》の計らいで、藤八が彦輔に道連れの仕事を、回してきたのだ。

藤八とかなめは、その尻馬に乗るかたちで、一緒に新富士参りに行ったのだった。

あのときはいろいろと、おもしろい出来事があった。

それを思い出すと、なんとなくおかしくなってくる。

彦輔が、ちらりと目を向けてきた。

「何を一人で、にやにやしてるんだ、めくぼの」

藤八はあわてて、緩んだ頬を引き締めた。

「なんでもござんせんよ、旦那」

無理やり、むずかしい顔をこしらえて、甘酒を飲む。

それにしても、彦輔はよくも〈めくぼの藤八〉などという、おもしろくない呼び名をつけてくれたものだ。

確かに自分は、ひたいがひさしのように張り出し、そのために目がくぼんで見える。

しかし、当の彦輔にしたところで顎《あご》がしゃくれ、目尻が下がって眉の端がはね上がるという、いっぷう変わったご面相の持ち主だ。ひとのことを、言えた義理ではない。

かなめが、含み笑いをする。

藤八は、ことさら仏頂面《ぶっちょうづら》で言った。

「まあ、新富士まではちょいと長丁場だが、神宮の旦那からお手当をもらう以上、行くだけは行きやせんとね。そうでござんしょう、旦那」

同意を求めると、彦輔はにがい顔をした。

「おれはどうも、切支丹《きりしたん》というやつが苦手でな。前にもそれで、ひどい目にあったではないか。おまえたちも、忘れてはいまいが」

藤八は彦輔越しに、かなめと目を見交わした。

彦輔の言うとおり、隠れ切支丹がらみのいざこざに巻き込まれてから、まだ半年ほどしかたっていない。

西国に比べれば、数は少ないかもしれないが、江戸にも隠れ切支丹と呼ばれる一群の人びとが、ひっそりと暮らしているはずだ。

もっとも、そうした連中を取り調べたり、押し込めたりする切支丹屋敷、と呼ばれる獄舎はだいぶ前の寛政年間に、取り壊しになった。

とはいえ、切支丹はいまだに禁教とされており、露見すればただではすまない。

このたびの新富士行きは、だれかの付き添いを務めるという、通常の道連れの仕事とは違う。新富士で、何か切支丹に関わりを持つ物品、あるいは気配やにおいを探してこい、というのだ。

それが、例えばどんなものかについては、なんの説明もない。

その、妙にあいまいな迅一郎の指示に、藤八自身も腑《ふ》に落ちぬものがあった。むしろ、手当さえ出ればいいとばかり、はなから割り切った様子の彦輔が、もどかしくなるほどだった。

富士山に似せて築いた、小さな富士塚をかわりにのぼる風習は、いわゆる富士講と呼ばれる信仰に発展し、公儀の眉をひそめさせるまでになっている。

その富士講に、隠れ切支丹がどんな関わりを持つのか、藤八には見当もつかない。

藤八は、彦輔に言った。

「以前、神宮の旦那に聞いた話によると、そもそも目黒の新富士を築いたのは、近藤重蔵《こんどうじゆうぞう》というお旗本だそうでござんすね」

「そうらしいな。近藤重蔵は、もと御先手《おさきて》鉄砲組の、与力だったそうだ。それが、寛政から文化にかけてのころ、蝦夷《えぞ》地の探検で功を上げたとかで、御家人から旗本に取り立てられた、と聞いた」

「ははあ。御目見《おめみえ》以下から、以上に出世しなすった、というわけで」

藤八が言うと、彦輔はおもしろくもなさそうな顔で、耳たぶを引っ張った。

貧乏御家人の彦輔には、いささか耳の痛いことを、口にしてしまったようだ。

藤八は急いで、話を進めた。

「ええと、ただ、そのあと、御書物奉行にお役替えになったのが、けちのつき始めだったようでござんすね。大坂へ飛ばされ、さらに小普請入りを命じられた、とか。あげくの果てに、跡取り息子の富蔵が、抱屋敷《かかえやしき》を控えた新富士の裾で、隣人一家五人を一人残らず、斬り殺しちまった。それで近藤家は改易になり、息子は八丈島へ送られた、と聞いておりやす」

一気にしゃべり立てると、彦輔はぐっと甘酒を飲み干して、ぶっきらぼうに応じた。

「その話は、おれも噂だけ耳にした。なんでも、抱屋敷の隣にある蕎麦《そば》屋のあるじと、地境を巡って争ったあげくのことらしいな」

かなめが驚いたように、彦輔の顔をのぞき込む。

「たったそれだけのことで、富蔵さんとやらは一家五人を、あやめてしまったのかい」

「近藤さまが、蕎麦屋が取り立てる新富士の参詣料や、胎内くぐりの上がりから、いくらかよこせとねじ込んだ、という噂もあるぜ。新富士は、近藤さまの抱屋敷の敷地の中にあるから、無理もねえ話に聞こえるが」

藤八が、煙草《たばこ》に火をつけながら言うと、かなめは恐ろしげに身をすくめた。

「くわばら、くわばら。なんだか、新富士へ行くのが、怖くなったよ」

彦輔は腕を組み、背筋を伸ばした。

「そういう流言は、あてにならんぞ。父親の重蔵は、そのとき御府内にいたのに、富蔵と一緒に刀を振るった、という噂が立った。口さがない連中が、虚説を流したのよ」

かなめが、眉をひそめて言う。

「それにしても、息子の不始末でお家改易になるなんて、お気の毒じゃないかい。そのお旗本は今ごろ、どこでどうしておいでだろうね」

めくぼの藤八は、一服した煙草を灰吹きに叩きつけ、無愛想に言った。

「そこまでは、おれも知らねえな」

彦輔が、口を開く。

「息子の富蔵は八丈へ遠島《えんとう》、父親の重蔵は琵琶湖のそばの、なんとかいう大名家にお預けになった、と聞いたが」

藤八は、顔を上げた。

「すると、近藤さまは改易になったものの、浪々の身というわけじゃねえんで」

彦輔がうなずく。

「よく分からんが、それなりに功のあった御仁《ごじん》でもあるし、お上《かみ》もいくらかは考えたのだろう。場合によっては、お家再興の道を残してやろう、という配慮があるのかもしれん」

かなめは男のように、腕を組んだ。

「ふうん。お侍というのも、因果な商売だねえ」

彦輔は苦笑して、座台を立った。

「そろそろ行くか、藤八。勘定を頼んだぞ」

藤八は首を振りふり、ふところの財布を探った。

青山百人町を出て、中渋谷の分かれ道を左に折れる。緩やかな坂をくだって、金王《こんのう》八幡の宮前を抜けた。

さらに下渋谷をへて、三田村の新富士に着いたときは、昼九つ過ぎになっていた。藤八の住む、市谷田町からはおよそ二里半、ないし三里の道のりだった。

朝方から、御府内一帯に流れていた靄《もや》が、高さ五丈ほどの新富士の裾を巻くように、薄く消え残っている。この一帯は、おおむね高台に位置しており、見通しがいい。

一年前に来たときは、隣の蕎麦屋を巡る凄惨《せいさん》な事件が、まだ起きていなかった。

近藤富蔵が刃傷《にんじょう》沙汰に及んだのは、それから少しあとのことだったはずだ。

その当時、一家が殺された蕎麦屋は参詣客で、大いににぎわっていた。新富士には、参詣客が行列を作ってのぼる、というありさまだった。

それが今や、新富士の上にはだれの姿もなく、閑散として見る影もない。

近藤重蔵の抱屋敷は、雨戸にも玄関にも板が打ちつけられて、ひっそりと静まり返ったままだった。

垣根《かきね》を挟んで、隣に位置する蕎麦屋も空き家になり、すっかり荒れ果ててしまった。屋根のあちこちに、雑草が芽を出している。

藤八は彦輔、かなめと並んで、新富士を見上げた。

惨事のあと、手入れをする者もいなくなったとみえ、つづら折りののぼり道にも山腹にも、雑草が生え放題だった。

藤八は、なんとなく気分が滅入《めい》って、かなめに声をかけた
「勧進の。ここらで、自慢の腰折れとやらをひとつ、披露してみちゃあどうだ。新富士を、織り込んでよ」

かなめは、扇を作って仲買や問屋に納めたり、ときには自分で売り歩いたりする、扇師をなりわいにしている。

ただ、当人はもっぱら狂歌師を自任しており、女だけからなる狂歌の会〈騒婦連〉の、社中の一人でもある。〈勧進かなめ〉は、その狂名なのだ。

かなめは、ちょっと困った顔になり、首をかしげた。

「急に言われてもねえ」

「しかし、〈騒婦連〉の例会は即興が売りもの、と言ってたじゃねえか」

藤八がたきつけると、かなめは人差し指を頰に当て、考えるしぐさをした。

それから、おもむろに詠み出す。

おふじさん
　霞《かすみ》のころも
　　解かしゃんせ
雪のはだえが

見とうござんす
藤八は顎を引き、その意味を考えた。

「おう、なるほど」

思わず左手に、こぶしを打ちつける。

「なかなか、いい出来じゃねえか、勧進の。おれにもしゃれが、よく分かったぜ」

富士山を女の名前に見立て、わずかに靄の残る新富士に引っかけて、あだっぽい歌にしたのだ。

横から、彦輔がいたずらっぽい目をして、口を出す。

「おいおい、勧進の。素人をだましちゃ、いけねえぜ。今のは世に言う、伝蜀山人《しょくさんじん》作というやつだろうが」

かなめは、顔を赤くした。

「なんだ。知ってたのかい、彦さんは。お人が悪いよ、まったく」

藤八は、くさった。

「なんだ、おめえの作じゃねえのか。人が悪いのは、そっちだぜ。おれみたいな、目に文字のねえ素人をだますのは、罪作りってもんだろう」

「ちょっと、からかっただけじゃないか。悪く思わないでおくれよ」

かなめが謝るのに、藤八はわざとふくれつらをして、そっぽを向いた。

彦輔が、とりなすように言う。

「まあ、それほどつむじを曲げることも、あるまい。それより、藤八。そろそろ、取りかかろうぜ」

それを聞いて、藤八も仕事を思い出した。

ここ新富士の周辺で、切支丹に関わりのありそうなものを、なんでもいいから探せというのが、小人目付神宮迅一郎の注文だった。

藤八は、彦輔を見た。

「しかし、旦那。ここにゃ、切支丹に関わりのあるものなんぞ、何もござんせんぜ。クルスも、切支丹灯籠らしきものも、目につかねえ。気配やにおいといったって、あっしは何も感じやせんがね」

彦輔が、新富士の頂上を指で示す。

「ここにはあの富士塚と、その下にある胎内くぐりの洞穴《ほらあな》と、調べるところは二つしかない。まず、あの富士塚から取りかかろう」

そのまま、先に立って歩き出したので、藤八とかなめもあわてて、あとを追う。

のぼり口に立つ鳥居は、長いあいだ雨ざらしのままで、すっかり朱がはげている。つづら折りの道は、あちこちに石のかけらが転がっており、足元が危ない。

中腹に小さな祠《ほこら》と、石碑を立てた跡が残っていたが、騒動のあと取り払われたらしい。

頂上からの眺めは、さすがにすばらしい。靄もほとんどはれて、見晴らしがいい。

ことに、未申《ひつじさる》の方角に目を向けると、本物の富士山が遠望できて、気持ちがなごむ。

「いい眺めだねえ、彦さん。やっぱり、来てよかった」

かなめがそう言って、大きく息を吸う。

そのとき、藤八はふと人の気配を感じて、のぼり口を見返った。

わけもなく、ぎくりとする。

いつの間に現れたのか、三人の侍が鳥居の陰に立ち、こちらを見上げていた。

殺気のようなものが、立ちのぼってくる。

目黒新富士㈡

「旦那」

めくぼの藤八は、鹿角彦輔に声をかけた。

振り向いた彦輔に、鳥居のそばにたむろする三人の侍を、目の動きで示す。

「どうも、あっしらに用がありそうな、そんな風情《ふぜい》でござんすよ」

彦輔は軽く眉根《まゆね》を寄せて、侍たちをじっと見下ろした。

侍たちは、いかにもわざとらしく顔をそむけ、鳥居の陰に引っ込んだ。

三人とも、身なりはきちんとしているが、羽織には家紋らしきものが見当たらない。どこの家中か、知られたくないとみえる。

彦輔が言う。

「無紋の羽織着用となると、迅一郎の手の者かもしれんな」

藤八は、顎を引いた。

「今度の仕事に、神宮の旦那がわざわざ見届け役をよこす、とは思えやせんぜ。それくらいなら、はなから旦那に頼まずに、あっしら小者にでもやらせりゃあ、いいことだ。旦那に手間賃を払うこともねえし、よけいな費《つい》えを節約できやすからね」

実際、そのように進言してもみたのだが、神宮迅一郎は聞こうとしなかった。小人目付の役目柄、仕事に手間も金も惜しんではならぬ、と逆に説教された。

藤八の言を聞いて、彦輔はおもしろくなさそうな顔になり、口をつぐんでしまった。

勧進かなめが口を出す。

「富士山は女人禁制だから、富士塚にものぼるなってことかしらねえ。あのお侍たちは、わたしのことを妙にじろじろ、見ていたし」

かなめもいち早く、連中に気づいていたようだ。

「女人禁制は、富士山だけじゃあるめえ。霊山、と呼ばれるほどの山はみんなそうだ、と聞いたぜ」

藤八が、知ったかぶりをして言うと、彦輔はまた口を開いた。

「富士山も二合目までは、女子《おなご》の登山を許しているはずだ。そのうち女人禁制も、解かれるだろうよ」

「解かれなきゃ、男に化けてでものぼってやるよ、わたしは」

かなめが息巻く。

藤八は、首をひねった。

「しかし、富士講には女の信者もけっこう多い、と聞いたぜ。だとすりゃあ、富士塚にさえのぼれねえってことは、ねえと思うがなあ」

彦輔が、からかうように言う。

「あの連中が、かなめをじろじろ見ていたとすれば、雪のはだえが見たかったんだろうな」

「まあ、いやだよ、彦さんたら」

かなめは赤くなって、彦輔の肘をつついた。

藤八は腕組みを解き、低い声で彦輔に言った。

「あっしにゃ、やっとうのことはよく分かりやせんが、あのお侍たちからなんというか、ちりちりする殺気みてえなものが、立ちのぼってきたような気がいたしやすぜ」

彦輔が、感心したように顎を上げる。

「ほう、そうか。しかし、素人に殺気をけどられるようでは、連中もたいした腕とはいえんな」

藤八は、思わずうつむいて、笑いを噛み殺した。

彦輔自身が、そうそぶくほどの腕前でないことは、よく承知している。

もっとも彦輔の場合、機を見るに敏なことにかけては、だれにも後れをとらない。それはつまり、逃げ足が速いということだ。

藤八は顔を上げ、まじめくさって言った。

「それより、旦那。そろそろ、下へおりやしょうぜ。あっしらは、富士山を眺めにきたわけじゃ、ござんせんよ。こんなてっぺんに、切支丹の遺物なんぞが転がってるとは、とても思えねえ。一目で分かる、十文字の杭《くい》でも立ってりゃ、話は別でござんすがね」

彦輔もうなずく。

「それもそうだな。では下へおりて、胎内くぐりとしゃれ込むか」

「ようがす。ちゃんと、ろうそくも用意してきやしたんで」

藤八は、肩にかついだ信玄袋を、叩《たた》いてみせた。

この日の見分《けんぶん》で、必要になりそうなものをいくつか、詰め込んできたのだ。

藤八を先頭に、かなめ、彦輔の順で反対側のおり口から、富士塚をおりて行く。侍たちの姿は、斜面の陰に見えなくなった。

高さのわりに、富士塚の裾野はかなり広い。

おりたところから、ぐるりと塚の西側へ回った。そこに幅一間、奥行き一間半ほどの小屋が建っており、その中に胎内くぐりの洞穴の、おり口があるのだ。

小屋は、風雨に耐えられるよう頑丈に造られ、下部は一尺ほど石積みが施されている。これなら、よほどの豪雨でもないかぎり、水がはいることはないだろう。

藤八は、信玄袋を下ろした。

迅一郎から預かってきた鍵で、木戸に取りつけられた錠をはずす。錠前ごと信玄袋にもどし、かわりに取り出した火口《ほくち》をかなめに渡して、百目ろうそくに火をつけさせた。

木戸をあけて中にはいると、湿り気を帯びた土のにおいがぷん、と立ちのぼってきた。床の奥に、四角く切られた穴が口をあけており、下へ延びる階段が見える。人が、やっとすれ違えるくらいの、狭い石段だ。

以前ここへ来たとき、藤八もかなめも富士塚にはのぼったものの、この洞穴にははいらなかった。はいったのは、彦輔だけだ。

信玄袋をかつぎ直すと、藤八は身をかがめて先に立ち、石段をおり始めた。かなめと彦輔も、あとに続く。

途中、横手の壁に埋め込まれた板の上に、錆《さ》びた手燭《てしょく》が残っているのを見つけ、手に取った。火皿に蠟《ろう》を垂らして、そこにろうそくを立てる。

手燭を掲げて、なおも石段をおりた。

じめじめした、かび臭いにおいがしだいに強まり、藤八は鼻をすぼめた。

数えてみると、石段は十八段あった。地面の下およそ一間半、というところだろう。

おり立った場所は、やはり一辺が一間半ほどの大きさの、いびつな形の穴蔵だった。土は湿っているが、わらじがめり込むほどではない。

頭上は、そこそこに余裕がある。上背のある彦輔でも、身をかがめることはない。

すぐ横に、おそらく富士塚の真下に向かって延びる、くぐり穴が口をあけている。

彦輔が言った。

「その穴の突き当たりに、大日如来《だいにちにょらい》をまつった参拝所が、あったはずだ。記憶によれば、その如来のひたいに一つ、頭にかぶった冠に五つ、金の星が埋め込まれていた」

藤八は向き直り、彦輔の方に手燭を向けた。

「金の星、とおっしゃいやすと」

「むろん、金箔《きんぱく》を貼りつけただけだろう。ただ、その星を縦と横の線で結ぶと、十文字になったような気がする。つまりクルス、というやつだな」

藤八は驚いて、彦輔を見直した。

「クルス。そりゃあ、間違いなく切支丹でござんしょう」

「たった今、ふと思い出したのよ。大日如来だから、切支丹とは関わりがないような気もするが」

かなめが、横から口を出す。

「それはどうかしらね、彦さん。隠れ切支丹には、〈まりあ観音〉とかいう奇妙なものがある、という話を聞いたことがあるよ」

彦輔は腕を組み、そこに仁王立ちになった。

「なるほど、〈まりあ観音〉か。だとしたら、〈大日でうす〉というのがあっても、おかしくないな」

藤八は、聞き返した。

「なんでござんすかい、その〈まりあ観音〉とか、〈大日でうす〉てえのは」

彦輔が、むずかしい顔をする。

「詳しくは知らぬが、切支丹には赤子を抱いた聖母まりあ、とかいう尊い絵姿や彫像が、あるそうだ。日本で、そんなものを隠し持っていたら、火あぶりにもなりかねぬ。そこで、観音さまに赤子を抱かせて、ありがたい聖母まりあ像になぞらえた、というわけよ」

「それじゃ、〈大日でうす〉とはなんのことで」

「〈でうす〉は切支丹の言葉で、日本の〈神〉を意味すると聞いた」

「すると、〈まりあ観音〉みたいに大日如来を、切支丹の神に見立てたというわけで」

「そんなところだろう。その昔、鹿児島へやって来た伴天連《ばてれん》が、日本人になじみやすいように、神を大日とくっつけたらしいな」

藤八は、顎をなでた。

「しかし、旦那。切支丹と大日如来じゃ、どうみても水と油だ。それに、かなめの前じゃあ言いにくいが、大日ってえのはあっちの方の、なにを指す符丁だって話を、聞いたことがござんすよ」

彦輔の横から、勧進かなめが顔を突き出す。

「ちょいと、藤八さん。あっちの方のなにって、なんのことさ。わたしに遠慮せずに、はっきり言ってごらんな」

彦輔が、くくくと笑う。

藤八はあわてて、背を向けた。

「まあ、いいじゃねえか、勧進の。それより、その大日如来とやらを、拝むことにしようぜ」

返事を待たずに、手燭から先にくぐり穴へもぐり込む。

「まったく、藤八さんときたら」

ぶつぶつ言いながら、かなめもあとについて来た。

穴は、ずんぐりした藤八なら身をかがめず、楽に立って歩ける高さがある。幅は三尺ほどで、通路には砂利が敷かれており、足元もしっかりしている。

三間ほど進むと、いくらか広い参拝所にぶつかり、そこがもう突き当たりだった。

手燭を上げた藤八は、正面の壁を見てあっけにとられた。

そこには、土をくりぬいて作った仏龕《ぶつがん》があったが、肝腎《かんじん》の大日如来像らしきものは、見当たらなかった。

藤八は、通路を振り返った。

「旦那。大日如来が、見当たりやせんぜ」

「なんだと」

かなめの後ろから、参拝所に踏み込んで来た彦輔は、空洞になった仏龕に目を向けた。やはり、呆《ぼう》然《ぜん》とした顔で言う。

「どういうことだ、これは。前に来たときは、確かにあったんだが」

そばに立つかなめも、途方に暮れたように立ちすくんだ。

「なんだい、これは。穴ぼこにお参りしても、しかたないじゃないか」

藤八は手燭を掲げ、周囲を見回した。

参拝所は、差し渡し二間ほどの丸い穴蔵で、正面の仏龕は幅、奥行きとも三尺、高さ三尺五寸といったところだろう。ぽっかりとあいた黒い穴は、まわりの闇よりいっそう暗く見えた。

周囲の壁には、補強のためか細長い竹が格子状に、埋め込まれている。

「近藤重蔵が、琵琶湖の方へお預けになったあと、抱屋敷も富士塚もお上の手で、召し上げられたのだろうな」

彦輔が言い、藤八はうなずいた。

「へい。今は、お代官の中村八大夫さまのご支配に、なっておりやす。神宮の旦那は、お代官所からここを調べるお許しを得た、とのことでござんす」

かなめが口を挟む。

「すると、一件落着したあと、お代官所が大日如来像を運び出した、ということかねえ」

彦輔は、少しのあいだ黙ったままでいたが、やがて口を開いた。

「藤八。そこをどいて、手燭で地面を照らしてみろ」

藤八は仏龕の前からどき、立っていた場所に手燭を向けた。ろうそくの炎が揺れ、わずかに右手の方へ流れて行く。

彦輔は、その場にしゃがみ込んだ。

藤八から手燭を取り、それを前後左右に動かして、地面を調べる。

「旦那。いったい何を、探していなさるんで」

そこに、何かが落ちているようにも見えず、わけが分からなかった。

同じように、体をかがめたかなめが言う。

「なんだか、このあたりの土だけ、ほかの土と違うように見えるよ」

そこで藤八も、しゃがんで目を近づけた。

なるほど、参拝所はおおかた踏み固められているのに、仏龕の真下の土だけはそれほどでもない。

「このあたりだけ、掘り返したような跡がござんすね、旦那」

藤八が言うと、彦輔は顔を上げた。

「藤八。何か、土を掘るものはないか。その信玄袋に、いろいろはいっていそうだが」

藤八は、鼻をうごめかした。

「ぬかりはござんせんよ。ここで、使うことになりそうな道具は、あらかた持って来やしたんで」

信玄袋を開き、その場に中身をあける。

数珠《じゆず》。線香立て。鈴《りん》。六道銭。五徳。

「なんだい、これは。切支丹と、なんのゆかりもないじゃないか」

かなめが、苦情を言う。

「大日如来があると聞いたから、念のため持って来たのよ。これだけじゃねえ、まだほかにもある」

金づち。やっとこ。竹割り鉈《なた》。十能。雁爪《がんづめ》。手鍬《てぐわ》。

彦輔が、小形の手鍬を取る。

「おれは、これを使う。おまえは、雁爪を使え」

雁爪は、雑草を掘り起こしたりするのに使う、鉄の爪がついた金具だ。

手燭を土の上に置き、藤八は彦輔と一緒になって、仏龕の下を掘り始めた。掘った土は、かなめが十能で脇へどけていく。

五寸ほども掘ると、早くも雁爪の先に固いものが当たる、手ごたえがあった。

さらに両側から掘り続け、最後に手を使って土をどける。

彦輔が、息をはずませて言った。

「これだ。間違いなく、前に見た大日如来だ」

藤八は、掘った穴のそばに、手燭をかざした。

土で汚れているが、確かに灰色の石像らしきものが、そこに上向きに寝かされていた。全部、姿を現したわけではないが、思ったほどには大きくない。せいぜい、高さ二尺足らずだろう。

頭部の土を払ってみると、彦輔が言ったとおり額に一つ、冠に五つの星が見える。

色がくすみ、はげかかってはいるものの、間違いなく金箔で覆われた跡があった。

目黒新富士㊂

冠の星は、縦長の菱形《ひしがた》の角に四つ、その真ん中に残りの一つが、埋め込まれている。

藤八は言った。

「いやはや、驚いた。旦那の言うとおり、真ん中の星を軸に縦横の星を線で結ぶと、十文字になりやすぜ。こいつは間違いなく、〈大日でうす〉ってやつじゃございませんかね、旦那」

鹿角彦輔が、軽く首をひねる。

「おれも、そこまではっきりとは、請け合えぬ。この五つ星にしても、もともと大日如来についているもの、ということもあるだろう」

そのとき、どこからかにわかに何かを叩くような、甲高《かんだか》い音が立て続けに響いてきた。かなめが、ぎょっとしたように、背筋を伸ばす。

「なんだい、あの音は」

体を固まらせたまま、藤八もじっと耳をすましました。音は通路の向こうの、どこか高いところから、聞こえてくるようだ。

「外からのようでござんすね、旦那」

手燭の明かりを受けて、彦輔の顔が引き締まる。

「おもしろくないな。藤八。入り口までもどって、様子を見てきてくれ」

「へい」

藤八は手燭を取り、立ち上がった。

すると、かなめが藤八の袖をつかんで、引きもどす。

「ちょいと、藤八さん。わたしたちを、真っ暗闇に置いて行くつもりかい。手燭をこっちに、およこしよ」

藤八は、袖を振り放した。

「おれに手探りで、入り口までもどれってのか」

「そうともさ。一町もあるじゃなし、目をつぶってても行けるだろう」

「へへえ。まさか、真っ暗闇を怖がる年でも、ねえだろうが」

「怖がっちゃ、いけないかい。わたしは子供のときから、暗いとこが苦手なんだよ」

「うぶを言うんじゃねえよ、勧進の。鹿角の旦那が、ついてるじゃねえか。手でも握ってもらやあ、怖いのなんぞどこかへ吹っ飛んでいくわな」

「ばかをお言いでないよ」

かなめは言い返したが、少しうろたえたようだ。

「さっさと見てこいよ、藤八」

照れ隠しか、彦輔が怒ったように言う。

「へい、へい」

藤八は手燭を持ち直し、通路にもぐり込んだ。

入り口の穴蔵にもどったが、階段の上からは光が漏れてこない。小屋は、雨が降り込まぬように窓がなく、外側は下見板《したみいた》で隙間《すきま》なしに、囲まれている。戸をあけ放たなければ、光ははいらないのだ。

階段の位置を確かめてから、藤八はろうそくを吹き消した。

手探りで、階段をのぼり始める。何かを叩くような音は、いつの間にかやんでいた。

小屋の床にたどり着いたが、光は差し込んでこず、物音も聞こえない。手探りで、戸口へ行く。

先刻、中にはいったとき戸は閉めたが、錠前も鍵も信玄袋に入れたから、出入りは自由なはずだ。

ところが、いくら戸を押しても、いっこうに開かない。前後に揺すってみたが、同じだった。まるで、釘で打ちつけられたように、びくともしない。

藤八は焦り、戸の表面に手をすべらせた。厚い檜《ひのき》の一枚板らしく、一人二人の力で打ち破るのは、とうてい無理だった。

ふと、戸の下の方に糸ほどの細さの、光の筋が差し込んでいるのに、気づいた。

床にはいつくばり、目を近づけてみる。どうやら、小さな節穴らしきものがあり、そこから光が漏れている、と分かった。

床に、そっと手燭を置いて、腹ばいになる。

節穴に、目をつけた。

それは、中が抜け落ちた円い節穴ではなく、緩んだ節と節の隙間から、細い光が差し込んでくるだけ、と分かった。

首を左右に振り、そこをよぎる細い光をとらえる。

すると、小屋からおよそ十間ほどのところに、腕組みをした男が二人立ちはだかり、小屋を眺めている姿が見えた。

先刻、富士塚の鳥居のあたりにいた、三人の侍のうちの二人だった。あとの一人は、見える範囲にはいなかった。

藤八は唾をのみ、考えを巡らした。

すぐには外の二人に、声をかける気にならない。

わけは知らず、先ほど来の振る舞いからして、あの侍たちがこの戸に細工《さいく》を施し、自分たちを閉じ込めたのではないか、という気がする。

あの、叩くような甲高い音から察すると、戸を枠ごと釘づけにしたか、鎹《かすがい》を打ち込むかしたかの、どちらかだろう。

戸が、びくともしないところをみれば、おそらく鎹を使ったに違いない。

しかし、このままでは相手が何をたくらみ、何を望んでいるのか分からない。ここで声をかければ、ねらいがはっきりするかもしれない。

藤八は膝を起こし、戸に向かって立った。

腹に力を入れ、外にいる二人に呼びかける。

「そこのお二人さん。こりゃあいったい、なんのまねでござんすかい」

耳を傾けたが、返事はない。

聞こえたはずだから、応答する気がないらしい。

もう一度腹ばいになり、節穴からのぞいて見る。

二人の侍は、さっきと同じ格好で立ったまま、表情も変えずにいた。いかにも、相手にしないという風情に、むらむらと怒りがわいてくる。

藤八は跳ね起き、思いきりどなった。

「どこの芋侍か知らねえが、こっちはお上の御用を務める身だぞ。すぐにここをあけねえと、とんでもねえことになるぜ」

また床に伏せて、節穴に目を当てる。

怒らせようとしたのだが、効き目がなかったらしい。

二人の侍は、まったく姿勢を変えずに、立ちはだかったままだ。ただ、二人とも頬のあたりに、小ばかにしたような冷笑を浮かべている。

藤八は拳を握り締め、もう少しで戸に叩きつけるところだった。かろうじてこらえたのは、間違って指の骨でも折れたら、目も当てられないからだ。

相手に、取り合う気がないと分かった以上、何を話しかけてもむだな気がする。

向こうが、しびれを切らして動き始めるまで、待つしかないのだろうか。

とりあえずは、もどるしかない。藤八は床を探って、消した手燭を取り上げた。

階段をおり、下の穴蔵から参拝所の通路の入り口に、手探りでもぐり込む。

暗闇を進みながら、藤八は奥へ声をかけた。

「旦那。もどりやしたぜ」

「おう、どうだった」

「今、お話しいたしやす」

そう彦輔に答えて、かなめに声をかける。

「火口を用意してくれねえか、勧進の。ろうそくを消しちまったんだ」

足探りに参拝所にはいり、かなめがつけた火口の火を、ろうそくに移す。

「どうしたんだい、藤八さん。転びでもしたのかい」

「それどころじゃねえよ、勧進の。おれたちは、どうやらこの洞穴に、閉じ込められたようだぜ」

藤八は、小屋の戸が打ちつけられ、出られなくなっていたこと、それが先刻の侍たちのしわざらしいことを、かいつまんで二人に話した。

かなめが、気色《けしき》ばんで言う。

「いったい、なんだってそんなことをするんだろう。ひとを閉じ込めて、身の代金でも取ろうってのかい」

藤八は、首を振った。

「おれも、そのわけを聞いたんだが、返事をしやがらねえんだよ、あの連中は」

かなめは頰をふくらませ、どうしたものかと問うように、彦輔に目を向けた。

彦輔は、むずかしい顔をして唇を引き結び、仏龕の横の壁に背をもたせかけた。

腕を組んで言う。

「あの連中、いったい何やつだろうな。お上の御用、と聞いても動じないとなりゃあ、それなりの覚悟ができているに、違いあるまいが」

あまり、機嫌がよくない証拠に、口ぶりがいささかくだけてきた。

「もしかしてあっしらが、切支丹に関わりのあるものを探すのを、邪魔しに来たんじゃござんせんかね」

藤八が言うと、かなめは背筋をしゃん、と伸ばした。

「まさか、あのお侍たちが隠れ切支丹だって、そう言うんじゃないだろうね」

「そうは言わねえよ。おれたちが、きょうここへやって来ることは、神宮の旦那のほかには、だれも知らねえはずだからな」

そう応じながら、藤八は何か腑に落ちぬものを感じた。

かなめが、いらだちを含んだ声で、だれにともなく言う。

「そもそも、藤八さんの問いに答えもしないなんて、ずいぶんじゃないか。いったいわたしたちを、どうしようっていうんだろう」

「まあ、雪のはだえを見とうござんすというなら、相談に乗らねえでもねえがな」

藤八がちゃかすと、かなめは十能を振り上げて、打つまねをした。

「こんなときに、冗談もたいがいにおしよ、藤八さん。そんなことより、ここから抜け出す算段でも、したらどうだい」

「算段も何も、入り口の戸をふさがれたんじゃ、出るに出られねえよ。ここは、あいつらにひたすらわびを入れて、戸をあけてもらうしかあるめえよ」

「わたしたちの手で、あの戸を破れないものかね。ここに手鍬や、竹割り鉈もあるし」

「こんなものじゃ、あの戸はとても破れねえ。こうと分かってりゃ、大槌をかついで来るんだったぜ、まったく」

みんな口をつぐみ、穴蔵の中がしんとする。

やがてかなめが、おおげさに肩を落として、ぼやいた。

「やっぱり、あのお侍さんたちに頭を下げて、あけてもらうしかないのかねえ」

「あけてくれりゃあいいが、またさっきのように知らん顔をされたら、あんまり業腹《ごうはら》ってもんだぜ」

黙っていた彦輔が、腕組みを解いて背を起こす。

「ここにはいったときから、ずっと気になっていたんだが、そのろうそくの火が傾きながら、横に流れているだろう。よく見てみろ」

そう言われて、藤八は土の上に置いた手燭の火に、目を向けた。

確かに、ろうそくの炎が糸にでも引かれたように、片側に揺れている。

かなめも、首をかしげた。

「どうしてだろう。こんなところで、風が吹くわけもないし」

彦輔が、あたりを見回す。

「隙間風、というほどではないが、どうやら風気《ふうき》のようなものが、流れているようだな」

そう言って、横手の壁を指で示した。

そこには、格子状に竹が埋め込まれた土壁が、立ちふさがっている。

藤八は手燭を取り上げ、その壁の前に足を運んだ。

縦割りにされた、幅一寸ほどの竹が何本も、斜めに組み合わされた形で、壁に埋め込んである。

だいぶ年月をへたものか、すっかり黄色くなっている。

彦輔が言った。

「格子と格子のあいだを、よく調べてみろ。穴があいているかもしれんぞ」

藤八は、手燭を上げ下げしながら、言われたとおりに格子のあいだを、一つひとつ調べていった。

するとと、下から一尺ほどのところに近づけたとき、ろうそくの火がにわかに傾き、ほとんど真横に流れた。

目を近づけると、格子のあいだに別の竹筒が、まるごと一本押し込んであるのが、見てとれた。ろうそくの火は、その竹筒に吸い込まれるように、流れていく。

格子のあいだに埋もれていたため、そんなものが差し込んであるとは、それまで気がつかなかった。

背後から、彦輔が言う。

「藤八。これで、そいつを抜き取ってみろ」

振り向くと、彦輔の手の中に藤八が持って来た、やっとこがあった。

藤八は、それを使って竹筒の上部を挟み、ねじりながら引いた。すると、思いのほかたやすく土壁から、すぽりと抜けた。

竹筒の外側は、土で汚れたままだが、内側は空洞になっている。そこから、風気が流れ出ていたらしい。

藤八は、それをろうそくの光の中に、かざして見せた。

「旦那。この竹筒の長さは、せいぜい一尺くらいのものでござんすよ」

「ああ、見れば分かる。反対側の筒先は、ほとんど汚れていないな」

藤八は、胸にぽっと灯がともったような、少し明るい気持ちになった。

「それはつまり、向こう側も風気が抜ける通路になってる、ということでござんすかね」

「そう願いたいな」

彦輔が言うと、かなめが手を打ち合わせた。

「だったら、この壁を一尺も掘れば、外に出られるということかい、彦さん」

「それはまだ分からぬ。別の、行き止まりの通路か穴蔵が、待っているだけかもしれんぞ」

彦輔の返事に、かなめがまた肩を落とす。

「あんまり、がっかりさせないでおくれよ」

「おいおい、勧進の。喜んだり落ち込んだりしてねえで、この手燭を持っていてくれ。旦那とおれとで、この壁をぶちぬいてみせるからよ」

かなめは藤八から、手燭を受け取った。

あらためて、彦輔と藤八は持って来た道具を、あさった。それぞれ手鍬、竹割り鉈と十能を手にして、壁に向かう。

藤八は、竹筒の穴の周囲の竹格子を、鉈で打ち割った。土壁に、差し渡し一尺五寸ほどの穴をあければ、抜けることができるだろう。

崩した土は、大日如来を掘り出した穴へ、投げ込んでいく。石像はまた、土の中に埋もれてしまった。

四半時もすると、厚さ一尺ほどの土壁の下部に、ひと一人抜けられるほどの穴が、ぽかりとあいた。

その穴をのぞいたかなめが、ため息をついて嘆く。

「やっぱり向こうも、行き止まりの穴蔵らしいよ。真っ暗だもの」

藤八は、元気よく言った。

「また壁にぶつかったら、もう一度掘るだけのことよ。旦那からお先に、くぐっておくんなせえ。その次はおめえだぞ、勧進の。おれは信玄袋をかついで、しんがりを務める」

彦輔は、藤八が信玄袋に道具類をしまうのを待ち、かなめから手燭を受け取って、壁の穴にもぐり込んだ。

すぐに、ほの明るくなった穴の向こうから、彦輔の声が聞こえる。

「かなめ、もぐって来い。こっちの方が、きれいな風気が流れているぞ」

「ああ、いやだいやだ。せっかくきょうは、いい着物を着て来たのにさ」

ぶつぶつ言いながら、それでもかなめは思い切った様子で、穴に頭を突っ込んだ。

最後に、藤八も穴にもぐって反対側に抜け、信玄袋を引っ張り出した。

そこは、土のにおいこそ同じだったが、もとの穴蔵より湿った感じがない。足元の土も、いくらか乾いているようだ。

しかし、真っ暗なことに、変わりはなかった。

目黒新富士 ㊃

鹿角彦輔が、手燭をかざす。

行く手に、黒ぐろと新たな通路が、待ち受けていた。

「行くぞ」

かけ声も勇ましく、彦輔は闇に向かって、歩き出した。

「待っておくれよ、彦さん」

勧進かなめが、あわててそのあとを追う。

藤八も、信玄袋をかつぎ直して、二人に続いた。

足の下の土は、前の穴蔵ほど踏み固められておらず、いくらかでこぼこしている。

洞穴そのものも、少し狭い気がした。

自分の背丈を目安にすると、天井の高さは一間に満たず、幅もせいぜい三尺ほどしかない。

どう見積もっても、おとなが立って歩くのがやっと、という狭さだ。

彦輔が、手燭を高く掲げた。

「見ろ。ろうそくの炎が、前へ流れていくぞ。たぶん、この先に出口があるに、違いないな」

かなめが、息をはずませる。

「ほんとうかしらね。嘘だったら、勘弁しませんよ」

声の調子から、少し元気が出たらしい、と察しがつく。それは藤八も、同じだった。

あらためて、あの胸糞悪い侍たちが、何をたくらんでいるのか、気になり始める。

「しかし、旦那。あの二本差し連中は、何者でござんしょうね。いたずらにしちゃあ、ちょいと度が過ぎやしやせんか」

「ただのいたずらではないな。何か、ねらいがあるはずだ」

彦輔はそう答えてから、不意に足を止めた。

その背中に、危うくぶつかりそうになり、あとに続くかなめも、しんがりを務める藤八も、たたらを踏んだ。

「ちょいと、彦さん。止まるなら止まると、そう言っておくれな。藤八さんまで、わたしにぶつかったじゃないか」

藤八は後ろへ下がり、信玄袋をかつぎ直した。

「どうしなすったんで、旦那」

彦輔がまた、手燭を掲げる。

「この先が、急に狭くなっているのだ」

「まさか、行き止まりってことだけは、願い下げにしてもらいてえ」

藤八は言ったが、彦輔はそれに答えず、勝手に続けた。

「この奥に、水が染み出しているのかもしれぬ。湿ったにおいがする」

藤八は、気分が悪くなった。

「勘弁してくだせえよ、旦那。まさか三田用水の、真下に出たわけじゃござんすまいね」

底が抜けて、洞穴に水でも流れ込んできたら、一巻の終わりになる。藤八は、根っからの金づちなのだ。

彦輔が体をかがめ、狭くなった洞穴の先をのぞく。

「この先でまた、穴がすぼまっている。これはもう一度、四つん這《ば》いだな。覚悟しておけよ、かなめ」

かなめの、おおげさなため息が、壁に反響した。

「勘弁しておくれな。これ以上着物が汚れたら、二度と着られなくなるよ、まったく」

「心配するねえ、勧進の。旦那が、あの侍連中から新品の仕立て代を、取り立ててくださるからよ」

藤八が言い終わらぬうちに、彦輔がろうそくを吹き消した。あたりが、闇に包まれる。

「どうしたんだい、彦さん。真っ暗じゃ、何も見えないよ」

かなめが言うのに、彦輔が早口で応じる。

「この先を、のぞいてみろ。下の方がぼんやりと、明るくなっていないか」

藤八は首を伸ばし、前方をすかして見た。

目が慣れると、確かに洞穴の先の下方が、いくらか明るくなったように見える。

その穴の向こう側に、どこからともなく、わずかながら光が差し込んでいるようだ。

かなめも、声を上げた。

「ほんとうだ。上の方から、明かりが差し込んでいるような、そんな具合だよ」

藤八は、目を凝らした。

かなめの言うとおりだ。差し渡し、二尺ほどの穴の輪郭が闇に浮かび、そこに上方からかすかな光が、差し込んでいる。

「よし。おれから、もぐってみるぞ」

彦輔の声がして、洞穴を踏み締める足音が、聞こえてきた。

すぐに彦輔が、手と膝を地面についたとみえて、土の上を這い進むらしい、かすかな音に変わる。

「ああ、いやだいやだ」

ぼやきながら、かなめがあとに続く気配がした。

藤八も、信玄袋の紐《ひも》を手首にくくりつけ、手探りで進んだ。

前の二人がもぐるにつれて、穴から漏れる光がさえぎられ、あたりが真の闇になる。

ほどなく、二人とも先へ抜け出たらしく、穴にぼんやりと光がもどった。

かなめの声がする。

「いやだ。ほんとに、じめじめしてるよ、ここは」

彦輔の言葉が続いた。

「どうやら、古井戸の底のようだな」

それを聞きながら、藤八も手首に縛った信玄袋と一緒に、穴をくぐり抜けた。

かなめの言うとおり、水こそたまっていないが、足の下がなんとなく、じめじめしている。三人が
そこに立つだけで、ほぼいっぱいになる狭さだった。

振り仰ぐと、上の方がほの明るくなり、細い光が漏れているのが分かる。

「やはり、古井戸のようでござんすね、旦那」

そう言ったものの、すぐには深さの見当がつかない。

「うむ。だいぶ前に、涸《か》れたようだな」

彦輔が応じると、かなめが不安げに言った。

「ここって、どのあたりかしらね、藤八さん」

少し考える。

「富士塚の周辺だろうが、出てみなけりゃ分からねえな」

藤八は手を伸ばし、井戸の内側を探ってみた。

石垣らしきもので、まわりを円く囲まれている。差し渡し四尺かそこらの、小ぶりの井戸だ。石そのものは、乾いた苔《こけ》で覆われており、水気を含んでいない。

涸れ井戸になってから、かなり月日がたつようだ。

「ろうそくをつけてくれ」

彦輔に言われて、藤八は火打ち石を打ち、かなめが火口からろうそくに、火を移した。手燭を掲げた彦輔が、驚いたような声を出す。

「おい、これを見ろ」

藤八は、石垣の一点に、目を近づけた。

太さ二寸ほどの綱が、上からほとんど底へ届くまで、だらりと垂れ下がっている。

引き寄せてみると、綱には二尺おきくらいの間隔で、瘤《こぶ》がこしらえてある。それがずっと、上まで続いているようだ。
二、三度強く引いてみたが、しっかりした手ごたえがある。
「こいつはまさしく、天の助けだ。この綱は、ただの綱じゃねえ。お手軽な、縄ばしごでござんすよ、旦那。この瘤を伝ってのぼりゃあ、きっと外へ出られやすぜ」

藤八が言うと、かなめはきっとなった。

「わたしはのぼらないよ、藤八さん。扇子より重いものは、持ったことがないんだ。自分で、自分の体を引き上げるなんて、できるわけがないじゃないか」

「できるかどうかは、やってみなけりゃ分からねえだろう。それとも、おめえはこの井戸の底で、朽ち果てるつもりか」

「藤八さんが先にのぼって、もっこでも下ろしてくれたら、いいだろう。わたしが乗ったら、彦さんと二人で力を合わせて、引き上げておくれな」

何か考えごとをしながら、綱をさわっていた彦輔が、独り言のように言う。

「涸れ井戸とはいえ、この綱は少しも湿っていないな。すっかり、乾いているぞ」

それから、急に思いついたように、藤八に手燭を突き出す。

「二人とも、待っていろ。おれが一人で、先にのぼる。もっこがあるか、探してみよう」

そう言って、彦輔は腰の大小を鞘《さや》ごと、引き抜いた。

脇差を藤八に預け、大刀を邪魔にならぬように、腰の後ろに差し直す。雪駄《せった》を脱いで、ふところに入れた。

はだしになると、足の裏に湿った土が触れて、あまり気色がよくない。

藤八が、背後で言う。

「旦那。やっぱり、あっしが先にのぼった方が、よかあござんせんかね」

「ばかを言うな。おまえより、おれの方がいくつか若い。それに、おれはやっとうで鍛えているから、力がある」

そう言い返して、彦輔は綱を思い切り、引っ張ってみた。

強い手ごたえがある。上の方で、しっかり固定されているようだ。切れる心配はあるまい。

彦輔は、腕の届く瘤を両手でつかみ、下方の瘤に足をかけて、勢いよくのぼり始めた。

「彦さん、気をつけて」

かなめが、心配そうに言う。

それには答えず、手足を交互に瘤にかけながら、尺取り虫の要領でのぼり始めた。のぼりながら、手でつかむ瘤の数を、数えていく。手の方はいいが、足の方は瘤が小さすぎて、あまり力がはいらない。

五つ数えたところで、早くも腕が疲れてきた。

ふと気がつき、足で石垣を探る。

ところどころ、石と石のあいだに隙間があり、そこに足指をかけてのぼると、ずっと楽だと分かった。

少し休んで息を整え、石垣で足を支えながら、またのぼり始める。

「旦那、だいじょうぶでござんすか」

「落ちないようにね、彦さん」

下の方から、藤八とかなめが交互に、声をかけてくる。

彦輔は、返事をする余裕もなく、綱に体を預けたまま、頭上を見上げた。

差し込んでくる光の隙間が、だいぶ近くなっている。あと、一間半か二間ほどで、到達しそうだ。

息を吸い込み、あらためてのぼり始める。

瘤を、十三個まで数えたところで、ようやくてっぺんに達した。

手で探ると、井戸枠も蓋も木製で、のぼって来た綱の先が隙間から、外へ出ている。

彦輔は枠の縁に指をかけ、頭と肩で蓋《ふた》を押し上げた。蓋はかなり重かったが、なんとか持ち上がった。

まぶしい光に、つい目を細める。

木枠の上に体を乗り出し、蓋を脇へ押して落とした。

井戸の底で、藤八とかなめがはじかれたように、歓声を上げるのが聞こえる。

上から手を振り返し、彦輔は周囲を見回した。

五間ほど離れたところに、瓦葺《かわらぶ》きの建物が見える。裏口らしい引き戸が、目についた。とたんに、そこが近藤重蔵の抱屋敷の裏手だ、と分かる。新富士の麓《ふもと》から、胎内くぐりの洞穴を抜けて、抱屋敷の真下を横切り、裏庭に出たらしい。

「彦さん。もっこは、見つかったかい」

かなめの声が、井戸の底からのぼってくる。

「そんなに、せかすな。これから探すところだ」

彦輔はそう言って、頭の上を見上げた。

屋根つきの、櫓《やぐら》を組んだ車井戸と分かる。ただ、滑車《かっしゃ》が残っているだけで、釣瓶《つるべ》の縄も桶も見当たらない。

のぼって来た、瘤つきの綱の端は櫓の柱に、結びつけてあった。

彦輔は、木枠から敷石の上におりて、綱の結び目を調べた。綱自体は、新しいものではないが、土ぼこりなどがたまった形跡はない。

どうも、釈然としない。

あらためて、あたりを見回したとき、まるでそれを待ち構えていたように、三つの人影が屋敷の角を回り、ゆっくりと姿を現した。

先刻の侍たちだった。

彦輔は、帯の後ろに移した大刀を、もとの腰にもどした。

おぼろげながら、いずれこうした仕儀になるのでは、という虫の知らせがあった。新富士の山頂で、三人を見下ろしたときから、それを感じていたのだ。

三人のうち、袴《はかま》の股立《ももだ》ちをとり、白い襷《たすき》をかけた侍が、一人だけいる。はなから、斬り合いの覚悟で来たもの、とみえる。

あとの二人は、敵意をみなぎらせるでもなく、さながら立ち会い人といった風情で、後ろに控えている。

ここで、〈なんのまねだ〉とか、〈人違いでござろう〉などととがめても、むだなことは察しがつく。相手は、わけを言う気もないし、人違いもしていないはずだ。

彦輔の方には、これといった心当たりがない。

少なくとも、はっきりひとの恨みを買った、という覚えはない。しかし、それはこちらの言い分であって、先がどう思っているかは、別の話だ。

襷がけの男は、彦輔よりいくつか年若の、二十代後半に見えた。

色が浅黒く、頬骨が張った険相の持ち主で、背はさほど高くないが、引き締まった体をしている。

後ろの二人は、その身ごなしや立ち姿からして、さほどの腕とは思われない。

しかし、正面に立つ男は相当の遣い手、と分かる。できることなら、斬り合いたくない相手だ。

彦輔は、大声で言った。

「これは、なんのまねだ」

案の定、返事はない。

「おれは、ご公儀徒目付《かちめつけ》鹿角半四郎の三男坊、彦輔だ。人違いをいたすな」

これにも、三人は無言のままだ。

思ったとおりなので、彦輔は置かれた立場もわきまえず、笑いたくなった。

はだしのまま井戸端を離れ、ゆっくりと輪を描くように、左へ大きく回って行く。

それにつれて、三人も少しずつ向きを変えた。

頰骨の張った男が、何も言わずに鯉口《こいぐち》を切り、左腰を引きながら刀を抜く。刃が陽光を受けて、きらりと光った。

後方の二人は、ともに戦う気がないらしく、刀に手をかけようともしない。

彦輔は、裏庭をほとんど半周して、足の運びを止めた。それにつれて、三人の男たちはぐるりと体を回し、逆に井戸を背にするかたちになった。

後方の二人が、ちらりと井戸を見返る。あとから、連れがのぼって来るのではないか、と用心しているらしい。

頰骨の男が、突然口を開く。

「鹿角どの。それがしは、さる大名家の江戸勤番《きんばん》の者で、さかたとうじゅうろうと申す。卒爾《そつじ》ながら、お手前の腕を拝見したい」

そう言い切って、やおら正眼の構えをとった。

彦輔は、含み笑いをした。

坂田藤十郎などと、昔ながらの上方役者の名を名乗るとは、片腹痛い。偽名に違いあるまい。

「おれを、十貫一刀流の目録取り、と知ってのことか」

藤十郎とやらの口元に、皮肉めいた笑みが浮かぶ。

「それはあいにく、聞いておらぬ。そもそも、腕前と目録は一致せぬもの、と相場が決まっておる」

相手が、ずずっと体勢を低くするのを見て、彦輔も鯉口《こいぐち》を切る。

おもむろに刀を抜き、すぐさま左手に持ち替えた。右手をふところに入れて、雪駄を取り出す。

それを、地上に落として足で探り、はこうとした。

その瞬間、藤十郎が刀を斜めに振り上げ、ものも言わずに突っ込んで来る。

彦輔は右足の先に、鼻緒を半分引っかけたまま、藤十郎目がけて雪駄を蹴り飛ばした。雪駄はくるくると宙を舞い、藤十郎に襲いかかった。

藤十郎が、すかさず太刀をひらめかせ、雪駄を真二つに切って捨てる。

そのとたん、雪駄についていた土や砂が飛び散り、藤十郎の顔面に降りかかった。

目黒新富士 ㊄

坂田藤十郎は、とっさに顔をそむけた。

すぐさま、両腕を鳥のように広げて、横へ二間ほど忍び走りをし、剣を斜め上段に構え直す。

それには目もくれず、鹿角彦輔は後方に控える二人に向かって、勢い猛《もう》に突っ込んだ。高見の見物、という風情でいた二人は、矛先《ほこさき》が自分たちに向くとは、思わなかったらしい。

意表をつかれ、二人ともあわてた様子で、刀に手をかけた。突進する彦輔に、かろうじて抜き合わせたものの、はなから浮足立っている。

彦輔はすかさず峰を返し、色の白い丸顔の男の刀を、強く打ち据えた。

男が声を上げげて、刀を取り落とす。

返す刀で、彦輔はもう一人の小柄な男に、同じく峰打ちを食らわせた。男は、右の二の腕を打たれて、一声叫ぶなりその場にへたり込んだ。

われに返ったように、丸顔の男が落とした刀を拾おうと、地面に這いつくばる。

そのとき、井戸の縁から突然藤八が、飛び出して来た。いつの間にか、例の綱を伝いのぼって来た、とみえる。

藤八は、彦輔が預けた小刀を抜き放ち、丸顔の男の背中に斬りつけた。

男が、その気配を察して振り向き、間一髪上体をのけぞらせる。危うく、切っ先をかわしたものの、勢い余って尻餅をついた。

彦輔は叫んだ。

「斬るな、藤八」

とっさに藤八は、振りかぶった刀をひるがえし、男の鼻先に突きつけた。

男は、ひっと喉を鳴らして、体を突っ張らせる。

小柄な男も、打たれた右腕を押さえ、その場に膝をついたまま、うめいている。骨にひびでもはいったのか、刀を拾う気力すらないらしい。

二人ながら斬り合いなど、まるでしたことがなさそうな、ぶざまな振る舞いだった。

彦輔は、おもむろに藤十郎の方に、向き直った。

藤十郎は、土ぼこりが目にはいったか、しきりに瞬きを繰り返している。それでも、目をこすろうとはしない。ちっと舌を鳴らし、刀を正眼の形にもどして、反撃に転じようとする。

彦輔は、刀を体の右側に引きつけ、切っ先を地面すれすれまで、ゆっくりと下げた。

それを見て、藤十郎が刀を起こし、右八双《はっそう》に構え直す。いずれは、上から叩きつける刃の方が、下からすくい上げる刃より強い、と思っているのだろう。

しかし、牛込赤城明神下の柳田十貫斎の道場で、十貫一刀流を学んだ彦輔は、長年その応手の工夫に、腐心してきた。

二本の支柱に、横に渡して固定した径三寸の丸太を、木刀で斜め下からすくい上げるように、強く打つ。その稽古を、際限もなく繰り返すのだ。

それは、斬り込んでくる刀を宙へ跳ね返すか、逆にこちらの刀を叩き折られるか、やってみなければ当人にも分からない、という荒わざだった。

十貫斎は、薩摩の示現《じげん》流を精究するうちに、苦心の応手を思いついた、という。ただ、その稽古はかなりの荒行なので、挑んでも長続きする門弟は、ほとんどいない。

実のところ、十貫斎自身も論を立てただけで、わざを窮《きわ》めるにはいたらなかった。当人によれば、始めるのがいかにも遅すぎた、ということらしい。

曲がりなりにも、このわざで十貫斎の認可を得たのは、兄弟弟子の神宮迅一郎と彦輔の、二人だけだった。

藤十郎は、それを知ってか知らずか、いっかな仕掛けてこようとしない。あるいは彦輔の構えを見て、ただの地ずりの形ではない、と悟ったのかもしれぬ。

「旦那。さっさと、かたをつけておくんなせえ。この二人は、あっしがめんどうをみやすぜ」

藤八が、じれたようにそう言って、丸顔の男の襟をつかみ、刃先を首筋へ当てた。

男が、甲高い声を上げる。

「ま、待て。これには、わけがある。話せば分かることだ」

藤八が、せせら笑った。

「ひとを、穴蔵に閉じ込めておいて、わけがあるもねえもんだぜ。おれは小者だが、ただの小者じゃねえ。お上の御用を務める、れっきとした将軍さまのお先手よ。田舎侍になめられて、たまるものか」

よほど、腹に据《す》えかねたとみえて、ふだんがまん強い藤八にしては、珍しいたんかの切りようだ。

田舎侍とののしられながら、二人の男は言い返すこともできず、頬をぴくぴくさせている。

このままでは、らちが明かぬとみた彦輔は、藤十郎との間合いをずい、と詰めた。

藤十郎は一歩も引かず、八双に構えた大刀を肩より高く、振り上げた。

そのまま、彦輔に劣らぬ気力をみなぎらせ、一直線に突っ込んで来る。剣先から、すさまじい殺気が、ほとばしり出た。

刃が、陽光を受けてきらりと光り、風を巻いて彦輔の頭上を襲う。

得たりおうと、彦輔は右下に引いた刀をすくい上げ、藤十郎の打ち込みをはね上げようとした。

そのとたん、藤十郎は振り下ろそうとした刀を、中空でぴたりと止めた。まるで、目に見えぬ糸にでも引き止められたような、信じがたい静止の仕方だった。

彦輔の受け太刀は空を切り、右の胴ががらあきになった。

そこへ、一度止まった藤十郎の刃が、くるりと返って蛇のように、襲いかかる。

受ける余裕はなく、彦輔はそのまま横倒しに、地面に身を投げた。さらに二度、三度と体を転がして、追撃を避ける。

「旦那」

藤八の、悲鳴にも似た叫び声が、かろうじて耳に届いた。

彦輔は、転がりながら身を立て直し、片膝をついて藤十郎に刃先を向けた。

藤十郎は、二間ほどあいだをあけた位置で、刀を上段に振りかぶったまま、動きを止めている。息こそ乱れていないが、かなり力を振り絞った様子が、見てとれた。

少しのあいだ、そのままの姿勢でいたが、やおら藤十郎は腕を下ろして、力を抜いた。さあらぬ体で、静かに刀を鞘にもどすと、その肩口からたちまち殺気が、失せていく。藤十郎は、唇を心持ちゆがめて、言い放った。

「それがしの勝ち、と見たは僻目《ひがめ》か」

彦輔は立ち上がり、同じように刀を収めた。

「僻目も僻目、大僻目よ。まず、おれを斬ったあとで言うなら、聞きもしようが」

「斬ったあとで言うても、おぬしには聞こえまいが」

年若に見えながら、口にはまるで遠慮がない。

どこの家中かは知らぬが、ほとんど国訛《なま》りがないところをみれば、江戸勤番が長いものと思われた。

藤十郎が言う。

「後日、当方よりあらためて、ご挨拶いたす。そこの、将軍さまのお先手とやらに、おとなしく刀を引くよう、とりなしていただけぬか」

彦輔は、含み笑いをした。

「藤八は、一度頭に血がのぼると、手のつけられぬ男でな。どうでも、一度血を見るまでは、収まらぬだろう」

すると、藤八に刀を突きつけられた、丸顔の男が顎をのけぞらせ、焦った声で言った。

「先ほども申したとおり、これにはわけがあるのでござる」

藤八が、ぐいとばかり刀の先を、こじってみせる。

「だから、そのわけを言ってみろと、そう申し上げてるんだ」

おりもおり、藤八の背後の井戸の縁で、ひらひらと舞う白い手が、彦輔の目に映った。続いて、勧進かなめの青白い顔が、ひょいと縁からのぞく。

かなめは言った。

「まったく、女子を井戸の底に置き去りにして、あんまりじゃないか」

彦輔は二人の侍に、井戸端から離れるように言った。

二人は、それぞれ自分の刀を拾い上げ、いかにも面目なさそうな様子で、藤十郎のそばにもどって行く。

彦輔は、藤八に手を貸してかなめを、井戸の縁から助け下ろした。

藤八が言う。

「それ見ろ。その気になりゃ、女でものぼれるってことが、分かっただろうが」

かなめは鼻の上に、しわを寄せた。

「井戸の底に、一人取り残されたわたしの身にも、なってごらんな。死にもの狂いでのぼって来たら、手の皮がすりむけてしまったよ」

そう言いながら、手のひらを広げてみせる。綱でこすれて、赤くなってはいたが、すりむけた様子はない。

背後で、咳払いが聞こえる。

彦輔が向き直ると、藤十郎はすでに袴の股立ちを下ろし、襷もはずしていた。

膝に両手を当て、彦輔に向かって神妙に、頭を下げる。

「ご無礼の段、どうかお許しいただきたい。先ほど申し上げたとおり、いずれ当方よりご挨拶《あいさつ》いたす。本日はこれにて、失礼つかまつる」

横に控える二人の侍も、ばつの悪そうな顔で、頭を下げる。

すると、藤八が一転して穏やかな口調で、言い返した。

「ちょいとお待ちなせえ。胎内くぐりの、入り口の戸を打ちつけたのを、そのままにして行きなさるんで」

丸顔の男が、人のよさそうな笑みを浮かべる。

「あれは、だれも中にはいれぬように、はなから鎹が打ちつけてあったもの。それを、そこもとらがはいれるように、われらの手で抜いておいたのでござる。つまり、もとにもどしただけのことゆえ、あのままでよかろう」

どこか、得意げにも聞こえそうな、物言いだった。

藤八は、あきれたように首を振った。

「あっしらが、抜け道を見つけそこなったら、どうなさるつもりだったんで」

三人は、その問いに答えようとせず、もう一度彦輔たちに頭を下げると、抱屋敷の横を抜けて、そそくさと姿を消した。

藤八が、不満げに言う。

「あのまま行かしちまって、いいんでござんすかい、旦那。当方よりご挨拶とか、体《てい》のいいことをぬかしやがったが、あてにゃあなりやせんぜ」

彦輔は、少し考えた。

「確かに、何かわけがあるに違いない。おれたちがもどるころには、迅一郎もお城から下がっているだろう。きょうのいきさつを、詳しく伝えておけ。それと、手間賃を忘れぬようにな」

藤八が、ぐいと唇を引き締める。

「旦那のお手当はともかく、神宮の旦那がどんな言い訳をしなさるか、楽しみでござんすよ」

こたびのことは、藤八も神宮迅一郎から真のねらいを、聞かされていなかったようだ。

「迅一郎が言った、切支丹に関わりのあるものを探せ、という注文はただの口実だろう。おれたちを、胎内くぐりの洞穴に閉じ込めるのが、ねらいだったのだ。大日如来は、おまけのようなものよ」

「しかし、旦那。この井戸につながる、あの抜け道が見つからなけりゃ、どうなったか分かりやせんぜ」

「おれたちが、半時ほども出て来なかったら、また鎹を抜く手筈だった、と思いたいな」

「なんのために、そんなことをしたんでござんしょうね」

「手間賃さえ出りゃあ、おれは細かいことを、穿鑿《せんさく》しないたちでな」

藤八は、腕組みをした。

「最初は、ただのもの探しにしちゃあ、三両はちっとばかり高すぎる、と思いやした。しかし、こういうやばな筋書きだったのなら、五両でもよかったくれえだ」

「おれは、最初に三両と聞いたときから、ただではすまぬと思っていた。たぶんこれは、序の口にすぎんだろうな」

彦輔が言うと、藤八は腕組みを解いた。

「すると、まだ続きがあると、そうおっしゃるんで」

「そうだ。それも、今度は三両や五両の、はした金じゃあるまいよ」

着物の汚れを、しきりに払っていたかなめが、顔を上げる。

「それじゃ、神宮の旦那は十両かそこらは、はずんでくれるのかしらねえ」

「まあ、楽しみにしていろ。おれの手間賃とは別に、泥だらけの着物の代金は、きっと出させてやるからな」

かなめは笑って、はでに手を打った。

「そうこなくちゃね」

それから、ふと思い出したように、藤八を見て続ける。

「忘れていたけど、手燭と信玄袋を井戸の底に、残したままだよ。取って来た方が、いいんじゃないのかい」

「おう、そうだった。手燭はともかく、信玄袋はおれのだいじな、商売道具だからな」

藤八は、綱を伝ってもう一度井戸にはいり、信玄袋と一緒にもどって来た。

そのあいだに、彦輔は雪駄を探して来たが、片側は坂田藤十郎に真二つにされ、使いものにならなかった。

やむなく、左の雪駄だけをはいて、井戸端にもどった。はだしの右足が、小さな石ころを踏みつけて、今さらのようにちくちくした。

藤八が、信玄袋をかつぎ直して、遠慮のない笑いを漏らす。

「旦那。片足はだしってのは、あんまりひとさまに見せられた図じゃ、ござんせんぜ」

彦輔は、渋面をこしらえた。

「どこか途中で、わらじでも買うさ」

かなめが、藤八をにらむ。

「彦さんをからかったら、ばちが当たるよ、藤八さん。彦さんはね、わたしたちを助けるために、雪駄を半分捨てたんだよ」

「あれはもう、半分擦り切れていたのさ。そうでなきゃ、蹴り捨てたりしないぜ。そうでござんしょう、旦那」

彦輔は苦笑した。

藤八は、もともと遠慮のない男だが、きょうはことに機嫌が悪い。迅一郎から、何も聞かされなかったことが、こたえているとみえる。

そのときかなめが、彦輔の背後に目を向けて、頓狂な声を上げた。

「おや、珍しい。富永《とみなが》の旦那じゃないか」

振り向くと、顔なじみの素浪人富永隼人《はやと》が、長身をかがめるようにして、抱屋敷の横手から姿を現した。相変わらずの浪人髷《まげ》に、黒い着流しといういでたちだ。

藤八も、驚きの声を上げる。

「こいつは奇遇だ。こんなとこへお出ましとは、どういう風の吹き回しでござんすかい」

隼人が答える前に、彦輔は口を開いた。

「なに、どういう風の吹き回しも、あるものか。これもおそらく、迅一郎が書いた筋書きの、一部よ」

隼人は、ただでさえ皮肉っぽく曲がった唇を、さらにぐいとゆがめた。

「察しがいいな、彦輔。おれはな、おぬしが坂田藤十郎に斬られぬよう、助太刀《すけだち》に来たのよ。いささか遅すぎたが、無事で何よりだった」

彦輔は、鼻で笑った。

「あの男はたぶん、おれを斬る気がなかった、と思う。手の内を見るだけでな」

「しかし、おぬしが本気で相手をしたら、向こうも本気を出さざるをえぬ。そうなれば、あやつの方が腕が立つゆえ、おれが助太刀に立たぬかぎり、おぬしは斬られていただろうよ」

「それは、やってみなければ、分からぬ」

そう応じたものの、確かに斬られる恐れもあったことは、分かっていた。

藤八が割り込む。

「するてえと、富永の旦那もきょうの茶番に、一役買っていなさるわけで」

「それはまあ、迅一郎に聞いてくれ」

隼人は口を濁し、ふところから黒足袋を一足、取り出した。

「こいつを、はいて行け」

不忍池 ㈠

さすがに門構えに、それなりの格式がある。

名前だけはよく耳にするが、実のところ暖簾《のれん》をくぐるのは、これが初めてだった。

不忍池《しのばずのいけ》のほとりにある料理茶屋、〈清澄楼〉は安永年間の開業というから、そろそろ五十年にもなる老舗だ。

めくぼの藤八は、鹿角彦輔の先に立って、門の中にはいった。

「ごめんよ」

声をかけたが、返事がない。

ずらりと並んだ仲居衆に、いっせいに出迎えられるかと思ったが、土間はしんと静まり返って、人の気配がなかった。

拍子抜けがして、彦輔を振り返る。

「少なくとも、あっしらを待ち兼ねているといった様子は、ねえようでござんすね」

彦輔は、口の端をぐいと引き下げ、無愛想に応じた。

「しかたあるまい。なんといっても、お忍びだからな」

「そうでなくても、だれも気にかけちゃいねえようで」

もう一度、奥へ声をかけようとしたとき、藍ねず色の縞絣《しまがすり》を着た女が、内暖簾をくぐって、板の間へ出て来た。三十路を越えた、小作りの仲居だ。

広い式台に正座し、手をついて挨拶する。

「おいでなさいまし。鹿角さまでいらっしゃいますか」

藤八は、胸を張った。

「そうだ、鹿角彦輔さまだ。神宮の旦那は、もうお見えになっているかい」

「はい。四半時ほど前から、お待ちでございます。どうぞ、お上がりくださいまし」

まだ、夕七つの鐘が鳴る前でもあり、さほど混んでいないのだろう。

女は彦輔の大小を預かり、二人を奥へ案内した。長い廊下をしばらく歩いて、裏階段から二階に上がる。

ふつう、裏階段は店の者や芸者、粋筋の出入りに使われるもので、客を通すことはめったにない。おそらく、神宮迅一郎の指図《さしず》だろう。

案内されたのは、六畳敷きの小さな部屋だったが、窓側に奥行き四尺ほどの、板の間がある。そのため、狭さは感じなかった。

窓の外には、不忍池が広がっており、眼下に弁天島を望むことができる。

小人目付の神宮迅一郎と、数日前目黒の新富士で彦輔と刃を交えた、例の険相の侍が待っていた。

彦輔によれば、その男は坂田藤十郎などと、ふざけた名を名乗った、という。

「どうぞごゆっくり、お過ごしくださいまし。ご用のおりは、そちらの柱の紐を、お引きくださいますように」

女は、床の間の柱に取りつけられた、朱房《しゆぶさ》の組み紐に指先を向け、部屋を出て行った。迅一郎が、向かい側の席を示し、武張《ぶば》った口調で言う。

「まずは、ご着座あれ」

席には、四人分の脚つき横長の本膳と、銚子《ちようし》や盃《さかずき》が載った脇膳が、しつらえてあった。本膳にはすでに、刺し身、吸い物、煮物など、一式の料理がそろっている。

どうやら、話の邪魔をされぬよう、仲居に先に酒食を運び込ませ、出入り無用を申しつけたものらしい。

示されたのは、床の間を背負う上席で、向かいにすわる迅一郎と藤十郎は、閉じた襖を背にしている。

彦輔は、ためらう様子も見せず、示された席に着いた。

さすがに藤八は、ばか正直に床の間を背負うほど、おこがましくはできていない。

席の横に控えようとすると、藤十郎が腕を伸ばして、彦輔の隣を示した。

「さ、藤八どのも、そちらへ」

どのづけで呼ばれて、藤八はますます当惑した。

どこでどう、風向きが変わったのか。

「いや、ごめんこうむりやす。あっしはただ、鹿角さまのお供で、参上しただけでござんす。こちらに、控えておりやす」

遠慮すると、迅一郎がじれったげに、言い添える。

「いいから、さっさとすわれ。彦輔とのつなぎやらで、おまえにも手間をかけさせた。遠慮せずに、すわってくれ」

藤八は、首筋を掻《か》いた。

「ほんとうに、よろしいんで」

「いいも悪いも、物おじする柄ではあるまい。おまえらしくもないぞ」

そう言われて、藤八はいささか憮然としつつも、しかたなく彦輔の隣に移った。

藤十郎が、やおら一膝すさって、畳に手をついた。

「過日はやぶからぼうに、ご両所《りょうしょ》を試すような振る舞いをいたし、まことにご無礼つかまつりました。ひらにご容赦いただきたく、このとおりでござる」

そう言って、深ぶかと頭を下げる。

藤八はあわてて、それを押しとどめた。

「ちょいと、お待ちになっておくんなさい。事のいきさつはともかく、あっしら風情にそんなふうに、頭を下げられちゃあ、挨拶に困りやす。どうか、お手をお上げなすって」

隣で彦輔が、とがった声を出す。

「おい、藤八。あっしら風情、とはなんだ。おまえとおれを、一緒にするやつがあるか」

藤八は、首をすくめた。

「そいつは、言葉のあやってもんで。お気にさわったら、あやまりやす」

迅一郎が、割ってはいる。

「いいではないか、彦輔。おぬしにしても、無邪気に一杯食わされた、というわけではあるまい。はなから何かありそうだ、と察していたはず」

「あたりまえだ。おれでなくとも、裏があると気づかなけりゃあ、二本差しは務まるまいぜ」

藤八も、口を挟んだ。

「いや、まったくで。切支丹がらみの探索は、寺社奉行筋のお役目でござんしょう。あっしでさえ、こりゃあちょいとおかしいと、そう思いやしたぜ」

とうに、頭を上げていた藤十郎が、咳《せき》払いをして言う。

「切支丹うんぬんは、それがしの思いつき。気分を害されたことは、重々承知いたしております。その点は、いくえにもおわびいたしますゆえ、どうかお許しいただきたい」

迅一郎が脇膳の上から、銚子を取り上げる。

「さてと。さっそく、始めようではないか。飲み食いしながらでも、話はできる。めんどうゆえ、手酌といこう」

彦輔も藤十郎も、同じように銚子を手に取り、盃に酒をつぎ始める。

藤八も、それにならった。

酒に口をつけて、彦輔が藤十郎を見る。

「初めに、そこもとのまことの名を、聞かせていただこう。坂田藤十郎は、たわむれでござろう」

藤十郎は、一口で盃をあけてから、唇を軽くゆがめた。

「なんの、実名でございます。ただ、偽名と思う御仁も多いゆえ、そのままそう思わせておくことも、あり申す」

彦輔は小さく首を振り、さらに問うた。

「ちなみに、どちらのご家中でござるか」

藤十郎は、一呼吸おいた。

「過日申し上げたとおり、さる大名家の江戸勤番の者でござるが、家名だけはご容赦いただきたい。ただ神宮どのには、正直にお伝えしておりますゆえ、いずれは明らかになりましょう」

藤八は、彦輔の横顔を見た。

彦輔は、唇を引き結んだだけで、それ以上は何も言わない。

迅一郎が、とりなすように口を開く。

「いささか、外聞をはばかる話ゆえ、当面は伏せておきたい、とのご所存だ」

彦輔は、刺し身をつまんだ。

「小人目付といえば、曲がりなりにもご公儀の、監察の御用を務める立場のはず。大名家のいざこざなどに、首を突っ込むいわれはあるまい」

迅一郎が、取り上げた箸を置いて言う。

「そのあたりを、おおやけにしたくないゆえ、おぬしに声をかけたわけよ。察してくれ」

彦輔はそれに答えず、いきなり藤八を見た。

「甘酒が飲みたくなった。注文してくれ」

何を言い出すのか、ととまどいながらも藤八は、腰を上げた。

床柱のそばに行き、組み紐を引っ張る。

すると、いきなり柱のどこからか、小さな声が聞こえた。

「ご用でございますか」

驚いて目を近づけると、組み紐の後ろの柱に、細かい竹の網で蓋をされた。小さな穴が見えた。内側が、空洞になっているようだ。

藤八はそこへ口を寄せ、声を大きくして言った。

「ちょいと聞くが、甘酒の用意はあるかい」

「はい、ございますが」

「じゃあ、一つでいいから冷たいやつを、持って来てくれ」

迅一郎は、われ関せずという顔で、酒を飲んでいる。

藤十郎はなんとなく、笑いを噛み殺す様子だった。

しかたなく、藤八は言った。

「鹿角の旦那は、甘酒に目がねえんでござんすよ。ことに、冷たいのがお好みで」

「それにしても、柱を通じて仲居と話ができるとは、用の立つものでござるな」

藤十郎は、とってつけたように、話をそらした。

迅一郎が言う。

「口を近づけて、大声を出さぬかぎり、向こうには聞こえぬ。ここでの話を、盗み聞きされる心配はござらぬ」

煙草を一服するほどのあいだに、甘酒が運ばれて来た。

彦輔はそれに口をつけ、迅一郎と藤十郎を見比べた。

「それでは話とやらを、聞かせてもらおうか」

藤十郎が居住まいを正し、おもむろに切り出す。

「卒爾《そつじ》ながら、鹿角どのに道連れの仕事を、お願いしたいと存じます。それも、いささか遠出をしていただく、めんどうな仕事でござる」

彦輔は、甘酒のはいった湯飲みを置き、腕を組んだ。

「遠出か。まあ、引き受けぬでもないが、江戸十里四方の内に限るぞ」

「残念ながら、外でござる」

藤十郎の返事に、彦輔が渋い顔をして、聞き返す。

「外といっても、どこまで行けばいいのだ」

藤十郎は、こぶしを丸めて口に当て、こほんと咳をした。

「遠方で恐縮ながら、京の都まで出向いていただきたい」

「京の都、と」

彦輔は、おうむ返しに言って、藤八を見た。

藤八も、努めて平静な顔を保ちながら、内心驚いた。

道連れの仕事で、彦輔がそんな遠くまででかけたことは、一度もない。それどころか、そもそも彦輔は箱根より先へ、行ったことがないはずだ。

迅一郎が、口を開く。

「こいつは、だれにでもできる仕事ではない。剣の腕もさることながら、せっぱつまったおりや、不測の沙汰が出来《しゅったい》したおりに、いかにそれを切り抜けるか。いわば、機に臨んで変に応ずる、器量がなければならぬ」

それを受けて、藤十郎もうなずく。

「さよう。鹿角どのは、新富士の洞穴に閉じ込められても、あわてずに隠れた抜け道を、探し当てられた」

妙なところでほめられ、彦輔は気色の悪そうな顔をして、問い返した。

「ちなみにあの洞穴は、もとからあのような仕掛けに、なっていたのか」

迅一郎が応じる。

「奥の抜け穴は、もとからあったものだ。ただ井戸の綱は、代官所のお許しを得て、おれが手配した。ついでながら、おぬしらの掘り出した大日如来は、代官所が埋めたものと聞いている。あれは、切支丹のデウスの隠れみの、との説があるそうだ。近藤重蔵父子と、切支丹との関わりが疑われて、恩赦の目がなくなるのはまずい、という筒井さまのご配慮らしい」

筒井《つつい》伊《い》賀守《がのかみ》政憲《まさのり》は、新富士の惨劇を扱った町奉行で、近藤重蔵とは旧知の仲だ、と聞いている。

彦輔は、まるで気にするふうもなく、あとを続けた。

「そうだろう。あの綱が、近ごろ取りつけられたことは、土ぼこりがついておらなんだゆえ、すぐに分かった」

藤十郎はうなずいた。

「われらは、さようなところにまで目の届く御仁を、必要としているのでござる。おてまえの剣の腕も、それがしが確かに見届け申した」

彦輔が、じろりという目つきで、藤十郎を見る。

「あのおり、おぬしは自分の勝ち、などとうそぶいていたようだが、今でもその考えに変わりはないか」

藤十郎は、背筋を伸ばした。

「いや。それがしの抜き胴を、あのようにかわされたのは、初めてでござる。それがしの勝ちと申したのは、ただの強がりにすぎませぬ」

妙にしたてに出たので、彦輔も面食らったようだ。

「おぬしこそ、おれの下段袈裟《げだんけさ》を、よくすかしたものよな。まあ、こたびは引き分け、ということにしておこう」

迅一郎が、あきれたという表情で、首を振る。

「お互いに、心にもないほめ合いなど、するものではない。それより、坂田どの。話の先を続けられよ」

「おお、いかにも」

藤十郎は、もう一度居住まいを正した。

「ただ今申したとおり、ある人物が京へのぼるのに、道連れをお願いしたいのでござる。ただし、道連れの相手がどこのだれとか、何ゆえ京へ行くのかとか、そういうお尋ねはいっさい、ご勘弁願いたい。その分は謝金によって、埋め合わせをさせていただく」

彦輔は顎をのけぞらし、甘酒を飲み干した。

息をついて言う。

「ちなみに謝金とは、いかほどの用意がおありかな」

「いかほどならば、お引き受けいただけるか」

藤十郎が返し、二人は少しのあいだ、見つめ合った。

しびれを切らしたように、迅一郎が割ってはいる。

「百両でどうだ」

藤十郎は、黙っていた。

思わず生唾をのんで、藤八は彦輔の様子をうかがった。

のっけから百両とは、思い切ったものだ。

彦輔が、迅一郎を見る。

「たったの百両で、命のやりとりか」

大きく出た。

迅一郎が、鼻をこする。

「斬られて死ねば、命の安売りにもなろうな。しかし、無事にもどれば、破格の大金が手にはいる。ものも考えようだ」

彦輔は吸い物に口をつけ、迅一郎と藤十郎を交互に見た。

「その、どこぞの家中のなにがしを、京まで無事に送り届けさえすれば、おれのお役はご免ということだな」

迅一郎がうなずく。

「そうだ。あとは祇園、島原で遊んで来ようと、帰りに伊勢参りをしようと、おぬしの勝手だ。ただし、百両はおぬしがもどって来るまで、おれが預かっておく」

彦輔は、吸い物の椀《わん》を膳に置いて、迅一郎を見た。

「かりに、おれが無事にもどりそこねたときは、その金はどうなる」

迅一郎が、苦笑する。

「心配するな。おぬしのおやじどのに、ちゃんと渡す。そもそも、百両をふところに入れたままで、長旅などできまいが」

彦輔は耳たぶを引っ張り、もったいぶった口調で言った。

「おれの謝礼は、それでよしとしよう。しかし、京への旅にはそれなりに、金がかかる。道中の路銀、そのほか諸《もろ》もろの費用として、別に八十両用意してもらいたい」

迅一郎が、眉を上げる。

「おいおい。道連れの相手は、行った先の京にとどまるのだ。帰りは一人旅ゆえ、それほどはかかるまい」

「ほかに二人、連れて行くのよ。つまり行きは四人旅、帰りは三人旅になる。人数で延べ七人、一人当たり十両というどんぶり勘定だ。それに、念のため十両を乗せて、八十両とする」

迅一郎は、顎を引いた。

「ほかに二人とは、腑に落ちぬ言い条《じょう》よな。だれを連れて行く、というのだ」

「ここにいる藤八と、勧進かなめよ。ともに穴蔵で、ひどい目にあった仲だからな」

彦輔が、あっさりと言ってのける。

藤八はしんそこ驚いて、すぐさま苦情を申し立てた。

「ま、待ってくだせえ。そんな話は、これっぽっちも聞いておりやせんぜ、旦那」

「そうだろう。たった今、思いついたのだ」

涼しい顔で返されて、藤八は頬をふくらませた。

「そりゃ、あんまりでござんしょう。はばかりながらあっしにも、女房子供がおりやす。旦那のご一存で、命のやりとりのお供をするわけにゃ、いきやせんよ」

「ただで、とは言わぬ。おまえにも、それなりの謝金が出るように、おれが話をつけてやるから、心配するな」

藤八は、首をひねった。

「そんなに、うまい旅に、なりやすかねえ、どこで、何が起こるか分からねえんじゃ、命がいくつあっても足りやせんぜ」

「何が起ころうと、おれに任せておけばいいのだ」

思わず、眉を寄せる。

「旦那の、十貫一刀流の腕だけが頼り、というわけでござんすかい」

迅一郎が、手を上げる。

「まあ待て、藤八。彦輔の言うことも、もっともだ。旅に、荷物持ちは欠かせぬし、宿場での談判、駆け引きもある。その点、世慣れたおまえなら、間違いなくこなせる。謝金のことも、女房や子供のことも、おれに任せておけ。悪いようにはせぬ。彦輔の供を、してやってくれ」

藤八は、口を開きかけたが、やめにした。

女房のトキを、迅一郎が説得してくれるなら、長旅も悪くないと思い直す。

藤十郎も、何か言おうとしかけたが、結局黙り込んだ。

迅一郎が、藤十郎の顔色を見て、彦輔に言う。

「路銀の話にもどる。かりに京までの旅で、行きが四人に帰りが三人としても、そこまではかからぬだろう」

彦輔は、眉一つ動かさない。

「それは、なんとも言えまい。旅の途中で、金が足りなくなったり盗まれたりしたら、にっちもさっちもいかなくなるわ」

「そこは、むだな出銭《でせん》を抑えることと、盗っ人に用心すればいいことだろう」

迅一郎が反論したが、彦輔は引こうとしない。

「とにもかくにも、もしものときに頼りになるのは、金しかあるまいが」

「だとしても、そんな大金を持ち歩くのは、ぶっそうきわまりない。そうは思わぬか」

「それが心配なら、とりあえず半分用意してもらおう。あとの半分は、江戸から京の両替商宛てに、為替で送ってくれ」

迅一郎は、すぐには言い返せず、口をつぐんだ。

すると、それまで黙っていた藤十郎が、口を開いた。

「よろしゅうござる。この際、路銀諸費用としてきっちり百両、用意させていただこう。為替の件も、承知つかまつった。その金で賄《まかな》えるならば、供の者を十人でも二十人でも、好きなだけお連れください」

藤八は、藤十郎の顔をつくづくと、見直した。

どこの家中か知らぬが、さして重職とも思われぬ、江戸勤番のこの若侍に、そのような才覚があるのか。

大風呂敷を広げた彦輔も、藤十郎がさらりと二十両上乗せしたので、さすがに虚をつかれたようだ。

半信半疑の体で、迅一郎と藤十郎の顔を、交互に見比べている。

藤十郎は、かまわず続けた。

「ただし、あらかじめご承知おき願いたいことが、二つ三つござる。よろしいか」

われに返ったように、彦輔がすわり直す。

「いかにも、聞かせていただこう」

「正直なところ、こたびの道中は物見遊山《ものみゆさん》、というわけにはまいらぬでござろう。いつ、どこでそこもとらに、思わぬ危険が及ぶか、予測がつき申さぬ。その点は、くれぐれも心していただきたい」

やはりそうきたか、と藤八は気を引き締めた。

「その相手は、盗っ人強盗のたぐいだけではない、というように聞こえるが」

彦輔の念押しに、藤十郎がうなずく。

「いかにも」

不忍池 (二)

鹿角彦輔は、肩を揺すった。

「道連れを頼まれる以上、危険はもとより覚悟の上だ。ただ、用心すべき相手が何者なのか、あらかじめ承知しておきたい」

坂田藤十郎は、また唇を引き結んで、答えようとしない。

彦輔が続ける。

「この一件、小人目付が仲立ちをするからには、相手がご公儀の手の者でないことは、察しがつく。となれば、いずれかの家中の寄せ手か、それとも」

そこで、一度言葉を切り、さらに続けた。

「同じご家中で、そこもとらと志を異にする面々の、どちらかということになろうな」

藤十郎は顎を引き、硬い声で応じた。

「それについても、返答はご容赦いただきたい。ともかく、道中を妨げんとする者があらば、相手がだれであれ斬り捨てていただいて、かまいませぬ」

長くは考えず、彦輔はうなずいた。

「あい分かった。ほかにも、何かござるか」

藤十郎は指を立て、おもむろに言った。

「まず、京までの道筋は東海道ではなく、中山道《なかせんどう》をのぼっていただきたい。それにても、草津宿で二道が合流するゆえ、そこから先は同じでござろうが」

思わぬ注文に、藤八はとまどった。

中山道は、東海道に比べて道のりが長い上、木曽路など山中を行く道なので、難所も多い。

わけを問うても、答えは返ってくるまいが、その中山道をあえて名指しするからには、それなりの子細《しさい》があるはずだ。

彦輔が、少しも顔色を変えずに、先を促す。

「ほかには」

藤十郎は、咳払いをした。

「そこもとに、道連れをお願いする相手は、女子でござる」

静かな部屋が、さらにしんとなった。

彦輔が漬物を口に入れ、軽く音を立てて嚙んだ。

それから、おもしろくもなさそうに言う。

「道連れの仕事は、大半が女子相手だ。おひいさまでも、ただのお女中《じょちゅう》衆でも、いっこうにかまわぬ」

彦輔の言うとおりで、道連れを頼まれる相手は、八割方が女子といってよい。

「その女子の身元調べも、ご無用に願いたい。それと、お心得おきいただくことが、今一つあり申す。キクノは、口がきけぬのでござる」

藤八は、すぐにはその意味が分からず、彦輔を盗み見た。

彦輔が、聞き返す。

「キクノとは、その女子の名でござるか」

藤十郎は、咳払いをした。

「さよう。キクノのキクは花の菊、ノは野山の野と書き申す」

藤八は、頭に〈菊野〉という字を、思い浮かべた。

藤十郎が続ける。

「菊野は年が明けて、十五歳になり申したが、幼いころの大病がもとで、言葉を失っております。つまりは、口がきけませぬ。ただし、耳はふつうに聞こえるゆえ、こちらの意中を伝えるのに、不自由はござらぬ」

藤八は、ふっと息を吐いた。

口がきけないとすれば、向こうは身振り手振り、筆談でしか意を伝えられず、何かと不便ではある。

しかし耳が聞こえるなら、こちらの言うことは、分かるはずだ。

たとえ、危険が迫ったとしても、言葉で急を知らせることはできるから、さして不都合はないだろう。

彦輔の顔にも、ほっとしたような表情が浮かぶ。

「耳の聞こえる女子ならば、さほどに不便はござるまい」

藤十郎は、咳払いをして膝をあらため、唐突に言った。

「それでは、卒爾ながらその菊野に、お引き合わせいたす」

その不意打ちに、藤八は驚いた。

まさかここへ、その菊野なる女子が来ているとは、考えもしなかった。

彦輔も、まさかという思いらしく、藤八を見て唇を引き締める。当惑した様子だ。

迅一郎は、あらかじめ承知していたとみえて、顔色一つ変えない。

藤十郎は、落ち着いたしぐさで両手を上げ、ぽんぽんと打ち鳴らした。

「菊野。はいってまいれ」

すると間をおかずに、背後の襖がさらりと開いて、若衆姿の若者が姿を現した。

見ただけでは娘とは思えず、藤八はあっけにとられた。とはいえ、女子と称するからには男ではなく、娘に違いあるまい。

娘が中にはいり、膝をついて襖を閉じるのを、藤八はぽかんと見つめた。

向き直った娘が、黙ってその場に両手をつき、頭を下げる。

藤十郎は言った。

「それがしの妹、菊野でござる。菊野。おもてを上げて、顔立ちをよくごらんに入れよ」

立て続けの不意打ちに、藤八は言葉を失った。

まさか、この娘が藤十郎の妹とは、これまた考えも及ばなかった。

さすがの彦輔も、今度ばかりは驚きを隠さず、憮然《ぶぜん》とした顔で顎を引く。

菊野と呼ばれた娘は、悪びれる様子もなく上体を起こし、おもてを上げた。

若衆とはいえ、浮世絵で目にするような、髱《たぼ》を張り出した陰間《かげま》風の、派手な作りではない。髷も細身で、ごくおとなしい武家方の、若衆作りにしている。

装いもまた、濃いめの路考茶《ろこうちゃ》の小袖に、いくらか明るい縞の袴という、落ち着いたこしらえだ。

何も知らなければ、ただの美少年で終わるところだが、娘と知ってよくよく見直せば、それはそれで瓜実顔《うりざねがお》の、なかなかの美形といってよい。

棒でも飲んだように、背筋を起こしていた彦輔が、少ししゃがれた声で言う。

「坂田どのの、妹御とな」

その問いに、菊野はしっかりとうなずいた。なるほど、耳は聞こえるようだ。

藤十郎が、口を開く。

「さよう。それがしの、二番目の妹でござる」

ふところから、折り畳んだ紙を取り出し、目の前に掲げた。

「幼いころの病によって、言葉を失った由縁を詳しく記録した、医師の診立て書がここにあり申す。手形とともに、持たせる所存でござる」

藤十郎はそう言って、その書付《かきつけ》を菊野に差し出す。

菊野はそれを、ふところにしまった。

藤八は、ようやく気持ちを落ち着けて、菊野に声をかけた。

「菊野さんとやら。こちらのおかたが、おまえさんの道連れを務めなさる、鹿角彦輔さまだ。ご挨拶しておくんなせえ」

わざと、町方の語り口で話しかけたが、迅一郎も藤十郎も表情を変えない。

その口前で、いっこうにかまわぬ、ということらしい。

菊野は膝に手をつき、彦輔をまっすぐに見てから、あらためて頭を下げた。

藤十郎が言ったとおり、声を出すことはないが、礼儀を心得た振る舞いだ。

彦輔は、勝手が悪そうに咳払いをして、挨拶を返した。

「鹿角彦輔でござる。そこに控えるのは、呼び名をめくぼの藤八と申す、付き添いの者。それがしともども、お見知りおき願いたい」

めくぼのあだ名はよけいだ、と藤八は腹の中で毒づいた。

菊野が、また藤八に目をもどして、小さく挨拶をよこす。

藤八は、ゆっくりと言った。

「どれだけ、お役に立てるか分かりやせんが、よろしくお願い申しやす」

菊野の頬に、かすかな笑みが浮かぶ。確かに、ちゃんと聞こえているようだ。

いずれにしても、礼を失しさえしなければ、話は砕けた口回しでいい、というのはありがたい。

今のところの、菊野の立ち居振る舞いを見るかぎり、武家の娘には違いあるまい。

ただ、藤十郎の実の妹かどうかは、すぐには判じがたいものがある。行きがかり上、そう称しているだけかもしれない。

しかし、それを詮議したところで、これまでのいきさつからしても、真実が明かされることはあるまい。

そもそも口がきけぬ、というのもまことかどうか、はっきりしない。装っているだけ、ということもありうる。

どちらにせよ、菊野の落ち着いた挙措《きよそ》からして、育ちがよいことだけは、確かと思われた。

おそらく、彦輔も藤八と同じ考えだろうが、やはり言ってもむだと思ったのか、口を閉ざしたままだ。

ともかく、迅一郎と藤十郎がそう思わせたいなら、そういうことにしておこう。

藤十郎が、口を開く。

「菊野。顔合わせは以上だ。下がってよいぞ」

その声のかけ方から、菊野の素性や立場が、おのずと知れた気がした。

藤十郎の妹かどうかは別として、小身《しょうしん》の旗本か御家人の家柄の娘に、違いあるまい。

菊野は、また手をついて挨拶し、隣の部屋に姿を消した。

襖が閉じると、藤十郎は続けた。

「ここ半年ばかり、あえてあのいでたちを、続けさせております。言ってみれば、男女の区別をつきにくくするのが、ねらいでござる」

彦輔が口を挟む。

「それは、いわば敵をあざむくための、変え姿でござるか」

藤十郎は、頬を引き締めた。

「そう考えていただいて、差し支えござらぬ」

彦輔は少し考え、口調を変えて問うた。

「それで、出立《しゅったつ》はいつごろとお考えか」

藤十郎が、眉を寄せる。

「できるだけ早く、と考えております。一回り（一週間）、ないし十日後あたりでは、いかがでござるか。月が替わって、四月になり申すが」

藤八はとっさに、それは無理な相談だ、と思った。

案の定、彦輔が首を振る。

「旅に出るには、往来切手や関所手形を、用意せねばならぬ。ほかはともかく、中山道の碓氷《うすい》関所、福島関所などは、手形なしには通れぬはず。ことに女子は、詮議が厳しゅうござろう。その支度に、十日ではとても足りぬ、と思うが」

藤十郎は、ちらりと迅一郎と目を見交わし、さりげなく応じた。

「菊野の分は、当方で用意いたす所存。鹿角どのと、藤八どのの分も、神宮どのの手配によって、早々に出るようにいたします。ただ、その、勧進かなめどのとやらの分は」

そこで言葉を切ると、迅一郎があとを引き取る。

「かなめの分も、おれの方でなんとかする」

短く言って、口の端をぐいと引き下げた。

彦輔が、薄笑いを浮かべる。

「ははあ。お上のご威光で、やりくりする所存だな」

藤八は、笑いを嚙み殺した。

武家の者でなくとも、出女《でおんな》はけっこううるさい、という。ただ、公儀の意向がからむとなれば、話は別だろう。

裏に、どのような子細があるのか知らぬが、おおやけにできぬ沙汰がひそんでいることは、確かなようだ。

そうした仕事に、彦輔のような一介の御家人の三男坊や、小人目付の下働きにすぎぬ、自分のような者が関わることは、めったにないだろう。

かりに、うまく御用を果たしても、公儀のおほめにあずかることは、まずあるまい。

逆に不首尾に終わり、命を落とすはめになっても、一件はおおやけにされることなく、闇に葬り去られるに違いない。

残される妻子のことを考えると、大金とはいえ百両や二百両の金で請け負える、なまなかな仕事ではない、という気がしてくる。

そうした不安を、藤八が訴えようとしたとき、先に彦輔が口を開いた。

「よかろう。おぬしらで、用意万端整えてくれるというなら、おれの方に異存はない。そうだな、藤八」

急に話を振られて、藤八は答えに詰まった。

「い、異存はござんせんが」

一度言葉を切り、不安をぶつける。

「もしも、もしもこの一件が、不首尾に終わりやしたら、あっしらはいったい、どうなるんでござんすかね」

しどろもどろに言うと、彦輔はすげなく応じた。

「そのときは、おまえもおれもくたばっている。あとのことを心配しても、始まらぬわ」

ざれ言も、たいがいにしてほしいと、喉元まで出そうになるのを、藤八はぐっとこらえた。

下っ端とはいえ、曲がりなりにも御用を務めているのは、お上への忠誠心からでもないし、威光を盾にいばり散らすためでもない。

ただ妻子を養い、糊口《ここう》をしのぐだけのためだ。

それを、わけの分からぬ仕事に関わって、だいじな命を粗末にするなど、あまりにばかげている。

さりながら、彦輔とは互いに気心が知れ、腹を割り合った仲でもある。

藤八は、ため息まじりに、頭を下げた。

「のみ込みやした。旦那のお供を、させていただきやす」

あたりまえだ、という顔で彦輔はうなずき、藤十郎を見た。

「ちなみに、菊野どのを襲って来る連中は、どれほどの数だ」

藤十郎が、眉根を寄せる。

「それは、襲って来るまで、分かりませぬ」

彦輔は首を振り、迅一郎に目を移した。

「一人二人ならともかく、それ以上の頭数となると、事はめんどうだ。念のためにもう一人、富永隼人を加えることにすれば、陣容が整うだろう」

迅一郎の目に、ちらりと困惑の色が浮かぶのを、藤八は見逃さなかった。

「富永隼人は、必要あるまい」

迅一郎は妙に強い口調で、にべもなく応じた。

「なぜだ。新富士騒動のおり、隼人がわざわざ様子を見に来たのも、おぬしの差し金に違いあるまい。ならばあの男も、こたびの用向きとまるで関わりがない、とはいえぬはず」

彦輔が決めつけると、迅一郎は口をゆがめた。

「要するにおぬし、自分一人では心もとない、というわけか」

そう問い返されて、彦輔もさすがにいやな顔をする。

ここぞとばかりに、迅一郎は続けた。

「確かに、隼人の腕は頼りになるゆえ、その気持ちも分からぬではないがな」

弱みをつくようなその言に、彦輔は一度唇を引き結んで、言い返した。

「ならば、こたびの道連れは初めから、隼人に頼めばよかったではないか」

迅一郎が、少しあわてた様子で、背筋を伸ばす。

「まあ、そうむきになるな、彦輔。この仕事は、ただ剣の腕が立つだけでは、務まらんのよ。おれは、おぬしのとっさの機転や、妙に血の巡りがいいところを、頼りにしているのだ」

ほめているのか、それともけなしているのか分からず、藤八は鼻をこするふりをして、笑いをこらえた。

「坂田どのが、路銀百両で賄えるなら、十人でも二十人でも連れて行け、と言われたではないか。隼人一人くらい、どうということはあるまい。謝金が心配なら、おれの取り分から差っ引いても、かまわんぞ」

彦輔に言いつのられて、迅一郎はぐっと詰まった。

一呼吸おくように、酒を一口飲んで言う。

「実を言えば、おぬしが留守のあいだに、隼人にはつねの道連れの仕事の、肩代わりをしてもらうつもりなのだ」

迅一郎の言い訳に、藤八はどことなく、釈然としないものを感じた。彦輔の顔にも、同じような表情が、浮かんでいる。

しかし、なぜか彦輔はそれ以上追及するのを、やめてしまった。

急に話を変える。

「もう一つ聞く。菊野どのに同行する女子衆は、おらぬのか。女の旅には、何かとめんどうなことが、つきものよ。まして菊野どのは、おれたち男の目から見て、扱いに気を遣う年ごろだ。ご当人としても、気の置けぬ女子の付き添いが、ほしいのではないか」

いかにも、もっともらしい口ぶりに、藤八もなるほどと思った。確かに、男と違って女の旅には、何かと障りが多い。

襖の向こうにいる、菊野の耳にも届いたはずだが、しわぶき一つ聞こえてこない。

迅一郎が言う。

「そこは女同士、勧進かなめにめんどうを見させれば、いいではないか。どうせ連れて行くなら、それくらいの働きをしてもらわねば、割に合わぬぞ」

「その仕事は、かなめには荷が勝ちすぎよう。お屋敷勤めの経験がない、町方の女に武家の子女のめんどうは、見きれまい。ここは一つ、坂田どののご家中から、どなたか気心の知れた女子衆を、出していただくのがよい、と思うが」

迅一郎が答える前に、藤十郎が口を開いた。

「あい分かった。それがしも、一時はかなめどのとやらに、お頼みできぬものかと、そう考えており申した。しかしながら、鹿角どのの仰せのとおり、町方の女子にはいささか、荷が重すぎましょう。お互いに、気詰まりでもござろう。それがしの方で、だれかしかるべき付き添いを、考えることにいたします。それくらいの費えは、百両で十分に賄えましょう」

そう言い切ったので、迅一郎は少し渋い顔をしたものの、それきり口をつぐんだ。

藤十郎が続ける。

「ただちに、手形や為替の手配をいたしますゆえ、出立の日取りを決めたいと存ずる。十日後の、四月三日ではいかがでござろう」

藤八は、彦輔の顔を見た。

彦輔は眉根を寄せ、すぐには答えない。

迅一郎が、とりなすように口を開いた。

「十日あれば、おやじどのへの断わりや、身の回りの始末もつけられよう。ただし、旅の用向きについては、他言無用としてもらいたい。都見物とでもしておけ」

彦輔は、鼻をこすった。

「おやじは、おれにそんな暇や金がある、とは思っておらぬよ。黙って出立するゆえ、おりを見ておぬしの口から、うまく言っておいてくれ。おれは、四月三日の出立で、かまわぬ」

迅一郎が、藤八に目を移す。

「異存はあるまいな」

藤八は頭を下げ、上目遣いに迅一郎を見た。

「あっしも、異存はござんせんが、神宮の旦那からうちのトキに、くれぐれも障りのねえように、うまく話をつけていただきてえんで」

女房の名を出すと、迅一郎は苦笑してうなずいた。

「うむ。おれが、うまくとりなしてやるから、心配するな」

そう言って、彦輔に目をもどす。

「勧進かなめの方は、おぬしに任せていいだろうな」

「かまわぬ。おれとの旅がいやだ、と言わぬかぎりはな」

迅一郎が薄笑いを浮かべる。

「その心配はあるまいよ。ところで、どこに集まって出立するか、考えておかねばなるまい。坂田ど

の の江戸屋敷、というわけにはいかぬからな」

彦輔は、藤八に目をやった。

「例の、〈騒婦連〉の月並会《つきなみ》が開かれる、市谷左内坂上のあの寺は、なんといったかな」

「長源寺でござんすかい」

「そう、その長源寺だ。住職は確か、円海といったな」

「さようで」

「かなめを通じて、円海に頼んでみよう。四月二日の夜、長源寺に泊まって翌朝出立、という段取りでどうだ」

藤八はうなずいた。

「そいつは、いい考えだ。あの坊主、かなめの言うことなら、なんだって聞きやすぜ」

彦輔が、ぐいと酒をあける。

「よし。これで決まりだ」

市谷長源寺

暗い天井を見上げる。

勧進かなめは、目が冴《さ》えて眠れなかった。

十日前の夕刻。

毎月、市谷左内坂上の長源寺で開かれる、〈騒婦連〉の月並会から、湯島妻恋坂の長屋へ、もどったときのことだ。

隣に住む、鹿角彦輔が待ちかねた様子で、ちょっと部屋に来てくれぬか、と声をかけてきた。

例によって、賄いの夕飯の催促かと思ったら、そうではなかった。

それどころか、すでに彦輔の箱膳の上に、珍しく屋台で買ってきたらしい、寿司の折詰さえ載っていた。

しかも、かなめの分と合わせて二つ、という気前のよさだ。

さらに、土瓶に湯まで沸かしてあり、いつでも茶をいれられるように、用意が整っている。

これは何かあるに違いない、とぴんときた。

とはいえ、さすがにそのときは、彦輔が受けた旅の道連れの仕事の、そのまた道連れになれという話とは、思わなかった。

なんでも、どこかの武家の娘を京の都まで、送り届ける仕事だそうだ。

京と聞いても、すぐにはぴんとこない。そもそも東海道は、蒲原《かんばら》より先に行ったことがないのだ。

それでも、せめて一度くらいは京の都に行ってみたい、と平生からあこがれていたことは、確かだった。

こういう機会でなければ、一生行けないかもしれない。

しかも、京までは東海道ではなく、なぜか中山道を行くという。中山道も、熊谷までは行ったことがあるが、それより先は知らない。

彦輔に懇望された上、藤八まで同行するとなれば、断わる理由はない。渡りに船とは、このことではないか。

聞いてみると、それだけの仕事で彦輔に百両、藤八とかなめにそれぞれ五十両ずつ、出るそうだ。

彦輔の半額、というところがひっかかるが、万一のときに命を張るのは彦輔だから、文句はいえない。

しかも、旅のあいだの路用はすべて相手持ちだ、と聞いている。こんなうまい話は、めったにないだろう。

ただ途中で、その娘をだれかが襲ってくるとか、あるいは奪い去ろうとするとか、そういう物騒な話もあるようだ。

どんな素性の相手かは知らぬが、その娘が京に行くことを不都合、と考えるやからがいるらしい。

むろん、危ない目にはあいたくないが、藤八も自分も五十両分くらいの働きは、しなくてはなるまい。

もっとも、一行を危険から守るのは、道連れ彦輔の本来の役目ゆえ、最後は任せておけばいいだろう。

かなめも、彦輔が間近で人と斬り合うのを、何度か目にしたことがある。ときに、はらはらさせられることも多く、天下無双の剣の達人とは、とうてい言いがたい。

しかし、きょうまで生き延びたところをみれば、彦輔はよほど悪運が強いに違いない。悪運も運のうちだから、頼りにしてもばちは当たるまい。

ただ、いくらか気がかりなのは、あの菊野という小娘だ。かなめの、半分ほどの年のくせをして、美しい上に妙に色っぽいのが、気になる。

若衆姿が、やけに似合っているのも、おもしろくない。もしかして、あれがほんものの若衆ならば、ちょっとからかってみたくなるほどの、美形だった。

それにしても、耳は聞こえるが口がきけない、というのも奇妙な話だ。

なんでも、幼いころの大病のせいだそうだが、実のところはしゃべれるのではないか、という気もする。いずれは、その真偽も明らかになるだろう。

それと、もう一つ気に食わないのは、菊野の付《つ》き添いのりくという、大年増《おおどしま》の侍女《じじょ》だ。年甲斐《としがい》もなく、厚塗りの化粧をした吊り目の女で、崖から転げ落ちてきた岩のような、頑丈な体つきをしている。

二時《ふたとき》ほど前、ここ長源寺で顔を合わせたときから、りくはかなめに対する不快や、侮蔑の色を隠そうとしなかった。まるで、夜鷹《よたか》でも見るような目で、ねめつけてきた。

かなめはこれまで、扇師としてりっぱにたづきを立ててきたし、狂歌師としてもそれなりに認められている、という自負がある。

その証拠に、かなめが古今の狂歌を書きつけた扇は、正月だけでなく一年を通して、なかなかに売れるのだ。町方の女、というだけで白い目で見られるいわれは、どこにもないではないか。

それはさておき、いちばん気になるのは、菊野を何ゆえに京まで連れて行くのか、京の都のだれに引き渡せばいいのか、ということだった。

彦輔はもちろん、めくぼの藤八さえ言を左右にして、はっきりしたわけを言おうとしない。

そのため、よほどの秘密があるのかと思ったが、寝床にはいってからはたと気づいた。もしかすると、彦輔も藤八もほんとうのことを、聞かされていないのではないか。

むろん、ただの物見遊山でないことは、見当がつく。

神宮迅一郎から、彦輔一行について京まで行けば、五十両の謝金が出ると聞かされたとき、このご時世にそんなうまい話があるものか、と思ったものだ。

ただ、菊野の道連れを務めるだけなら、そんな大金を出すはずがない。道中、何が起こるか分からないからこそ、それだけの金をはずむのだ。

欲を言えば、あの富永隼人を道連れの助っ人に、加えてほしかった。そうすれば、鬼に金棒だったのに、と思う。彦輔一人では手が回るまい、という気がする。

しかし、自分の口からは言い出せない。彦輔が、気を悪くするかもしれないからだ。

迅一郎が、彦輔一人でだいじょうぶ、と判断をくだしたのならば、それを当てにするしかない。

ひとけのない本堂には、光一筋射し込んでこない。彦輔と藤八、菊野とりくは、それぞれ別の畳の小部屋で、隣同士蒲団《ふとん》にくるまり、寝ているはずだ。

かなめが、本堂の板の間に上敷きと夜着だけで、一人寝るはめになったのは、りくの思惑にはまったせいだった。

長源寺は、市谷左内坂上の寺町の中でも、大きな寺にまわりを囲まれた、ごくこぢんまりした寺なので、あまり部屋数がない。

初めは、彦輔と藤八が一緒に本堂に、寝るはずだった。ところが、隣の部屋に寝るのがかなめ一人では、あまりに用心が悪いと、りくが異を唱えた。

それでやむなく、かなめが本堂に寝ることになった、という次第だった。

藤八の話では、迅一郎は道中の菊野のめんどうを、かなめにみさせればよい、と考えていたらしい。

ところが、町方の女に武家の娘の世話は無理だ、と彦輔が物言いをつけたために、菊野の世話をしているりくが、同行することになったという。

かなめにしても、町方の娘ならともかく、武家の娘のお守《も》り役など、願い下げだ。

りくとは、どう考えても気が合いそうにないが、がまんするしかない。

ともかく、菊野のための世話係が、同行することになったのは、ありがたかった。

そう得心すると、急に眠気が差してきた。

「いつまで、寝ているのじゃ。ほどなく、七つの鐘が鳴りますぞ」

とがった声が耳を突き、かなめはあわてて半身を起こした。

枕元に、手燭を持ったりくの姿が、ぼんやりと浮かぶ。

周囲はまだ、真っ暗だった。

「七つ過ぎには、ここを出ねばなりませぬぞ。そのつもりでいや」

耳慣れぬ口のきき方に、どぎまぎする。

「はい、はい。すぐに支度をいたしますから、お待ちくださいますように」

久しぶりに、まともな口をきいたので、舌がもつれた。

そっと、ため息をつく。

これから先、ずっとこの女と行《こう》をともにするのかと思うと、気が重くなった。

板橋宿㈠

板橋宿に着いたときは、すでに夜が明けていた。

この宿場は、上手と下手の二つに分かれており、中山道沿いの方は下板橋宿だ。上板橋宿は、宿場口で中山道から左に分かれる、川越道沿いにある。

藤八は、鹿角彦輔を先頭に前を行く菊野、りく、勧進かなめのあとにつき、後ろを固めていた。

彦輔は、打裂羽織《ぶつさきばおり》に裁着袴《たつつけばかま》、漆塗《うるしぬ》りの黒い塗笠をかぶり、手行李《てごうり》の包みを斜めに背負った、ふつうの侍の旅姿だ。

菊野も、ういういしい若侍のこしらえで、浅葱《あさぎ》色の野袴を着用し、小太刀《こだち》を腰に差している。

りくは手甲脚絆《てつこうきやはん》、道行《みちゆき》に身を固め、やはり漆塗りの竹皮笠《たけのかわがさ》に竹杖《づえ》、という装いだった。

菅笠《すげ》をかぶったかなめは、白い脚絆と足袋に朽木草鞋をはき、赤い付紐《つけひも》を結んだいでたちが、いっそ目にまぶしい。やはり、竹杖を持っている。

板橋宿は、街道沿いに十六町ほど続いており、旅籠《はたご》が大小五十軒以上もある、という。総戸数が六百戸弱だそうだから、十軒に一軒は旅籠、という勘定になる。

しかしほかの宿場では、十軒に二軒か三軒が旅籠、というところもあるそうだ。へたをすると、半分近くが旅籠という宿場も、珍しくないらしい。してみると、板橋宿がことさら多いわけでも、ないようだ。

藤八は菅笠に、山伏や六部《ろくぶ》が使う笈《おい》(竹製の負い籠)を、背負っていた。

武家が使う、挟み箱では肩に負担がかかるが、笈なら背負うかたちになるので、運びやすい。それに、手行李や小葛籠《こつづら》に比べて、かなり荷物がはいる。底の四方に、短い脚がついているので、上げ下ろしも楽だ。
四、五日前、たまたま長屋に来た富山の薬売りに、胴巻きや財布、道中差しなど必需品以外に、長旅に欠かせぬものは何かを、聞いてみた。
薬売りによると、これから梅雨に向かう季節でもあり、菅笠と桐油《とうゆ》引《び》きの道中合羽《どうちゅうがっぱ》は、かならず持って行くように、とのことだった。

あとは、できるだけ身を軽くするため、手甲、脚絆、足袋に下帯など、洗濯できるものは替えをすべて、一組ずつにとどめる。

そのほか草鞋《わらじ》、蠟燭《そうそく》、鼻紙など使い捨てるものは、そのつど道中で買えばよい、というのだ。

旅慣れた者なら、それでいいかもしれないが、藤八はやはり不安だった。

自分なりに、順に数え挙げてみたところ、あれもいるこれもいるとばかり、次つぎに入り用なものが出てくる。

火打ち道具、付木《つけぎ》、小田原提灯《ぢょうちん》、矢立《やたて》、帳面、細引き、手ぬぐい、髪結い道具や剃刀《かみそり》、折畳み枕など、どれも欠かせぬものに思える。

また、いかに物見遊山でないとはいえ、初めて行く中山道の宿場案内や、道中絵図もあった方がよい。そうしたものも、買い集めた。

そのほか、だれもが必要とする薬、さらし木綿に風呂敷、油紙等をそろえると、けっこうな量になる。

そんなこんなで、笈を背負うはめになったのだ。

よく考えれば、菊野の付き添いにもう一人、中間《ちゆうげん》を同行させるべきだった。ほかに男手があれば、こんな笈など背負うことなく、荷物を分担できたのだ。

前を歩く彦輔が、藤八を振り向いて言う。

「そのあたりの茶店で、腹ごしらえをするか」

藤八はわれに返り、街道の前後を見渡した。

「へい。ちょいと、当たりをつけてまいりやす」

かなめに、顎をしゃくって合図し、宿場を先に進む。

初夏の街道は、すがすがしい涼気が立ち込め、いかにもさわやかだった。

江戸府内を、暁七つに立って来た旅人たちや、逆にこれまでの長旅の疲れをいやし、江戸へ向かおうとする旅人たちで、街道筋は活気に満ちている。明け六つ前後は、いつもこうなのかもしれぬ。

街道の右手奥には、加賀前田家の下屋敷が控えており、寺の山門もいくつか見えた。旅籠や居酒屋の格子が、ほとんど途切れなしに続く。

この宿場には、公儀が容認した女郎、いわゆる飯盛女《めしもりおんな》が百五十人ほども、いるそうだ。日が暮れたあと、格子の中に居並ぶ女たちの、あでやかな姿を思い描くと、ついよだれが出そうになる。

「ちょいと、藤八さん。何をそんなに、鼻の下を伸ばしてるんだい」

後ろから、かなめに図星を指され、藤八はあわてて頰を引き締めた。

「からかうんじゃねえよ、勧進の。顔も見えねえくせに」

「見えなくたって、藤八さんが何を考えてるか、背中に書いてあるよ」

「ばかを言うな。それより、よく目ん玉をひんむいて、あいた座台を探しなよ」

言う終わるより早く、かなめが袖を引っ張る。

「あそこが、二つあいたよ」

かなめが示した顎の先に、小さな茶店があった。

店先に張り出した、葭簾《よしず》の下の座台の一つから、今しも行商人風の男が二人、立ち上がるのが見えた。

かなめが、すかさず人込みを抜けて、その座台に駆け寄る。

藤八は急いで向きを変え、彦輔のところへ引き返した。

「店先の、葭簾の下でござんすが、ついそこで座台が二人分、あきやした。とりあえず、菊野さんとおりくさんに、すわってもらいやしょう」

そう声をかけると、りくがきゅっと眉を寄せて、藤八をにらんだ。

そういえば、前夜長源寺で顔を合わせたとき、菊野を〈菊野さん〉と呼んだら、りくにとがめられた。

「藤八どの。菊野さま、とお呼びするように」

そのとき藤八は、へいと生返事をしただけで、さして気にも留めなかった。

最初に〈清澄楼〉で、菊野をさんづけで呼んだとき、神宮迅一郎も坂田藤十郎も、とがめなかった。それでそのまま、通すつもりでいたのだ。

あるいはりく自身が、自分のことを〈おりくさま〉、と呼んでほしいのかもしれぬ、という気がした。まったく、めんどうな女だ。

広い葭簾の下に、座台が前後二列に六つ、並んでいる。菊野とりくがすわったあと、藤八たち三人は店先に立って、ほかの席があくのを待った。

ほどなく、一つ置いた後列の座台から、三人連れの町人が立ち上がった。

きょろきょろしていたかなめが、それを見てすばやくその座台へ、突進する。

その機敏さに、藤八は驚いたり感心したりしながら、かなめを追った。

あとに続きながら、彦輔も苦笑まじりに言う。

「つくづく、抜け目のない女だな、かなめは」

「いや、まったくで。旅の道連れとしても、けっこう役に立ちやすぜ」

そろって、座台にすわる。

藤八は、笈を足のあいだに置いた。

藤八とかなめは、茶漬けと新香を頼み、彦輔は甘酒と焼き餅を、注文する。

二間ほど離れた斜め前に、菊野とりくの姿が見える。二人とも、握り飯と新香を頼んだとみえ、すでに食べ始めている。

隣の座台から、ささやき声が聞こえた。

「おい。あの若いのは、男か女か、どっちだろうね」

藤八が目を向けると、商用旅らしい男の三人連れが、菊野の背を盗み見しながら、ひそひそ話をしている。

「前髪姿だから、元服前の若侍だろう」

「いや、いや。あの、ほっそりした肩の丸みは、男のものじゃあるまい」

「そのとおりだ。あれは、どこかのお屋敷のお嬢さまが、若衆姿に身をやつしてるに、違いないよ」

それを聞いたかなめが、手にした茶碗越しに藤八を見て、瞳をくるりと回す。

藤八は、さりげなく前後左右に、目を配った。

いきなり、何かが起きるとは思えないが、はなから気を緩めていたのでは、いざ鎌倉というとき、変事に応じきれない。油断大敵というのが、藤八の第一の心得だった。

気がつくと、座台を埋める男たちの大半が、ちらちらと菊野の方を、盗み見ている。ささやき声も、耳にはいってくる。

菊野の美しさが、それだけ際立っているのだ、とあらためて思い当たる。

菊野という娘は、ただそこにいるだけで、もめごとの種になる。そんな気がした。

これでは、人目を引かずに旅を続けるのは、むずかしいかもしれぬ。どこで、だれがねらってくるやら、先が見通せないのでは、手の打ちようがない。

どうやら、思ったよりもめんどうな旅に、なりそうだ。

そのとき、菊野とりくの隣の座台で、いちどきに四人分の席があいた。

それを見て、店先であきを待っていた、旅人ふうの若い男二人と、刀に柄袋をかけた旅装の侍が二人、入れ替わりにそこにすわった。

渡世人《とせいにん》らしい二人は、すわる前から菊野の方を、じろじろ見ていた。すわってからも、隣の侍たちの背中越しに、しつこく目を向け続ける。

二人の侍は、背負った包みの中から、弁当を取り出した。小女に、茶と酒を注文して、握り飯を食べ始める。

二人の渡世人は、握り飯と酒を頼んだ。

小女が、それを運んで来るまでのあいだも、体を前後に揺らしながら、菊野を眺め続ける。ときどき互いの肘をつつき、忍び笑いまで漏らす。

いかさま、無礼な振る舞いだ。

しかし、菊野もりくもそれに気づかぬげに、食事に専念している。ことに菊野は、まわりの声がいっこうに、気にならぬらしい。

やがて食べ終わり、茶を飲み干したりくが、斜め後ろを振り向いて、彦輔に小さくうなずきかけた。

彦輔は、それに応じる様子も見せず、残った甘酒をずずっと飲み干して、藤八を見た。

「あちらの分も一緒に、勘定をしておいてくれ。おれたちは、一足先に出る」

そう言い捨て、隣にすわるかなめを促して、さっさと席を立った。

それに気づいたりくが、菊野の顔をのぞき込んで、何かささやきかける。

二人は座台を立ち、手早く身繕いをした。

菊野は、隣の座台にすわる侍たちに、軽く目礼するようなしぐさをして、前を通り抜けた。

一方、りくは侍たちに目もくれず、菊野のあとに続いた。

侍たちは顔を伏せたまま、それが目下最大の関心事、といわぬばかりに、弁当を使い続けている。

菊野とりくは、そのままそそくさと葭簀の下を抜け、街道へ出て行った。

渡世人たちが、ものほしげな顔で、その後ろ姿を見送る。やくざ者でも、すこぶるつきの美形には、さすがに見とれてしまうようだ。

確かに菊野は、眺めるだけの値打ちがある、美しい娘だった。

藤八は、五人分の勘定をすませ、笈を背負い直して、茶店を出た。

東の空が、すっかり明るくなっている。それにつれて、日差しも強まってきた。

半町も歩くと、いくらか街道の往来が、緩やかになった。

ほどなく、石神井川にかかる板橋が、見えてくる。

その少し手前を行く、彦輔たちの後ろ姿が、目にはいった。笈を揺すり上げ、足を速めて四人のあとを追う。

ようやく追いつくと、それを待っていたように、かなめが言った。

「さっきの茶店の、やくざ者を見たかい。菊野さんを、あんなにじろじろ見たりして、無作法《ぶさほう》といったらありゃしないよ」

「まったくよ。その上、おめえに目もくれねえとは、ますますもって、無作法きわまるやつらだぜ」

かなめが、口をとがらせる。

「そんなこと、言ってやしないじゃないか」

それから、少し間を置いて続けた。

「でも、ちらっとくらいは、見た気がするよ」

藤八は、苦笑した。

かなめの、そんなところが好きだった。

板橋を渡り始めると、彦輔が足を緩めて菊野とりくを、先に行かせた。さらに、かなめに顎で合図して、二人のあとを追わせる。

藤八と肩を並べながら、彦輔が低い声で言う。

「さっきの茶店で、菊野のとなりの座台にすわった二人を、どう思う」

「それでござんすよ、旦那。かなめとも話をしやしたが、あれほどじろじろ菊野さんを見るとは、まったく無礼な渡世人で」

彦輔は、ちちっと舌を鳴らした。

「そうではない、藤八。おれが言っているのは、その二人と一緒の座台にすわった、二人連れの侍のことよ」

藤八は虚をつかれ、板橋の上で足を緩めた。

「ああ、あのお二人さんでござんすか。あちらは、さすがにお侍さまだ。菊野さんには、ちらとも目をくれなかった。そうでござんしょう」

彦輔は藤八を見て、妙にまじめな顔で言った。

「そのことよ。まわりの男たちが、こぞって菊野を盗み見しているのに、おまえの言うとおりあの侍たちは、ちらとも目を向けなかった。それはちと、おかしいではないか。あれほどの別嬪《べっぴん》が、すぐそばにすわっていれば、侍だろうとやくざ者だろうと、一目くらいは見るのが男、というものではないか」

先を行くりくが、さりげなく振り向いた。

一瞬、話を聞かれたかと焦ったが、声をひそめていたこともあり、そんなはずはない、と思い直す。

藤八はしかたなく、愛想笑いを浮かべてみせた。

りくはそれを、はじき返すように顎をしゃくり、菊野を促してさらに足を速める。

藤八は口元を引き締め、彦輔に目をもどした。

「つまりは、あのお侍たちがどうだ、とおっしゃるんで。あっしにゃもう一つ、のみ込めやせんが」

「あの二人は、菊野がすぐそこにいるのに、見向きもしなかった。そうでなくても、あのように込み合った席では、それとなくまわりに目を配るのが、侍というものだ。あの二人の、妙にしゃちこばった振る舞いは、かえっておかしいように思える。違うか」

藤八は、先刻の茶店での一部始終を、思い起こしてみた。

なるほど、彦輔の言うことにも、一理あるような気がする。今思うと、確かにあの侍たちの背中は、心なしか板でも入れたように、突っ張っていた。

「そう言われてみりゃ、あっしもそんな気がしてきやしたぜ、旦那。すぐそばに、菊野さんのような別嬪がすわってりゃ、ちらりとでも目をくれるのが、男ってもんだ。それなのに、まるっきり見向きもしねえとは、確かにおかしゅうござんすね」

「おりくにしても、あの渡世人たちの無作法を、目でとがめるくらいは、してもいいはずだ。それなのに、隣の座台を見ようともしなかった。おりくと二人の侍は、見知った仲かもしれぬ。だとしても、おりくはそのことをおれたちに、知られたくないらしい。そうは思わぬか」

藤八は、少し先を行くりくの後ろ姿に、目をやった。彦輔の言うことが、いちいちもっともに思えてくる。

あの女なら、それくらいの芝居を、やってのけそうだ。

「菊野さんは、どうでござんしょうね」

「分からぬ。しかし、菊野の背中を見たかぎりでは、そのような気配はなかった」

板橋宿㈡

鹿角彦輔が、顎をしゃくる。

「おまえが、先に立て。朝っぱらから、襲って来るやつがいるとは思えぬが、念のためということもある」

めくぼの藤八は、笈を揺すり上げた。

真っ先に盾になれ、というご託宣らしい。

「それじゃ、お先に立たせていただきやす」

ことさら慇懃《いんぎん》に返事をし、大股に歩を進める。

勧進かなめを追い越し、菊野とりくに軽く挨拶して、先頭に立った。

四月初旬という、初夏のさわやかな気候に、中山道を行く旅人の数は、かなり多い。

とはいえ、旅姿の女はさすがに少ない。

まして男二人に、女三人が顔をそろえた組み合わせは、どこにも見当たらない。人目を引くのは、避けられなかった。

朝は、まだ暗いうちの出立だったが、初日のこととて足取りは軽い。女たちの、小刻みな歩みに合わせて、彦輔がのんびりと足を進めるので、重い笈を背負う藤八にとっては、ありがたいことだった。

実は、出立を控えた前日の日暮れどき、五人が旅支度に忙しい長源寺に、神宮迅一郎がやって来た。

彦輔と迅一郎は、別棟の庫裡《くり》の一部屋を借りて、何やら話し込んでいた。

迅一郎から、今まで明らかにされなかった、細かい事情や内実について、それなりの打ち明け話が、あったに違いない。

当然ながら、五人旅に必要な当面の費用、それに肝腎の手形切手等の書付も、手渡されたはずだ。

ところが、翌朝になっても彦輔は、それまで伏せられていた事どもについて、何も明らかにしなかった。ただ当座の費用として、藤八に二十両を預けただけだった。

彦輔が、迅一郎から渡された旅費は、途中までの分で五十両だ、という。残りの五十両は、為替で京都の和泉屋という両替屋へ送られ、そこで受け取ることになるらしい。

二十両といえば、迅一郎から託された金子の、四割にも当たる。

そのような大金を、いきなり預かるはめになった藤八は、さすがに当惑した。自分に万一のことがあれば、旅はその場で頓挫する。

そう考えるだけで、冷や汗が出そうになった。

藤八にすれば、それほど彦輔に頼りにされるいわれは、どこにもない。彦輔にしても、どこまで藤八を信用して預けたか、あやしいものだ。

彦輔は単に、小判や緡《さし》でまとめた穴あき銭の、嵩《かさ》や重さから逃れるために、押しつけてきただけかもしれない。

やむなく、藤八はまず首に紐を掛け回す紙入れに、十五両を収めた。それを、胴に巻いたさらしの内側、しかも背中の側に差し入れる。

夜のあいだも、紙入れを腹の側に回すだけで、そのまま寝るつもりだった。もっとも、それでよく眠れるかどうかは、別の話だ。

残りの五両は、道中の細かい支払いに充てるため、巾着ごとふところに入れておく。

出立の前、長源寺の住職円海和尚に、一両だけ両替してもらった。そのため小銭が増えて、巾着はかなり重い。

ただ、掏摸《すり》に巾着をすられたときは、ふところが急に軽くなるから、すぐに分かるだろう。

板橋宿をはずれると、両側はたちまち水田と畑に変わり、ところどころ農家が見えるだけになった。しばらくは、茶屋にもぶつからない。

蓮沼村、前野村を過ぎて、小豆沢村に差しかかったとき、藤八たちの脇を二人連れの男が、追い越して行った。

二人は追い越すなり、くるりと向きを変えた。二人とも、道中合羽を肩にからげ、三度笠を小脇に抱えている。

先刻、板橋宿の掛茶屋で近くにすわった、二人連れの若い渡世人だった。

どちらも、目つきが妙に鋭い上に、不精髭《ぶしょうひげ》を生やしている。いずれは流れ者の、やくざか博徒のたぐいに、違いあるまい。

二人は、器用に後ろ歩きをしながら、おおげさに体をかがめて、菊野の顔をのぞき込んだ。

月代《さかやき》を長く伸ばした、小柄な方の男がにやにやしながら、菊野を顎で示して言う。

「こりゃあさっきの、別嬪のおひいさまだぜ。ちょいと、拝んでみろよ、鬼吉」

鬼吉、と呼ばれた小太りの男が、わざとらしく分厚い唇を、なめずり回す。

「おめえの言うとおりだ、蛇《じゃ》の目の。この、水もしたたる若衆姿ってえのは、なかなかの見ものだぜ」

藤八は足を止め、すぐさまりくと菊野を、背後に隠した。

渡世人たちを、にらみ据えて言う。

「おっと、お若いの。女子をからかうのは、宿場の飯盛だけにしときねえ」

蛇の目、と呼ばれた男がぎろり、という感じで藤八を見る。

「からかってなんかいねえよ、金壺の。あんまり別嬪だから、鬼吉と口を合わせて、ほめそやしただけさ」

藤八は、顎を引いた。

彦輔がつけた、〈めくぼ〉でさえしゃくの種なのに、見ず知らずの渡世人に、いきなり金壺まなこ呼ばわりされて、かちんとくる。

「おめえたち、このおかたをどこのどなた、と思っていやがるんだ。つけあがると、その分には差し置かんぞ」

つい、侍言葉をまねて威しをかけたものの、菊野については坂田藤十郎の妹というだけで、どこのだれとも聞いていない。

鬼吉が、顎をのけぞらして笑い、指を振り立てた。

「どこのどなたさまとくりゃ、将軍さまの落としだねくれえしか、思い浮かばねえぞ。なあ、蛇の目の」

蛇の目が、図に乗って言う。

「そうだ、そうだ。ほかに、どこのどなたさまがいらっしゃるなら、どなたさまか聞かせてもらいますべい」

藤八が、口をもぐもぐさせていると、それを押しのけるようにして、りくが前へ出た。

「黙らっしゃい。恐れ多くも、将軍さまの名を持ち出すその方らのざれ言、聞き捨てにはならぬ。われが、仕置きをしてつかわすゆえ、そこに直るがよい」

凛《りん》としたその口調に、二人の渡世人はぽかんとして、りくを見返した。

りくはかまわず、手にした竹杖を振り上げて、二人を叩きにかかった。

勧進かなめが、菊野を抱きかかえるようにして、その目をさえぎる。

りくに叩かれて、鬼吉も蛇の目も、あわてて跳びすさった。

「おっとっと、こりゃいけねえぜ」

「いや、あやまった、あやまった。ご勘弁、ご勘弁」

二人は、いかにも閉口した様子で、三度笠を盾に竹杖を避けながら、街道伝いにほうほうの体で、逃げ出した。

そのありさまからして、別に悪気はなかったようだ。

その、怒りを含んだ目にたじたじとなり、藤八は〈おりくさま〉と言い直そうか、と思ったほどだ。

くるりと向き直って、りくは藤八をにらんだ。

「もう、ようござんしょう、おりくさん。あいつらも、懲りたようでござんすよ」

なおも、二人を追おうとするりくを、藤八はあわてて袖をつかんで、引き止めた。

「待たっしゃい。待ちやれ。待てと申すに」

りくはなおも不満げに、ぐいと唇を引き結んだ。怒りのあまり、言葉が出ないようだった。

追いついて来た彦輔が、のんびりした口調で言う。

「まあ、急ぐ旅でもなし、ゆるりとまいろう」

りくがまた、きっとなる。

「鹿角さま。あなたさまは、かようなときのためにこそ、道連れのお役目を引き受けられたはず。それを、小者風情にお任せになるとは、いかがなことでござりましょうや」

りくの見幕《けんまく》に、彦輔が頬を引き締める。

威儀を正して言った。

「りくどの。お言葉ではござるが、小者風情とは聞こえぬことを、仰せられる。下っ端ながら藤八は、お上の御用を預かる、いわば直参《じきさん》の者でござる。ましてこたびは、菊野どのの長旅をお守りする、だいじなお役目。それがし同様、心強い道連れの一人でござるぞ」

藤八は、あっけにとられた。

まさか、鹿角彦輔が自分のために、そうした熱弁を振るうとは、考えもしなかった。

りくもまた、彦輔がそこまで言ってのけるとは、思っていなかったらしい。

何か言い返そうとするように、一度鼻の穴をぐいと広げたものの、意外に厳しい彦輔の表情を見て、言葉をのみ込んでしまった。

実のところ藤八も、これほどまじめな彦輔の顔を目にしたことは、めったになかった。それにしても、彦輔が自分のためにりくに対して、苦情を申し立ててくれたのは、さすがにうれしかった。

そんなことも知らぬげに、彦輔はなおも無愛想な顔のまま、藤八に言った。

「さっさと行け、藤八。こんなところで、油を売っている暇はないぞ」

たった今、急ぐ旅でもないとか、言ったばかりではないか。

苦笑を押し殺して、頭を下げる。

「へい、あいすみやせん」

そう返事をして、藤八はかなめの陰にいる菊野に、うなずきかけた。

「さあ、行きやしょうぜ、おひいさま」

すると、菊野はその冗談口がおかしかったのか、くくっと喉の奥を鳴らして、笑いに似た声を漏らした。

とむねをつかれた藤八は、とりあえず街道を歩き出しながら、口元をほころばせた。

菊野が、口をきけないのはまことのようで、これまでのところ芝居をしている、という様子はみられない。

しかし、まったく声が出ないわけでも、ないらしい。

一緒に過ごして、まだ一日もたっていないが、菊野が声を立てて笑ったことは、一度もない。むろん、泣き声を聞いたこともなかった。

ただ、今のようにちょっとした笑いを漏らしたり、かるく咳払いをしたりすることは、あるようだ。

ほかにも、驚いたり痛い目にあったりすれば、声を出さずにはいられまい。

無理じいするわけにはいかないが、そうした場面に出会ってみたいという、野次馬根性のようなものは、藤八にもある。

二人の渡世人は、すでにほかの旅人たちに姿が紛れ、見えなくなっていた。りくの見幕に、恐れをなしたのかもしれぬ。

小豆沢村から、一里塚を過ぎて志村に差しかかると、街道の両脇の田圃《たんぼ》のあちこちに、汚れた水がたまっているのが、目につき始めた。

後ろで、りくが菊野に話しかける声が、聞こえてくる。

「ごらんあそばせ。田圃にとって、役に立つ水は用水、と申します。あのように、雨も降らぬのに田圃に滞る水は、役立たずで悪水、と呼ばれます。先刻のならず者は、いわば世間の悪水でございますよ、菊野さま」

農作業と縁のない藤八は、田圃に用水と悪水の区別がある、とは知らなかった。

りくは、顔もからだもいかつくできているが、そこそこにものを知っているようだ。少しばかり、見直してしまう。

志村にはいってほどなく、半町ほど先の街道の両側に茶屋が二軒、向き合っているのが見えた。店先の幟《のぼり》が、それとなく競い合っている。

やがて、左側の茶屋の腰掛けに、例の二人の渡世人が腰を据え、休む姿が見えてきた。そこまで、先に行っていたとは知らず、藤八は少し驚いた。股旅者だけに、旅馴れて足が速いのだろう。

藤八は、とっさに街道を斜めに横切って、右手東側の茶屋を目指した。

宿場でも街道でも、あるいは町なかでも、道はつねに左側を歩くのが、定法になっている。それを、大きく斜めに横切るなど、不調法もいいところだ。

さりながら、先刻のようないざこざは、もう願い下げにしたい。あの連中と、また何か騒ぎでも起こしたら、めんどうだ。何も好んで、争いを求めることはない。

りくも彦輔も、藤八の考えを察したとみえて、何も言わずにあとをついて来た。

朝もまだ四つ前で、街道の西側の方が日当たりはいいが、しかたがない。

あいた座台に、並んで腰を落ち着ける。笠は取らなかった。

小腹が減ったので、藤八は彦輔たちの意向を聞き、茶と串団子を人数分、注文した。

笠の陰から、向かいの茶屋の様子をうかがう。

すると、例の渡世人たちがすわったまま、わざとらしく頭を上げ下げして、挨拶をよこすのが見えた。

藤八はもちろん、りくもかなめもあらぬ方を向いて、それに取り合わなかった。

ところが、二人のあいだにすわった菊野が、笠の下で愛想のいい笑みを浮かべ、向かいの茶屋に手を振ってみせたのだ。

「これ、菊野さま」

あわてて、りくが菊野をたしなめたが、すでに遅かった。

鬼吉も蛇の目も、腰掛けから飛び立つようにして、またぺこぺこと頭を下げる。

藤八と彦輔は、顔を見合わせて苦笑した。

勧進かなめも、あきれ顔で首を振りながら、口を開く。

「あの二人、人相はあまりいただけないけれど、わたしたちの機嫌をとろうと、一所懸命なんだよ。どことなく、気のよさそうなやくざじゃないか」

「おいおい、勧進の。気のいいやくざなんて、いるもんじゃねえぜ。甘い顔をすりゃあ、つけ上がるだけよ」

藤八が文句を言うと、彦輔もうなずく。

「藤八の言うとおりだぞ、かなめ。物見遊山ならともかく、おれたちはこの菊野さんを、京の都まで送り届けるという、だいじな仕事を引き受けたのだ。まだ、先は長い。気を許さぬようにしようぜ」

すると、りくがここぞとばかり、口を出してくる。

「鹿角さまの、仰せのとおりでございます。あのような者どもに、関わりを持ってはなりませぬ。よろしいか、藤八どの」

またも藤八どのと、鉄砲玉が飛んできた。

「へい、へい。ようく、のみ込んでおりやす」

そう応じて、串団子を歯で引き抜く。

りくが菊野越しに、声を低めて続けた。

「よろしいか、藤八どの。あのやくざ者の湯飲みの中は、お茶ではございませんぞ。お酒に、決まっております。まったく、朝っぱらからお酒を飲むなど、罰当《ばち》たりにもほどがある。また、からまれぬうちに、先へまいりましょう」

言いも終わらず、菊野を促してさっさと、座台を立つ。

藤八も彦輔も、あわてて串団子を口に押し込み、腰を上げた。

かなめも、串を持ったまま立ち上がり、藤八にしかめつらをしてみせる。

藤八は勘定をすませ、先頭に立って歩き出した。

向かいの茶店から、鬼吉と蛇の目がしつこく、手を振ってくる。どうせまた、追いつかれるに違いないが、見て見ぬふりをする。

りくも、菊野の目から二人を隠すように、笠で顔をおおって小走りに、あとを追って来た。

志村を過ぎると、街道は折れ曲がったくだり坂になり、両脇に立つ大木の生い茂った葉が、日差しをさえぎってしまう。

坂の途中から、はるか行く手を横切る、大きな川が見えてきた。荒川に違いない。

こちら側にも向こう岸にも、見渡すかぎり草におおわれた、茫々たる河原が広がっている。

よく見えないが、近いようでも戸田の渡し場まで、まだ半里ほどはあるだろう。

戸田の渡し㈠

後ろの方から、鹿角彦輔の声がかかる。

「きょうは初日ゆえ、少し無理をしてでも、桶川まで行こう。いいか、藤八」

「へい」

返事をしたものの、藤八はちょっと考えた。

前夜目を通した、道中絵図を思い浮かべる。

実をいえば、一日目は日本橋から七里ほど、という大宮泊まりがよかろう、と考えていた。出立した、市谷左内坂上からの道のりにしても、同じようなものだ。

しかし、桶川宿まで足を延ばすとなれば、大宮宿からさらに三里近くも、歩かねばならぬ。

男の足なら、一日十里もさして苦にならぬが、女連れでは少々きつい気がする。

すると、藤八の考えを見抜いたように、すぐ後ろからりくの声が、飛んできた。

「藤八どの。鹿角さまの、おっしゃるとおりじゃ。先のことを考えれば、少しでも道を急ぐのが、得策というもの。菊野さまのことならば、心配はご無用でござる。わたくしともども、一日十二里は歩きますぞ」

その言に驚いて、藤八は二人の方に顔を振り向けた。

りくが、嘘ではないと言わぬばかりに、ぐいと顎を引き締める。

すると、菊野も口元に笑みを浮かべ、こくりとうなずいた。二人とも、足には大いに自信がある、と言いたげだ。

二人の後ろで、勧進かなめがくるりとばかり、瞳を回してみせる。あきれたときや、お手上げのときに見せる、かなめ独特の癖だった。

その瞳は言外に、ほんとかしらねえ、と問いかけている。

しんがりを務める彦輔が、さっさと行けとばかりに、顎をしゃくって言う。

「まずは昼までに、荒川を渡ってしまおう。中食《ちゆうじき》は、浦和でとることにする」

浦和は、江戸から六里足らずの道のりで、昼過ぎにはなんとか着けるだろう。かなめはともかく、りくと菊野が言葉どおりの健脚ならば、の話だが。

急なくだり坂が、なおも続いている。

晴れの日だからいいが、雨でも降ろうものなら、たちまち歩きにくくなりそうな、ちょっとした悪路だった。

現に、のぼってくる旅人たちは、ほとんどの者が杖をつき、息を切らしている。

ところどころ、段状に石が埋め込まれ、足掛かりを作ってあるのは、のぼりおりを楽にするための、せめてもの工夫に違いない。

坂は、途中から蛇がくねるように、右へ曲がり左へ曲がりしており、方角にとまどいを覚えるほどだ。

途中、菊野が藤八の袖を引いて、何か合図をした。

足を止め、菊野の指さす先を見ると、字が書かれた棒杭《ぼうくい》が立っている。

雨ざらしでよく読めないが、〈右富士　申の六ト〉と書いてあるようだ。

りくが言う。

「物の本に、ここは中山道でただ一箇所、右側に富士の山が見える場所、と書いてございます」

藤八は、首をかしげた。

「右富士は分かりやすすが、申の六トというのは、なんでござんしょうね」

「方角でございますよ。申はやや西寄りの南西ゆえ、おおむねそちらの方でございましょう」

そう言いながら、りくが竹杖で左の崖を示す。

藤八はきょろきょろしたが、切り立った崖にさえぎられて、どちらが申の方角か、いっこうに分からない。

「右か左か知りやせんが、どっちみちどこに富士の山があるのか、見えやせんぜ」

藤八がぼやくと、かなめが言った。

「かりに見えるとしたって、富士の山はお江戸の方を向いて立たないと、右側にならないよ。昔の人は、いいかげんだったんだねえ」

りくが、むっとした顔で、かなめをにらんだ。

「昔は、坂がもっとくねくねしていて、おりるうちに江戸の方を向くことも、あったのでございますよ。それに、この崖ももっと、低かったはず」

まるで、棒杭を立てたのは自分だ、とでも言いたげな口ぶりだった。

その気配を察したように、彦輔が口を開く。

「りくどの。ここは日が当たらぬゆえ、少々冷えますな。先を急ぎましょう」

丁重に言われて、りくは上げかけた矛を収め、軽く頬をふくらませた。

それを追い越しながら、藤八は声をかけた。

「まだしばらくは、くだり坂が続きやす。くだりはのぼりよりも、かえって危のうござんすから、どうか足元にお気をつけなすって」

「心得ました。さ、菊野さま。まいりましょう」

今度は、りくも素直に言葉を返して、くだりの足を速めた。

ようやく坂をおりきると、上の方から一望できた荒川は、まったく見えなくなる。

ただ一面に、萱《かや》とおぼしき草はらが、果てしもなく広がる中を、街道が延びているだけだった。

近ごろ雨でも降ったのか、それともそういう土地柄か、道はかなりじめじめしており、周囲の草むらも湿っているようだ。

道が先の方で左へ曲がり、草はらもかなり丈が高いため、見通しがきかない。

言ってみれば、何が待ち構えているか分からぬところへ、やみくもに突っ込む気分で、なんとなく不安を覚える。

藤八は、深く息をついた。

行き来する旅人の姿は、ぽつぽつと目につくものの、このようなところに刺客が現れない、とは言いきれないだろう。

それに、現れるとすれば一人ということは、まずあるまい。

何人もの刺客に、草はらに追い込まれでもしたら、こちらはばらばらになってしまい、菊野を守るどころではなくなる。

しょっぱなの、それもまだ昼にならぬうちから、襲って来る者がいるとは思えないが、用心するに越したことはない。

背後で、彦輔の声がする。

「藤八。右側につけ」

振り向くと、彦輔はすでに足を速め、菊野の先に立つりくの左側に、移動していた。

藤八は逆に足を緩めて、かなめの右の斜め後ろに、位置を移した。

彦輔は、もし襲って来る者がいるなら、左側の草はらからに違いない、と考えたのだろう。その場合、菊野の左側についていれば、とっさに刀を引き抜くとき、じゃまにならずにすむ。念のため、藤八は道中差しの柄を握り締め、上下に動かしてみた。これまで、何度か腰に差したことはあるが、実際に抜いたことはない。

ふだんは丸腰で、必要があれば神宮迅一郎から預かった、房なしの鉄十手を帯びる。

もっとも、後ろ暗い連中は十手を見るだけで、ほとんど腰が引けてしまう。そのため、実際に武器として使うことは、めったにない。

藤八ら五人が、横三列になって歩くと、道幅を半分ほど占めることになった。そのため、追い越す者が右側へはみ出し、反対方向からやって来る者と、ぶつかりそうになる。

渡し場から、こちらへやって来る旅人は、それほど多くはない。中には、迷惑げな顔をする者がいるが、そのたびに藤八は腰をかがめ、詫《わ》びを入れた。

いつ、どこで、だれが襲って来るのか、あるいはまったく襲って来ないのか、かいもく見当がつかないのは、どうにも勝手が悪い。

結局のところ、彦輔も詳しいことは聞かされずじまいだった、という気がする。相手が迅一郎でもあり、無理に話を聞き出すのを、控えたのかもしれぬ。

ようやく草はらを抜けると、行く手に渡し場が見えた。草の丈も少し低くなり、左手に遠く富士山の雄姿が、見えてきた。

藤八は、また先頭に立って、足を速めた。

遠望するかぎり、渡し場には思ったほど、人影がない。

こちらへやって来る旅人も、ずいぶん少なくなった。

ただ、川辺の土手に沿って、下流へ向かう旅人の姿が、いくつか目につく。途切れとぎれにしろ、それはかなり長い列をなしていた。

かなめが言う。

「あの人たち、どこへ行くのかしらん。荒川の下流に、橋でもかかったのかねえ」

藤八は、首を振った。

「いや、ここから下流にかかる橋といやあ、千住大橋まではねえはずだ。ざっと三里半、今から土手を歩いたら、日が暮れちまうぜ」

かなめは顎を引き、横目で藤八を見た。

「ばかに、詳しいじゃないか。歩いたことでも、あるのかい」

「歩いたことはねえが、絵図を見りゃあだいたいの道筋、道のりは分かるってものよ」

彦輔が、不安を含んだ口調で言う。

「まさか川止め、ということはあるまいな」

藤八は驚いて、彦輔の顔を見直した。

「この上天気に、川止めってことはねえ、と思いやすがね」

「何か、変事があったのかもしれんぞ」

彦輔はそう言い、少し考えてから続けた。

「藤八。一っ走り行って、川会所の船役人に事の次第を、聞いてみてくれ。まことの川止めなら、方策を考えねばならん」

　そばから、りくが口を出す。

「ここまで来て、また板橋宿へ引き返すわけには、まいりますまい。たとえ、余分の費えが出ようとも、渡してもらいましょうぞ」

　藤八はいちいち、りくの口ぶりがおかしく、笑いをこらえるのに苦労した。

　大大名の奥女中なら、こんなしゃべり方をするかもしれないが、りくがそのような素性の女とは、想像しがたい。

　りくが、きっとなって、藤八をにらむ。

「藤八どの。もし川止めでなければ、かならず渡り札をお受けくだされ」

「へい、のみ込みやした」

　りくが、しつこく念を押したのは、たとえ余分の金を払ってでも、必要な渡り札を手に入れよ、とのおぼし召しだろう。

　藤八は、ちらりと彦輔の様子をうかがった。

　彦輔は、まるで聞こえなかったという風情で、知らぬ顔をしている。

　せめて、かついだ笈を置いて行け、くらいは言うかと思ったが、その気配もない。

　やむなく、藤八は笈をおおげさに揺すり上げてみせ、小走りに渡し場へ向かって駆け出した。

　両側は丈の低い草はらで、見通しはいいものの、だれもいない。まわりに、耕地らしきものが見られないのは、作物が実らないからだろう。

　藤八が足を速めるのを見て、渡し場へ向かうほかの旅人も、それとなく急ぎ始める。

二町も行くと、藤八もさすがに息が切れ、汗が噴き出してきた。

交互に、走りと歩きを繰り返しながら、ようやく渡し場に着いた。

土手に上がると、茶色がかった水が川っぷちをかすめつつ、流れていくのが見えた。目にするのは初めてだが、いくらか水嵩が増している、という気もしないではない。

渡し場の杭に、高瀬舟が綱でもやってあるが、それが上下左右に揺れている。

桟橋の手前に、日よけのおおいがついた、小屋がけの待合所があった。

その腰掛けにすわって、六十がらみの男がただ一人、煙草をふかしている。

小屋の横手に、竹竿が立てかけてあるところをみると、船頭のようだった。

小屋の前に、商人らしき若い男の姿が、二つ見える。

そのうちの一人が、船頭と何やら話を始めた。

藤八は、耳をすました。

「雨も降ってないのに、川止めとはおかしいじゃないか。わたしらは、日暮れまでに大宮へ行かなきゃならない、だいじな用があるんだ。どうか、舟を出しておくんなさい」

よほどの急用なのか、声が切羽詰まっている。

藤八は土手を少しおり、なおも耳を傾けた。

船頭が、キセルを持った手を動かし、宙に円を描く。

「しかたがねえだよ。よんべ、川上の入間《いるま》川のあたりで、けっこうな大雨が降った、と知らせがあってなあ。淵《ふち》にたまったその水が、今にも堰《せき》を破って流れ出すかもしれねえ、とよ。見たとこ、水が濁り始めた上に、流れも速くなったずら。これで満水したら、あれよあれよって間に土手を越えて、このあたりは志村の坂下まで、水びたしになるべい。おらもぼちぼち、引きあげようと思うとるとこだわ」

藤八は、首をかしげた。

子供のころから、神田川沿いの町屋で育ったせいで、雨による川の流れの変化については、いくらか知るところがある。

むろん神田川と荒川とでは、広さも長さもずいぶん違うが、なんとなく水の流れを見ると、勘が働くのだ。

荒川の川幅は、六十間ほどもありそうだが、見たところそれほど急に、水嵩が増す様子はない。むろん、兆しがあってからは速いが、今はまだその気配がない。少なくとも、あと半時ほどはだいじょうぶだろう。

船頭に話しかけた男は、いかにも途方に暮れた様子で、連れの男の顔を見た。

連れの男が、口を開く。

「ここ以外に、この川を渡る手立ては、ないものかね」

船頭は、キセルから吸い殻を叩き落とし、腰をさすりながら立ち上がった。

小屋を出ると、下流を指さして言う。

「千住大橋まで行くしか、ねえべな。土手を、あっちの方へ歩いとる連中は、みんな千住大橋へ回るだよ」

男たちは、土手を下流の方へ向かう人の列を、うんざりした顔で眺めた。

やがて、あきらめたように首を振りふり、二人は河原から土手へ、上がって行った。

どうやら、戸田の渡しをあきらめて、千住大橋へ回るつもりらしい。

藤八は、船頭と話をしてもむだだ、とあきらめた。

広い河原の横手に、川会所《かわかいしょ》が見える。柵に囲まれた、藁葺《わらぶ》きの小屋だった。

どんなときでも、渡し場を仕切る村役人が一人二人、会所に詰めているはずだ。

あけ放しになった会所に、それらしき男の姿が見えた。

建物の入り口に、渡し場の高札が立っている。ほかに人の姿はない。

「ごめんよ」

藤八が声をかけると、茣蓙《ござ》を敷いた板の間にいた男が、無愛想な目で見返してくる。

縞の小袖を、こざっぱりと着こなした、四十前後の男だ。

「戸田への渡り札を、四枚頼むぜ」

札さえもらえば、渡し賃は向こう岸の川会所で払えばよい。

人数は五人だが、彦輔は曲がりなりにも侍なので、渡し賃はいらない。

男が、そっけなく応じる。

「ゆうべ上流で、大雨が降りましたもので、川がにわかに増水いたしました。そのため、四半時ほど前からやむなく、川止めとさせていただいております。ご不便をおかけして、申し訳ございません」

ていねいな応対だが、どことなく慇懃《いんぎん》無礼《ぶれい》な趣がある。

「おれが見たところ、それほど水嵩が増しているようには、見えねえな。流れもまだ、速くねえようだ。舟が出せなくなるとしても、あと半時はだいじょうぶだろう。四の五の言わずに、札を出してくんな」

いざとなったら、小粒金をはずんででも、札を出させるつもりだ。

もちろん、高札によればそうした駆け引きは、ご法度《はつと》に違いない。

しかし、そうした法度が出されるのは、逆にその種の駆け引きが、日常的に行なわれていることを、意味するだろう。

戸田の渡し㈡

会所の男はもっともらしく、困った顔をこしらえた。

「そのように申されましても、あの船頭ががんとして、舟を出そうといたしませんので」

藤八は、さりげなくふところに手を入れ、巾着を探った。

一分金《いちぶきん》をつまみ出す。

それを、何食わぬ顔でもてあそびながら、軽い口調で聞く。

「おめえさん、名はなんというんだ」

男は顎を引いた。

「太兵衛《たへえ》と申しますが」

「そうか。それじゃ、太兵衛どん。おれの勘では、多少水嵩が増しても、すぐには満水になるまい。万が一、河原へ水があふれ出したとしても、土手を越えることはねえ、と思うぜ」

太兵衛、と名乗った男は生唾をのみ、ちらちらと藤八の顔を見た。一分金に目を奪われまいと、しきりに唇をなめている。

咳払いをして言った。

「まあ、あたしもそう思いますが、船頭の弥助《やすけ》が川止めにした方がいいと、そう言い張りますのでね。なにせ棹を差すのは、弥助でございますから」

「今のうちなら、弥助とやらに舟を出させても、大事ねえと思うがどうだ」

「とおっしゃいましても、弥助がうんと言わぬかぎり、舟は出せないのでございますよ。どこかでもう一泊なさるか、ぜひにも渡りたいとの仰せならば、千住大橋の方へお回りいただくほかは、ございませんな」

ていねいな口ぶりだが、太兵衛はいっかな折れようとせぬ。

藤八は業を煮やして、一分金を指ではじき飛ばした。

太兵衛が、すばやく手を上げて、それを受け止める。

その動きは、日ごろ稽古でもしているかのごとく、すばやいものだった。

「弥助に、どうでも舟を出すように、話をつけてくれ。全部で五人だが、一人はお侍だからただだ。渡り札は、四枚でいい」

今気がついた、とでもいうように、太兵衛は手の中の一分金を、不思議そうに見下ろした。

それから、おおげさにため息をついて、口を開く。

「それじゃひとつ、弥助を口説き落とせるかどうか、やってみましょうかね」

一分金をふところにしまい、土間へおりた。

下駄をはいて、舟の待合所の方へ、小石を威勢よく蹴散らしながら、小走りに駆けて行く。

その勢いにあきれつつ、藤八は船頭の弥助とやらに、目を転じた。

弥助は、立てかけてあった棹を取り、小屋の後ろの羽目板に取りつけられた、鉄の輪に通そうとしていた。

いよいよ店じまい、という趣だった。

太兵衛が、弥助のそばに駆け寄って、何やら話しかける。

遠すぎて、二人のやりとりは聞こえなかったが、太兵衛はこちらを指で示して、いかにも舟を出すように、言い含める風情だ。

藤八に背を向けたまま、太兵衛は袖の中を探って、弥助に何か渡した。金だとしても、せいぜいが一朱《いっしゅ》金だろう。

ふところには、藤八の一分金がはいっているから、たとえ一朱与えても三朱は残る。

どちらにとっても、悪くない小遣い稼ぎだ。

太兵衛は大急ぎで、会所へ駆けもどって来た。

「弥助と、話をつけてまいりました。どうぞ、お急ぎなすってくださいまし」

そう言って、小さな板で作られた渡り札を、四枚よこす。

藤八が会所を出たとき、渡し場におりる土手の上に、鹿角彦輔と菊野たちの姿が、現れた。

藤八は、渡り札を頭の上にかざし、渡し場を指さした。

彦輔が手を上げて応じ、土手の石段をおり始める。

女たちも、それに続いた。

藤八は、その動きを見守りながら、渡し場へ向かった。

勧進かなめが、菊野に手を貸そうと、腕を差し伸べる。

するとりくが、にべもなくそれをさえぎり、かわりに自分が菊野の手を取った。

藤八は、鼻の頭にしわを寄せた。どうにも、いけすかない女だ。

向かっ腹を立てながら、渡し場へ急ぐ。

おりしも鬼吉、蛇の目と称する、例の二人の渡世人が土手の上に、ひょっこり姿を現した。先刻休んでいた茶屋から、追いついて来たのだ。

弥助が棹をかついで、舟の用意をするのを見るなり、二人はあわてたしぐさで河原へおり、川会所の方へ駆けて来た。

駆けるあいだも、弥助に待つように呼びかけ、かたわら彦輔たちにへいこらと、挨拶する。藤八にも、すれ違いざまにぺこぺこと、頭を下げてきた。

しかたなく、藤八もうなずき返した。

度しがたい連中だが、どこか憎めないところがある。

川止めの噂が伝わったのか、渡し場にやって来る旅人は、ほかにいなかった。

場合によっては、板橋宿まで引き返さねばならず、志村の坂上あたりで様子を見ているのだろう。

藤八が渡し場に着くと、弥助は舟を桟橋に引き寄せて、彦輔たちに声をかけた。

「乗るなら、さっさと乗るがいいだよ」

藤八は弥助に、渡り札を四枚見せた。

「五人だが、一人は見たとおりの、れっきとしたお侍だ。手形を見せるまでもあるめえ」

ちらりと彦輔を見て、弥助がうなずく。

「早く乗るがよかんべ」

やはり、ふだんより水勢が増しているらしく、舟がゆらゆら揺れて位置が定まらない。女たちが乗り込むあいだ、彦輔と藤八が舟べりを押さえている。

先に乗ったかなめが、菊野に手を差し伸べると、今度はさすがにりくも、止めようとしなかった。

しかし自分は、かたくなに手を借りようとせず、苦労しながら一人で乗り込む。

ようやく、五人が乗り終わったとき、会所から例の二人が三度笠を振り回しつつ、渡し場の方に駆けて来た。

「おおい、待ってくれ、船頭。おれたちも、乗せてもらうぞ」

その声が、まるで聞こえなかったように、弥助は桟橋に膝をついて、艫綱《ともづな》に手を伸ばした。

りくが、とがった声で言う。

「ぐずぐずせずに、早く舟を出しやれ」

「分かってやすよ」

弥助は無愛想に応じ、杭に結びつけた艫綱を、ほどきにかかった。

小屋の陰にかくれ、姿が見えなくなった二人の声が、なおも届いてくる。

「待ってくれ、待ってくれ」

藤八は、弥助に言った。

「待ってやりなよ、おやじ。ちょっとのことだろう」

弥助がじろり、としわに埋もれた目を、向けてくる。

「客はおめえさんたちで、おしめえだよ。会所じゃあもう、渡り札を出さねえし、札なしの客は乗せられねえ。でえいちこの舟は、おめえさんたちでいっぱいで、もう乗せられぬわな」

「そうでもあるめえ。ふだんなら、馬でも乗せると聞いたぜ。客の二人くらい、どうってことはあるめえ」

「馬ぁ乗せるのは、舟底の平らな馬舟じゃ」

にべもなく言い返され、藤八は口をつぐんだ。

舳先《へさき》から彦輔が、助け舟を出してくれる。

「あの二人組は、馬より小さいぞ。ついでだから、乗せてやるがいい。どのみち、払いは向こう岸だろう」

りくは、不満そうに肩を揺すったが、何も言わない。

弥助はしぶしぶ、艫綱を解く手を止めた。

桟橋へ、先に駆け込んだ鬼吉が、渡り札を突きつける。

「こいつを見やがれ。ちゃんと札を取って来たぞ」

金をつかませるか、あるいは脅しをかけるかして、無理やり出させたとみえる。

追いついて来た蛇の目が、弥助に食ってかかった。

「おい、じじい。これっぽちの水嵩で、川止めにするとはどういう料簡だ。前にいた船頭は、河原が水浸しになっても、舟を出したもんだぜ」

さらに鬼吉が、追い討ちをかける。

「そうよ。舟が引っ繰り返っても、棹だけは離さなかったぜ」

船頭の弥助はふてくされて、憎まれ口を叩いた。

「そりゃあ、離さねえべよ。棹さえ持っとりゃ、船頭は溺れる心配がねえからな」

鬼吉と蛇の目が、桟橋から飛び上がるように、ひょいと舟に乗り込んで来る。

その拍子に、舟がぐらぐら揺れた。

りくがあわてて、舟べりにしがみつく。

「これ。なんと、乱暴な。舟に乗るときは、もそっと静かに乗るものじゃ。くつがえったら、ただではすまぬぞ」

「へいへい、あいすみやせん」

鬼吉と蛇の目は、またぺこぺこと謝った。むろん、口ほどに恐れ入った様子はない。

彦輔は舳先の方へ移り、中ほどに菊野とりく、かなめが陣取る。

弥助も、棹を取って舟に乗り込み、藤八は女たちの後ろの席に移った。

鬼吉と蛇の目は、艫に近い弥助の足元の席に、腰を落ち着ける。

弥助は、棹で桟橋の杭をぐいと押し、舟を出した。

流れの速い川面を、舟は小刻みに揺れながら、進んで行く。

当然弥助は、舟が押し流されることを、勘定に入れているらしい。舳先を、斜め上流に向けて、棹を差す。年はとっても、さすがに腕と腰の力は強く、流れに負けていない。

土手から見たときと比べて、水嵩はほとんど増しておらず、どう考えても川止めは、早すぎたように思える。棹も十分、川底に届いている。

藤八は、首筋を掻いた。

りくに強く言われたせいで、つい一分金を出してしまった。ふだんなら、もう少し駆け引きして、もっと安く叩いたところだ。

そのとき、後ろから肩を叩かれた。

振り向くと、鬼吉が笑みを浮かべ、ばかていねいに藤八に言った。

「こいつを、しまっておきなせえよ、兄貴」

右腕を伸ばし、手を広げて見せる。

兄貴と呼ばれて、藤八はとまどいながら、鬼吉の手の中を見やった。

そこにはちょこんと、一分金が載っていた。

「なんだ、そりゃあ」

驚いて聞くと、隣で蛇の目が応じる。

「あの会所の野郎から、兄貴が渡した心付けを、取り返して来たんで。一分で、ようございましたね」

藤八はあっけにとられ、二人の顔を見比べた。

「なんだって、そんなことをしたんだ。おれは別に、無理やり払わされたわけじゃねえ。こっちから、勝手に払ったのよ」

鬼吉が、顎を引いて言う。

「そう仕向けるのが、あの野郎の手でござんすよ。早めに川止めにして、みなさんがたを板橋宿へもどらせるか、千住大橋へ回らせるかする、下心があるんで」

「それがいやだから、さっさと心付けをくれて、渡り札をもらったのよ」

「ふつうの旅人は、みなさんがたのように、ふところが暖かくねえ。たいがいは、もどるか回るかいたしやすぜ」

　そう言われてみれば、土手を千住大橋の方へ向かう旅人が、何人もいた。

「しかし、もどるにしても回るにしても、時がかかりすぎるだろう」

　蛇の目が、口を挟んでくる。

「そりゃそうだ。まる一日は、むだになりやすからね。ところが、板橋宿へもどる途中で、泊まるところでも見つかりゃ、そこで泊まりたくなるのが、人情だ。飯つきで百五十文なら、宿場より安うござんすからね」

「おいおい。宿場と宿場のあいだに、旅籠はねえはずだぜ。茶屋にしろ飯屋にしろ、それに百姓家にしろ、宿場以外で旅人を泊めるのは、ご法度だ。おめえたちも、承知してるだろう」

　鬼吉が手を振る。

「建前はそうでござんすが、建前どおりにいかねえのが渡世ってもんで。土手を歩いて、千住へ回るつもりの連中も、近場の川沿いに泊まるとこがあると知りゃあ、泊まりたくなりやしょう。それどころか、舟でこっそり川を渡そうってやつがいりゃあ、だれでも乗りたくなりまさあね」

　藤八は驚いた。

「そんな舟が、あるのか」

「ありやすとも。ここの渡しの賃料は六文、増水してるときは十二文だが、川止めにあった急ぎの客が、ほかで渡れるとなりゃ、百文でも出しやしょうぜ」

　藤八は、首をひねった。

「ご法度の宿に、もぐりの渡しか。おめえたち、よく知っているなあ」

蛇の目が、首をすくめる。

「へへえ、蛇の道はへびってやつで」

横波があたり、舟が大きく揺れた。

藤八はあわてて、顔を前にもどした。

りくとかなめが声を上げ、両脇から菊野を支えようとする。

ところが、当の菊野はけろりとしており、いささかも動じる様子がない。

むしろ、りくとかなめの方が菊野に、しがみついたように見えて、藤八はおかしくなった。

鬼吉たちに、目をもどす。

「しかし川会所ぐるみで、そんな法度破りをするとは、思えねえがなあ」

鬼吉は、手を上げた。

「おっと。さっきの野郎は、会所の番人じゃござんせんよ。あいつめ、行ないすました格好だが、ありゃあ見せかけでね。向こう岸の下戸田、上戸田あたりを縄張りにする、田舎やくざの息がかかった、けちなむだ飯食いの一人だ。つまり、そいつらがもぐりの宿屋や渡し舟を、仕切ってるんでござんすよ。もっとも会所も村役人も、見て見ぬふりをしてるとこからすりゃあ、ぐるといっていいかもしれやせんがね」

「おめえたち、あの太兵衛とかいう男と、知り合いか」

「うんにゃ、顔を見知ってるだけでござんすよ。あいつめ、よけいな金を払ってでも、川越えをしてえという、みなさんがたのようなお客人から、小遣いを稼ごうという、けちな野郎だ。そもそも一分は、やりすぎでござんすよ」

それを聞いて、藤八も苦笑いをした。

なんといっても、路銀百両の仕事を請け合った、という気持ちの余裕が、つい外に出てしまったのだ。

ちらりと弥助を見上げて、藤八はさりげなく言った。

「そのうちいくらかは、棹賃になったがな」

弥助も、そっぽを向いたままで、独り言のように言う。

「このあたりは、萱や芝の原ばっかりで、作物が育たねえ。大雨が降りゃあ、みんな水腐れよ。舟で稼ぎでもしなきゃ、おまんまの食い上げだわな」

鬼吉たちが、何か言い返そうとするのを制して、藤八は話を変えた。

「おれは、こちらのご一行の供を務める、藤八ってもんだ。おめえたちの名を、きちんと聞かせてもらいてえな」

二人が藤八に、目をもどす。

小柄な方の男が、先に名乗りを上げた。

「あっしは、蛇の目の六郎兵衛でござんす。ただ、ろくろべえは長すぎるってんで、蛇の目と呼ばれておりやす」

次いで、小太りの方の男。

「あっしは、雁木《がんき》の鬼吉と申しやす。以後よろしく、お引き回しのほど」

そのとき、また横波が勢いよく当たって、舟が上下左右に揺れた。しぶきが飛んで、体に降りかかる。

りくとかなめは、今度こそ本気で菊野にしがみついて、悲鳴を上げた。

りくがわめく。

「と、藤八どの。さような者たちと、むだ話をしている暇があるなら、われらを支えるなどしてたもれ」

戸田蕨宿

藤八は笑いを噛み殺し、両足を舟底に突っ張って、体を寄せ合った女三人の肩を、しっかりと支えた。

たもれ、ときたか。

三人とも、菅笠を必死に押さえて、舟底に這いつくばるように、身を縮める。

「川止めじゃと言うたのに、無理やり乗るからよ。これで懲りたべい」

棹を差しながら、弥助は揺れなど気にするふうもなく、へらず口を叩く。

藤八は首をねじ曲げて、前後の様子をうかがった。

弥助は、右に左に巧みに棹を操り、流れを乗り切って行く。

舳先にすわる、鹿角彦輔の肩も大きく上下し、さすがにこわばっているように見える。藤八は、左右から菊野にしがみつく、りくとかなめの肩をつかんだ自分の手に、力がはいりすぎているのに気づいた。

さりげなく力を緩め、一人で含み笑いをする。

江戸でも、舟には何度か乗ったが、これほど荒れた川面に出るのは、初めてのことだった。

足を踏ん張るうちに、ほどなく下戸田村の渡し場が、近づいてきた。

大揺れを繰り返しながら、なんとか栈橋にたどり着くと、待ち構えていた同じ船頭らしい老爺《ろうや》が、弥助に声をかけてくる。

「相変わらず、いい腕しとるのう、弥助どん。てっきり、引っ繰り返ると思うたわ」

そう言いながら、彦輔が投げた舳綱《へずな》を引いて、杭につなぎ止める。

彦輔はすぐに、栈橋へ飛び移った。

藤八も鬼吉、蛇の目の二人と一緒に、舟から上がる。

弥助が、艫綱を結んだ。

「おめえたち、舟を押さえておいてくんな」

藤八はそう言って、彦輔とともに女三人、助けおろしにかかった。

菊野が、まるで水遊びでもした子供のように、けろりとした顔で栈橋に上がる。

かなめは、さすがに顔色が悪かったが、藤八の手を借りて舟をおりた。

りくは、舟底に這いつくばったまま、肩で息をしている。

彦輔が、やむをえぬというように、藤八に顎をしゃくってみせた。

鬼吉たちが、舟べりを押さえているのを確かめ、藤八はもう一度舟の中に踏み込んで、りくを助け起こした。

「おりくさん、しっかりしなせえ。戸田に着きやしたぜ」

喉をぜいぜい言わせながら、りくはやっとのことで舟底から上体を起こし、桟橋に片足を乗せた。

藤八が左腕、かなめが右腕を取って、なんとか桟橋に引き上げる。

りくは、その場にぺたりとへたり込んで、志村の茶屋で食べた串団子を、勢いよく吐きもどした。

かなめがしゃがんで、菅笠をのぞき込む。

「おりくさん、だいじょうぶでございますか」

そう言いながら、りくの背中をさする。

すると、菊野も同じように桟橋に膝をつき、りくの背中を一緒にさすり始めた。

りくが、苦しげに背を上下させながら、切れぎれに言う。

「すみませぬ。すみませぬ、菊野さま」

かなめの名は出ない。

かなめは、菅笠の下から藤八を見て、くるりと瞳を回した。

こちら側にも、小屋がけの待合所があったが、人の姿はなかった。

河原は志村側よりも広く、土手まで優に半町はある。河原には、川止めのため何艘《そう》もの渡し舟が、引きあげられていた。

藤八は笈をおろし、かかった水を手ぬぐいでふきながら、河原の向こうに目を向けた。土手の上を、東の方角へ向かう、人の列が見える。

こちら側でも、ご法度の宿やもぐりの渡しが、行なわれているのだろうか。

彦輔が言う。

「藤八。今のうちに川会所へ行って、渡し賃の払いをすませておけ」

「へい」

藤八は笈をかつぎ直し、土手下に見える川会所に向かって、歩き出した。

背後で、彦輔たちに挨拶した鬼吉、蛇の目の二人が、あとを追って来る気配がする。

追いついた鬼吉が言った。

「こっちの会所は、あっちとは違うと思いやすが、念のためご一緒いたしやしょう」

すっかり、なついてしまったようだ。

「おめえたち、どこの在だ」

藤八が聞くと、蛇の目が答えた。

「あっしらは、浦安の漁師の息子でござんす。博奕《ばくち》、女衒《ぜげん》、借金の取り立てと、むだ飯食いのやることは、まんべんなくやっておりやす」

「ただし盗っ人と追い落とし、それに人殺しだけは、やっておりやせんぜ。ま、出入りで足腰立たねえように、ぶちのめしたやつは、おりやすがね」

鬼吉が続けると、その肩を蛇の目がこづく。

「ばかやろう、よけいなことをしゃべくるんじゃねえ。このお人は、武家勤めのお兄いさんだぞ。舟の中で、お侍さんご一行のお供をしている、と聞いたのを忘れたか」

藤八は、二人のあいだに割り込んだ。

「正直なところ、武家勤めじゃあねえが、こう見えてもお上の仕事を、請け負う身だぜ」

つい、自慢げに言ってしまうと、二人はぎょっとしたように足を止め、藤八を見た。

鬼吉が、恐るおそるという口ぶりで、聞いてくる。

「すると兄貴は、十手持ちの旦那でござんすかい」

「房はついてねえが、まあ、十手は持ってるよ」

鬼吉と蛇の目は絶句して、互いに顔を見合わせた。

藤八は笑った。

「心配するねえ。悪党をぶちのめすのに、預かってるだけよ。お上の仕事といっても、別に目明かしや御用聞きじゃねえ。町の衆にも、おめえたちやくざにも、用のねえ仕事よ」

二人は、よく分からぬという顔で、また歩き出した。

会所に着くと、藤八は二人の渡り札も預かり、まとめて六枚を番人に渡した。

古びた、渋紙のような顔の番人が、あきれた様子で言う。

「川止めを、無理やり渡るのは、ご法度でござんすよ、兄さんがた。船頭が弥助だったから、渡りきれたようなもんじゃが」

渡し賃は、ふだん六文のところを、出水の割増分が一人当たり十文追加になり、合わせて九十六文取られた。

留吉と蛇の目が、またぺこぺこと頭を下げ、礼を述べる。

それにかまわず、藤八は聞いた。

「ところでおめえたち、どこまで行くつもりだ」

「途中、田舎やくざの賭場を荒らしながら、京を見物して罪滅ぼしにお伊勢参りと、しゃれ込むつもりでござんす」

鬼吉が答えると、今度は蛇の目が聞いてくる。

「ご一行はどちらまで、旅をなさるんで」

藤八は、ちょっと考えた。

相手がだれにしろ、うかつに本音を漏らすわけにはいかぬ。

「とりあえずは、大坂まで行くつもりよ。また、どこかで巡り合うかもしれねえが、それまで達者で旅をするがいいぜ」

そう言って、手に握り込んでいた例の一分金を、鬼吉めがけてはじき飛ばす。

鬼吉は、不意をつかれてあたふたしたが、かろうじてそれを受け止めた。

「そいつは、おれたちからの餞別《せんべつ》だ。博奕の元手にでも、してくれ」

鬼吉と蛇の目は、とまどったように顔を見合わせ、それからまたうれしげに、頭を下げた。

「こりゃどうも、ありがとうござんす」

「それじゃあ一足先に、ごめんこうむりやす」

「あの、恐ろしく気の強いおんばさまに、くれぐれもよろしく言っておくんなさい」

口ぐちに言い、まだ渡し場にいる彦輔たちにも手を振りながら、土手をのぼって行く。土手の高さは、一丈以上もある。

つまり、川の水があふれたときには、それくらいの高さになる恐れがある、ということだろう。

志村の側の土手は、そこまで高くなかった、と思う。そのため、増水すると土手を越えて、志村坂下あたりまで、水びたしになるのかもしれぬ。

その土手を越えると、下戸田村の往還がまっすぐに、延びているのが見えた。

彦輔が言う。

「藤八。次の蕨《わらび》宿まで、どれくらいだ」

「道中案内によると、板橋宿から二里十町となっておりやすから、あと一里ほどでござんしょう」

そう応じながら、藤八は竹杖にすがるりくを、そっと盗み見た。

りくは、支えようとするかなめや、菊野の手をかたくなに拒み、一人で歩こうとしている。

土手下の街道の入り口に、人馬の継ぎ立てをする、立場《たてば》があった。人足《にんそく》や馬方《うまかた》に、駕籠《かご》かきの姿も見える。

川止めのため、人馬ともに足止めを食らって、街道にまであふれていた。

立場の脇には、〈二八そば うどん 御茶漬〉と書かれた、行灯《あんどん》看板が立っている。

その店も、川が開くのを待つ連中で込み合い、中も外もあいた席がない。

「りくどの。蕨へ行くまでに、まだ茶店もあるはず。ここは素通りして、先を急ぐことにいたそう。もし体がきつければ、ここで駕籠か馬に、乗られてもよいが」

彦輔が言うと、りくはほとんど血相を変え、きっとなった。

「駕籠や馬など、めっそうもないこと。お気遣いは、無用でございます。これ以上体を揺られては、ますます具合が悪くなるばかり。歩く分には大事ないゆえ、きょうのうちにかならず桶川まで、まいりますぞえ」

今度は、ぞえときた。

とにもかくにも、負けぬ気の強い女ではある。

藤八は、おかしいやら感心するやらで、空を仰いだ。

同じ思いとみえて、彦輔もそれにならう。

ほとんど雲のない青空に、まだ朝の香りを残した日が、輝いている。川の増水が、嘘のような晴れ方だ。

彦輔が上を向いたまま、だれにともなく言う。

「中食は、浦和あたりでと思っていたが、いささか腹が減ってきた。ちと早いが、今度茶屋を見かけたら、そこで中食としゃれ込むか」

りくは、菅笠のひさしを持ち上げて、顎を突き出した。

「鹿角さま。わたくしはまだ、中食をとる気が起こりませぬ。このまま浦和宿か、せめて手前の蕨宿まで、足を延ばしませぬか」

かなめが藤八を見て、またくるりと瞳を回す。このところ、あきれる回数が増えたようだ。

りくの返事に、彦輔はまじめくさった顔で、ていねいに頭を下げた。

「そのご様子ならば、大事あるまい。では、まいろうか」

あっさり引き下がると、先に立って歩き出した。

そのあとに女三人が続き、藤八はしんがりを務める。

戸田村から蕨にかけては、近くに山らしい山もなく、街道の両脇にはただ殺風景な、田畑が広がるだけだ。

途中、〈御休所〉と幟を立てた茶屋が、いくつか目についた。しかしりくは、見向きもしない。

かなめがときどき、菊野の様子をうかがうそぶりを見せる。菊野の足取りも、ほとんど最初と変わりがない。

戸田の渡しでも、菊野は船酔いをした形跡がないし、疲れた気配を見せなかった。華奢《きやしや》な体の、どこにそのような力があるのかと、あきれるほどの健脚の持ち主だ。

りくも、歩きには自信がありそうだが、あの船酔いのていたらくでは、桶川まで行くのはむずかしかろう。あまり無理をして、途中で倒れるようなことになったら、かえってめんどうだ。

ただ、あの頑固さは相当なもので、説き伏せるのに苦労しそうな気がする。

しかし、説得するのは彦輔の仕事だし、藤八の知ったことではない。

蕨宿の入り口に着いたとき、日がほぼ頭の上にきた。初夏とはいえ、かなり日差しが強い。

「具合はいかがでござる、りくどの」

彦輔に聞かれ、りくは菅笠を上げて宿場の先を、見渡した。

あまり、気の進まない口調で言う。

「さほど、食しとうはございませんが、菊野さまもみなさまもご空腹ならば、お付き合いいたしましょう」

いちいち、言うことがもっともらしく、理屈っぽい。

相変わらず、川止めが解けていないらしく、宿場は混雑していた。ここで、泊まりを考える旅人もいるとみえて、旅籠の出入りが激しい。

藤八とかなめは先に立ち、あいていそうな店を探しながら、歩いて行った。

本陣と脇本陣は、板橋と同じく合わせて三軒あるが、旅籠は半数の二十数軒しかない、と聞いている。

川止めを告げ、泊まりを勧める客引き女の甲高い声が、うるさく耳をついてくる。

幸い、彦輔の一行は江戸からののぼりなので、ほとんど相手にされない。

〈御休所〉の幟を立てた、左側の一膳飯屋から客が何人か、まとまって街道に出て来た。どうやら中の土間に、あきができたようだ。

中をのぞくと、まるまるあいた座台が一つ、目についた。かなめが、すばやく土間にはいって、席を取る。

そのあいだに、藤八は彦輔たちを、呼びにもどった。

そろって、座台に腰を落ち着け、この店の売り物だという、奈良茶飯を頼む。

食べながら、かなめが藤八に話しかけた。

「あの二人は、どうしたのかねえ。このあたりを、うろうろしているような、そんな気がしたけれど」

「鬼吉と蛇の目のことなら、もう浦和あたりまで行ってるだろう。博奕を打ちながら、お伊勢さんにお参りするんだと」

「ああ、それは舟の中で、ちらっと聞こえたよ。まったく、いい気なもんだねえ」

「いたずら小僧が、そのまま大きくなったような、やんちゃなやつらだ。堅気に、迷惑をかけさえしなけりゃ、じゃまにはなるめえよ」

彦輔が口を挟む。

「妙に、なれなれしくしてくるようなら、気をつけた方がいいぞ、藤八。どこで、だれがいきなり襲って来るか、分からぬ旅だからな」

「まさか、あんな連中を使うような相手なら、旦那が出る幕はありやせんぜ。あっし一人で、十分でござんすよ」

そんなむだ話をしていると、りくがそわそわした様子で、座台を立った。

「すみませぬ。裏で、手を洗うてまいります」

かなめが眉を寄せ、声をかける。

「もし、だいじょうぶでございますか、おりくさま。おじゃまでなければ、ご一緒いたしますが」

「いや、一人でだいじょうぶじゃ」

りくはそう言い残して、土間を奥へ向かった。

途中で、店の小女《こおんな》に声をかける。手水場《ちょうずば》の場所を、聞いているのだろう。

それを見てから、かなめが菊野に声をかける。

「菊野さまも、お手水をお使いになりませんか。この先、もし茶屋がございませんと、往生いたしますから」

菊野がすぐにうなずき、かなめもうなずき返した。

「それじゃ、おりくさんがもどられたら、わたしと一緒にまいりましょう」

りくがもどるまでに、なにがしかの時がかかった。

りくと入れ替わりに、菊野とかなめが座台を立つ。

りくは顔色が悪く、体に力がはいらぬようだった。

浦和宿　大宮宿　上尾宿

蕨宿の一膳飯屋を出たのは、九つ半過ぎだった。

鹿角彦輔は、めくぼの藤八に先頭を任せて、しんがりに回った。

りくは、藤八から少し離れてあとにつき、その斜め後ろを菊野と勧進かなめが、並んで歩く。

彦輔の目には、りくの足取りがいくらか、軽くなったように見える。手水を使い、少し休んだからだろう。

彦輔自身は、足こそさほど疲れていないが、いささか気分が重い。出立したばかり、ということもあって気疲れ、気苦労がたまったらしい。

初日からこれでは、先が思いやられる。せめて、人の行き来が多い昼の街道では、もう少し気を緩めた方が、いいかもしれれぬ。

それにしても、出立してから終始泰然とした、菊野の挙措には驚かされる。

口はきけなくとも、耳はよく聞こえるわけだから、不忍池の〈清澄楼〉での話の趣は、しかと承知しているに違いない。

物見遊山の旅ではなく、いつどこで、だれが襲って来るか分からぬ、危険な道中だと知りながら、この落ち着いた身ごなしはどうだ。

これで、まだ十五歳だというのだから、恐れ入ってしまう。生まれつきか、あるいは何かの拍子に頭のねじがはずれて、安危の判断ができなくなったのでは、と疑いたくもなる。

しかし、これまでのところその兆候も、見られない。

もっとも、ほんとうの修羅場に出くわしたとき、どんな振る舞いを見せるか、逆にそれが楽しみといえなくもない。

蕨宿を出たあと、三十町ほども歩いて、根岸村という村をしばらく行くと、のぼり坂になった。

かたわらの、雨ざらしの木標にかすれた文字で、〈浦和坂　一名焼米《やきごめ》坂〉と彫りつけてある。

どうやら、このあたりの名物とみえて、〈焼米〉という幟を出した茶店が、いくつも並んでいる。

女を連れた、彦輔の一行を見て小女たちが、いっせいに呼びかけてくる。

「お休みなされませ」

「浦和名物の、焼米はいかがでございますか」

「この先、焼米をお出しするお茶屋は、もうございませんよ」

先頭の藤八が振り向き、ちらりとりくの様子をうかがった。

小女たちの、袖を引かぬばかりの呼び込みに、りくはてんから耳を貸そうとせず、どんどん坂をのぼって行く。へたをすると、藤八を追い抜きかねぬ勢いで、先刻までの頼りない足取りが、嘘のようだった。

少し遅れた菊野が、珍しげに茶屋の幟を見上げ、小女たちにうなずきかける。

呼び込みが、ますますうるさくなったのに、気づいたらしい。

りくは足を止め、きっとなって菊野とかなめを振り向き、説教がましく言った。

「先ほど蕨宿で、休んだばかりでございますぞ、菊野さま。かなめどのも、菊野さまをけしかけるようなまねは、お控えなされ」

後ろにいた彦輔は、かなめの背が何か言い返したげに、一瞬こわばるのに気づいた。

彦輔が口を開くより早く、菊野が分かったというしぐさで、りくに軽く手を上げてみせる。

それから、なだめるようにかなめに、うなずきかけた。

そのしこなしは、りくとかなめの反目をそれとなく、たしなめてしているようにも見えた。

菊野は、かざした手を小女たちに振ってみせ、さっさと茶屋の前を通り過ぎた。

かなめは、つっかい棒をはずされたように、軽くつんのめった。

しかし、何も言わずに菊野のあとを、追って行く。

りくは、せっかく振り上げた拳の、やりどころを失ったかたちで、唇をぐいと引き締めるなり、また坂をのぼり始めた。

彦輔は、その頑丈そうな後ろ姿に、つい独り笑いを漏らした。

かなめがくるりと体を回し、後ろ向きに坂をのぼりながら、菅笠の下で鼻にしわを寄せてみせる。

彦輔は手を上げ、人差し指を小さく動かして、あまりいきり立つな、となだめた。

かなめは向き直り、菊野を追い抜いて、りくの後ろに出た。

真っ先に、坂をのぼりきった藤八が、左の方を指さして声を上げる。

「ちょいと、ごらんなせえ。富士の山が、くっきりと見えやすぜ」

あとに続いた、りくとかなめが藤八の指さす先を見て、嘆声を漏らす。

彦輔も、坂をのぼりきって菊野と並び、遠い富士の山に目を向けた。

頭の上から富士まで、雲一つない青空が果てしなく広がって、息をのむほど壮麗な眺めだ。すっくと立つ富士は、えもいわれぬ端正なたたずまいを、見せている。

菊野の口からも、声にならない嘆声が漏れ、肩が小さく上下した。

行き交う旅人たちが、一様にその場で足を止め、口ぐちに感嘆の声を発しながら、富士を拝む。

江戸府内にも、富士を遠望できる高台は多いが、これほどの壮観はなかなかない。新富士からの眺めも、この絶景には勝てぬだろう。

そこで少し息を整えたあと、くだり坂にかかった。

小女が言ったとおり、こちら側にも茶屋はあるものの、なぜか〈焼米〉の幟は、見当たらない。

りくは、のぼり坂で張り切りすぎたのか、くだりになるとにわかに膝を、がくがくさせ始めた。

竹杖で、体を支えようとするのだが、うまくいかずによろよろする。

見かねたように、かなめがりくに駆け寄って、腕に手を添える。

「よろしければ、どうぞわたしの肘にでも、おつかまりください」

すると、りくはかなめの手を振り放して、足を止めた。

「お気遣いは、無用じゃ。それより、菊野さまのことをよろしゅう、頼みますぞ」

「菊野さまは人一倍、おみ足が達者でいらっしゃいますから、心配ないと存じます。むしろ、おりくさまの方が」

みなまで言わせず、りくがきっとかなめをにらむ。

「お気遣いは無用、と申したはず。人手を借りずとも、一人で歩けるわいの」

引き返して来た藤八が、かがみ込んでりくの竹杖の先を、持ち上げた。

「あっしがこいつを、支えておりやしょう。おりくさんは、そっちの端につかまって、歩けばようござんす」

さすがにりくも、それ以上我を張れぬとみたか、藤八の言に従った。

藤八とりくが、竹杖で前後につながったかたちで、坂をおりて行く。その格好は、まるでとんぼがつがったような、奇妙な眺めだった。

かなめが、あきれ顔でそれを見送る。

菊野が、いかにも申し訳なさそうな顔で、軽くかなめに目礼した。

気配りの感じられる、さりげないしぐさだった。

彦輔は、二人の後ろに続きながら、ほとほと感心した。いい年をして、あくまで我を張りとおりくよりも、菊野の方がよほどおとなに見える。

菊野は、頭のねじがはずれているどころか、驚くほど聡明な娘のようだ。

かりにも、そんな菊野を亡き者にしようと、ねらいをつけるやからがいるとは、信じられぬ思いがする。

おそらくはお家の存亡、あるいはそれを超える利害関係が、からんでいるに相違ない。あらためて、とんでもない道連れを引き受けてしまった、という思いにとらわれ、彦輔は気を引き締めた。

八つを過ぎるころ、ようやく浦和宿にはいった。

江戸を出て、ほぼ六里。

桶川宿まで、あと四里と少々残っている。

浦和の茶屋では、四半時ほど休んだだけだった。

この宿場は、街道の幅が蕨宿の半分より狭く、わずか二間しかない。狭苦しい感じがして、あまり長居する気に、なれなかった。

ただかなめは、十返舎一九が浦和を織り込んで詠んだ、あまり上出来とはいえぬ狂歌を一つ、覚えている。

代《しろ》ものを
積み重ねしは　商人《あきひと》の
おもてうらわの
宿のにぎはひ

この宿場は、大昔から市が盛えており、そのために道は狭いながらも、にぎやかなのだろう。

りくははた目にも、足元がおぼつかなく見えたが、よほど居心地が悪かったのか、いちばん先に茶屋の腰掛けを立った。

かなめも、菊野とともにすぐさま腰を上げ、りくのあとを追う。勘定は鹿角彦輔か、めくぼの藤八に任せておけばよい。

何かにつけ、りくが自分を邪険に扱いがちなことは、これまでのいろいろな仕打ちで、よく承知している。

自分に血の気が多いのは、生まれついての性分だから、あえて直そうとは思わない。

ただ、今度の長旅に出てからは、かなり辛抱強く振る舞うようになり、自分でもびっくりするほどだ。

ふだんなら、何か理不尽なことを言われたり、没義道《もぎどう》な扱いを受けたりすると、黙ってはいない。倍くらいは言い返し、やり返す。

それがかなわぬときには、そばにいる藤八にはけ口を求め、藤八がいなければ彦輔に当たるのが、習いだった。あくまで、勝手気ままにやるのが、自分の身上だ。

ところが、今度の旅はこれまでと、なんとなく勝手が違う。自分だけでなく、彦輔にとっても藤八にとっても、ただの道連れ道中ではないようだ。

それを感じたがため、かなめはりくのとがった言動や、ずいぶんそっけない扱いにも、がまんを重ねている。

ときどきつまずいたり、足元をふらつかせたりしながらも、りくは休まず歩き続ける。いやみな女だが、その根性だけは認めてやってもいい。

逆に、菊野のことはこの一日で、すっかり好きになってしまった。

たとえ口がきけたとしても、菊野が弱音を吐いたり、苦情を漏らしたりすることは、絶えてあるまいと思う。

がまん強い上に、気分の揺れがほとんどなく、手がかからないのはありがたい。りくにも、見習ってほしい、と思うほどだ。

こんなに、菊野が手のかからぬ娘と分かっていたら、自分一人で十分世話ができただろう。

そう思うと、今さらのように残念だった。

村をいくつか、通り過ぎる。

このあたりは天領だとかで、道幅は三間ほどしかないが、よく整えられている。両側とも、松並木がまっすぐに延び、初夏にしては暑い夕方の日差しを、うまくさえぎってくれる。

針ヶ谷という村を過ぎ、大宮まであと半里ほどのところに、また馬や駕籠の立場があった。

休まず歩き続けたが、いつの間にか藤八が、そばに来た。

「道中絵図によると、このあたりは六国見《ろっこくみ》というそうだぜ。なぜだか分かるか」

「分かるはずがないだろう」

そっけなく応じると、藤八が得意げに続ける。

「ここからは富士山、浅間山、金峰《きんぷ》山、男体《なんたい》山、武甲《ぶこう》山といった、六つの国の山が見えるからよ」

「あと一つ、足りないよ」

かなめが茶々を入れると、藤八はちょっとたじろいだ。

「今は思い出せねえが、要するにここから駿河、信濃、武蔵、甲斐などの六国に、目が届くってことよ」

「武甲山は、武州と甲州にまたがるから、そう呼ぶんだろう」

あてずっぽうで言うと、藤八は満面に笑みを浮かべた。

「素人はまあ、そう思うだろうさ。ところが、違うのよ。その昔、ヤマトタケルノミコトが東征したとき、勝ちを祈願して武具と甲冑《かっちゅう》を、山の神に奉納したという、伝説があるからよ。覚えておきな」

「なかなか、詳しい道中絵図だねえ、藤八さん」

かなめが言うと、藤八はいやな顔をした。

かなめは、先頭を行くりくに向かって、顎をしゃくった。

「おりくさんを、ほっといていいのかい。おしゃべりはそれくらいにして、また竹杖を支えてあげたら、どうなのさ」

藤八が、舌打ちする。

「かわいげのねえやつだな。ちっとは、感心したらどうだ」

「ええ、感心はしておりますともさ。これからも、だいじなところへ来たら、講釈をお頼みいたします」

かなめが言うと、藤八はあきれたように首を振りふり、りくのそばへもどって行った。大宮宿に着いたときは、八つ半をだいぶ回っていた。

大宮はさすがに、大きな宿場だった。

藤八によると、近くに有名な氷川神社があり、本陣が二軒に脇本陣が九軒と、五街道のうちで最も多い、という。

ここでも四半時ほど休み、次の上尾《あげお》宿を目指す。道のりは二里あるが、上尾から桶川までは三十町と短く、合わせて三里弱ということになる。

かなめは以前、彦輔や藤八と一緒に同じ中山道を、のぼったことがある。そのときも、一日目は桶川に泊まった。

決して、こなせない道のりではないが、菊野はともかくりくの足が、心配だった。

上尾宿までの二里は、けっこうきつい行程になった。道は起伏が多く、両側にあまり変化のない畑が、延々と続く。田圃よりも、畑の多い土地柄だ。

上尾宿では、それぞれ竹筒に水を満たしただけで、休まずに通り抜けた。大宮宿に比べて、はるかにひなびた宿場で、足を止めるまでもなかった。

桶川まで、あと半道ほどになったとき、暮れ六つを知らせるどこかの鐘が、ものうい響きを伝えてきた。

それを合図のように、にわかにりくの歩みが、鈍くなった。いかにも大儀そうに、左の足を引きずっている。

それを見て、彦輔がりくのそばに行き、具合を尋ねた。

気丈なりくも、さすがに今度は身にこたえたとみえ、どこかで休みたい、と言った。

目の前の茶屋から、あるじらしい老爺が出て来て、葭簾を片付け始める。店じまいをするらしい。

りくは手を上げ、その老爺を力なく指さした。どうやら、そこで休めないかどうか、聞いてくれと言いたいようだ。

かなめが中をのぞくと、ひとけのない土間にあいた座台が、三つ並んでいる。日暮れのこととて、すでに客は一人もいない。

かなめは、すぐに老爺に声をかけ、座台をしばらく貸してほしい、と頼み込んだ。

もう店じまいの刻限なので、としぶる老爺に藤八が一分金を与え、その口を封じた。

はからずも、数日分の稼ぎを手にした老爺は、急に愛想がよくなって、店中の掛け行灯に火を入れた。

彦輔と藤八が、両脇からりくの体を支えて、いちばん奥の座台に運んだ。笠と、背の荷物をはずして、そこへ寝かせる。

かなめは、老爺に言って湯飲みに水をもらい、座台に運んだ。

菊野が、行灯の一つをりくの上にかざし、かなめが水を飲ませるのを、手助けする。よく気のつく娘だ。

りくは、喉を鳴らして水を飲み干し、大きく息をついた。

菊野に湯飲みを預け、かなめは脚絆の上からりくの左足を、さすってやった。

そのあいだに、彦輔が老爺に尋ねる。

「手水場は裏か」

「ここにゃ、手水場はねえだ。裏の林で、してくんろ」

桶川宿 ㈠

鹿角彦輔は、大刀だけ座台に残して、茶屋を出た。

用を足すため、裏手へ回ろうとすると、藤八が追って来た。

「待っておくんなせえ、旦那。あっしも、お付き合いしやすぜ」

「そうか。久しぶりに、関東の連れ小便、としゃれ込むか」

彦輔は藤八を従えて、店の裏手へ回った。暮れ六つの鐘は鳴ったが、空はまだ残照をとどめており、手前に黒ぐろとした林が、広がっている。

茶屋とのあいだの、狭い用水路に渡された、幅二尺ほどの踏み板を越えて、林にはいった。

茶屋は、街道の西側にあるので、茜色《あかね》に染まった空が木の間から、透けて見える。真っ暗になるまでには、あと四半時近くかかるだろう。

狭い小道を、林の奥に向かって進むと、ほんの五、六間と歩かぬうちに、目の前が開けた。

周囲を木立にかこまれた、六畳ほどの広さの草地だ。

二人は互いに背を向け、木立に向かって用を足した。

用水路で手を洗ってから、茶屋にもどる。

りくが、座台の上に体を起こして、その両脇を菊野とかなめが、不安げに支えている。それを見て、藤八があわてた声で、呼びかけた。

「ちょいと、おりくさん。まだしばらくは、横になっていた方がようござんしょう」

彦輔も、あとを続ける。

「りくどの。藤八の、申すとおりでござるよ。桶川には、五つまでに着けば、不都合はない。お疲れならば、藤八を一足先に桶川へやって、駕籠など呼ばせてもよいが」

それを聞くと、りくはしゃきっと背筋を伸ばし、強い口調で言った。

「駕籠など無用でございます。這ってでも、みずからの足で桶川まで、まいります」

いきなり、座台から足をおろして、土間に立とうとする。

かなめが、あわてて言った。

「急に、お立ちにならぬ方が、ようございますよ。今少し、横になっておられたら、いかがでございますか」

「いや、いささか差し合いがあって、裏へ回りたいのじゃ」

よろよろ、と立ち上がる。

藤八が口を開いた。

「ここにいたって、なんの差し障りもござんせんよ。じいさんにはその分、ちゃんと代金を払いやしたから」

りくが頑固に、首を振る。

「そのことではござらぬ。かなめどの。ちと、手を貸してもらいたい」

りくが、珍しくかなめにものを頼み、座台に置かれた自分の荷物に、手を伸ばす。

かなめはあわてて、その荷物を取り上げた。

「それを持って、裏まで一緒について来てたもれ」

りくは、偉そうな口調でそう言い、土間をよたよたと歩き出した。

かなめがそれに付き添うと、菊野も急いでそのあとを追う。

藤八はかなめの背に、声をかけた。

「裏手の、用水路の踏み板を越えて、林の中をちょいと歩くと、いい場所があるぜ」

「あいよ」

三人が外へ出て行くと、藤八はどたりと勢いよく、座台にすわり込んだ。

「やれやれ。手水なら手水と、正直に言やあいいのに、差し合いとかなんとか、むずかしいことを」

隣に腰をおろして、彦輔は藤八をなだめる。

「まあ、そんなに怒るな。それに、あれはただの手水じゃあ、あるまいよ」

藤八が、顔を見直してくる。

「ただの手水のほかに、どんな手水があるんでござんすかい」

「おりくが、差し合いと言ったのは、たぶん女房詞《ことば》だ。月の障りのことよ」

彦輔が言うと、藤八はびっくりした顔で、のけぞった。

「こいつは驚いた。旦那は女房詞まで、ご存じなんで。いやはや、驚きやしたぜ」

「そんなに、驚くことはあるまい。いくらおれでも、それくらいは知っているさ」

「いや、驚いたのは、それだけじゃござんせんよ。あのおりくさんに、月の障りがあるってえのに、驚きやしたんで」

彦輔は苦笑した。

「いくらなんでも、それは言いすぎだぞ、藤八。おりくはあれでまだ、四十そこそこだろう。詳しくは知らぬが、女を終える年ではあるまい」

藤八は、感心したように腕を組み、首をかしげた。

「そんなもんでござんすかね。だったら、もう少しかなめに優しくしても、ばちは当たらねえと思うんだが」

そのとき、店の老爺が湯飲みを二つ、盆に載せてうやうやしく、運んで来た。

「おい、おやじ。こいつはなんだ」

「へい。濁り酒と、甘酒でごぜえすよ」

彦輔は藤八と、顔を見合わせた。

「だれが、注文したんだ」

藤八の問いに、老爺は歯の欠けた口で、にっと笑った。

「あの、ちょいと小粋な、お連れさんじゃがの」

かなめのことだ。

彦輔は、湯飲みを取った。

「かなめのやつ、さすがに気がきいてるなあ、藤八。濁り酒はともかく、こんなところに甘酒が置いてあるとは、思わなかったぜ」

「いや、まったくで」

藤八もうれしそうに、自分の湯飲みに手を伸ばした。

そのとたん、突然茶屋の裏手から、悲鳴が聞こえた。

彦輔も藤八も、あわてて湯飲みを置き、座台から飛んで立った。

「なんでござんしょうね」

「分からぬ。ともかく、行ってみようぜ」

彦輔は大刀を取り上げ、茶屋を飛び出した。

追って来る藤八を尻目に、大刀を腰へ差しもどしながら、裏手へ回って行く。

そのあいだにも、争うような物音と悲鳴が、届いてきた。

「りくどの、かなめ。どうしたのだ」

彦輔は、ことさら大声で呼ばわりながら、用水路を飛び越えて、林に駆け込んだ。

小道を走り抜け、さっき用を足したばかりの草地に、飛び込む。

ほとんど暗くなった草地で、かすかに茜色を残す空を背に、木の間隠れに黒い人影が四つ五つ、入り乱れているのが目に映った。

りくたち三人に、何者かが襲いかかったのだ。相手は少なくとも、二人いるようだ。

「何者だ。名を名乗れ」

どうせ、名乗るわけがないと知りつつ、彦輔は声を励まして言った。

ただ、それでりくたちを安心させ、曲者《くせもの》どもの気勢をそぐことはできる。

「何をしやる。放せ、放せと申すに」

りくのしゃがれ声が、左手から聞こえてきた。

右のほうから、かなめの声。

「彦さん。菊野さんが、そっちの方へ逃げて行ったよ。気をつけておくれ」

「分かった」

そう応じたものの、内心まずいと思った。曲者どもにも、それで菊野の居場所の、見当がついてしまっただろう。

彦輔は、扱いやすい脇差を抜き放ち、草地にうずくまった。

薄闇を透かすと、りくらしき女と揉み合う一つの影に、こちらへにじり寄って来る、別の影が重なった。

菊野が、そばにやって来る気配は、伝わってこない。近くに来れば、それらしいにおいがするはずだ。

そのとき、正面に迫った黒い影が、にわかに身を起こした。

彦輔は、菊野がそばにいないことを、すでに察していた。かなめの声も、あれきり聞こえてこない。


黒い影が腕を振り上げ、きらりと刃を閃《ひらめ》かせる。

彦輔は脇差を構え直し、下からすくい上げるようにして、相手の刃をはね返した。

暗闇のせいか、相手の打ち込みはさほど強くなく、体とともにさっと刃が引かれた。

りくと揉《も》み合っていた、もう一つの影が声を放つ。

「引け、引け」

乱れた足音が、あわただしく草地を揺らし、その場から引いて行く気配がする。

彦輔は、草地に片膝をつき、薄闇を透かして見た。

二間ほど先にうずくまる、人影がぼんやりと浮かぶ。

用心しながら、彦輔はその人影に、にじり寄った。

りくのようだ。

「りくどの。おりくさん。大事ないか」

地に伏した人影が、むくむくと動いた。

「だ、大事ございませぬ。それより、き、菊野さまは」

そう聞かれて、彦輔はもう一度背後の様子を、うかがった。ただ闇が広がるだけで、やはりだれの姿も見えない。

名を呼ぼうとして、思いとどまる。返事をしたくても、菊野は声が出せないのだ。

ふと、思い当たった。

かなめは、曲者の目をくらますために、わざとあのような不用意なせりふを、口にしたのではないか。

曲者が、そちらに気を取られるすきに、菊野を修羅場から遠ざけよう、としたのではないか。

そのとき、にわかに行く手の木立の方で、何かを叩くような物音がした。続いて、威勢のいいどなり声が、聞こえてくる。

「このやろう。てめえたち、どこのどいつだ。まごまごしてると、叩っ斬るぞ」

藤八の声だった。

後ろについて来たはずの、藤八のことをすっかり、忘れていた。

藤八は知らぬうちに、木立を抜けて逆の側へ回り、曲者たちを待ち受けていたらしい。聞こえるのは、やたらにわめく藤八の声だけで、やり合う物音はぱたりと止まった。

曲者たちは、そのまま逃げ去ったとみえ、ほどなくあたりが静かになる。

「おりくさん。旦那。ご無事でござんすかい」

そう言いながら、刀を手にした藤八の黒い影が、駆け寄って来た。

「おれたちは無事だ。おまえ、いつの間にやつらの後ろに、回ったのだ」

藤八が、刀を収める。

「用水路を越えて、すぐでござんすよ。旦那の後ろにいたところで、なんの役にも立ちやせんからね。それより菊野さんは、どうしやした」

そう聞かれて、彦輔は気持ちを落ち着け、考えを巡らした。

曲者は二人だったが、背後へ回られた覚えはない。したがって、連中が菊野をさらって行くことは、できなかったはずだ。

彦輔は向き直り、ためしに呼びかけてみた。

「かなめ。もう、だいじょうぶだ。こっちは、片付いたぞ」

すると、茶屋の方からかなめの声が、返ってきた。

「菊野さんはご無事で、ここにいらっしゃいますよ」

それを聞いて、彦輔は肩の力を抜いた。

やはりかなめは、闇にまぎれて菊野を連れ、茶屋の方へ難を避けたとみえる。

「分かった。今、もどる」

そう応じて、藤八と一緒にりくの腕を支えながら、茶屋の方へ引き返す。

すっかり、夜のとばりがおりて、あたりが暗くなった。

用水路のそばに立つ、かなめと菊野の影が、かすかに闇に浮かんで見える。

それを目にして、彦輔は急に冷や汗が出た。

安堵《あんど》しながらも、どこか釈然としないものを覚えて、唇を引き締める。

周囲に目を配りながら、茶屋にもどった。

土間の奥から、老爺が恐るおそるという様子で、顔をのぞかせる。

「えらい騒ぎじゃったが、怪我はなかったかの」

「心配いらねえよ、おやじ。野良犬が二匹、ほえただけのことさ」

藤八が言うと、老爺はほっとしたように、背を起こした。

彦輔は、りくを座台にすわらせて、老爺に言った。

「喉が渇いた。すまぬが、もう一度、酒と甘酒をもらおうか」

りくが、口を開く。

「すまぬが、菊野さまとわたくしにも、甘酒をもらえぬかの」

かなめも、それに続いた。

「わたしにも、一杯おくれな」

藤八が、口を出す。

「かなめは、濁り酒の方がいいんじゃねえか」

かなめは、思い切り怒った顔で、藤八をにらんだ。

「冗談は、やめておくれよ。わたしも、甘酒でいいからね、おやじさん」

それから、話をそらそうとばかり、口調を変えて続ける。

「菊野さんは、ご自分であの用水路のところまで、逃げて来なすったんだよ。だれかさんが、もたもたしてるうちにさ」

彦輔が、言い返そうとしたとき、菊野が急に腕を前に突き出して、何か伝えるそぶりを見せた。

かなめを指で示し、両腕を前後に動かして、押すようなしぐさをする。

藤八が聞き返した。

「かなめが菊野さんを押して、逃げるように指図したと、そうおっしゃりたいんで」

すると菊野は、いかにもうれしそうに笑みを浮かべ、二度うなずいた。

かなめが、とんでもないというように、手を振る。

「そんなことしなくても、ちゃんとご自分で逃げましたよ、菊野さんは。彦さんを頼っていたら、命がいくつあっても、足りないんだから」

「ばかを言え。おれは、斬りつけてくるやつを追い払うので、手一杯だったのよ」

言い訳をしながら、彦輔はあのときの相手の太刀筋が、なぜか遠慮がちだったのを、思い出した。

老爺が、湯飲みを五つ盆に載せ、座台に運んで来る。

一息ついたところで、藤八が言った。

「ところで、旦那。あっしが待ち受けているとき、逃げて来たやつらは二人とも、黒い頭巾をかぶっておりやしたぜ」

さもあろう、と思う。

「なりはどうだ。袴をつけていたか」

彦輔が聞くと、藤八は濁り酒に口をつけ、首をひねった。

「いや、袴じゃなかったようでござんす。黒い、ぱっちか何かをはいて、尻っぱしょりをしておりやした」

りくが、にわかに背筋を伸ばして、口を出す。

「そのいでたちで、思い当たりましたぞ。先ほどの曲者は、例の二人連れのやくざ者に、相違ございませぬ。確か、鬼吉に蛇の目とか申す、妙な呼び名の股旅者でございますよ」

藤八は、ちらりと彦輔を見てから、りくに言った。

「しかしあの連中に、あっしらを襲ういわれはねえ、と思いやすがね」

「いやいや、あのようなあぶれ者のことゆえ、菊野さまを人質にでも取り、身のしろ金をせしめる所存だった、と」

彦輔は手を上げ、まくし立てるりくを、押しとどめた。

「それはまず、ござるまい。先ほど、おりくさんと争った方の男が引け、引けと言ったのを、覚えておられよう。やくざ者ならば、あのような物言いはせぬもの」

「ならば、侍になりすまそうとして、口のきき方を変えたのでございましょう」

なおも言いつのるりくに、藤八が首を振って応じる。

「あっしがやり合ったかぎりじゃ、やはりあれは侍に違いねえ。半端者は喧嘩《けんか》剣法ゆえ、めったやたらにだんびらを、振り回すだけでござんすよ」

「藤八の申すとおり、あの二人にわれら一行を襲う筋合いは、ござるまい」

彦輔がだめを押すと、りくはさすがに語勢を緩めたものの、なおも引かずに続けた。

「何者かに、金で雇われたということも、考えられましょう」

彦輔は、少し間をおいた。

「金で雇われたなら、たやすくは引かぬはず。あのように、あっさり引いたのはむしろ奇妙、というものでござるよ」

桶川宿 (二)

桶川に着いたのは、そろそろ夜五つになるころだった。

棒鼻《ぼうはな》、と称する丸太組みの入り口を抜けると、宿場の灯がひときわ明るく見えて、藤八はほっとした。

二年ほど前、鹿角彦輔や勧進かなめと熊谷へ行ったおり、この桶川で一晩泊まったのを思い出す。

「なんだか、なつかしいじゃござんせんかい、旦那」

声をかけると、彦輔はおもしろくもなさそうに、鼻を鳴らした。

「おれは別に、なつかしくもなんともないな。おまえ、何か楽しいことでもあったのか」

そう切り返されて、藤八は鼻白んだ。

「そういうわけじゃござんせんが、まあ、言葉のあやというやつで」

かなめは、ちゃんと聞こえたはずなのに、知らぬ顔をしている。

あのおり、かなめは気の進まぬ面割りの役目を、無理やり引き受けさせられたため、いい思い出がないはずだ。

彦輔が言う。

「それより、藤八。どこか、手ごろな旅籠を見つくろって、話をつけてくれ。初日でだいぶ歩いたから、多少は張り込んでもいいぞ」

「張り込むといったところで、ここは海から遠うござんすし、うまい魚は出てこねえ、と思いやすぜ。せいぜい、鯵《あじ》の干物くらいでござんしょう」

「それで、かまわん。ただし宿は、平旅籠だぞ」

念を押されて、また鼻白む。

「分かりきったことを、言わねえように願いたいね、旦那。あっしだって、それくらいの分別は、ありまさあ」

菊野はもちろん、口うるさいりくを連れながら、よりによって飯盛女を抱える旅籠などに、泊まれるものではない。

かたわらの、明るい店先を指さして、かなめが言った。

「ちょいと、彦さん。そこの茶店で、待っていておくれな。藤八さんとわたしで、いい旅籠を探してくるから」

「分かった」

彦輔が返事をすると、そばから負けずにりくが、口を挟む。

「間違っても、いかがわしい旅籠の留女《とめおんな》に、だまされぬようにしやれ」

分かっているのかどうか、菊野がそばでにこにこしている。

「へい、へい。よおく、のみ込んでおりやすよ」

うんざりしながら、藤八はりくに言葉を返して、かなめに顎をしゃくった。

「さあ、行こうぜ」

二人は、幅三間ほどの宿場通りを、きょろきょろしながら先へ進んだ。

留女が次つぎに、袖を引いてくる。

「お泊まりなさいまし。武蔵屋でございます、お泊まりはこちらへどうぞ。温かいお食事のご用意が、できておりますよ」

留女の中には、藤八が女連れと分かり、寄って来ない者もいる。

言うまでもなく、それは飯盛旅籠の留女に、違いあるまい。はなから、女連れの客に用がないことは、承知しているのだ。

大宮と比べても、旅籠の数だけは桶川の方が、勝っているように見える。しかし、どこかさびれた感じが漂うのは、どうしようもない。

大きくて、新しそうな旅籠の留女をかわし、一膳飯屋の前を通り過ぎると、逆に小さくて古そうな旅籠が、現れた。

赤い、幅広の前垂れをした留女が、二人の顔を交互に見比べながら、遠慮がちに声をかけてくる。

「お泊まりでごぜえますか」

まだ十五、六歳の小娘で、ていねいな口をきいたものの、土地の訛《なま》りがある。

藤八は、言い返した。

「あたりめえよ。次の宿場まで、二里近くもあるんだ。ここで泊まらなけりゃあ、野宿するほかあるめえ」

小娘が、はにかんだように笑う。

「その口ぶりからすっと、お客さんは江戸のお人だんべ」

「そうだ。おめえのとこは、飯盛旅籠か」

「うんにゃ、違うだ。ただの平旅籠でごぜえます」

「そうか。この旅籠にゃあ、何かおもしろい趣向でも、あるのかい」

小娘は、きょとんとした。

「しゅこう」

「そうよ、趣向よ」

小娘は、少し考えてから、にっと笑った。

「酒肴なら、渡良瀬川でとれたうめえアユに、イワナやヤマメもごぜえやすよ。おもしろいかどうか、分かんねえけど」

かなめが笑って、そばから口を出す。

「その酒肴じゃないよ。たとえば、釣り天井が落ちてくるとかいった、凝った仕掛けの部屋でもないか、と聞いたのさ」

小娘は、頬に指を当てた。

「あいにく、ここは、宇都宮じゃねえからのう。船底天井ならあるけんど、まだ落ちたことはねえわな」

藤八は苦笑いをして、旅籠の建物を見直した。

間口いっぱいに開かれた、両端の腰高障子にそれぞれ、〈旅籠〉〈刀根屋《とねや》〉と書いてある。目を上げると、通りに面した二階の部屋に、手すりがついた一尺ほどの縁が、張り出している。そこにすわって、上から通りを見下ろそう、という趣向らしい。

小娘が言う。

「それに、お客さん。うちの旅籠にゃ、内風呂がついているだよ」

藤八は目をもどし、小娘の顔を見直した。

「ほんとか」

ふつう、泊まり客が汗を流すときは、宿場内の湯屋へ行かねばならない。内風呂のある旅籠は、めったにないと聞く。

「ほんとだよ、お客さん。殿御と女子衆と、一緒だけんどね」

それを聞くなり、藤八は人差し指を立てた。

「よし、ここに決めた」

そう言って、かなめを見る。

「茶店へもどって、鹿角の旦那たちを呼んで来てくれ。おれはこの旅籠と、話をつけておくからよ」

かなめが、横目でにらんだ。

「言っておくけれど、わたしと菊野さんは外の湯屋に、行くからね。それから、たぶん、おりくさんも」

小娘が、忍び笑いをするのを見て、藤八は早とちりしたことに、気がついた。

一緒といっても、同時にはいるわけではないだろう。

茶店にもどる、かなめの背に声をかける。

「だれも、一緒にはいろうなんて、言っちゃあいねえぞ」

かなめは返事をしなかった。

藤八は首を振りふり、小娘について旅籠にはいった。

運よく、通りに面した二階の、並びの八畳間が二つとも、あいていた。一人あたり百五十文だから、内風呂つきにしては安い方だ。

旅装を解くなり、菊野たち三人はさっそく宿場内の湯屋へ、出かけて行った。

小娘によると、内風呂は湯屋ほどではないが、六人までは楽にはいれる、大桶の据え風呂だという。

藤八は彦輔と一緒に、その風呂にはいりに行った。湯を入れ替えたばかりで、さいわいほかに客はいなかった。

差し渡し、一間ほどもある丸形の大桶で、六人どころか十人でもはいれそうだ。

二人だけなので、そろってゆっくりと体を伸ばし、その日の疲れをいやす。

「きょう一日で、十日も旅したような気分でござんすよ」

藤八が言うと、彦輔が顔に載せた手ぬぐいの下から、のんびりと応じた。

「あしたは少し、手かげんというか、足かげんをしようぜ」

部屋へもどったが、女たちはまだ帰っていない。食事は、もどるまで待つことにして、酒だけ飲み始める。

湯飲みを片手に、藤八は彦輔と縁台にすわって、手すりにもたれた。

通りを見下ろした彦輔が、藤八に顎をしゃくる。

「おい、あれを見ろ」

藤八も、通りに目を落とした。

下手から、黒い塗笠の侍が二人、やって来る。

外へ漏れる、旅籠や店の薄暗い明かりでは、羽織袴に大小を帯びていることしか、分からない。笠がじゃまで、顔は見えなかった。

菅笠をかぶり、挟み箱をかついだ中間が、二人のあとをついて来る。その足取りからして、まだ若い男のようだ。

藤八が目を上げると、彦輔はなおも真剣な面持ちで、侍たちを見つめている。

二人の侍と中間は、足ばやに張り出し窓の下を、通り抜けて行った。

その後ろ姿を見送りながら、藤八は言った。

「あの二人に、何かお心当たりが、おありなんで」

彦輔も、体をよじって侍たちを見送り、それから藤八に目をもどした。

「顔は見えなかったが、あの羽織と袴に見覚えがある」

「そりゃまた、物覚えのよろしいことで。あっしにゃ、みんな同じに見えやすがね」

「おまえの物覚えが悪いのだ」

決めつけられて、藤八は憮然としたが、すぐに話を進めた。

「ともかく、羽織袴着用となりゃあ、公用の旅だ。どちらのご家中でござんしょうね」

「なぜか羽織が、無紋だった。ご公儀の、忍び旅かもしれぬ」

「ご公儀のお侍なら、たとえ忍び旅にしても、もう少し供ぞろえがにぎやかでござんしょう」

彦輔の眉根が寄る。

「どちらにしても、あの二人は刀に柄袋をかけていなかった。公用なら、かけるのが定法だぜ」

彦輔も、藤八と二人で話すときは、ときどき町方と同じような口調になる。

「お侍も、旅先でそんな細かいことなんぞに、気を遣いやせんぜ。それに、公用だろうと私用だろうと、あっしらにゃ関わりのねえこってしょう」

彦輔はむずかしい顔をして、湯飲みの酒を口に含んだ。

「今の二人の、足元を見なかったか。わらじの紐が、土で汚れていただろう」

藤八は、背を起こした。

「ほんとでござんすか。あっしは、気がつかなかったが」

「それも、街道筋の乾いた砂ぼこりじゃねえ。あれは土も土、泥の乾いたやつだ。そのくせ、足袋は汚れていなかったから、たぶんはき替えたんだろう」

藤八は、彦輔が何を言おうとしているのか、なんとなく察しがついた。

「するてえと、今の二人が桶川の手前で、あっしらを襲った連中だと、そうおっしゃるんで」

彦輔はもったいらしく、うなずいた。

「そうだ。あいつらは、あそこで待ち伏せしていたに、違いないぞ」

一度口を閉じて、さらに続ける。

「左側の侍の、黒っぽい羽織と茶色の野袴は、今朝ほど目にしたばかりだ。板橋宿の、茶店でな」

そう言われて、藤八もそのことを思い出した。

「隣の座台にすわったくせに、菊野さんにちらとも目をくれなかった、あの二人連れのお侍でござんすかい」

「そうだ。どうもあの連中、おれたちをつけて来たような気がする」

藤八は、彦輔を見直した。

「たった今、待ち伏せしていたに違いねえとか、おっしゃったんじゃござんせんかい」

彦輔が、顎を引く。

「そこがどうも、腑に落ちぬところよ。おれの知るかぎり、板橋を出てからあの二人に、追い抜かれた覚えはない。まあ、のべつ気をつけていた、というわけではないがな」

藤八も、腕を組んで考えた。

「そもそも、戸田の渡しが川止めになって、荒川を越えたのはあっしたちが、最後でござんしょう。水嵩だって、すぐにはもとにもどらねえ。また、渡れるようになるまで、そこそこ時がかかったはずだ。そうじゃ、ござんせんかい」

「そのとおりよ。だとすれば、おれたちが桶川宿へ着く前に、あの二人に追い抜かれるというのは、道理に合わぬ。待ち伏せしていたとすりゃあ、別のやつらかもしれんな」

急に彦輔が、弱気になる。

藤八は、ふと思い出して腕を解き、彦輔を見た。

「例の鬼吉と蛇の目が、舟ん中で言っておりやしたぜ。川止めになっても、金さえはずめばもぐりで、舟を出すやつがいるそうだ。その手を使って渡りゃあ、あの連中もさして遅れずに、ついて来られやすぜ」

彦輔は、眉を開いた。

「なるほど。もぐりの舟で荒川を渡って、蕨から上尾のあいだに抜け道を通りゃあ、おれたちの先へ出ることも、できなくはないな」

藤八は、また腕を組む。

板橋を出たあと、彦輔は例の侍たちが、若衆姿に身をやつした美形の菊野に、ちらとも目をくれなかったのはおかしい、と言った。

逆に、その二人の並びにいた鬼吉、蛇の目の無作法な目遣いを、あの口うるさいりくが一言も、とがめなかった。

つまりあのおりの、二人の侍とりくの振る舞いは、ともにわざとらしいほど、不自然なものだった。

「確か旦那はあのとき、おりくさんが例のお侍たちと、見知った仲に違いあるまいと、そうおっしゃいやしたね。しかも、そのことをあっしらに、知られたくないらしい、と」

「ああ、言った。ただの、勘にすぎぬがな」

「だとすると、連中がさっき茶屋の裏で、菊野さんを襲って来たのは、どういうことでござんすかね。おりくさんも、その場にいたわけだし」

「どうも、狂言のような気がするのよ。あのとき、おれと刃をまじえたやつには、殺気というものがなかった。まるで、こっちの腕を試している、という趣《おもむき》だった」

藤八は、首をひねった。

「旦那の腕前なら、とうに新富士で坂田藤十郎が、試したじゃござんせんか。それともおりくさんが、藤十郎の旦那とは関わりなく、勝手に新手《あらて》を手配したのか」

りくは無愛想な、口やかましい気質の持ち主だが、そうした妙な術策を弄《ろう》するほど、根性悪の女には見えない。

「ともかく、本気で斬り合う気はなかった、ということは確かだな」

そういう彦輔の顔を、藤八はのぞき込んだ。

「どういたしやすね、旦那。湯屋からもどったら、おりくさんを問い詰めてみやすかい」

彦輔も、張り出した縁に湯飲みを置き、腕を組んだ。

「いや。しばらく、様子をみよう。もし、あの侍たちがもう一度襲って来たら、今度は容赦なく叩きのめして、どういうつもりか吐かせてやる。そのとき、おりくがどんな言い訳をするか、楽しみにしていようぜ」

そう言ってから、急に下を見て言う。

「おう、もどって来たぞ」

藤八も体をよじり、通りを見下ろした。

りくを先頭に、本陣の方から女たち三人が、歩いて来る。

菊野が、めざとく藤八たちを目に留めて、手を振った。

藤八が手を振り返すと、彦輔もそれにつられたように、手を上げる。

すでに五つ半を回り、通りはさすがに、暗さを増している。それでも、風呂上がりの菊野の顔が、つやつやと輝くのが見えた。

三人が、旅籠の中にはいるのを確かめて、藤八は言った。

「まったく、変わった女子でござんすね、旦那。無邪気なようでいて、妙に肚《はら》がすわっているし、気分をおもてに出さねえ。あの娘は、おりくさんやかなめより、ずっとおとなでござんすよ」

「そうだな。どうも、ただの女子ではないような、そんな気がしないでもないな」

段梯子《だんはしご》を上がる足音がして、かなめの声が襖越しに届く。

「もどったよ、彦さん。今、ご飯の用意を頼んだから、こっちへおいでな」

桶川宿㈢

藤八と彦輔は、酒のはいった湯飲みを持って、廊下から隣の部屋に行った。

するると、窓を背にすわっていたりくが、背筋を伸ばして二人を見上げた。

「こちらは、われら女子の部屋でございます。殿方は、どうぞそちらのお部屋で、お食事をおとりくださいませ」

藤八はとまどい、かなめをちらりと見た。

かなめが、りくに言う。

「ご一緒でも、よろしいではございませんか。お屋敷ならばともかく、同じ旅の道連れでございますし」

りくはきっとなって、かなめをねめつけた。

「町方ではどうか知らぬが、われらは武家の女子でござるぞ。殿方と同じ部屋で、食事をとるわけにはまいらぬ。そなたもここで、われらと食事をとればよかろう」

そう言いきり、一呼吸おいて続ける。

「ただ、そなたがどうしても、殿方と一緒がよいと申すなら、止めはせぬぞえ」

それを聞いた菊野が、かなめにさりげなく目を向け、まばたきをした。どこか、意味ありげな目つきだった。

藤八にはそれが、かなめにここに一緒にいてほしい、という無言の訴えのように思われた。

かなめも、それに気づいたとみえ、素直にそこへすわり直して、りくに言った。

「はい、分かりました。ここで菊野さま、おりくさまとご一緒に、食事をとらせていただきます」

菊野の頬に、ほっとしたような色が浮かぶ。

彦輔は、その場の風向きを見たらしく、あっさりと言った。

「では、もどろうか、藤八」

「へい」

藤八は彦輔について、隣の部屋にもどった。

彦輔がささやく。

「藤八、飯はあとだ。湯屋へ行こう」

「湯屋、でござんすかい」

驚いて聞き返すと、彦輔は人差し指を立てた。

「大きな声を出すな」

藤八は首をすくめ、小声で応じた。

「しかし、さっきここの内風呂へ、はいったばかりでござんしょうが」

「いいではないか。湯屋は湯屋で、おつなものよ」

彦輔は、出窓の手すりにかけた、手ぬぐいを取った。

藤八はしかたなく、一緒に部屋を出た。

階段をおりたところで、上へ膳を運ぶ女中と、出くわした。

藤八は声をかけた。

「おれたちはちょいと、そのあたりを一回りして来る。おれたちの飯は、もどってからにしてくれ」

女中が、不審げな顔をする。

「お客さん、手ぬぐいなんぞ持って、どこへ行きなさるとね。うちには、内風呂があるによ。確かさっき、はいらっしゃらなんだかね」

藤八はあわてて、口に指を当てた。

「でけえ声を出すんじゃねえ。そのあたりを、一回りして来るだけだと、そう言っただろう」

言い捨てて、先に行く彦輔のあとを、急いで追った。

外に出ると、彦輔はためらいもなく宿場通りを、上手へ向かって歩き出した。

「ちょいと、旦那。湯屋は、逆でござんしょう。かなめたちはさっき、下手からもどって来やしたぜ」

彦輔は、足を止めなかった。

「これだけの宿場に、湯屋が一つということはあるまい。こっちにもあるさ」

やむなく、藤八はあとに続いた。

道中案内によれば、この宿場は通りの長さが、かなりありそうだ。確かに、湯屋が二つ三つあってても、おかしくはない。

旅籠を出て、一町と歩かぬうちに、彦輔が言ったとおり、湯屋があった。

江戸では、とうにしまい湯の刻限だが、宿場はそれなりに遅くまで、開いている。

まだ、四つには少し間があるものの、さすがに客の数は少なかった。

寛政のころから、江戸府内は入れ込みが禁止されて、男湯と女湯が別々になった。

とはいえ、脱衣場も洗い場も高さ五尺ほどの、低い羽目板で仕切られているだけだ。そのため背の高い男なら、のぞけないこともない。

もっとも、天井から下がる八方行灯が暗いのと、いつも湯気が立ち込めているのとで、ろくに見えはしない。

一方、ここ桶川の湯屋は江戸と違って、仕切り板がやけに高い。

七尺を超える大兵《だいひょう》力士、大空武左衛門《おおぞらぶざえもん》ほどの背丈がなければ、のぞけないだろう。江戸の方が、よほど甘いようだ。

彦輔も藤八も丸腰で、湯銭しか持って来なかったから、板の間稼ぎにあう心配はない。とはいえ、ときどき自分の古着を脱ぎ捨て、ひとの上物《じょうもの》を着て逃げる客がいるから、気をつけなければならない。

藤八は、番台の女によく目を光らせるよう、念を押しておいた。

彦輔は洗い場で、上がり湯を一杯だけかぶり、すぐに石榴《ざくろ》口から湯殿にはいった。

藤八も、それに続く。

湯ぶねには、按摩《あんま》らしい坊主頭の男が二人おり、大声でおしゃべりをしていた。

その訛りを耳にして、上方からのくだり者、と分かる。

藤八が、何用の旅か聞いてみると、二人で江戸見物に行くのだ、という。

「見物言うたかて、わてらはどこも見るとこ、あらしまへんけどなあ」

一人がそう言って笑うと、もう一人が真顔で、付け加える。

「見いでもええこと、すればよろしがな。わてらの指は、目よりもよう見えるさかいな」

これには藤八も、笑ってしまった。

「江戸に着いたら、吉原へ行って按摩のしくらを、するがいいぜ」

そんなばか話をしているうちに、すぐに時がたった。

そのあいだにも、何人か湯殿に出入りがあったが、彦輔はいっこうに出ようとしない。四半時もたつと、彦輔と藤八のほか、だれもいなくなった。

「旦那。そろそろ、出やしょうぜ。いくら湯屋がおつだといっても、半時のうちに二度もはいるのは、物好きがすぎますさあ」

藤八がこぼすと、彦輔はにこりともせずに、言い返した。

「まあ、もう少し、いいではないか」

「あっしはすっかり、腹が減っちまった。そろそろ宿へ、もどりやせんかい」

そう言ったとき、新たに男が二人石榴口をくぐり、中にはいって来た。髷の形から、二人とも侍だと分かる。

その二人が彦輔に気づいて、ちらりと視線を交わすのを、藤八は見逃さなかった。

とたんに、背筋がぴりぴりするのを感じ、手ぬぐいを顔に載せる。

隣にいる彦輔が、湯の中でこちらの膝に、膝をぶつけてきた。気をつけろとか、よく見ておけとか、そういう合図らしい。

藤八は、顔に手ぬぐいを載せたまま、大きくあくびをしてみせた。心の臓が、どきどきし始める。

夕暮れ時に、茶屋の裏で菊野たちを襲って来た、正体の知れぬ男たちは、あたりが暗くなっていたのと、黒い頭巾をかぶっていたのとで、藤八は顔を見ていない。

彦輔は、その刺客を板橋の茶屋にいた侍たちだ、と言っていた。

しかし藤八は、あのときもろくに顔を見なかったから、よく覚えていない。

どちらにせよ、今しがた彦輔に気づいたときの、二人の侍からほとばしったのは、殺気に似たものだった。

襲撃に失敗したあと、二人がなおも菊野を追って、この宿場に来たとすれば、まずは何をするか。

宿を取ったあと、旅装を解いて湯屋へ行き、汚れた体を洗うのではないか。

彦輔はそう読んで、上手の湯屋をのぞいてみよう、という気になったと思われる。どうやらそれが、当たったようだ。

にわかに彦輔が、口を開く。

「卒爾ながら、それがしはご公儀の御用を相勤める、鹿角彦輔と申す者。そこもとらは、どちらのご家中でござるか」

彦輔の、あまりに唐突な問いに、二人の侍は面食らったに違いない。

藤八も驚いて、手ぬぐいの下で目をむいた。

わざとゆっくり、手ぬぐいを顔からどける。

湯殿は、桐油紙でおおわれた掛行灯と、立ち込める湯煙のせいで、見通しが悪い。

それでも、二人の侍が目を見交わし、とまどいの色を浮かべるのが、なんとなく分かった。

眉の濃い、色の浅黒い方の男が、いかにも不本意な様子で、無愛想に応じる。

「これはまた、異なことを申される御仁よな。打ちつけに、さようなことをお尋ねになるわけを、聞かせていただこうか」

もう一人の、頬骨の張った眉の薄い方の男が、そのあとを続けた。

「たわけた問いかけも、たいがいにするがよい。いずれの家中であれ、ご公儀がわれら陪臣に御用の向きなど、あるはずがないわ」

二人とも、わざとらしいほど武張った口調だ。

初めの男が、また口を開く。

「まして、月代を伸ばした素浪人風情が、恐れ多くもご公儀の御用とは、聞いてあきれるわ。ざれごとも、たいがいにさっしゃい」

高飛車な口調だが、言葉にはほとんど訛りがなく、おそらく江戸勤番が長いのだろう。確かに、二人の言うとおりかもしれぬが、藤八はその横柄な物言いに、むっとした。

彦輔が、早ばやと指摘していたように、もしこの二人が菊野を襲って来た連中なら、黙っているわけにはいかない。

何か言おうとして、藤八が口を開きかけると、彦輔がすばやく手を上げて、それを制した。

「ご公儀に用がなくとも、こちらにはある。この宿場にはいる少し前、茶屋の裏手で女子たちを襲ったのは、そこもとらだろう」

前置きなしの追及に、二人の顔が厳しくなる。

それを見たとたん、藤八はなぜか急におかしくなり、あわてて頬を引き締めた。

こうしたやりとりを、湯ぶねの中で交わすというのが、いかにも場違いに感じられたのだ。

刀を抜いてじりじりと、互いに詰め寄るのならまだしも、裸で同じ湯ぶねにつかったまま、口だけでやり合う姿はむしろ、滑稽とさえいえた。

色の黒い方の男が、険しい目で彦輔をにらみ、そっけなく言った。

「なんのことか、さっぱりわけが分からぬ。言いがかりも、たいがいにするがよかろう」

頬骨の張った方が、薄笑いを浮かべて続ける。

「われらが、さような無法を働いた証拠がある、とでも申すのか」

彦輔が、口調をあらためる。

「おぬしらは、板橋宿の茶屋で隣にすわりながら、おれたちの連れの美形に、ちらとも目をくれなかった。よほどの女嫌いか、なんぞ含むところがあったかの、どちらかだろう」

「ばかを申せ。武士ならば、若衆姿の女などに、目を向けるものか」

そう言ってから、色黒の男は口がすべったことに、気づいたらしい。ばつが悪そうに、口元を引き締めた。

彦輔は笑った。

「若衆姿か。なんと、語るに落ちるとは、このことよな」

頬骨の張った男が、取りつくろうように、助け舟を出す。

「たまたま、目にはいっただけのこと。ひとをからかうのも、たいがいにするがよい」

「お気になさるな。男なら、あれだけの美形に気がつかぬ、ということはあるまいて」

彦輔はそう言って、さりげなくあとを続けた。

「食事がまだゆえ、お先に失礼いたす。ところで、おりくに何か言づてはないか。もしあるなら、伝えて進ぜるが」

その、あまりにあからさまな鎌かけに、藤八は少なからずはらはらした。

しかし、相手はこの不意打ちにもうろたえず、平然としていた。彦輔の言が、まるで聞こえなかったように、二人ながら湯ぶねの縁に、首を預ける。

むしろ、そのわざとらしい落ち着きぶりが、りくとのひそかな関わりを、物語っているようだった。

彦輔が、なおも続ける。

「襲うなら襲うで、もう少しほんとうらしく見せねば、ひとをあざむけぬぞ」

それを聞いて、藤八はますます居心地が悪くなった。

色黒の方が、天井を向いたまま、のんびりと応じる。

「なんのことか、われらにはさっぱり分からぬ。おぬし、長湯がすぎて、湯あたりしたのではないか」

侍たちは、余裕を取りもどしたとみえて、目を閉じた。

藤八はそのすきに、二人をとっくりと見比べた。

顔つきこそ違え、二人とも三十代前半、という年ごろだ。

藤八は、剣術の修行などしたことがないが、相手がどれくらいの遣い手かは、ほぼ見当がつく。

二人の侍は、ともに目つきが鋭く、強いかどうかはともかくとして、剣の扱いに慣れていそうな様子が、うかがえる。

彦輔が、ざざっと湯を鳴らして、立ち上がった。

「今度やるときは、本気でかかってくるがいいぞ。まず、暮れ方のようなぬるま湯剣法では、女子供どころかネズミ一匹、仕留められまい。おれも、この次は容赦せぬゆえ、そのつもりでいろ」

どうやら、相手をあおり立てて、怒らせるつもりらしい。

侍たちは、わざとらしく手ぬぐいを顔に載せ、もう返事をしなかった。

藤八は、彦輔に続いて縁をまたぎ、踏み台をおりて湯殿から出た。

めっきり、人影がすくなくなった通りを、旅籠に向かう。

「ちょいと、やりすぎじゃござんせんかい、旦那。あっしも正直、はらはらしやしたぜ」

藤八が言うと、彦輔は歩きながら手ぬぐいを絞り、首にかけた。

「初めにおれを見たとき、あいつらがぎくりとしたのに、おまえも気づいただろう」

「へい。あの二人が、夕方襲って来た連中に間違いねえと、あっしもそう思いやした。旦那は、あの二人が宿場にはいったら、きっと湯屋に来るはずだ、と読んだんでござんしょう」

「そのとおりよ。向こうも、おれたちと出会う恐れがあることを、承知していたはずだ。そのわりに、妙に落ち着き払っていた。本気でやれば、手ごわい相手かもしれんぞ」

「きっとまた、襲って来やしょうね。あそこまで、旦那にあおり立てられたら、黙っていられねえはずだ」

彦輔は少し間をおき、それからおもむろに応じた。

「おりくが、あれだけ気張って歩き続けたのは、あの茶屋で自分たちを襲わせる手筈に、なっていたからに違いない。さすがにまだ、次の手筈をつけてはおるまいから、しばらくは襲って来るまいが」

「おりくと、あいつらがぐるだとしても、何がねらいなんでござんすかね。そもそも、坂田さまや神宮の旦那が、このことを承知しておられるのかどうか、聞いてみてえもんだ」

少なくとも、坂田藤十郎と神宮迅一郎は、りくが付き添いで加わることを、了解していたはずだ。だとすれば、迅一郎はともかくとして、りくを付き添いに選んだ藤十郎が、こうした仕儀を承知していない、とは考えにくい。

それとも、藤十郎のあずかり知らぬところで、りくが菊野を害する陰謀に荷担している、ということだろうか。

彦輔が言う。

「さっきの男たちと、おりくがつながっているとすれば、どこかでまたつなぎをつけるはずだ。勝手に襲って、手違いがあってはならぬからな。道中、おりくの動きに目を光らせるよう、心せねばならんぞ。かなめにも、そう言っておこう」

鴻巣宿

桶川を出たのは、朝四つ過ぎだった。

初日から、気負って十里ほども歩いたせいか、りくをはじめみんなが疲れていた。

そこで、鹿角彦輔が床に就く前に、翌朝の出立を遅らせる、と決めたのだ。

次の宿場、鴻巣へ向かって歩きながら、勧進かなめは足取りの重いりくの背中を、じっと見守った。

菊野が、ときどき心配そうな顔で、かなめをのぞき込んでくる。その目が、りくを気遣っていることは、口に出さなくても分かる。

しかし、へたに具合を尋ねたりすると、またりくの機嫌をそこねかねない。たまには、りく自身に弱音を吐かせてみたい、という意地悪な気持ちも、いくらかはあった。

それに、彦輔からゆうべ言われたことも、気になっていた。いっときたりとも、りくから目を離さないように、気をつけよというのだ。

むろんそれは、りくの具合が悪くなったときなどに、すぐ手を貸せるようにしておけ、という意味ではあるまい。

どうやら、りくが腹に一物抱いているとみて、あやしい振る舞いに出ないかどうか、よく見張れということに違いない。

気になるので、それとなくめくぼの藤八に、探りを入れてみた。

すると、藤八はこう説いて明かした。

彦輔は、前日の暮れ方桶川の手前の茶屋の裏で、菊野たちを襲って来た曲者は、裏でりくと通じているのではないか、と考えている。

それは、単なる彦輔の勘にすぎないが、藤八もその考えに傾きつつある、と白状した。もっとも、かなめにはなんとも判断がつかず、当惑しただけだった。

かりにも、菊野の付き添いで同行するりくが、そのようなくわだてに関与するとは、考えられないからだ。

とはいえ、彦輔には彦輔の考えがあろうし、藤八がその考えを受け入れるとすれば、それなりのわけがあるに違いない。

かなめとしては、彦輔に言われたとおり、りくの立ち居振る舞いに目を光らせるしか、手立てがなかった。

鴻巣までは、二里足らずの道のりだが、りくの足取りに合わせて歩いたので、着いたときは昼九つを回っていた。

鴻巣は、桶川より一回り大きい宿場で、旅籠の数も人の数もはるかに多く、活気があった。

藤八の下調べによると、桃の節句で飾るひな人形は、鴻巣の名産だそうだ。今年はもう過ぎてしまったが、その時期には江戸からも客が買いつけに来て、宿場が大いににぎわうという。

昼餉《ひるげ》どきでもあり、かなめは藤八と通りを駆け回って、大きな一膳飯屋の板の間に、ようやく五人分の席を、取ることができた。

前夜、藤八に聞かされた話では、彦輔と一緒に別の湯屋へ行ったところ、襲って来た当の二人らしき侍に、出くわしたという。

彦輔が、しきりに鎌をかけたものの、二人はそれにまったく乗ってこず、確たる証拠は得られなかったようだ。

途中の街道にも、鴻巣の宿場にも、その二人らしき姿は、見当たらなかった。かなめたちが遅かった分、早立ちしたのかもしれぬ。

桶川からの道中も、りくにあやしい振る舞いは、見られなかった。わき目も振らずに、ただひたすら歩き続けた。

昼餉をすませたあと、りくが手洗いに行く、と言い出した。

彦輔が、かなめに一緒に行って見張れ、というように目で合図した。

かなめは、すぐに菊野に声をかけて、りくのあとを追った。その気配に、りくは振り向いてじろり、とかなめを見た。

しかし、不快げに眉根を寄せただけで、何も言わなかった。菊野が一緒だったので、さすがについて来るなとは、言いかねたのだろう。

手水場は裏手にあり、囲いだけの男用の小便所と、扉のついた小屋が二つ並んでいた。小屋は両方ともあいており、かなめは二人に先を譲った。

待つあいだ、裏手に広がる畑や雑木林に、それとなく目を配る。

野良仕事に励んだり、木を切り出す男たちの姿が、何人か目についた。しかし、それらしい侍の姿はもちろん、あやしい人影は見当たらなかった。

雲雀《ひばり》が、忙しく鳴き声を上げながら、空をのぼりおりするだけで、あたりは眠気をもよおすほど、のどかな昼だった。

二人が用をすませ、相次いで出て来る。

かなめは、桶の手水を柄杓《ひしゃく》ですくい、二人の手にかけてやった。

手ぬぐいを使った菊野が、にこりと笑ってかなめにあいた小屋を、身振りで示す。

「わたしは、まだようございますよ、菊野さま。さあ、もどりましょう」

かなめがそう応じると、りくはうさんくさげな目を、向けてきた。

「なぜ、用を足さぬのじゃ。わざわざ、われらの手水の手伝いに、来ただけと申すのか」

「いえ。ゆうべのように、また何者かが襲って来ることがあっては、と存じまして」

かなめが応じると、りくはせせら笑った。

「かような、天気のよい真っ昼間から、そんな物騒なまねをする者は、おるまいて」

真っ昼間、などという俗な言葉が、りくの口から出るとは思わず、かなめは笑いそうになった。

しおらしく応じる。

「さりながら、万一ということも、ございますゆえ」

すると、菊野がそのとおりと言わぬばかりに、りくに向かってうなずいた。

りくはふんと鼻を鳴らし、肩をしゃくって背を向けると、店にもどって行った。

ともかく、かなめが用を足しているあいだに、りくが何をするか分からないから、目を離すわけにいかない。

おかげで、りくの不興を買ってしまったようだが、しかたがあるまい。りくも、かなめの目が光っていると知れば、妙なまねはできないだろう。

たとえ、りくにいやがられても、目を離さずにいると分からせることで、それなりの効き目があるはずだ。

菊野に、害が及びさえしなければ、本来の目的にかなうわけだから、気に病むことはない。

かなめは菊野と一緒に、店にもどった。

すでに藤八は勘定をすませ、出立の用意をしていた。

かなめは彦輔の目をとらえ、小さく首を振ってみせた。

彦輔も、ちいさくうなずき返す。

気がつくと、菊野がその様子を見ていたらしく、かなめにふっと笑いかけてきた。

かなめも笑い返しながら、菊野が二人のしぐさをどう見たのか、気になった。

口こそきけないが、菊野は耳がよく聞こえる上に、勘働きが優れているようにみえる。かなめの、ぎこちない振る舞いの裏に、何かが隠されていることくらい、とうに見抜いているかもしれない。

かなめとしては、りくにあまり心を許さぬように、菊野に言ってやりたいほどだ。

しかし、その必要があるときは、彦輔がそう指図するはずだから、勝手なまねはできない。

次の宿場、熊谷までは四里を超える、長丁場になる。

途中、松平下総守十万石、忍城《おしじょう》の城下町があるが、遠回りにもなるので通らず、街道に沿って進んだ。

藤八の道中案内によると、途中荒川に沿って熊谷堤、と呼ばれる長い土手がある、という。

その土手に差しかかる、少し手前の左側に地蔵堂があり、それを藤八が指さした。

「こいつは、権八《ごんぱち》延命地蔵という、平井権八ゆかりの地蔵堂でござんすよ」

そのとたん、地蔵堂の格子戸がぎいいと開いて、男が二人のそのそと出て来た。

男たちの顔を見て、藤八が突拍子もない声を上げる。

「おめえたち、こんなところで何をしてやがるんだ」

かなめも負けずに、驚いた。

それは、戸田の渡し場で同船した、雁木の鬼吉と蛇の目の六郎兵衛の、二人連れの股旅者だった。

川を渡ったあと、鬼吉と蛇の目は一行と別れて、だいぶ先を行ったはずだ。

「なんだか、久しぶりのような気がするねえ」

かなめが言うと、小太りの鬼吉が分厚い唇をすぼめ、指を振り立てて言う。

「久しぶりもねえもんだぜ、姐《ねえ》さん。あっしらが、戸田の渡しでお別れしたのは、ついきのうのことでござんすよ」

言われてみれば、そのとおりだ。

「おめえたち、地蔵堂になんの用があるんだ。まさか、地蔵を持ち出して売っ払おうなどと、罰当たりなことを考えてるんじゃ、あるめえな」

藤八が問い詰めると、小柄な蛇の目が両手を前に立て、おおげさに首を振る。

「めっそうもねえ。ちょいと中を借りて、一眠りしただけで」

「こんなに、おてんとさまの高いうちから、寝るやつがどこにいる」

藤八が言いつのるのを、彦輔が押しとどめた。

「まあ、待て。おれは、菊野さんとおりくさんを連れて、先に行く。この二人が、地蔵堂で悪さをしなかったかどうか、おまえとかなめでとっくりと、調べるがいい」

そう言い捨てるなり、菊野とりくを急《せ》き立てて、さっさと歩き出す。

菊野もりくも、急いでそのあとを追った。

かなめは、歩き出す前に彦輔がちらりと、藤八に目配せをしたような、そんな気配を感じた。菊野とりくは、気がつかなかっただろう。

藤八は、三人の背中を見送ってから、かなめに目を向けた。

「旦那がおれに、何か目配せしなかったか」

「したともさ。あれは、どういう意味だろうね」

藤八は顎をなでて、少し考えた。

そのすきに、鬼吉と蛇の目がひょこひょこと、頭を下げながら逃げ出そうとする。

「ちょいと待ちな」

藤八は二人を呼び止め、地蔵堂に顎をしゃくった。

「あの中へ、もどるんだ」

二人は、顔を見合わせた。

鬼吉が、胸を張って言う。

「ごらんのとおり、あっしらは地蔵なんぞ、持ち出しちゃあおりやせんぜ」

「そんなことは、見りゃあ分かる。おめえたちに、ちょいと話がある」

藤八はそう言って、二人を地蔵堂に押しやった。

しかたなく、かなめも藤八のあとに、ついて行く。

雨ざらしの、板の階段をのぼって、中にはいった。

そこは、およそ二間四方の板敷の床で、畳二枚ほどの大きさの筵《むしろ》が、敷いてある。

奥の台には、色褪せた赤の前掛けをした、高さ四尺ほどの石地蔵が、立っている。鼻から口にかけて、大きく欠けたあとが見える。かなりの時代物だ。

藤八は、扉を閉じた。

ただし、格子戸なので光がはいり、互いの顔はよく見える。

筵の上にすわって、藤八がいきなりしゃべり始めた。

「この地蔵は、一名〈物言い地蔵〉といってな。百五十年ほど昔、この地蔵堂の前で例の平井権八が、通りがかった商人を辻《つじ》斬りして、金を奪ったのよ」

鬼吉が、さっそく口を挟む。

「おっと、それを言うなら平井じゃなくて、白井権八でござんしょう。おいらは江戸っ子だから、白井と覚えやしたぜ」

藤八は、せせら笑った。

「ばか言っちゃいけねえ。白井は、歌舞伎に仕立てたときの替え名よ。本名は、平井権八だ」

今度は、蛇の目が口を出す。

「そこで、この物言い地蔵とやらが、おわけえの、お待ちなせえと、そう言ったんでござんしょう」

黙っていられず、かなめも割り込んだ。

「それも歌舞伎の、幡随院《ばんずいいん》長兵衛のせりふだよ。だいいち、長兵衛が水野十郎左衛門に殺されたのは、権八がまだ二つか三つのときさ。話はおしまいまで、ちゃんとお聞きよ」

藤八が顎を引いて、かなめを見た。

「おめえ、よく知ってるじゃねえか、勧進の」

「わたしだって、たまには歌舞伎くらい、見ますのさ。話を続けておくれな、藤八さん」

藤八は、胸を張った。

「権八が、殺した商人から金を奪ったあと、ちょいと気が差してこの地蔵に、だれにも言うんじゃねえぞ、と声をかけた。すると、地蔵が返事をしたのよ」

鬼吉が乗り出す。

「なんと言ったんで」

「おれは言わぬが、おぬしもひとにしゃべるなよ、となʼ」

それを聞いて、鬼吉と蛇の目はまた、顔を見合わせた。

蛇の目が、首をひねりながら言う。

「あっしにゃ、もう一つぴんときやせんがね。権八と地蔵のやりとりを、だれかが聞いていたんでござんすかい」

「ばかを言え。だれも、近くにいなかったから、辻斬りをしたんじゃねえか」

「しかし、兄貴。だれかが聞いていなきゃ、そんな話が後世に伝わるわけがねえ。とどのつまりは、権八がのちにお縄になったとき、役人をからかったんでござんしょう」

藤八が、ぐっと詰まる。

鬼吉が体を乗り出し、うれしそうに言った。

「それとも、この地蔵が約をたがえてしゃべったかの、どっちかでござんしょうね。だから、口が欠けちまったのかも」

かなめは笑った。

藤八も、二人にからかわれている、と気がついたらしい。

にわかに、まじめな顔になって、話をころりと変えた。

「おめえたち、こんなとこで、何していやがったんだ。ただの昼寝じゃあるめえ」

鬼吉と蛇の目が、またまたちらりと、目を見交わす。

それから、鬼吉がしぶしぶという顔つきで、口を開いた。

「ゆうべ、鴻巣の宿場を取り仕切る、けちな田舎やくざの賭場で、すっからかんになっちまいやしてね。それがもう、暁の四つ時ときた。早すぎて、旅籠に泊まるわけにもいかねえし、ここをちょいと拝借して一眠りした、というわけで」

「田舎やくざに負けるなんて、だらしがないねえ」

かなめがからかうと、蛇の目が面目なさそうに応じた。

「壺の振り手が、めっぽういい女でござんしてね。壺を振るたんびに、膝の内側をちらちら、見せつけるんで」

藤八が苦笑する。

「それで目がくらんで、すっからかんの一文なしか」

鬼吉が袖に手を突っ込み、一分金をつまみ出す。

「きのう、戸田の渡しで兄貴にもらった、これだけには手をつけずに、おきやした。こいつが最後の元手、というわけで」

藤八は、顔をしかめた。

「やめとけ、やめとけ。そいつは、今夜の旅籠代に取っておいた方がいい。それを巻き上げられたら、今度こそ野宿だぞ」

「そうなったら、川で魚でも獲《と》って、売りまさあ。こう見えても、もとは漁師の家柄だ」

蛇の目がうそぶいたが、あまり意気の上がらぬ口調だ。

藤八は、少し考える様子だったが、ふと指を立てて言った。

「おめえたちに、元手を稼がせてやってもいいぜ」

それを聞くなり、鬼吉も蛇の目も筵の上で、すわり直した。

「ほんとでござんすかい。人殺しのほかは、なんでもやってのけやすぜ」

そう言う鬼吉の目が、きらきら光っている。

藤八は首を振った。

「そんな物騒な仕事じゃねえ。その前に、まずおれの方から、聞きてえことがある。おめえたち、ここまでやって来る途中、旅姿の二人連れの侍を、見かけなかったか。供の中間を入れりゃあ、三人連れだが」

熊谷宿

鬼吉と蛇の目は、また顔を見合わせた。

「おめえ、心当たりがあるか」

鬼吉の問いに、蛇の目が考える格好をする。

「侍は何人か見かけたが、数まではかぞえなかったな」

それを聞いて、かなめは頭を抱えたくなった。

藤八もじれったげに、指を振り立てる。

「おめえたち、きのう板橋宿でおれたちと一緒にいた、きれいな若衆を見たよなあ」

鬼吉も蛇の目も、急ににこにこしだした。

「へいへい、じっくりと拝ませていただきやした」

鬼吉が言い、蛇の目もうなずく。

「あいにく、どこのどなたかは存じやせんが、れっきとしたおひいさまでござんしょう」

「よけいなことは、言わなくていい。あのとき、おめえたちとおれたちのあいだに、無愛想な侍が二人すわっていたのを、覚えていねえか」

藤八が言うのを聞いて、かなめは少し驚いた。

彦輔も藤八も、前日の暮れ方襲って来た曲者が、あの板橋宿にいた侍たちだ、と考えているのだろうか。

「あのお侍たちがそうだ、と言いたいのかい。彦さんも、藤八さんも」

かなめが聞き返すと、藤八は頬を掻いた。

「少なくとも、鹿角の旦那がそうにらんでることは、確かだ。おれはもう一つ、はっきり覚えてねえんだが」

鬼吉も蛇の目も、なんの話か分からぬという様子で、かなめと藤八を見比べる。

それに気づいたのか、藤八は急にむずかしい顔をこしらえ、かなめに言った。

「おれはこの二人に、もうちっと話がある。おめえは、先に行ってくれ。旦那が、心配してるといけねえ。おれも、すぐに追いつくからよ」

かなめは、言い返そうとしたものの、めったにないほどまじめな藤八の顔を見て、思い直した。

何か、考えがあるようだ。

「分かったよ。それじゃ、先に行ってるからね」

そう言って筵を立つと、鬼吉も蛇の目もぽかんとした顔で、かなめを見上げた。

それにかまわず、かなめは地蔵堂を出た。

街道にもどり、足ばやに彦輔たちのあとを追う。

米俵や野菜籠など、雑多な荷を積んだ大八車が何台か、熊谷の方へ轍《わだち》を延ばしていた。それを縫って、道を急ぐ。

藤八の道中案内に載っていた、という熊谷堤とおぼしき土手の中ほどで、ようやく三人に追いついた。

右の土手下には、〈元荒川用水〉と表示の出た、小さな水路がある。

一方左手には、広びろと開けた田畑の向こうに、大きな川が横たわっていた。こちらがおそらく、荒川の本流だろう。

彦輔たちは、そこにまた足を止めて、あきもせずに富士の山を、眺めている。天気さえよければ、富士は中山道のどこからでも、拝めるようだ。

かなめがそこに加わると、わざとらしくくりくが菊野を促し、そそくさと歩きだした。

それを見送りながら、彦輔がささやく。

「藤八はどうした」

「地蔵堂で、鬼吉たちに話があると言って、わたしを追い払ったよ」

「そうか。鬼吉たちは、例の二人連れの侍を見かけた、と言わなかったか」

さっき、彦輔が藤八に目配せしたのは、それを確かめよという、合図だったらしい。

「さあ、どうだか。見たかもしれないけれど、気がつかなかったみたいだよ。二人してけさ方まで、博奕場にいたらしいし」

「そうか」

浮かぬ顔だ。

「藤八さんは、すっからかんになった二人に、元手を稼がしてやるとかなんとか、言っていたけれど」

かなめが言うと、彦輔の頬がいくらか緩んだ。

「ふむ。藤八も、おれが何を考えているか、だいぶ分かってきたようだな」

「何を考えているのさ、彦さんは。わたしにも、教えておくれな」

「むろん、あの二人を抱き込んで、例の侍たちに目を光らすように、仕向けるのよ」

かなめは、にんまりした。

「やっぱりね。藤八さんに聞いたけれど、わたしも板橋で見かけた二人のお侍が、あやしいような気がしてきたよ」

そのとき、だいぶ先に行ったりくと菊野が、足を止めて振り向いた。

菊野が、無邪気に手を振る。

一方りくは、いかにも早く来いと言いたげに、杖をいらいらと上下に動かした。

かなめは、あわてて彦輔をせかし、一緒に歩きだす。

菊野たちに追いついたとき、背後に乱れた足音が響いた。

振り返ると、鬼吉と蛇の目が大八車のあいだを、砂ぼこりを立てながら駆けて来る。その後ろに、藤八の姿も見えた。

鬼吉たちは、菊野とりくにぺこぺこと頭を下げ、彦輔とかなめには手刀を切りながら、すぐそばを追い越して行った。

りくが、二人の巻き上げた砂ぼこりを、おおげさな身振りで避ける。手ぬぐいを出し、眉根をきゅっと寄せて、口と鼻をおおった。

菊野が、屈託のない笑顔を見せて、鬼吉たちに手を振る。

そこへようやく、藤八が追いついて来た。

「お待たせいたしやした」

わびを言うのに、りくがつんけんと言葉を返す。

「藤八どの。あの者どもと、また何か関わりを持とうてか」

藤八は、めっそうもないというように、首を振った。

「まさか。地蔵堂で、仮寝をしていたと申しやすから、罰当たりなことをするんじゃねえと、説教しただけでござんすよ」

かなめが前方を見やると、鬼吉も蛇の目も足を緩めず、どんどん遠ざかって行く。

彦輔の言うとおり、藤八が二人に侍たちを探すように、頼んだらしい。そうでもなければ、あれほど先を急ぐことも、ないはずだ。

菊野とりくが、ふたたび歩きだすのを待って、かなめは藤八にささやいた。

「あんな、おっちょこちょいの二人組に、ものを頼んでだいじょうぶかねえ。前金を、博奕ですっちまって、そのままおさらばというのが、おちじゃないのかい」

足を進めながら、藤八が小声で応じる。

「前金は、二人に二分ずつやっただけさ。博奕の元手にゃあ、ならねえよ。注文どおり、侍たちの居どころを突きとめて、動きを知らせてくれるなら、二両ずつやると言っておいた」

おりくの足取りが、いくらか軽くなったようで、かなめたちとのあいだが、すぐに十間ほど開いた。

それを確かめて、彦輔が小声で言う。

「あの二人が、なんとか使えると分かったら、おれたちに手を貸すように、持ちかけてみたらどうだ」

かなめは、首を振った。

「そりゃだめだよ、彦さん。おりくさんが知ったら、大騒ぎになるから」

「むろんおりくには、知られぬようにするさ。別に、鬼吉たちと一緒に歩いたり、休んだりするわけじゃねえ。おりくに隠れて、藤八がつなぎをつけるように、用心すればいいのだ」

藤八が、心得顔でうなずく。

「あいつらのことは、任しておいておくんなせえ。博奕さえ目をつぶってやりゃあ、けっこう役に立つかもしれねえ」

熊谷堤が終わると、くだり坂になった。

地面には、大八車の轍が幾重にも、刻まれた跡がある。坂をおりたところから、それが左手の荒川へ続く道に、延々とつながっている。

河岸へ荷物を運ぶ、常用の道筋らしい。

坂のふもとに、久下《くげ》神社という神社があり、そばに立場が設けられていた。

熊谷までは、まだ一里近くもある。

立場の茶屋で、一休みすることにした。


熊谷宿に着いたのは、まだ空に明るさが残る、暮れ六つ前だった。

藤八は先頭を切って、入り口の木戸を抜けた。

宿場内の道幅は広く、街道の両側に丈夫そうな板で蓋をされた、用水路が設けられている。

用水路の、まったくない宿場も、けっこう多い。あっても、片側か真ん中に一本だけ、というところがほとんどだ。

それだけでも、宿場としての熊谷の規模と格が、うかがわれる。

藤八は、前後左右に目を配りながら、十町ほどの長さがあるという、宿場通りを歩いて行った。

りくと菊野、かなめがそのあとに続き、しんがりを彦輔が務めている。

これまでのところ、例の侍たちにも鬼吉、蛇の目の二人組にも、行き合わなかった。

熊谷宿にもいないとすれば、連中はそのままここを素通りして、次の深谷宿へ向かったのかもしれぬ。

本陣の前の、込み合う広場に差しかかったとき、彦輔が言った。

「ずいぶんにぎやかだが、旅の者より土地者の方が、多いようだな」

藤八もうなずく。

「まったくで」

そのことは、人びとのなりかたちを見れば、およそ見当がつく。

彦輔が続ける。

「しかし、ここは家の数も人の数も、中山道で指折りの大きな宿場、と聞いているがな」

「おっしゃるとおりで。人の数からすりゃ、街道でも三本の指にはいる、大宿場でござんしょう」

「それにしても、土地者が多すぎるのは、どうしてだ」

「そりゃ、しかたがござんせんよ、旦那。熊谷の宿場にゃ、旅籠が大小ひっくるめて、十九軒しかねえとくる。ゆうべ泊まった桶川でさえ、家も人もここの半分ほどなのに、旅籠は三十軒以上ありやすぜ」

藤八が言い立てると、かなめがおおげさに眉をひそめ、袖口で鼻をおおった。

「ちょいと。いくら、道中案内の受け売りにしたって、少ししゃべりすぎじゃないかい、藤八さん。つばきが飛んでるよ」

言い返そうとした藤八に、りくが割り込んでくる。

「それがまことなら、すぐにも旅籠を当たらねば、泊まりそこねますぞ。万一のときは、本陣は無理にせよ、せめて脇本陣にでも」

そう言いかけるのを、藤八は遠慮なくさえぎった。

「心配はいりやせんよ、おりくさん。忍《おし》のご城主、松平さまのきついお達しで、熊谷宿は旅籠に飯盛女を置くのが、ご法度になっておりやす。つまり、十九軒が十九軒とも、すべて平旅籠でござんすよ。それで、旅の衆は熊谷に泊まるのを避けて、前後の宿場に散らばりやす。それで、ここの旅籠はいつもすいている、という寸法で。どの旅籠も、造作なく泊まれやしょう」

りくは、いかにもほっとした様子で、頬を緩めた。

「それを聞いて、安堵いたしました。さっそく、手近の旅籠を当たってくだされ、藤八どの」

「かしこまりやした」

藤八は顎をしゃくり、かなめに合図した。

彦輔たちを、問屋場前の腰掛けに残して、広場を抜ける。

脇本陣は、くだり側の木戸に近いが、本陣はのぼり側の木戸の方にある。

宿場の長さは、鴻巣よりだいぶ短く、桶川と似たようなものだ。ただ、旅籠の数が少ないことは、一町も歩かぬうちに分かった。

一軒目の旅籠は、留女《とめおんな》がうるさすぎるので、素通りした。二軒目を見つけるまでに、だいぶ歩かされた。

ほどなく、間口が三間ほどの〈だるまや〉という、小さな旅籠にぶつかった。

入り口の前が、きれいに掃き清められていたので、そこに決めた。内風呂はないが、十数間先に湯屋の看板が見え、それが気に入った。

問屋場へ引き返そうと、とりあえず旅籠に笈を預けて、外へ出る。

そのとき、かなめが急に足を止めて、藤八の袖を引いた。

「ちょいと、見てごらんな」

そう言って、通りの向かいに顎をしゃくる。

藤八が目を向けると、ちょうちんや蠟燭、煙草などを売る雑貨屋の陰で、だれかが手招きしている。

よく見ると、蛇の目の六郎兵衛だった。

今度は藤八が、かなめに顎をしゃくる。

「おめえは、鹿角の旦那たちをこの旅籠へ、案内して来い。おれはそのあいだに、蛇の目と話をしてくる」

「おりくさんに、見つからないようにしておくれよ」

「分かってるって。早く行け」

藤八は、もどって行くかなめを見送り、通りを渡って蛇の目に近づいた。

蛇の目が、話しかけようとするのを手で制し、通りの先を親指で示す。

先に立って歩き、湯屋の脇の路地にはいった。

向き直って、ついて来た蛇の目に聞く。

「どんな様子だ」

蛇の目は用心深く、口の脇に手を添えた。

「お目当てのやつらしい、二人連れの侍をこの宿場で、見つけやしたぜ。一時近く前に、問屋場のそばの茶屋で、休んでおりやした」

「おう、そうか。どんな格好をしていた」

藤八の問いに、蛇の目は顎を引いた。

「ごくふつうの、お武家さんの格好でござんすよ。黒っぽい羽織、袴に黒い塗笠ってやつで。夏場にしちゃあ、ちょいと暑苦しいいでたちだなあ、と」

「中間を連れていたか」

「へい。休んでるときは、気がつかなかったんでござんすが、お武家たちが茶屋を出たとたん、脇の方から箱をかついで、現れやした」

間違いないようだ。

「それから、どうした」

「旅籠を探すのか、と思ったんでござんすが、そのまま宿場を出て行ったんで」

藤八は、唇を引き結んだ。

「出て行った、だと。どこへ行ったんだ」

「たぶん、次の深谷宿でござんしょう。鬼吉が追って行きやしたから、見失うことはござんせんよ」

道理で、鬼吉の姿が見えないわけだ。

「そうか。しかし、連中はなんでこの宿場に、泊まらなかったのかな」

「そのときはまだ七つ半前で、明るうござんしたからね。急ぎゃあ、暮れ六つ半ごろには深谷に着ける、と思ったんでござんしょう」

藤八は腕を組み、考えを巡らした。

あの二人連れに、先を急ぐわけがある、とは思えない。

彦輔が言うとおり、もしりくとひそかな関わりがあるなら、どこかでつなぎをつけるはずだ。

その気配もなく、二人が先を急いだとすれば、彦輔の読みがはずれた、ということではないのか。

熊谷から深谷までは、二里半以上の道のりがある。

とはいえ、蛇の目の言うとおり、まだ明るいうちに熊谷を出れば、暮れ六つ過ぎには深谷に着くだろう。男の足なら、さほどきつい道のりではない。

藤八は腕を解き、蛇の目の肩に手を置いた。

「おめえも今夜は、この宿場に泊まるがいい。そのかわり、あしたの朝はおれたちより先に、早立ちしてくれ。鬼吉とうまく落ち合って、その二人連れを見張ってもらいてえ」

「見張るだけで、いいんでござんすかい」

「当面はな。そのつど、おめえたちのどっちかが、つなぎをつけてくれ。ただし、おりくさんがいるときに、寄って来るんじゃねえぞ」

蛇の目が、渋い顔をする。

「おりくさんてえと、あの大年増のお女中でござんすかい」

藤八は、苦笑した。

「大年増はよけいだぜ」

深谷宿　倉賀野宿

四月五日。

一行は、明け六つに熊谷を立って、次の宿場深谷へ向かった。

日がのぼるにしたがい、早くも熱気が押し寄せてくる。海が遠いせいか、江戸よりもよけいに、蒸し暑さを感じさせる。

道中案内によれば、熊谷から深谷までざっと二里二十七町、となっている。

さらに、その先の本庄宿への道のりも、それと同じくらいある。途中、茶屋などで休むにしても、かなりの長丁場になる。

深谷へ近づくにつれ、両側の銀杏《いちょう》並木のあいだに、葱《ねぎ》畑が広がり始めた。そういえば、深谷は葱の名産地だ。

一時少々歩き続けて、ようやく宿場の木戸が見えたとき、藤八は入り口の左側に立つ、太い松の幹の陰で何か動くのに、気がついた。

目をこらすと、そこに雁木の鬼吉らしい顔が、ちらりとのぞいた。しかし、それはすぐに太い幹の後ろに、引っ込んでしまった。

藤八は振り向き、りくと菊野を見た。

りくは葱畑を指しながら、菊野に何か話しかけており、鬼吉には気がつかなかったようだ。

鬼吉も、蛇の目の六郎兵衛から話を聞き、りくの目に留まらぬように、気をつけているのだろう。

りくは、振り向いた藤八に目をくれ、声をかけてきた。

「なんぞ、ご用でもおありか、藤八どの」

「いいえ、そろそろ深谷の宿場に着きやすから、お知らせしようと思いやして」

「そんなことは、言われなくとも分かります。この先の木戸を見れば、一目瞭然じゃ」

りくは、そう言って菊野にうなずき、足を速めた。

ようやく、宿場の入り口に近づいたとき、りくは突然足を止めた。

つかつかと、例の松の木のそばに、寄って行く。

藤八は、ひやりとした。

りくは身をそらし、梢までずずっと見上げてから、感心したように言った。

「これはまた、りっぱな松の木じゃ。樹齢百五十年は、くだるまいの」

それを聞いて、菊野も勧進かなめも足を止め、同じように松を見上げる。

藤八は、隠れている鬼吉が見つかりはしまいかと、はらはらした。

気をそらすために、急いで道中案内のさわりを披露する。

「こいつは〈名残の松〉、と呼ばれているそうでござんすよ。なんでも、江戸へのぼる男どもが、深谷でなじんだ飯盛女と、ここで別れを惜しんだそうで」

飯盛女と聞くと、りくは露骨に眉根を寄せて、菊野を見た。

「下世話な言い伝えは、聞きとうござらぬ。さ、まいりましょう、菊野さま」

そう言って、さっさと歩きだす。菊野もかなめも、あわててあとに続いた。

藤八は、ほっとした。

かなめの後ろから、彦輔がにやにやしながら、歩いて行く。

どうやら、鬼吉が隠れているのを目に留め、藤八のあわてた様子に気づいたのだろう。藤八は、彦輔を追って歩きだしながら、背後を振り向いた。

りくたちの足に合わせて、幹をぐるりと一回りした鬼吉が、藤八を手招きする。

藤八は、首を振ってそれを制し、彦輔を見た。

彦輔は、藤八の方に半分体をひねり、葱畑の方へ顎をしゃくってみせた。

藤八はうなずき、すばやく銀杏並木のあいだに飛び込み、土手を畑まで滑りおりた。

向き直ると、鬼吉も同じようにおりて来る。

「おい、どうした。蛇の目とうまく、落ち合えたか」

「抜かりはござんせんよ。あの二人連れの侍は、ゆうべ深谷に泊まって、けさほど明け六つ半ごろ、本庄の方へ立ちやした。あっしと入れ替わりに、蛇の目があとを追っておりやす」

「連中は、急いでいたか」

「それほどじゃねえ、と思いやす。ただ、兄貴たちご一行のように、のんびりした旅じゃあねえようで」

鬼吉の物言いに、藤八はむっとした。

「おれたちだって、物見遊山をしてるんじゃねえ。女連れは、何かと手間がかかるのよ」

「どっちにしても、あの侍たちはきょうのうちに、おそらく高崎まで足を延ばしやすぜ。兄貴たちは、せいぜい一つ手前の倉賀野《くらがの》泊まりが、いいとこでござんしょう」

くやしいが、鬼吉の言うとおりだ。

あの二人連れが、途中で待ち伏せでもする気ならともかく、そのまままっすぐ旅を続けるなら、高崎泊まりは間違いないだろう。

「おれの連れはもう、深谷宿にはいったはずだ。おれも、そろそろ行くぜ。おめえは、おれたちが茶屋で休んでるあいだに、先へ行くんだ。おりくさんに見つからねえように、気をつけるんだぞ」

「だいじょうぶでござんすよ、兄貴」

「蛇の目に追いついたら、二人でうまく侍たちの見張りを、続けるんだ。すきを見て、おめえたちのどちらかが、おれにつなぎをつけてくれ」

藤八はそう言って、鬼吉にまた二分金を与えた。

道中、ほとんど遣い放題とあって、出し渋る気分はとうに、消えていた。

鬼吉をそこに残し、急ぎ足で宿場の木戸へ向かう。

深谷は、熊谷より人の数も家の数も、はるかに少ない。しかしにぎやかさでは、逆に熊谷をしのいでいる。

そもそも、旅籠の数が中山道でもっとも多く、八十軒もあるという。それもおおかたが、飯盛旅籠らしい。

となれば、飯盛女のいない熊谷宿が栄えないのは、当たり前だろう。

彦輔たちは、問屋場に近い茶屋の座台で、休んでいた。日差しをさえぎるため、頭上に葭簀《よしず》のおおいを張り渡した、涼しげな茶屋だ。

藤八が、彦輔とかなめのあいだにすわると、端にいたりくが身を乗り出して、苦情を述べ立てた。

「何をしていたのじゃ、藤八どの。茶屋の席を取るのは、そなたの役目であろうが」

「あいすみやせん。ちょいと葱畑で、用を足しておりやしたんで」

りくがおおげさに、眉をひそめる。

「なんと、不調法な。少しは、たしなみなされ」

彦輔が、皿に一串残った串団子を、差し出してくる。

「せいぜい、これでもたしなむがいいぜ」

かなめが、くすくすと笑う。

藤八はくさったが、おとなしく団子をほおばった。

葱の味がしたので、驚いて団子を確かめると、細かく刻んだ葱が、混ぜてあった。

首を振り、一つでやめにしておく。

そのとき、尻ばしょりをした股旅者が、三度笠を傾けて顔を隠しながら、道の向かい側を足ばやに、通り抜けて行った。

その体つきから、鬼吉だということは、すぐに分かった。

藤八が横目を遣うと、りくは両手で包むようにして、茶を飲んでいる。さいわい、鬼吉に気づいた様子は、なかった。

藤八は、鬼吉が遠ざかるのを確かめ、菊野に話しかけた。

「菊野さん。ここから、次の本庄宿までの道のりは、熊谷からここまでと同じくらい、ございやす。着くのは、昼を回りやしょう。腹持ちは、団子だけでようござんすかい」

菊野はにこりと笑い、元気よくうなずいた。

ほとほと感心する。

出立してまだ三日目だが、藤八は気を張り続けてきたせいか、かなり疲れがたまっていた。

しかし菊野は、いっこうにそんな気配を見せない。

彦輔が、背筋を伸ばす。

「さあ、行こうか。藤八、勘定を頼むぞ」

藤八は、首を振った。

まったく、気楽なものだ。

本庄、新町をへて、倉賀野宿に着いたのは、その日の暮れ六つ半ごろだった。

藤八とかなめは、彦輔たちを入り口近くの茶屋に待たせ、旅籠を探しに行った。

この宿場は、次の高崎に比べて家数も人の数も、かなり少ないという。

もともと、高崎は高崎城を擁する、城下町だ。宿場をつらぬく道も、中山道でもっとも長いと聞く。確かに、にぎやかといえば、にぎやかだろう。

ただ、倉賀野もそれなりに、活気がある。

まず、宿場の中を五貫堀という、小さな川が流れている。しかも、船がさかんに行き来し、旅人や荷物を運ぶための、河岸の備えもある。

五貫堀は、近くを流れる烏川《からすがわ》につながり、烏川はさらに利根川に注いでいる、という。船で、木材や米を江戸へ運ぶ便も、あるらしい。その気になれば、人が船に乗って江戸へ行くことも、できなくはないようだ。

藤八とかなめは、その五貫堀を渡って本陣、脇本陣のある中町から上町の端まで、旅籠を当たった。

しかし、二部屋のあきがある旅籠は、見つからなかった。

旅籠自体があまり多くない上、飯盛旅籠を勘定に入れなければ、さらに数が限られてくる。宿賃を倍払う、と言ってもだめだった。

かなめが、脇本陣の前で足を止め、ため息をついて言う。

「いっそ、高崎まで足を延ばした方が、よかったかもしれないね、藤八さん」

藤八も、立ち止まった。

「かといって、女連れで夜道を行くわけにも、いくめえよ。それに、高崎はもっと旅籠が少なくて、ここの半分くらいだそうだ。まずもって、望みはねえな」

かなめが、驚いた顔で聞き返す。

「どうしてだい。確か高崎は、城下町だと聞いたよ。そんなに旅籠が少ないとは、思えないけどねえ」

「それには、わけがあるのよ。まあ、道中案内の受け売りだがな」

高崎は八万二千石、松平右京亮《うきょうのすけ》を城主とする、城下町だ。したがって、参勤交代の諸大名が宿泊を遠慮し、素通りする。

そのため、本陣も脇本陣もなく、ふつうの旅籠もわずか十五軒しかない、という。前後の倉賀野や、板鼻の宿場に客が流れるのは、当然だろう。

「ただしこの倉賀野も、旅籠は三十軒ほどしかねえ、とくる。込み合うのは、当たり前だろうぜ」

かなめは、杖を体の前で抱えて、途方に暮れた顔をする。

「どうしたものかねえ。小判をちらつかせて、この脇本陣にかけあってみようか」

「この分じゃあ、あまり望みもねえがなあ」

そう言いながらも、藤八は脇本陣に足を運んで、当たってみた。やはり、けんもほろろの挨拶だった。

さる西国大名の、江戸参勤の先触れがはいり、そのための支度におおわらわで、客を泊めるどころではない、という。

しかたなく、下町の方へもどりながら、もう一度旅籠を当たることにする。

「二部屋は無理にせよ、一部屋でも取れりゃあ、めっけものだぜ。そのときは、みんなで雑魚寝するしか、あるめえよ」

藤八が言うと、かなめは眉を曇らせた。

「わたしは雑魚寝でも、かまわないよ。でも、菊野さんとおりくさんが、なんと言うかねえ」

「菊野さんは、だいじょうぶだろう。しかし、おりくさんはどう口説いても、うんとは言うめえ」

「あいだに、衝立《ついたて》を立てればいいじゃないか。まさか、丸裸で寝るわけでもあるまいし」

「雑魚寝がいやなら、飯盛旅籠を当たるか野宿するか、どちらかしかねえな」

「この分じゃ、飯盛旅籠だってあいてないだろう」

そう言って、かなめがため息をつく。

藤八は、背中の笈を揺すり上げた。

「それに、飯盛旅籠じゃあ相部屋ってわけにも、いくめえしなあ」

五貫堀を渡り、すぐ左手の旅籠の前で、足を止めた。〈くら屋〉という、間口の広い大きな旅籠だ。

来がけにのぞいたときは、狭い三人部屋が一つ残っているだけ、という返事だった。いざとなれば、それが頼りだ。

そばに行くと、先刻とは別の留女が愛想よく、声をかけてきた。

「お二人さんなら、お泊まりになれますぞな。おはいりなさいましよ」

「さっき聞いたら、三人部屋が一つだけあいてる、という話だったがな」

藤八が言うと、留女はにっと笑った。

「へえ。三人さんまでなら、お泊めできますべい」

「女三人に男二人、合わせて五人だが、宿がなくて困ってるのよ。女たちは三人部屋、男は布団部屋でもかまわねえ。なんとかならねえか」

「三人部屋は段梯子の脇で、のぼりおりがうるさいゆえ、まだあいとりますげな。じゃが布団部屋は、もうふさがっておるわいの」

ひどい込みようだ。

「その三人部屋に、五人寝られねえかい」

藤八が聞くと、留女は赤い前垂れに手を突っ込み、顎を引いた。

「河岸に上がった魚みてえに、横並びにくっついて寝るんなら、寝れねえこともなかんべよ。だけんど、番頭さんに聞いてみねえとなあ」

途方に暮れたものか、どんどん訛りがきつくなる。

「ここらの宿賃は、飯つきで一人二百文が、いいとこだろう。よし。倍の四百文、払おうじゃねえか。五人合わせて二千文、つまり二分金一つでどうだ」

留女は、こめかみに人差し指を当てた。

「四畳に五人は、でえぶきついかもしれねえ。それで二分もらったら、もらいすぎだべ」

「もらいすぎでもかまわねえ。そのかわり、飯のおかずをちっとおごるがいいぜ」

藤八は、笈とかなめを旅籠に残して、彦輔たちの待つ茶屋へもどった。

話を聞くなり、りくは目を三角にした。

「な、な、なんと。かりにも、おまえさまがたと雑魚寝をするなど、もってのほか。本陣でも脇本陣でも、掛け合うところはいくらでも、ございましょう。探し方が、足らぬのじゃ」

藤八は手を上げ、りくの苦情をさえぎった。

「脇本陣にも当たりやしたが、近ぢか大がかりなご参勤がはいるとのことで、どこもかしこもてんてこまい。とてものことに、割り込む余地はござんせん」

りくの目に、疑いの色が浮かぶ。

「すべての旅籠に、掛け合ってみたのか」

「もちろんでござんす。ただし飯盛旅籠は、掛け合っておりやせんがね」

飯盛旅籠と聞くと、りくは唇をぐいと引き結び、何か言いたそうにした。

彦輔が、横から口を出す。

「まさか、おりくさんと菊野さんを、飯盛旅籠にお泊めするわけには、いかんだろう。そうでござるな、おりくどの」

おりくは鼻の穴を広げ、肩をいからせた。

「もちろんじゃ」

「それならば、雑魚寝もしかたあるまいて」

彦輔が言い放ち、藤八はだめを押した。

「それに、見ず知らずの旅人と相部屋するより、気心の知れた内輪の雑魚寝の方が、まだましでござんしょう」

それを聞いて、菊野がこくりとうなずいて、りくを見た。

りくは、不満げに頬をふくらませたが、とうとう折れて言った。

「こたびは、やむをえぬ。次からは、少し先へ回って旅籠と話をつけるよう、せいぜい気を張りなされ、藤八どの」

高崎宿　板鼻宿　安中宿

ようやく、東の空が白み始めた。

藤八は背中の笈を下ろし、火を消した提灯を折り畳んで、中に収めた。そのあいだに、りくと菊野が藤八を追い越して、先頭に立つ。

あとから来た、かなめと彦輔が足を止め、笈を背負い直す藤八に、手を貸した。

「へい、どうも」

藤八は礼を言い、また歩きだす。

五間ほど前を、りくと菊野がわき目も振らずに、歩いて行く。藤八はその背中を、憮然として眺めた。

倉賀野の宿場を出てから、りくは藤八ばかりか彦輔、かなめとも口をきかなかった。

もともと、口がきけない菊野も、やはりりくに気を遣っているのか、藤八たちと目を合わせようとしない。

ただ、りくがそっぽを向いているすきに、こっそり藤八たちに目を向け、小さく笑みを浮かべてみせる。

それがなんとも、いじらしかった。

前の晩、五人は倉賀野の旅籠で、雑魚寝を余儀なくされた。畳が四枚しかない、狭い部屋だった。しかも、すぐ上に段梯子があり、雪隠《せっちん》が一階にしかないのか、のぼりおりする音が気になって、なかなか寝つけなかった。

荷物もあることだし、四畳の部屋は通常ならば、三人までがいいところだ。

納得ずくとはいえ、そこへ五人も詰め込まれては、たまったものではない。りくが、苦情を申し立てるのも、無理はなかった。

やむなく、衝立で間仕切りをして、一方に女三人、他方に男二人と、部屋を二つに分けた。

おもな荷物は、男の側の壁際に、寄せられた。そのため藤八は、ほとんど荷物と抱き合うように、寝るはめになった。

一方彦輔は、夜中に衝立の下の隙間から、隣へ腕を突き出して、かなめに押し返されたらしい。寝相が悪かったのか、悪いふりをしただけなのかは、分からない。

ただ、相場の倍近い宿賃を払ったおかげで、食事は二の膳つきの豪勢なものだった。

ことに、烏川で獲れたという川魚の焼き物と、地場の筍と蓮根と牛蒡《ごぼう》の煮物は、うまかった。

内風呂も、なんと一人用の湯殿があり、客が使うごとに湯が替えられて、気持ちよくはいることができた。

寝る前にりくが、宿のあるじと強談判《こわだんぱん》に及んで、翌朝はまだ暗い暁七つに朝餉《あさげ》をとり、七つ半には出立できるように、用意を整えさせた。一刻も早く、雑魚寝から逃れたいという、底意が透けて見えた。

そのくせ、りくは寝床にはいるが早いか、盛大にいびきをかき始めた。

おかげで藤八は、ほとんど眠れなかった。まして、隣に寝た菊野などは、一睡もできなかったのではないか、とかわいそうになった。

朝餉のときに、そっと様子をうかがうと、菊野はけろりとした顔で、茶漬けをかき込んでいた。しかも二度まで、お代わりをした。

かなめに、こっそり聞いてみると、前夜のりくはまだましな方で、いつもはいびきに歯軋りが加わり、もっとひどいのだという。

ただ、菊野は以前から慣れているのか、それともよほど寝つきがいいのか、まったく気にならないらしい。

「江戸をたって、まだ四日目だというのに、まったく先が思いやられるよ」

かなめはそう言って、ぼやいたものだ。

次の高崎宿までは、まだ日の出前の静かな提灯道中で、一里半ほどの楽な道のりだった。明け六つ過ぎには、木戸口が見えてきた。

高崎は、さすがに城下町だけあって、早朝とはいえほかの宿場とは、にぎやかさが違った。ただし、本陣も脇本陣もないうえに、旅籠もめったに目につかぬほど、数が少ない。

りくは、左右の茶屋や飯屋、商い店に目もくれず、菊野をせかすようにして、さっさと歩き続ける。

寝不足の藤八は、どこかで一休みしたかったが、りくはいっこうに足を止める様子がない。そのうち、音を上げるに違いない、とたかをくくっていたものの、そんな気配もなかった。

藤八は、彦輔が何か言ってくれないかと、振り向いて見た。しかし彦輔は、われ関せずという顔つきで、悠々と足を運んでいる。

藤八の様子を見て、かなめがしびれを切らしたように、前を行く二人の背中に呼びかけた。

「もし、菊野さま。けさの早だちで、お疲れになりませんか。このあたりで、お茶でもいかがでございますか」

それを聞くなり、りくがきっとなって向き直り、何か言い返そうとした。

すると、いち早く足を止めた菊野が、かなめに二度、三度とうなずいてみせる。

先を取られたりくは、露骨に眉根を寄せて、菊野に言った。

「今少し、がまんなされませ。きょうは、明るいうちに碓氷《うすい》の関所を越え、坂本宿へはいらねばなりませぬ。のんびりしている暇は、ござりませぬぞ」

すると、珍しく菊野は喉が渇いたと言いたげに、身振り手振りでりくに訴えた。

なおも、言いつのろうとするりくに、追いついた彦輔が無造作に、割り込む。

「きょうのうちに、碓氷の関所を越えるというのは、いかがなものかな。碓氷峠に差しかかれば、胸を突くほどの山道が、延々と続き申す。それに関所は、暮れ六つの鐘を合図に、閉じられる決まり。万一、着くのが遅れでもしたら、めんどうでござるぞ」

藤八は顎を引いた。

どうやら彦輔は、勘違いをしているらしい。碓氷峠は、坂本宿の向こう側にあり、手前にある関所とはだいぶ離れている。

しかし彦輔に、何か考えがあるのかもしれず、話を合わせることにする。

「そのとおりでござんすよ、おりくさん。きょうのところは、一つ手前の松井田《まついだ》に泊まって、関所越えはあしたの朝にするのが、上策でございましょう」

そう言い切ると、菊野をはじめかなめも彦輔も、黙ってりくを見つめた。

さすがのりくも、いささかたじろいだ様子で、顎を引く。

「胸を突くほどと申しても、這いつくばるまでの坂道では、ございますまい」

負けずに言い返したが、彦輔は首を振った。

「這いつくばるどころか、よじのぼるはめになりましょうな」

りくは、なおも恨めしげに彦輔を見ていたが、やがて張っていた肩をすっと下ろした。「そこまで、口ごわに言われるならば、是非もないこと。仰せのとおりに、いたします」

そう言って、菊野を見る。

「それでは、菊野さま。どこかそのあたりで、喉を潤すことにいたしましょう」

長い町並みを、しばらく歩くと街道が突き当たりになり、鉤《かぎ》の手に左へ折れ曲がる。外敵が攻めて来たとき、防ぎやすいようにするための工夫だ、と聞いたことがある。

ほどなく、三国峠をへて越後へつながる、三国街道への分かれ道に、差しかかった。

その角の、大きな茶屋にあいた座台があり、藤八たちはそこに腰を落ち着けた。

彦輔にならって、みんな冷たい甘酒を注文し、ついでに串団子を頼む。

頭上に、かなり高く葭簾が張られ、見通しがよい。

東側から、のぼったばかりの朝日が射し込み、体が汗ばむほどだ。北側に当たる正面には、榛名山《はるな》の雄姿が望まれる。

四半時休んで、ふたたび街道に出た。

りくが、そっけなく言う。

「藤八どの。松井田まで、どれほどあるのじゃ」

藤八は頭の中で、道中案内をめくり返した。

「次の板鼻宿まで、およそ二里足らずでござんす。その次の安中宿《あんなか》は、板鼻からたったの三十町で」

いらだたしげに、りくが藤八をにらむ。

「途中の宿場は、どうでもよいわ。松井田までの道のりを、聞いておるのじゃ」

藤八は、首をすくめた。

「安中からさらに、二里半ほどでござんす」

りくが、眉根を寄せる。

「締めて、あと五里と少々か」

思いのほか、勘定が速い。

りくは続けた。

「つまり、まだ日の高いうちに松井田に着く、ということじゃな」

五里の道のりなら、二時半もあれば十分だろう。

「そうなりやしょうな。なんといっても、けさが早うござんしたからね」

暗にいやみを言うと、りくはぐいと口元を引き締めて、顔をそむけた。

ほどなく、また街道が突き当たりになり、今度は右へ曲がって、並木道に出る。

しばらく、烏川沿いに歩いて行くと、左手に古い木の橋が見えてきた。

たもとの小屋に、番人の老爺がすわっており、一人三文の渡り賃を取られる。

侍の彦輔も、ここでは諸人《もろびと》と等しく扱われ、同じように銭を払わせられた。

老爺の話によれば、ここはその昔徒歩《かちある》きでしか、渡れなかったらしい。

それが、いつごろからか船がはいり、さらに冬場は仮の橋がかけられて、渡りがずっと楽になった。しばらくその仕法が続いたが、明和になってやっと常用の橋がかかり、一年中安全に渡れるようになった、という。

ただし、修繕の費用をまかなうために、四月から十月までは渡り賃を取る、と決められたそうだ。

橋を渡って次の宿場、板鼻へ向かう。

高崎からは二里足らずで、一行は休まずに歩いた。

中山道のうちでも、板鼻はやたらに旅籠の数が多く、五十軒を超えるらしい。城下町の高崎の、三倍以上もある。

早朝のこととて、まだ留女は出ていないが、それにしても女の姿が目立つ。やはり、飯盛旅籠が多いせいだろう。

ここでも、りくはまったくよそ見をせず、宿場の中を歩き続けた。藤八たちも、それにならう。板鼻から、安中までは三十町ほどだから、休むまでもない。

やがて碓氷川という、別の川にぶつかる。この川は下手で、先に渡った烏川に、合流するらしい。

ここにも、仮橋がかかっており、また渡り賃を取られた。

「橋を渡るたびに、こうやって金を取られた日にゃあ、いずれすっからかんになって、泳いで渡るはめになりやすぜ」

藤八が、おおげさにぼやいてみせると、珍しくりくがそれに調子を合わせて、うなずき返した。

「まことに、そのとおりじゃ。われらは水練が不得手ゆえ、藤八どのにでも背負うてもらわねば、渡れまいの」

「へ、へい」

生返事をした藤八は、そのありさまを思い浮かべて、冷や汗をかいた。

かなめが、笑いをかみ殺しながら、脇腹をつついてくる。

藤八はその手を払いのけ、幟を立てている左右の茶屋に、それとなく目を配った。

倉賀野をたってから、高崎でも板鼻でも雁木の鬼吉、蛇の目の六郎兵衛の二人を、見かけていない。

当然ながら、例の二人の侍たちとも、出くわさなかった。

先行した侍たちは、おそらく高崎に泊まったはずだが、きょうのうちに碓氷の関所を越え、坂本宿にはいるに違いない。

もし、こちらを待ち伏せするつもりなら、その先にある碓氷峠あたりが、格好の場所かもしれぬ。


一行が安中に着いたときは、まだ朝四つごろだった。

ここも、小さいながら三万石の、板倉伊予守の城下町だ。旅籠も家数も少ないが、宿場の街道はまっすぐに延びて、かなりの道のりがある。

本陣まで来たところで、りくが並びの茶屋を指さして、きっぱりと言った。

「ここで、休むことにいたします。席を取ってくりゃれ、藤八どの」

歌舞伎でもあるまいし、今どき武家の女が〈くりゃれ〉、などと言うのにあきれて、内心苦笑する。

とはいえ、藤八も足を休めるのに異存はなく、さっそく茶屋の中に席を探して、腰を落ち着けた。

街道の反対側が北に当たり、脇本陣の向こうに武家屋敷の甍《いらか》が、ずらりと並んでいた。

さらに遠い高台には、こぢんまりした安中城の天守が、のぞいて見える。

茶と一緒に、月遅れの草餅が出てきた。ちょっと苦みのある草で、それが甘い小豆の餡《あん》と合って、なかなかうまい。

りくが、菊野にうなずきかけて、座台を立った。二人が、裏へ向かうところを見ると、手水を使うらしい。

彦輔が、かなめに顎をしゃくって、合図する。

かなめは、心得顔で立ち上がり、二人のあとを追った。

それを見送りながら、彦輔が言う。

「例の侍たちも、ずっこけの二人組も、とんと姿を見せんな」

「あっしらより、だいぶ先を行ってるんでござんしょう」

藤八が応じると、彦輔は腕を組んだ。

「桶川での騒ぎのあと、おりくがあの侍たちと、つなぎをつけた様子はない。となれば、次にどこで襲って来るか、見当がつかんぞ」

「まさか、真っ昼間から襲って来ることは、ありますめえ。あっしらが、松井田で明るいうちに宿を取りゃあ、少なくともきょうは手出しができやせんよ。あした、碓氷の関所を越えるまでは、だいじょうぶでござんしょう」

彦輔は腕を解き、しかつめらしく顎をなでた。

「連中は、きょうのうちに関所を越えて、坂本に泊まるつもりだろう。だとすれば、あした碓氷峠にかかるあたりが、文字どおり山場だな」

藤八は横目で、彦輔をにらんだ。

「やはり旦那は、関所と峠が坂本宿を挟んで分かれている、と承知していなすったんで」

「当たり前だ。あの、頑固なおりく大明神を説き伏せるためなら、どんな嘘でもついてみせるさ」

つい、笑ってしまう。

「しかし、おりくさんにあとで知れたら、またご機嫌をそこねやすぜ」

「知れたところで、あとの祭りよ」

藤八は茶を飲んで、話を変えた。

「それにしても、あの菊野さんという娘はなかなか、いい女子でござんすね。口はきけねえが、頭も気立てもよさそうだし、胆もすわってるように見えやす。いったい、何しに京の都まで、行くんでござんすかね」

「そいつは、おれに聞かれても分からんし、知りたくもないし、道連れ料さえきちんともらえれば、それで文句はない」

「するてえと、京へ着いてみるまで分からねえ、というわけでござんすかい」

「碓氷と、木曽福島の関所へ差し出す手形には、たとえ嘘っぱちだとしても、用向きが書いてあるはずだ。いずれ、目にすることもあるだろう」

「見たことはありやせんが、女の関所手形にゃあ、年格好とか人相とか、いちいち事細かに書いてある、と聞きやしたが」

「そのとおりよ。それに、どこの家中の者にせよ、ご公儀留守居役と国元の江戸留守居役の、両方のお墨付きをもらわねばならん。迅一郎も藤十郎も、出立までの短時日によく手配できたものよな」

いわゆる〈入り鉄砲に出女〉で、江戸から出て行く女に対して、ひときわうるさいのが定法だ。ことに、武家の女には厳しく、関所では体のすみずみまで改められる、という。

まして、若衆姿の菊野に対する詮議は、相当きついものになるだろう。

それに引きかえ、町方の男の関所改めは、緩やかなものだ。

出立の際に、町名主か菩提寺《ぼだいじ》から、往来手形さえもらっておけば、造作なく通ることができる。女連れでもないかぎり、関所手形はいらない。

藤八も、市谷左内坂町にある菩提寺、長源寺から往来手形を出してもらった。それさえあれば、どこへでも行ける。

たとえ、旅の途中で行き倒れになろうと、長源寺へ知らせが届くように、手配を頼む添え書きがしてある。

ただし、近ごろは手ぶらで出立しても、関所の手前の旅籠屋や茶屋で、金さえ払えば手形を作ってくれるらしい。

それで、十分通用するというから、いいかげんなものだ。

藤八は、鹿角彦輔に聞いた。

「確か、お武家さんがたは往来手形も、関所手形もいらねえと聞きやしたが、ほんとでございますかい。あっしら町方の者も、男は往来手形さえありゃ、関所手形はいりやせんが」

彦輔が、目をむく。

「ばかを言え。直参だろうと、大名家の陪臣だろうと、武家の者も手ぶらでは、関所を通れぬわ。少なくとも、身分を明らかにする往来手形は、必要だ。町方の者が、侍に身をやつして通り抜ける、ということもあるからな」

藤八は笑った。

「町方がお侍のなりをしても、すぐに歩き方や口のきき方で、尻が割れちまいますぜ」

「いや。芝居の役者なら、侍に化けるくらい、お手のものだ。侍髷を結って、腰に二本差した格好なら、関所役人も見抜けまいが」

藤八は、首を振った。

「役者や芸人は、はなから手形なんか、持ち歩きやせんぜ。お役人たちの前で、ちょいと得意の芸を披露すりゃ、それで通れると聞いておりやす」

そのとき、りくたちが手水から、もどって来た。

「さ、まいりましょう」

疲れも知らぬげに、りくは草鞋の紐を結び直して、笠と杖を取り上げた。

菊野をうながし、足取りも軽く茶屋を出て行く。

彦輔も、藤八に軽く目配せして、そのあとを追った。

藤八は、かなめの袖をつかんで、引き留めた。

小女に勘定を頼み、釣りを待つあいだに、かなめに聞く。

「おりくさんの様子はどうだ。手水場のあたりで、だれかと口をきいたりしなかったか」

「手水場には、話をする相手なんか、だれもいなかったよ。おりくさんと、わたしたちを襲って来たお侍とは、やっぱり関わりがないんじゃないのかい」

かなめに言われて、藤八も考え込んだ。

桶川の湯屋で交わした、例の侍たちとのやりとりからも、あの二人が襲って来た連中、と決めつけるのはむずかしい。

まして、りくとその二人につながりがある、と断じるほどの証しは、何もない。

藤八は、小女から釣りを受け取り、かなめと一緒に茶屋を出て、彦輔たちのあとを追った。

にわかに突風が吹き、土ぼこりを巻き上げていく。季節はずれの、からっ風だ。

藤八は、彦輔を追い越しざま顔を向け、首を振ってみせた。

彦輔が、浮かない顔つきになり、小さくうなずき返す。

藤八は足を速め、りくと菊野の先に立った。

宿場を抜けると、南西の方角へまっすぐに延びる、広い街道に出た。高さ三丈にも達する、驚くほどりっぱな杉並木が、両側に延々と続いている。

考えてみれば、人目につく場所であの侍たちが、りくにつなぎをつけたり、まして襲ったりして来るとは、思えない。

そんな気配があるなら、鬼吉か蛇の目がどこかで待ち受け、知らせてくれるはずだ。

歩くうちに、少し息が切れてきたので、後ろの様子を見た。

りくも、いくらか足取りが重くなり、菅笠の下で額の汗をふいている。さっき、茶屋を元気よく出たのが、嘘のようだ。

目を前にもどすと、いつの間にか街道が、のぼり坂になっている。急坂、というほどではないが、長丁場を歩くと足にこたえそうな、かなりの勾配だ。

突風にあらがいながら、坂をのぼって行く。

十町ほども歩くと、ようやく杉並木が切れた。やがて、両側の民家に高さ一丈ほどの、大きな垣根らしきものが、立ち並び始める。

どの垣も、家の北側と西側をふさぐ形で、作られている。

ただし左手の家は、北側に街道が横たわるせいか、垣の一部に出入りのための、四角いくぐり穴があけてある。

「藤八どの。あの、垣根というか、生木を刈り込んだ囲いは、なんのためであろうの」

振り向くと、りくが菅笠のふちを支え、その高垣を見上げている。深谷の、名残の松のときもそうだったが、好奇心だけは人一倍強いらしい。

一見、樫《かし》と思われる若木を並べて植え、刈り込んだ高垣だ。

藤八にも、なんのためのものなのか、すぐには分からない。

「はて、あっしにも、見当がつきやせんね」

そのとき、からの馬を引いて通りかかった、馬子らしい男が足を止め、気軽に声をかけてきた。

「ありゃあ、カシグネよ。上州はからっ風が強いだで、それを防ぐカシグネを、立てるだよ」

言われてみれば、なるほどと思う。

「カシグネ、とな。カシは、木の樫のことか」

藤八が聞き返すと、馬子はうなずいた。

「んだ」

「カシグネとは、なんのこってえ」

馬子は、馬の首を叩いた。

「聞いたことあんべい、かかあ天下にからっ風、と」

「ああ、そいつは、よく耳にするぜ。上州の女子は、しっかり者だそうだからな」

「んだ、んだ。あまっこが、よう稼ぐだよ、上州は。そいでじゃ、〈稼ぐね〉が訛ってはあ、カシグネになったわな」

そううそぶき、馬子は馬を引きながら、行ってしまった。

かなめが、またくるりと瞳を回し、おどけて言う。

「ほんとかしらねえ」

後ろで、彦輔の声がした。

「カシグネのクネは、垣根のことよ。あの馬方、おまえを田舎者と見て、からかっただけさ」

むっとして、見返る。

「あっしは、江戸者でござんすよ、旦那。田舎者にゃ、見えねえはずだが」

「土地の者から見りゃあ、江戸者も上方者も田舎者よ」

「すると旦那も、田舎侍ってわけで」

藤八が言い返すと、かなめはもちろん、りくと菊野までが、吹き出した。

菊野などは背を丸め、喉をくっくっと鳴らしながら、笑い続ける。

藤八はあっけにとられて、その様子を見守った。菊野が、これほど笑うのを見るのは、初めてのことだ。

いつの間にか、藤八もかなめと顔を見合わせ、一緒に笑っていた。彦輔すら、やり返すことも忘れたように、笑いだした。

ひとしきり笑ったあと、最初に真顔にもどったのは、もちろんりくだった。

「さあ、まいりますぞえ」

そう言い放って、自分を励ますように、歩きだす。

カシグネとやらの列を過ぎると、急に勾配がきつくなった。新たな坂が、そこに待ち受けていた。まさに坂らしい坂で、しかもかなり急なのぼりだ。

「ちょいと、藤八さん。江戸を出てから今まで、こんな急坂はなかったんじゃないか」

かなめに言われ、初めて気がつく。

確かに江戸を出たあと、のぼり坂らしい坂はほとんどなく、せいぜい浦和の焼米坂くらいしか、思い出せない。

のぼり口の標柱に、風雨にさらされた文字で、〈逢坂〉としるしてある。

りくが、覚悟を決めたように杖をついて、のぼり始めた。

菊野もかなめも、それに続く。

藤八は彦輔を待ち、一緒にのぼり始めた。

「例の侍たちと、おりくさんがぐるだってのは、旦那の読み違いかもしれやせんね」

そうささやいたが、彦輔は返事をしなかった。

松井田宿 ㈠

逢坂は曲がりくねった、かなり長いのぼり坂だった。

両側は、手入れしたあともない、鬱蒼《うつそう》たる竹やぶだ。

右手の、竹林のあいだの土手下に、溜め池が見えた。やがてそれも、そびえる崖にさえぎられて、見えなくなる。

勧進かなめが、崖の上を指さした。

「あそこに、鳥居が立っているよ、藤八さん。逢坂神明社、だってさ」

藤八が目を向けると、確かに朱のはげかかった鳥居が、崖の中ほどに見えた。逢坂神明社、と額がかかっている。

「こりゃあいかにも、ご利益《りやく》のありそうな名前だな」

りくも足を止めたが、鳥居には目もくれずに言った。

「松井田まで、あとどれほどかかるのじゃ、藤八どの」

かなり、息を切らしている。

藤八が答える前に、追いついた鹿角彦輔が言った。

「せいぜい、十五町。半里までは、いきますまい」

りくは菅笠を取り、頭上にかぶさる木々を、つくづくと見上げた。

「あと、半道近くもあるのか。同じ道のりでも、かほどに坂道が続くとは、思いませなんだ」

「この逢坂など、まだ幕あきにすぎませぬ。坂本宿の先には、泣く子も黙る碓氷峠が、控えておりますぞ。ここで音を上げては、とてもあとが続きますまい」

彦輔が言い立てると、へこたれていたりくが、にわかにきっとなった。

「鹿角さま。きのうは確か、松井田の先の関所を越えれば、すぐに碓氷峠が控えている、と申されたはず。峠が、坂本宿の向こう側とは、聞いておりませぬぞ」

その鋭い口調に、藤八は頭を抱えたくなった。

やはり、ばれてしまった。

りくは、頑固なわりに勘定が速く、血の巡りもいいのだ。

彦輔が、咳払いをする。

「さようなことを、申した覚えはござらぬ。ただ、あいだに坂本宿があることを、言い忘れただけでござるよ」

「いいえ。鹿角さまの、あのときの口ぶりでは、確かに関所と峠は一続きのように、聞こえましたぞ」

りくは言い張り、藤八に目を向けた。

「藤八どのも、なぜ鹿角さまにそれは間違いと、言うてくれなんだのじゃ」

急に、鉄砲玉が飛んできたので、藤八はあわてた。

「いや、あっしはその、よくお話を、聞いていなかったんで。申し訳ございません」

見かねたように、かなめが割ってはいる。

「まあ、よろしいではございませんか、おりくさま。関所と峠と、どちらが先でも、難所であることに、変わりはございませんよ。それより、早く松井田へまいりましょう。ここは、暗いうえに人通りも少なくて、危のうございます。早く次の宿場にはいって、ゆっくりいたしませんか」

一息にまくし立てたので、りくは言葉のつぎ穂を失ったように、唇を引き締めた。

菊野がすかさず、というしぐさでりくの袖を引き、先へせき立てる。

りくは、不満げに頰をふくらませたものの、そのまま菊野に引っ張られるようにして、歩きだした。

かなめも藤八に、眉を上げ下げしてみせながら、二人について行く。

藤八は、彦輔がそばに来るのを待ち、並んで三人のあとを追った。

「だから、言わねえこっちゃねえんで」

そうささやきながら、前の方で菅笠をかぶり直すりくに、うなずいてみせる。

彦輔も声をひそめ、涼しい顔で応じた。

「気にするな。おりくも、あれで腑に落ちただろう。あれ以上は、文句も言うまいよ」

「かなめと菊野さんの、おかげでござんすよ」

坂をのぼりきると、ようやく楽な道になった。

とはいえ、緩やかながらのぼりはのぼりで、きついことに変わりはない。

安中から松井田までは、せいぜい二里半足らずだが、とてもこれまでのようには、足が動かない。

途中の茶屋で、また休みをとらざるをえなかった。

ただ、藤八だけは休まず、一足先に松井田まで、行くことになった。

道中案内によると、松井田の旅籠は高崎よりさらに少なく、十四軒しかないという。

だとすれば、少しでも早く宿場入りして、旅籠を取らなければならない。ぐずぐずしていると、二晩続けて雑魚寝というはめに、なりかねない。

りくの苦言、苦情を聞くだけならまだしも、またあのいびきに悩まされるのだけは、願い下げだ。ましてそこへ、歯ぎしりまで加わったりしたら、たまったものではない。

松井田の、江戸口の木戸が見えたとき、日はすでに中天を越えて、昼八つに近かった。急いだせいで、すっかり息が切れ、汗まみれになってしまった。せめて、背負った笈だけでも、彦輔に預ければよかった。

さいわい、夕刻にはまだ間があって、〈大和や〉という平旅籠の二階に、隣り合った二部屋を、取ることができた。

藤八は、菅笠に手ぬぐいをくくりつけ、通りに面した手すりに、ぶら下げた。

菅笠には、菩提寺の長源寺の名前が、書いてある。

かなめは、ときどき長源寺で開かれる狂歌の会、〈騒婦連〉の社中の一人だから、見ればすぐに分かるはずだ。

小女が運んで来た、冷たい麦茶に口をつける。

そのとたん、畳の上でこつんと音がして、何かがはずんだ。

見ると、松ぼっくりだった。

子供のいたずらかと思い、手すりから下をのぞいてみた。

すると、三度笠を小脇に抱えた渡世人が、道に立っていた。

蛇の目の六郎兵衛だった。

「おう、どうした、蛇の目の」

声をかけると、蛇の目は片手で藤八を、拝むしぐさをした。

「ちょいと、おりて来ておくんなせえ、兄貴」

「分かった」

藤八はすぐに、部屋を出た。

ぐずぐずしていると、りくたちが着いて蛇の目の姿を、見られてしまう。

旅籠を出て、江戸口の木戸に目を向けたが、まだりくたちの姿はない。

蛇の目は、向かいの土産物《みやげもの》屋の前に、場所を移していた。

藤八は顎をしゃくり、上手の木戸口の方へ歩きだした。蛇の目が、あとをついて来る。半町ほど歩き、大小の桶がたくさん並んだ、桶屋の前で足を止める。

作りかけの、背丈ほどもある大桶の陰にはいり、蛇の目が来るのを待った。

「ずいぶん、足が速いじゃねえか、おめえたち。置いていかれたか、と思ったぜ」

藤八が言うと、蛇の目は不精髭をこすった。

「あのお侍たちが速足なんで、しかたありやせんや。見失わねえように、せっせと歩きやしたからね」

「今、どのあたりだ。鬼吉が、引っついてるんだろうな」

「へい。あの二人は、きょうのうちに碓氷の関所を抜けて、坂本宿に泊まるようでござんす」

思ったとおりだ。

「そりゃあ、確かな話か」

「へい。昼前に二人が、この宿場の茶屋で一休みしたとき、すぐ後ろでその話をしてるのを、おいらが盗み聞きしやした」

「鬼吉は、どうした」

「鬼吉は先に行って、坂本宿でおいらを待つ手筈に、なっておりやす。あの二人に、おれたちが一緒にいるところを、見られねえ方がいいと思いやしてね。なるべく離れて、別々に見張ることにしてるんで」

「そうしてくれ」

疑いが晴れるまで、あの二人の見張りを続けさせよう、と肚を決める。

ふところから一両出し、蛇の目の手に握らせた。

「博打は当分、お預けだぞ」

蛇の目は、苦笑した。

「この分じゃ、そんな暇はござんせんよ、兄貴」

行きかける蛇の目を、藤八はふと思いついて、呼び止めた。

「おっと、蛇の目の。ちょいと待ちな」

蛇の目が、たたらを踏んで向き直る。

「な、なんでござんすかい」

藤八は言った。

「おめえ、このまま関所を越えて、坂本の宿場へ行くのか」

「へい。鬼吉と、交替しやすんで」

藤八は、人差し指を立てた。

「今夜は、おめえもこの松井田に、泊まって行かねえか。なんだか、きょうあすあたり、めんどうなことが起こりそうな、いやな感じがしやがるのよ」

「めんどうなこと、と言いやすと」

「そいつは、分からねえ。虫の知らせ、というやつかな」

「しかし、あのお侍たちは関所を越えて、坂本宿へ向かいやしたぜ。鬼吉がついて行きやしたから、間違いはござんせんよ」

「関所を越えた、峠の真ん中で待ち伏せでもされると、やっかいだ。おめえがいりゃあ、男が三人になって、おれたちも心強いわけよ」

蛇の目は、うれしいような困ったような、要領を得ない顔をした。

「そいつは、どんなもんでござんしょうね。おいらも鬼吉も、あのおりくさんてえ大年増が、大の苦手ときておりやす。あちらさんだって、おれたちのつらなんぞ、見たくもねえと思いやすよ」

それは藤八も、よく承知している。

「何も起こらなけりゃ、顔を合わすことはねえんだ。いざってときに、手を貸しに出て来てくれりゃ、それでいいのよ。そのときにゃ、まさかおりくさんもいやな顔は、できねえだろう」

蛇の目は、しぶしぶという顔つきで、うなずいた。

「そういうことなら、泊まらねえでもねえが」

「すぐに、宿を取りな。江戸口に近い旅籠の方が、あとをつけやすいだろう。早くしねえと、おりくさんがやって来るぜ」

蛇の目は、首をすくめた。

「くわばら、くわばら」

「たぶん今夜は早寝して、あしたの朝は明け六つごろ、立つことになる。その見当で、待ち受けていてくれ」

蛇の目は、したり顔でこめかみを、指でつついてみせた。

「のみ込みやした。おいらを探して、きょろきょろしちゃあいけやせんぜ、兄貴。こっちでちゃんと、見ておりやすから」

「言われるまでもねえよ。それより、そろそろおりくさんたちが、着くころだ。見つかるんじゃねえぞ」

「念にゃあ及びやせんぜ」

蛇の目はそう言い捨て、江戸口の方へ駆け去った。

藤八は、宿にもどった。

彦輔たちが着いたのは、さらに四半時ほどたってからだった。だらだらと続くのぼり坂で、りくの足もさすがに、とどこおりがちだったに違いない。

その証拠に、急いで旅装を解いたりくは、このまま昼餉を抜きにして、湯屋へ汗を流しに行く、という。

するると菊野も、身振り手振りで一緒に行きたい、との心向きを示した。

そこでかなめも、同行することになった。

三人が湯屋へ出かけたあと、藤八は彦輔と酒を飲みながら、蛇の目の六郎兵衛との話の趣を、おおまかに告げた。

「今ごろ、あの二人の侍は碓氷の関所を越えて、坂本宿へ向かう途中でござんしょう。蛇の目も、二人がそんな話をしているのを、小耳に挟んだと言っておりやす」

「碓氷峠のどこかで、待ち伏せするつもりかもしれんぞ」

藤八は、首をすくめた。

さっきは自分も、その心配をしたばかりだ。

そのくせ、彦輔に同じことを言われてみると、取り越し苦労のような気がしてくる。

「真っ昼間から、でござんすかい。それはねえだろう、と思いやすがね」

あえて言葉を返すと、彦輔は眉根を寄せた。

「なぜだ。中山道は、東海道のように引きも切らず、旅人が行き来する街道ではない。油断はできんぞ」

確かに、それも理屈だ。

「待ち伏せされるときは、連中のあとをつけている鬼吉が、知らせてくれやしょう」

「博奕打ちなど、頼りにできるものか。屁のつっぱりにもならんぞ」

二人に手を借りる、と決めたくせに彦輔はあっさりと、切って捨てた。

「鬼吉だけじゃねえ。蛇の目もこの宿場に、引き留めておきやした。万一のときにゃ、二人で騒ぎ立てて人を呼ぶくらい、できやしょうぜ」

藤八が言いつのると、彦輔は苦笑を返した。

「つっぱりが、二本になったところで、たいした変わりはないな。まあ、喧嘩のしかたくらいは、知ってるだろうが」

藤八は、話を変えた。

「ついでながら、あの二人の侍がおりくさんとぐるだ、という旦那のお見立ては、いかがなもんでござんしょうね」

それを聞くと、彦輔は不機嫌そうに、見返してきた。

「おれも別に、そう決めつけているわけではない。ただ、用心するのに越したことはねえと、そう言ってるのよ」

気分を害したのか、乱暴な口ぶりになった。

藤八は、手を上げた。

「まあまあ、旦那。あっしはただ、そうならねえように、祈ってるだけで」

「ご先祖の墓に、線香一つあげたことのないやつが、つごうのいいときだけ祈っても、かないはせんぞ」

藤八は、銚子を取り上げた。

「そんなに息巻かねえで、一つやっておくんなさい」

彦輔が手にした盃に、酒をついでやる。

彦輔は、苦い顔で盃を干し、口調を変えて言った。

「おりくたちがもどったら、おれたちも一風呂浴びに行こう。そのあとで、碓氷の関所を無事に通れるよう、手形をあらためておくことにする」

二人は、りくたちと入れ替わりに、湯屋へ出向いた。

まだ、日暮れにはだいぶ間があり、湯屋はがらがらだった。

湯につかりながら、藤八は彦輔に聞いた。

「旦那もまだ関所手形を、見ちゃあおられねえんで」

「見ておらん。おりくが、しっかり胴巻きにでも、しまっているのだろう」

「旦那が預かった方が、安心じゃねえか、と思いやすがね」

「坂田藤十郎にすれば、おれはただの旅の道連れにすぎぬ。しっかり者のおりくの方が、よほど信用できるということさ」

四半時ほど、のんびり湯につかって、外へ出る。空はまだ明るく、なんとなく落ち着かない気分だ。

宿へもどると、亭主がいそいそと部屋へ、挨拶に来た。

亭主は、源兵衛という五十がらみの、小太りの男だ。

さんざん、愛想を並べ立てたあと、源兵衛はもみ手をしながら、藤八と彦輔の顔を下の方から、のぞき込んだ。

「ところでお客さまがたは、女子衆をお連れでいらっしゃいますが、碓氷のお関所の手形は、お持ちでございますか」

「ああ、持っている。なぜだ」

彦輔が聞き返すと、源兵衛はかがめた背筋を伸ばして、少し残念そうに応じた。

「ときどき、往来手形を持たずに、おいでになるお客さまが、おられましてな。そういうお客さまのためにに、てまえどもで手形をご用立てすることが、しばしばございます。むろん、女子衆はご詮議が厳しく、ご用立ていたしかねますが、男衆の場合はわりに、緩うございまして」

「そうか。ちなみに、往来手形を頼むと、いくらかかるのだ」

「五十文でございます」

藤八は、顎を引いた。

五十文といえば、夜鷹蕎麦三杯ほどの、値でしかない。

「そんなに安いのか」

源兵衛は、にっと笑った。

「へい。ただみたいなもので」

藤八も笑い返す。

「それじゃ、どこかでなくしたときは、頼むことにするぜ」

松井田宿 ㈡

鹿角彦輔が、口を挟んだ。

「ちなみに、女子の手形については、どうあってもだめか」

源兵衛は、背筋を伸ばした。

「女子衆の手形は、どなたさまもご公儀の印判が、なくてはならぬもの。これればかりは、ご用立てできませぬ。それに」

そこで急に言いさしたので、藤八は先をうながした。

「それに、なんでえ」

「それに、女子衆のご詮議は、手形ばかりではございませぬ。関所には、改女《あらためおんな》というのがおりまして、女子衆の髪や衣服の内側を、丹念に手指で探ります」

その話は何度か、耳にしたことがある。

「何か隠していないかどうか、調べるわけだな」

源兵衛はうなずいた。

「それもございますが、中には男のなりをして、関所を抜けようとする女子衆も、まれにおります。それを、手で探って確かめるのも、改女の仕事でございます」

藤八は、菊野のことを思い浮かべて、彦輔を見た。

彦輔は眉一つ、動かさない。

藤八は、源兵衛に目をもどした。

「改女ってのは、どういう素性の女だ」

「お関所の、ご番士のご妻女が交替で、お務めになります。宿場役人のご妻女が、代わりを務めることも、ときにはございます。どちらにしても、あらかじめ銭を渡しておきますと、調べもあっさりすみますので」

そう言って、さも意味ありげに、上目を遣う。

「握らせぬと、しつこく調べるというわけか」

彦輔が聞くと、源兵衛は愛想笑いを浮かべた。

「そういうことになります。お望みならば、明朝の係の改女を聞き出し、手心を加えるように頼んでまいりますが」

藤八は、彦輔を見た。

彦輔がうなずいたので、藤八は源兵衛に目をもどした。

「いくら包みゃ、いいんだ」

「往来手形と同じく、一人当たり五十文でございます」

「おめえさんの、口銭込みでかい」

源兵衛が、へへっと笑う。

「ま、そんなところで」

彦輔が口を出す。

「では明朝、宿の勘定と一緒に払う。それでよかろう」

「よろしゅうございます。暮れ六つに、関所が閉じられましたら、すぐに手配をいたします」

彦輔は少し考え、言葉を継いだ。

「念のために聞くが、関所を通らずに抜ける道も、あるのか」

源兵衛は、わざとらしく顎を引き、作り笑いを浮かべた。

「ご承知のことと存じますが、お関所破りは磔《はりつけ》がご定法。お控えになった方が、よろしゅうございます」

彦輔は、小さく笑った。

「心配いたすな。当方には、れっきとした関所手形がある。関所破りなど、するものか」

それを聞いて、源兵衛が真顔になる。

「それでは、お話しついでに申し上げます。てまえどもも、抜け道を知る案内人を、何人か存じております。お一人さま百文で、抜け道をご案内させます」

百文といえば、一泊の旅籠代にも満たぬ額だ。

思いのほか安いのに、藤八は驚いた。

「磔に当たるご法度が、たったの百文とは、ずいぶん安いじゃねえか」

源兵衛が、また愛想笑いを浮かべる。

「あまり値が高いと、だれも頼みませぬ。たとえ、つかまって磔になったところで、百文ならばあきらめもつく、というものでございます」

妙な理屈に、藤八も彦輔も笑ってしまった。

昼餉を抜いたこともあり、日が暮れきらぬうちに、夕餉をとることにする。

食事を終えたあと、藤八と彦輔はりくたちに声をかけ、隣の部屋に出向いた。

彦輔は、翌日の関所越えについて、万事手抜かりのないように、心得を説き聞かせた。源兵衛からの申し出も、かみ砕いて伝える。

改女というのがいて、女の旅人はいろいろと、体を探られること。

その詮議を、なるべく簡便にすませるよう、源兵衛を通じてしかるべく、手を回したこと。

それを聞いて、りくが言う。

「菊野さまは、若衆姿ではございますが、手形には小女と記載してあるはず。それゆえ、心配はございませぬ。もし、男と書かれていて、実は女と分かったときは、ただではすみませぬがな」

一応は、心得ているようだ。

彦輔が、膝をあらためる。

「りくどの。卒爾ながら、お手元にご所持の関所手形を、拝見させていただきたい。中身を承知しておらねば、関所で不都合が生じるやもしれぬ。お願いいたす」

それを聞くなり、りくはきっと表情を引き締め、彦輔を見返した。

「関所通行の手続きは、わたくしがいたします。鹿角どのは、あくまで道連れ。わたくしに、お任せくださいませ」

「関所手形は、同行の者がすべて連名にて、記載されているはず。もしも、それに間違いがあって、関所の通行を許されぬ場合は、江戸へもどって手形を取り直さねばならぬ。ぜひにも、拝見させていただきたい」

いつもに似ず、一歩も譲らぬ姿勢を見せる。

りくは唇を引き締め、吊り目をいっそう吊り上げた。

「関所手形は、わたくしが肌身離さず、つけております。それを見せよとは、よもやここで帯を解け、との仰せではございますまいな」

そのむきつけな反言に、さすがの藤八も肝をつぶした。

まさか、こんなところでりくに帯を解かれたら、それこそ目のやり場に困る。

しかし、彦輔は平然とした顔で、言い返した。

「道連れを引き受けたからは、われらは一心同体でござるぞ、りくどの。かりに、そこもとらの身元が知れたところで、それがしが世間に吹聴《ふいちょう》するわけでもなし、心配はご無用でござる」

藤八も、そのとおりとばかりに、うなずいてみせる。

菊野や兄の坂田藤十郎、それにりくがどこの家中の者であろうと、こちらの知ったことではない。

彦輔も、それは同じはずだ。

りくは、歯軋りするように口をもぐもぐさせ、少しのあいだ考えていた。

それから、ふと肩を落として力を緩め、口惜しげに言う。

「やむをえませぬ。それでは、おふたかたとも隣の部屋に、お引き取りくだされ。のちほどそちらへ、関所手形を持ってまいります」

彦輔が、すぐに立ち上がる。

「よかろう。行くぞ、藤八」

その勢いに、藤八もあわてて腰を上げた。

りくがじろり、とかなめに目を向ける。

不意をつかれ、かなめはどぎまぎして、彦輔を見上げた。

「そなたもじゃ」

「言われたとおりにするのだ」

彦輔が声をかけると、かなめはしぶしぶという様子で、腰を上げた。

部屋へもどるなり、藤八はささやいた。

「まったく、何を考えてるんでござんしょうね、おりくさんは」

かなめもあきれ顔で、苦情を申し立てる。

「何も、部屋で裸にならなくたって、手水場へ行って取り出せば、すむことなのに」

彦輔までが、声をひそめて言った。

「もしかすると、おれたちに自分の裸を、見せたかったのかもしれぬぞ」

藤八は、顔をしかめた。

「よしてくだせえよ、旦那。冗談がすぎやすぜ」

ほどなく、りくが菊野と一緒に、やって来た。

奉書に包まれた書付を、そっけなく彦輔に突き出す。

それを広げ、目を通した彦輔の顔が、しだいにこわばった。

藤八はかたずをのんで、様子をうかがった。

彦輔が、目を上げて言う。

「これは、どういうことだ」

そのとがった口調に、藤八は言葉もなく彦輔を。じっと見つめた。

ただごとでないのは、その顔色から察しがつく。

菊野はもちろん、りくもかなめも口を閉じたまま、彦輔を見守る。

彦輔は、やおら手にした関所手形の書付を、りくの方に向けて突きつけた。

「これを見られよ。女子連れの関所手形は、同行者すべての姓名、風体、家名等を記載せねばならぬのに、ここには菊野、りく、鹿角彦輔の三人分しか、書かれておらぬ。これでは、藤八とかなめは同行者にならず、関所を抜けられぬではないか」

藤八は驚いて、膝を乗り出した。

「それはまことで」

そう言って、書付の字を目で追うが、達筆すぎて読めない。

彦輔がうなずく。

「まことだ。ただ、おまえは往来手形を持っているから、一人旅でも通れるだろう。しかし女子のかなめは、関所手形に記載がなければ、通れぬぞ」

かなめが口を出す。

「わたしも、大家の與右衛門《よえもん》さんに頼んで、手形を書いてもらいましたよ」

かなめは、彦輔と同じ湯島妻恋坂の、與右衛門店《たな》に住んでいるのだ。

彦輔が、首を振る。

「そんなものは、なんの役にも立たぬ。女子は、公儀留守居役の書き判、印形がついた手形がなければ、関所を通れんのだ」

「なぜそいつを、かなめに用意してやらなかったんで」

藤八が聞くと、彦輔はむずかしい顔をした。

「町屋の女の関所手形は、町奉行所でも出してもらえるらしいが、どちらにせよ手元に届くまで、ひどく時がかかる。それを待っていたら、とうてい出立日の四月三日には、間に合わなかった。そこで、神宮迅一郎にその筋へ手を回して、五人一組の関所手形を用意するよう、頼んだのだ。それが、どこでどう間違ったのか、この始末よ。これでは、おまえとかなめを同行させるという、せっかくのもくろみが台なしだ」

一気にまくしたてる、彦輔のつねならぬ見幕に、藤八はたじたじとなった。これほど、彦輔が怒りをあらわにするのは、めったにないことだ。

藤八は、りくを見た。

「おりくさんは、この手形を見てこりゃおかしいと、そうは思わなかったんでござんすかい」

りくは、げじげじ眉をぐいとばかり、動かした。

「みどもはその手形を、坂田さまからお預かりしただけで、中身については何も承知しておらぬ。苦言を呈するなら、その神宮なにがしを相手にするのが、筋であろう」

そう言われると一言もない。

彦輔が、手を上げる。

「りくどの。これは、碓氷関所に宛てた関所手形だが、もう一通木曽福島の関所宛ての手形も、預かっておられるはず。それも、見せていただこう」

うむを言わせぬ口調に、りくは黙って胸元に手を差し入れ、同じような書付を取り出して、彦輔に渡した。

彦輔は封をはがし、さっと中をあらためて、また眉を曇らせた。

「これも同じだ。三人分の名前しか、書かれておらぬ」

部屋の中が、しんとなる。

菊野が、何か言いたげに唇をなめ、一人ひとりの顔を目で追う。

耳は聞こえるから、困った事態になったことは、察しがついただろう。

ふと思いついて、藤八は口を開いた。

「そう言えば、帰るときももどりの手形が、いるはずだ。その分の二通も、おりくさんがお持ちなんでござんしょうね」

すると、いかにも心外な様子で、りくが言い返す。

「持っておらぬ。みどもが預かったのは、その二通だけじゃ」

いつの間にか、藤八に対しては自分のことを、みどもと称するようになった。

みどもは、ふつう侍が遣う呼称だが、武家の女も気持ちが高ぶると、口にすることがあるらしい。

当惑する藤八を見て、彦輔がおもむろに言う。

「帰りは、行きに関所に納めた手形の中身と、照らし合わせるだけでいいはずだ。ご公儀も、出女にはひどく厳しいが、江戸へもどる女子には、うるさいことを言わぬだろう」

藤八は、ため息をついた。

どちらにせよ、関所手形に名前の記載がなければ、かなめは碓氷の関所も木曽福島の関所も、通ることができない。

彦輔といえども、にわかによい思案が浮かばぬ体で、手形を畳み直した。

かなめは、膝の上で両手を握り合わせ、落ち着かなげに指を動かしている。

りくが背筋を伸ばし、そっけなく言った。

「かくなる上は、やむをえぬ。かなめを、残して行くよりほかに、策はございますまい」

にべもないその物言いに、藤八はさすがにむっとして、りくの顔を見直す。

「こんな田舎の宿場に、かなめを一人残して行け、とおっしゃるんで」

「路銀を持たせて、江戸へもどらせればよいのじゃ。女子とは申せ、一人旅のできぬ年でもあるまい」

「そりゃ、あんまりでござんすよ、おりくさん。せっかく、ここまで一緒にやって来たのに、一人きりで江戸へ追い返すなんて、そんなつれねえことは、できやせんぜ」

「一人がかわいそうなら、藤八どの。そなたが一緒に、ついてもどればよかろう。もともと道連れは、鹿角どのお一人の仕事のはず。そなたら二人がおらんでも、不都合はあるまいが」

りくはそう言って、彦輔をじろりと見据えた。

すると、菊野がにわかにりくの腕を取り、首を激しく左右に振った。明らかに、りくの言うことに反対する、というしぐさだった。

りくはびっくりしたように、菊野の手を押さえた。

「菊野さま、お鎮まりなさいませ。今聞かれたとおり、かなめは関所を通ることが、できませぬ。江戸へもどるより、しかたがないのでございますよ」

しかし菊野は、いつもに似ず頰を紅潮させ、なおも首を振り続ける。

りくは、さすがにもてあました様子で、救いを求めるように彦輔と藤八を、代わるがわるに見た。

そのとき、かなめが言った。

「分かりました。わたしは一人で、江戸にもどります」

そのきっぱりした口調に、藤八も彦輔もあっけにとられて、かなめに目を向けた。

かなめは、臆するふうもなく膝に手をそろえ、落ち着いた声で続けた。

「関所手形に、わたしの名前が書かれていないのでは、どうしようもありませんよ。わたしも子供じゃないし、一人で江戸へもどれますから、どうぞご心配なく」

藤八は、手を上げた。

「そいつはいけねえ、勧進の。おめえ一人を、江戸へもどすわけにゃいかねえ。おれもおめえに、付き合おうじゃねえか」

かなめが膝をさばき、藤八の方を向いた。

「それは了簡《りょうけん》違いだよ、藤八さん。あんたは彦さんと一緒に、このお二人を無事に京都まで、送り届けなけりゃいけないよ。彦さん一人じゃ、あんまり心もとないからね」

それを聞くなり、菊野は喉から声にならぬ声を絞り出して、立ち上がった。

袖で顔をおおい、肩を震わせながら部屋を、駆け出て行く。

りくも、あわてて膝立ちになり、いかにもあきれ果てた、という口ぶりで言う。

「まあまあ、菊野さまときたらそれほどまでに、かなめがお気に入りとは、知りませなんだ」

それから、取ってつけたように続ける。

「どれ、ちょっと菊野さまを、お慰めしてまいろう」

りくは席を立ち、ことさらゆっくりと、部屋を出て行った。

部屋に、静寂がもどる。

妙義道　下仁田街道

「いったい、何ごとでござんすかい、兄貴」

蛇の目の六郎兵衛は、草鞋の紐を結びながら、さすがに上機嫌とはいえぬ目で、藤八を見上げた。

それも当然だ。

わけも聞かされず、旅支度をして出て来いと言われれば、たとえ蛇の目でなくても、面食らうに違いない。

なにしろ、夜明けどころかまだ夜四つ半にも、なっていないのだ。

藤八は、土間から板の間を見上げて、そこに控える旅籠の番頭に、声をかけた。

「こいつの宿賃は、いくらだ」

番頭は困惑した顔で、軽く咳払いをした。

「急なお立ちでござぇますし、当方ではもうあとを埋めることが、できましねえ。お泊まり賃の百五十文を、そのままいただかせてくだせえまし」

田舎ながら、精一杯ていねいなその物言いに、文句をつけられる立場ではない。

藤八は、言われるままに金を払い、蛇の目を急き立てて、くぐり戸から外へ出た。

月が出ているので、見通しはよい。もっとも、寝静まった街道に、人影はなかった。

軒下の暗がりに、旅装を整えた勧進かなめの姿が、浮かび上がる。

蛇の目は、二人の顔を不審げに見比べ、顎をなでた。

「こんな遅くに、お二人そろって旅支度とは、どういうこってござんすかい。関所は、あしたの明け六つまで、あきやせんぜ」

藤八はうむを言わせず、蛇の目を旅籠の脇の路地へ、引っ張り込んだ。

「わけがあって、かなめとおれは碓氷の関所を、通らねえことになった。おめえにも、おれたちと一緒に別の道を、行ってもらうぜ」

蛇の目は顎を引き、すっとんきょうな声を出した。

「べ、別の道と言いやすと、そいつはもしかして関所破りを、やってのけようと」

藤八はとっさに、蛇の目の肩をこづいた。

「ばかやろう、でけえ声を出すんじゃねえ」

蛇の目があわてて、口に蓋をする。

かなめが、脇から聞いた。

「ところで、往来手形を持ってるのかい、蛇の目の」

蛇の目は、胸を張った。

「いくらはぐれ者でも、手形くらいはちゃんと、用意して来やしたぜ。そういう姐さんこそ、どうなんで」

「わたしだって、往来手形はもらって来たよ。ただね、女は関所手形がないと、碓氷の関所も福島の関所も、通れないのさ。ところが、用意して来た関所手形には、鹿角の旦那とおりくさん、それに菊野さんの三人だけしか、名前が書いてなかったのさ。藤八さんとわたしは、どこを探しても名前がないんだよ」

藤八は、かなめの言葉を引き取り、蛇の目に言った。

「おめえとおれは、男だからなんとかなる。しかし、女のかなめが通れねえとなりゃ、ほっとくわけにいかねえ。一緒に、関所とは別の道を行くしか、方法がねえだろう」

それを聞くと、蛇の目は顔を寄せて、声をひそめた。

「別の道ってのは、もしかして妙義《みようぎ》道のことでござんすかい」

逆に藤八は、顎を引いた。

「おめえ、裏の道を知ってるのか」

「もちろんでござんすよ、兄貴。この宿場から、南へ向かう妙義道にはいって、下仁田《しもにた》街道へ抜けやす。そこから、中山道の追分へ出る道が、ござんしてね。それが、関所手形を持ってねえ女が通る、裏街道になってるんで」

藤八は、顔をしかめた。

「おめえが、裏道に詳しいと知っていたら、人を頼むんじゃなかったぜ」

「するてえと、もうだれかに手引きを、お頼みなすったんで」

「ああ、頼んじまったよ。旅籠の、〈大和や〉のおやじが、取り持ってくれたのさ。三人分、合わせてたった三百文だから、別にむだになっても、惜しくはねえが」

蛇の目が、手を上げる。

「おっと、むだにゃあなりやせんよ、兄貴。下仁田街道にゃ、関所の裏番所がござんしてね。そこできっちり、手形をあらためられやす。兄貴とおいらはいいが、姐さんはやはり関所手形がなけりゃ、通れやせんぜ」

「そりゃ、ほんとか」

「へい。そうでなきゃ、身元のあやしい女はこぞって、裏街道へ流れちまいやすからね」

確かに、そのとおりだ。

藤八は言った。

「となりゃあ、やっぱり手引きに案内させて、裏番所を避けるしかねえな」

かなめが口を挟む。

「とにかく、夜が明けないうちに、下仁田街道に出た方がいいよ、藤八さん。どうせ、暗いうちは裏番所も、木戸が閉じてるんだ。そのすきに、抜け道を行くしかないよ」

「そのようだな」

藤八が応じると、蛇の目が指を立てる。

「ところで、旅籠が取り持った手引きは、信用できるんでござんすかい」

「旅籠が、妙なやつを取り持ったりしたら、悪い評判が立っちまう。こうなったら、信用するしかねえだろう」

「その手引きは、なんてえ名の野郎で」

「名前は知らねえが、合言葉は牛若だそうだ。おめえの言うとおり、この街道のしも手に、南へ抜ける道があるらしい。その道を、一町もくだると橋があって、そこで手引きと九つごろ、落ち合う手筈になってるのよ」

「手筈どおり、待っててくれりゃ、ようござんすがね」

それに答えず、藤八は背中の笈を揺すり上げて、先頭に立った。

軒下を伝いながら、街道を東へ向かう。

江戸口の木戸の少し手前に、南へ抜ける道が見つかった。

事が事だけに、提灯は使いたくない。さいわい、月明かりがあるので、道筋をたどるのはむずかしくなかった。

歩きながら、藤八は考えを巡らした。

鹿角彦輔は菊野、りくとともに明日の朝早く、碓氷の関所へ向かうことになっている。三人については、関所手形に不備はないし、旅籠を通じて改女にも、手を打ってある。無事に、通行できるはずだ。

関所を抜ければ、坂本宿をへて碓氷峠にかかる。この峠は、東海道でいえば箱根に当たる、かなりきつい坂らしい。

そんな難所を、避けることになったのは、ありがたいような残念なような、どっちつかずの気分だった。

夜道を急ぎながら、しんがりにいる蛇の目が、聞いてくる。

「旦那たちとはいつ、どこで落ち合う手筈になってるんで」

「さっき、おめえの言った道筋で、あさっての夕刻までには、中山道へもどれる。そこから、いちばん近いという追分宿で、落ち合う手筈よ」

藤八が応じると、蛇の目は少し間をおいた。

「あさっての、夕刻ねえ。こっちの道も、碓氷峠ほどじゃあねえが、けっこうくねくねした坂が、ずっと続きやすぜ。間に合やあ、ようござんすが」

「なあに、向こうも碓氷峠を越えるから、それなりに時がかかるさ。軽井沢で、一泊してのんびりすりゃあ、追分に着くのは昼ごろだ。それに、もし」

そこで藤八が言いさすと、後ろでかなめが口を開く。

「もし、なんだい、藤八さん」

「もし、碓氷峠でひと悶着起きたら、もっと遅れるかもしれねえ」

「例のお侍たちが、峠で待ち伏せしているかもしれない、という話かえ」

「まあ、そうだ。おれは、考えすぎじゃねえか、と思うがな」

蛇の目が言う。

「あっしも、そう思いやすよ。見張りの鬼吉も、むだ骨を折ることになりやしょう」

「だといいがな」

藤八はそう応じて、前方に現れた橋の影に、足を止めた。

そのとき、背後の松井田宿の方で、捨て鐘が鳴り始めた。

九つの鐘だ。

月明かりに目をこらしたが、人のいる気配はない。

藤八は足を踏み出し、橋のたもとまで忍んで行った。かなめと蛇の目も、あとについて来る。

藤八は身をかがめ、橋の手前から向こう側まで、じっと透かし見た。

二十間ほどの長さだが、どこにも人影は見当たらない。一瞬、刻限を間違えたのではないか、と不安になる。

そのとき、橋の下からひそやかな声が、聞こえてきた。

「弁慶」

とたんに藤八は、合言葉を思い出した。

「牛若」

そう応じると、下の河原から橋脚伝いに、だれかがよじのぼって来た。

月影に浮かんだのは、手甲脚絆に身を固め、手ぬぐいで頰かむりをした、小柄な男だった。

男が、指を立てて言う。

「〈大和や〉の旦那から、話は聞いちょるだ。夜が明けんうちに、関所をよけて抜けるだよ。さっさと行ぐべえ」

「関所でなく、裏番所だろう」

藤八がとがめると、牛若は首を振った。

「好きなように、呼ぶがええだ。調べがきついんは、裏番所も関所も一緒じゃ。おらっちは、本宿関所と呼んどるわな」

そう言い捨てて先に立ち、急ぎ足で橋を渡り始める。

藤八たちも、あわててあとに続いた。関所にしろ番所にしろ、どのみち避けて通るのだから、どちらでもいいことだ。

右手の夜空に、黒ぐろとそびえるのは、妙義山だろう。あちこちに、奇妙な形をした岩が立ち並ぶ、険しい山のようだ。

その裾に沿って、ぐるりと山の南側へ、回ることになるらしい。

大きな石や、小さな岩が転がっており、けっこう歩きにくい。道そのものは、のぼったりおりたりだが、全体として少しずつ高い方へ、向かっているように思われる。

牛若が歩きながら、独り言のように言った。

「こっから先、碓氷の峠ほどきつかあねえが、つづら折りの数でいやあ、負けとらん。へたばるでねえぞ」

半道ほども歩くと、右手の森に鳥居の影が、ぼんやりと浮かんだ。牛若によれば、妙義神社だという。

かなめは鳥居に向かって、柏手を打った。

藤八たちも、道端の石に腰を下ろして、一息入れる。

牛若は言った。

「おめえさんたち、こんなお月夜に関所抜けとは、間の悪いこつだのう」

藤八は、空を仰いだ。

「明るいといっても、まだ上弦の月だ。満月になったら、もっと間が悪かっただろうよ」

蛇の目が、口を出す。

「どっちにしても、これだけ明るいと、人目につきやすうござんす。間違っても、番所の番人に見つからねえよう、気をつけやしょうぜ」

「今夜の番人は、たぶん寝ずの番だべ」

牛若の言葉に、蛇の目は驚いたように、問い返した。

「なんで、そうと分かるんだ」

牛若は、頬かむりを取って、汗をふいた。

「きのう、信濃の諏訪で百姓衆が大勢集まって、山留めの騒ぎさあったそうな。あしたにゃ、強訴《ごうそ》に及ぶかもしれんのう。そげな噂は、すぐあちこちに広まるけん、上州の国境の番所も、ぴりぴりしとろうね」

藤八は、少し考えた。

「国境といっても、このあたりの番所は山ん中だろう。あんまり、関わりはねえはずだ」

「だとええがのう」

そう言って、牛若は頬かむりをし直した。

「そろそろ、行ぐべえよ」

藤八もかなめも、互いに顔を見合わせた。しかし、何も言わずに牛若のあとから、歩きだす。

くねくねした道を、一時半ほど歩き続けると、ようやく広い道にぶつかった。

牛若が言う。

「こいが、下仁田街道じゃ。左さ行けば下仁田で、右さ行けば本宿ちゅう村に出る。街道沿いに、川が流れとるんじゃが、本宿の手前で西へ、橋を渡らにゃいけん。その橋の両側に、関所の番小屋があるんじゃ。そこは、ふだんでもどっちかで、番人が寝ずの番をしとる。今夜は両方とも、目を光らせとるべえ」

なおも、話し続けようとする牛若を、藤八はさえぎった。

「番人がいるとこの話は、聞きたくねえ。それより、番人がいねえとこをどう抜けるか、その算段を聞かせてくれ」

牛若は鼻をこすり、街道を右手にとって歩き出した。

「ここを三十町ばかし行くと、街道沿いの河原へおりる、秘密の足場があるとよ。女子にはちっとき
ついけん、気張ってもらわにゃならんが」

それを聞いて、かなめが応じる。

「足腰は、扇売りで鍛えてるから、心配はいらないよ」

下仁田街道は、軽いのぼり坂ながら、思ったより曲がりの少ない、楽な道だった。左側の崖下を、
かすかな水音を立てながら、川が流れている。

街道沿いに、集落とは呼べぬほどの隔たりで、民家がぽつぽつとあった。

四半時も歩くと、前方に月光を浴びた、橋が見えてきた。

牛若が言ったとおり、こちら側も向かい側も、橋のたもとに番所らしき柵と、小屋が立っている。

灯は、ついていない。

牛若が足を止め、身を低くするように、合図した。

みんな道端に、うずくまる。

そこは見通しのいい、まっすぐな道だった。もし、番人が寝ずの番をしていたら、月明かりですぐ
に見つかるだろう。

そのとき、蛇の目が山側の草むらから、木立の中を延びる小道を、指さした。

「牛若の。そこに、上へ続く細い小道が、見えるぜ。たどって行きゃあ、手前の番小屋の前の山をぐ
るりと回って、向こうへ抜けられそうだ。抜けてから、川を渡る算段をした方が、楽じゃねえかい」

牛若は首を振った。

「その道にゃ、関所が仕掛けた鳴子《なるこ》さ、張り巡らしてあっと。やめた方がええべ」

「鳴子だと」

蛇の目の声が裏返り、牛若がしっと制する。

「そうじゃ。引っ掛かったとたん、鳴子はがらがら鳴るわ、鳥網は降ってくるわで、てえへんなこつになっとよ」

「それじゃ、こっちの崖から河原へおりるしか、道はねえわけだな」

藤八が言うと、牛若はうなずいた。

「そうじゃ。ほかに道はねえ」

崖をのぞいてみる。

蔦や草におおわれた、かなり急な崖だ。ところどころ、岩が顔をのぞかせている。

「こっちにゃ、番所の仕掛けはねえのか」

「とにかく、鳴子は張ってねえだよ。ただ、崖下へ落っこちるこつは、よくあるわな。じゃけん、気いつけろや」

牛若はあれこれと細かく、藤八たちに注意を促した。

三人は、言われるままに笠を取り、背中に結びつけた。

牛若は、藤八が背に負った笈を、引き受けてくれた。

けっこう重い笈だが、それを軽がると背負うところをみれば、小柄ながら力が強いことが分かる。

かなめは、両手が自由に使えるように、竹杖を帯の後ろに差し込んだ。

それから、ためらわずに裾をまくって、端を帯締めにくくりつける。

牛若はふところから、輪になった細めの綱を取り出し、首に掛けた。

「おらが踏んだのと、おんなじ岩角におめさんたちも、足を乗せるだよ。手元の出っ張った岩に、この綱を巻きつけていくけん、それにつかまっておりるんじゃ。蔦は、切れるこつもあるで、つかまらん方がええ」

そう言って、すばやく崖の縁に足を下ろすと、腹ばいになっており始める。

三間ほどおりたところで、牛若は体の動きを止め、手を振って合図した。

「おりて来なっせ」

本宿 (一)

藤八は、かなめに顎をしゃくった。

「おめえから、先におりろ」

「あいよ」

かなめが向きを変えて、崖をおり始める。

藤八もそれに続き、蛇の目の六郎兵衛がしんがりを務めた。

牛若は、岩角に綱を巻きつけながら、小刻みに斜め下の方向へ、伝わりおりて行く。

かなめは、牛若が踏んだ岩に足を乗せ、張られた綱につかまって、あとを追った。藤八と蛇の目も、それにならった。

最後に蛇の目は、牛若が巻きつけた綱をはずして、藤八の手にゆだねる。藤八とかなめは、それをすばやく手繰り寄せて、牛若に引き渡す。

もどった綱を、牛若は慣れた手つきですいすいと、次の手掛かりへ巻きつけていく。

休まず、四半時もそれを繰り返すと、藤八はさすがに汗だくになり、息が切れてきた。その様子に気づいたらしく、牛若は細長い岩棚の上で足を止めると、小声で言った。

「もうちっとで、番所の下あたりの河原に、おりられるだ。ここらで、一休みするべえ」

さすがに力が抜け、藤八は崖の斜面にもたれて、ひたいの汗をぬぐった。腰に差した竹筒を取り、かなめに手渡す。

「一口やんな」

かなめは栓を抜いて、中の水を飲んだ。

ついでに藤八も、喉を潤す。

汗をふきながら、蛇の目が言った。

「思ったより、きつうござんすね、兄貴。これなら、櫓や棹をあやつる方が、まだ楽だ」

言われてみれば、蛇の目は漁師の息子だった。

「壺振りに慣れちまったら、もう櫓や棹は扱えねえよ」

藤八が言い返すと、かなめも口を開く。

「そのとおりさ。せいぜい賭場で、舟を漕ぐのが関の山さね」

すぐには、意味が分からなかったらしく、蛇の目はきょとんとした。

それから、急に笑いだす。

藤八は、その肩をこづいた。

「声を立てるんじゃねえ。崖の上まで、聞こえるじゃねえか」

蛇の目が首を縮《すく》め、低い声であやまる。

「勘弁、勘弁。姐さんの合いの手にゃ、かないやせんぜ」

そうやって、小声でむだ口を叩きながら、百を数えるほどのあいだ、体を休めた。

牛若の合図で、また崖をくだり始める。

藤八は、疲れた足を励ましながら、かなめのあとに続いた。その足取りは、どう見ても自分より、しっかりしている。

月明かりで、かろうじて足場が見えるのが、せめてもの救いだ。これが朔日前後の新月で、星明かりもないような闇夜だったら、とてもおりられたものではない。

しだいに、川の流れが目の下に迫り、水音が大きくなった。河原を埋め尽くす石が、白っぽく光っているように見える。

崖下におり立つまでに、優に半時以上かかった。藤八も蛇の目もへとへとになり、手近の石にすわり込んだ。

かなめだけが、けろりとした様子で、周囲を見回している。疲れた様子はない。

藤八は、あきれて言った。

「おめえ、ふだん扇を売り歩いているだけで、そんなに体がじょうぶになるのか」

かなめがうそぶく。

「そうだよ。人はね、足さえ鍛えていれば、めったなことじゃへこたれないのさ。昔っから、ふくらはぎは二つ目の心の臓だって、そういうじゃないか」

「二つ目だと。おめえの心の臓は、一つで十分だろうが」

そう言いながら、藤八は顔を上げた。

夜空に浮かぶ、頭上の橋をじっくりと、ながめる。

河原からの高さは、十丈から十五丈はありそうだ。

さして広い川ではないが、橋の長さもおそらく、同じくらいはあるだろう。橋脚が見当たらないので、吊り橋に違いない。

牛若は、背負っていた藤八の笈をおろし、伝いおりた命綱を手繰り寄せて、また首にかけ回した。

その牛若へ、かなめが声をかける。

「休んでる暇はないだろう、牛若さんとやら。どこからのぼるか知らないけれど、さっさと向こう岸へ渡ろうじゃないか」

牛若が、いかにも感心したように、言い返す。

「これまで、何人も女子衆さ、案内してきたっけが、これっぽっちも弱音を吐かなんだのは、姐さんくれえのもんだわな」

それから、先に立って歩きだした。

藤八はあわてて、置き去りにされた笈を背負い、牛若のあとを追った。

かなめと蛇の目が、くすくす笑いながら、ついて来る。

牛若によると、白っぽくて明るい河原を歩けば、砂糖にたかる蟻のように目立つ。橋の両脇で、番士たちが寝ずの番をしていれば、すぐに見つかってしまう、という。

そこで四人は、崖の真下におおいかぶさる、木々の葉むらに体を隠しながら、川に沿って進んだ。石が、ごろごろ転がっているため、歩きにくいことおびただしい。そのせいで、背後の橋からなかなか遠ざかれず、藤八は焦った。

夜明けには、まだだいぶ間があるはずだが、かなり遠回りをしたはずだから、先を急がなければならない。

橋から一町ほども離れたあたりで、黒っぽい岩が寄り集まった場所に、差しかかった。

「ここなら闇に紛れて、橋から見えることもあんめえ。体さかがめて、岩陰を渡るだよ。おらっちが渡ったあとさ、渡って来るがよかんべ」

牛若はそう言って、さっさと川の中に踏み込んで行った。見ていると、そこは流れが緩やかなばかりか、深さも膝くらいまでしかない。

牛若が、向こう岸へ渡りきるのを確かめ、藤八は蛇の目を見返った。

「おい、蛇の目の。おれは、笈をしょってるから、手を貸せねえ。おめえがかなめを、背負ってやってくれねえか」

かなめが、きっとなる。

「わたしは、男衆の手を借りなくても、一人で渡れるよ。脚絆を解くから、ちょっと待っておくれな」

「あいにくだが、おめえの尻っぱしょりなぞ、見たくもねえ。だいいち、のんびりしてる暇はねえんだ。おとなしく、おぶってもらいなよ」

蛇の目が、もみ手をする。

「ようござんすとも。なりは小せえが、深川の草角力じゃあ、小結を張ったおいらだ。間違っても姐さんを、落とすこっちゃござんせんよ」

そう言って、背中の三度笠をかぶり直し、からげた道中合羽をばさり、と前に引き回した。

かなめに背を向け、しゃがみ込んで声をかける。

「いつでも、ようござんすぜ」

ためらうかなめを、藤八はせかした。

「早くしねえか。ぐずぐずしてると、夜が明けるぜ」

かなめは、やっと肚を決めたように、竹杖を藤八に渡した。

「これを頼んだよ」

そう言うなり、身をかがめて裾をまくり上げ、足を広げて蛇の目の背に、ひょいと飛び乗った。

「おっとっと」

ふらふらしながらも、蛇の目はかなめの膝裏に手をかけると、勢いよく背負い上げた。

「よござんすかい。しっかり、つかまっていなせえよ」

力強い足取りで、流れの中へ踏み込んで行く。

藤八も笈を揺すり上げ、竹杖で足元を探りながら、二人に続いた。

蛇の目は、牛若が踏み渡った場所を、しっかり覚えていたらしい。藤八があとをたどると、足場のいい浅瀬ばかりだった。

ようやく、川を渡りきる。

藤八も、かなめも蛇の目も、あたりに目を配ってから、互いに顔を見合わせた。

牛若の姿は、どこにもなかった。

藤八は、身をかがめた。

岸辺に生い茂った、葉むらをすかして見る。しかし、そこは月明かりが届かず、何も見えない。

声をひそめて、呼びかける。

「牛若の。どこにいるんだ」

耳をすましてみたが、川の音が聞こえるだけで、なんの返事もない。

藤八は、かなめの顔を見た。

かなめがささやく。

「まさか、おいてけぼりにされたんじゃ、ないだろうね」

横から、蛇の目が口を出す。

「礼金を先払いしたとすりゃあ、そういうこともありやすぜ、兄貴」

「いくらなんでも、ここまで来て消えるなんてことは、あるめえよ。関所を破る前なら、話は分かるがな」

「破る前に消えたら、取り持った旅籠の亭主に、ねじ込まれやしょうが」

なるほど、それも理屈だ。

藤八は、舌打ちをした。

「しまいまで、きちんと案内したら、色をつけてやるつもりだったのに、ばかな野郎よ」

いくらか、声を高くして言ったが、やはり応答がない。

蛇の目が、顎をしゃくる。

「牛若なんぞほっといて、さっさと行きやしょうぜ、兄貴」

「しかし、どこからのぼりゃあいいのか、分からねえぜ」

かなめはまくれた裾を直し、藤八から竹杖を取りもどした。

「とにかく崖に沿って、川上へ行くしかないだろう。明るくなったら、よじのぼれそうな崖が、見つかるんじゃないかね」

蛇の目がうなずく。

「ちげえねえ。一刻も早く、番所から離れた方が、ようがしょう」

「よし、分かった」

藤八が応じると、蛇の目は真っ先に、崖の方へ歩き出した。

かなめをせかして、藤八もあとを追う。

崖下に生え出た、木の茂みにはいったとたん、急に蛇の目が足を止めて、たたらを踏んだ。

「おっと、兄貴。これじゃ、返事がねえはずだ」

藤八は、かなめを後ろへ押しやり、蛇の目のそばに行った。

しゃがんで、のぞき込む。

なんと、牛若が手足をぶざまに広げた格好で、石の上に倒れ伏しているではないか。

「おい、牛若の」

声をかけたが、牛若は返事をせず、身じろぎもしない。だいじな命綱を、まだ首に巻きつけたままだ。

ただし、どこにも血のあとはない。

牛若の鼻に、指先を当てる。かすかながら、息をする気配が感じられた。

藤八は、ほっと息をついた。

「死んじゃあいねえようだ」

何者かに、頭か首筋をどやしつけられ、気を失っただけらしい。何も聞こえなかったのは、川音のせいだろう。

周囲に目を配りながら、蛇の目がささやく。

「だれのしわざでござんしょうね。それに、なんだって」

藤八は、それを制した。

「まあ、待て。牛若を、介抱するのが先だ」

抱き起こそうと、牛若の肩に手をかけたとき、崖下の茂みがばさり、と音を立てた。

藤八も蛇の目も、ぎくりとして身構える。

茂みを分けて、抜き身をさげた黒装束が、のっそりと出て来た。覆面をしており、顔は見えない。

「な、なんだ、てめえは」

蛇の目が、押し殺した声で問いかけると、男は覆面の下から低く応じた。

「お見かけどおりの、追いはぎさまよ。おまえたち、関所を破るからには、覚悟ができていような。おとなしく、有り金をよこした方が、身のためだぞ」

「追いはぎだと。くれてやる金なんぞ、一文もねえよ。なんなら騒ぎ立てて、番所の役人を呼んでやろうか」

蛇の目が言い返すと、男はくっくっと笑った。

「役人を呼ばれて困るのは、おまえたちの方だろう。関所破りは磔《はりつけ》と、相場が決まっておる。呼べるものなら、呼んでみよ」

蛇の目が、ぐっと詰まる。

藤八は黙ったまま、考えを巡らした。

こんなところで、追いはぎが待ち伏せしていようとは、考えもしなかった。物言いからすると、相手は侍のようだ。

しかも、そのもの慣れた手口と、身ごなしのいい裁着袴姿から、かなり年季のはいった追いはぎだ、と察しがつく。

関所破りを待ち受け、相手の弱みにつけ込んで、金をおどし取るのを習いとする、不逞の浪人者に違いあるまい。

実のところ、藤八は預かった支度金の大半を、関所へ向かう鹿角彦輔に、託してしまった。手元には、せいぜい当座の賄い分くらいしか、持っていない。

「しかたがねえ。金は、この笈の中だ。好きなだけ、持って行きなせえ」

藤八はそう言って、ゆっくりと背負った笈を下ろし、足元に置いた。

体を起こしざま、すばやく脇差の鞘を払って、白刃を男に向ける。

それを見て、蛇の目も負けじと長脇差を、引き抜いた。

「さあ、来やがれ。二本差しが怖くて、焼き豆腐が食えるかってんだ」

低い声ながら、啖呵を切ってじりじりと、詰め寄る。

男は動じなかった。

「ほほう。二人とも、威勢がいいではないか。役人に気づかれても、知らんぞ」

それにかまわず、藤八は相手を挟み撃ちにしようと、蛇の目と逆の側に、回り始めた。そのとき、二人の後ろでひっと、小さな悲鳴が上がった。

あわてて、背後を見る。

同じく、黒装束に黒覆面をした別の男が、かなめを後ろから抱きすくめ、首筋に刃物を押しつけていた。

のけぞったかなめの喉が、夜目にも白く浮き上がる。

それを見て、藤八はしまったとばかり、奥歯を嚙み締めた。うかつにも、追いはぎを一人だけだ、と思っていたのだ。

二人目の侍は、覆面からはみ出すほど、月代を野放図に伸ばした、小柄な男だった。

覆面の下で、舌なめずりでもするように、いやらしい笑いを漏らしながら、かなめの胸をぎゅっとつかむ。

「女の関所破りは、高くつくということよのう、兄弟」

そううそぶくと、最初の男がうなずいて、あとを続けた。

「そういうことだ。二人とも刀を捨てて、その笈をこっちへよこせ。さもないと、女を裸にひんむくぞ」

いやも応もない。

これ以上刃向かえば、もっとめんどうなことになる。

「分かった、分かった。もう、手向かいはしねえよ」

藤八はそう言って、手にした脇差を河原に、投げ出した。

蛇の目もくやしげに、それにならう。

藤八が笈に手をかけたとき、突然二人目の男が背後で、悲鳴を上げた。

あわてて振り向くと、男が顔を押さえて河原の石に、尻餅をつくのが見えた。

向き直ったかなめが、竹杖を両手に振りかざして、ところかまわず男の体を、叩きのめす。

男はうめきながらも、顔を押さえたまままめちゃくちゃに、刀を振り回した。

どうやら、抱きすくめられていたかなめが、竹杖の付根で後ろの男の顔を、突いたらしい。

「おのれ」

最初の男が、石を蹴散らしながら、切りかかってくる。

藤八はとっさに、捨てた脇差に飛びつき、取り上げた。

間一髪、振り下ろされた刃先を、鍔で受け止める。

男は、うむを言わせず力任せに、のしかかろうとした。

死に物狂いで、それを押し返す。

そのせつな、男が苦痛の声を上げて、たじろいだ。蛇の目が石を投げたらしく、それがまともに頭に当たったのだ。

男は、足元を乱しながら、身を引いた。

そのすきに、藤八は跳ね起きて、脇差を構え直した。

いきなり、甲高い叫び声が河原に、響き渡る。

「人殺しぃ。ひとごろしぃ」

本宿㈡

「人殺しぃ。ひとごろしぃ」

藤八は、肝をつぶした。

刀を引き、振り返る。

かなめが竹杖を投げ捨て、口に当てた手を喇叭《らっぱ》にして、声をかぎりに叫んでいるのだ。かなめはもう一度、叫び立てた。

「人殺しぃ。ひとごろしぃ」

まずい。女の悲鳴は、遠くまで届いてしまう。

藤八は焦り、前に目をもどした。

蛇の目に石をぶつけられ、後ろへ引いた浪人者は、それ以上斬りかかってこない。藤八の背後に、目を向けているようだ。

かなめが、またも同じように大声で、叫び立てる。

それを聞くと、男はいまいましげに、ののしった。

「くそ」

急いで刀を鞘に収め、もう一人の男に声をかける。

「おい、行くぞ。もたもたするな」

そう言い捨て、あたふたと崖の方へ、逃げだした。

藤八は立ち上がり、かなめの方に向き直った。

かなめが、石に足を取られながら、駆け寄って来る。

そのあいだに、かなめに顔を突かれた男は、よろよろと立ち上がった。

「覚えておれよ」

捨てぜりふを残し、仲間のあとを斜めに追って、崖の茂みへ転がり込む。

蛇の目が川下を指し、上ずった声で言った。

「あ、兄貴。あれを見なせえ」

藤八は、ため息をついた。

「ああ、おれにも見えるぜ」

かなたの、橋の上の両脇に立つ番小屋に、灯がついていた。遠くからでも、あわただしく人の動く気配が、伝わってくる。

藤八は、大急ぎで脇差を腰にもどし、笈を背負い上げた。

蛇の目と、竹杖を拾ったかなめをせかして、追いはぎたちを追うように、崖下へ走る。そのとき、ようやく息を吹き返したとみえ、牛若がそろそろと体を起こした。

とっさに、藤八は牛若を葉陰に、引っ張り込んだ。

「牛若の。だいじょうぶか」

牛若は、石の上にすわったまま頭を振り、首の後ろを押さえた。

「分かんね。だれかに、いきなりここさ、殴られただよ」

「追いはぎが、待ち伏せしていやがったのよ。かなめが、金切り声で叫んだら、逃げて行きやがった」

しかし、そのために番所の番士たちにも、気づかれてしまったのだ。

藤八は茂みをすかして、橋の様子をうかがった。

間なしに、綱らしきものが投げ落とされ、それを伝って黒い人影が次つぎと、河原におりて来るのが見える。

その機敏な動きから、こうした不時の異変に備えて、日ごろ習練を積んでいることが、察せられた。

「話してる暇はねえ。おめえはかなめを連れて、どこかに身を隠すんだ。おれたちは、あとから行く」

藤八が、牛若に言うのを聞いて、蛇の目が割り込む。

「あの追いはぎが、待ち伏せしてるかもしれやせんぜ」

かまわず、藤八は続けた。

「おめえを殴った、二人組の浪人が風を食らって、先に逃げて行きやがった。たぶん、やつらも手配されてるか何かで、つかまりたくねえらしい。どこでもいいから、だれにも見つからねえ場所に、隠れるんだ」

牛若は、もう一度頭を振ってから、うなずいた。

「分かった。隠れ場所なら、任してもらうべえ。ここから、二町ほどのぼったとこに、だれも知らねえ洞穴があるだよ」

蛇の目が、藤八の脇腹をこづく。

「兄貴。追っ手が、こっちへやって来やすぜ」

藤八はかなめを、牛若の方に押しやった。

「さあ、早く行け。あの追いはぎに、見つかるんじゃねえぞ」

「藤八さんたちは、どうするのさ」

「おれたちはここで、番士どもを食い止める。夜が明けても、おれたちが追いつかなけりゃ、先に追分宿へ向かうんだ」

「だけど」

言いかけるかなめを、藤八はさえぎった。

「だけどもくそもねえ。早く行け」

背中を押し、二人が走り出すのを見届けて、蛇の目の方に向き直る。

「いいか。よけいなことを、口にするんじゃねえぞ。おれが言うことに合わせて、ふんふんとうなずいてりゃ、それでいい」

「しかし兄貴。あの悲鳴を聞かれたんじゃ、申し開きができやせんぜ」

「出たとこ勝負だ。びくびくするねえ」

切羽詰まると、妙にくそ度胸が、わいてくるのだ。

藤八は笈をおろして、どかりと石の上に、腰を据えた。

やけくそのように、蛇の目もそれにならう。

橋の方から、番士が四、五人飛ぶように、石の上を走って来る。習練のたまものか、平地を走るのとさして変わらぬ、驚くほどの速さだ。

牛若が言ったとおり、わずかな月明かりだけでも、白い石の上を走る人影は、ひどく目立った。

一人だけ、龕灯《がんどう》を持った者がいる。

ただ、見た目よりも隔たりがあるらしく、番士たちはなかなか二人のところまで、やって来ない。

それを見て蛇の目が、思い出したように言う。

「兄貴。おいらもちょいと、いい考えが浮かびやしたぜ」

「おめえは、何も考えなくていい。どうせ、ろくな考えじゃあるめえ」

藤八が決めつけると、蛇の目は首筋を掻いた。

「ま、兄貴の才覚だけで切り抜けられりゃあ、それに越したことはありやせんがね」

ほどなく、番士たちが息を切らしながら、駆けつけて来た。

数は四人。

おのおのが、突棒《つくぼう》や袖がらみなど、捕物の三つ道具を、手にしている。

龕灯を持った番士が、その光をさっと藤八と蛇の目に、浴びせかけた。

たちまち目がくらみ、藤八はひたいの前に手をかざした。

野太い声が響く。

「関所破りめ。神妙にいたせ」

藤八は手をおろし、声のした方に向き直って、神妙に頭を下げた。

「とんでもねえ、関所破りなんかじゃあ、ござんせんよ。あっしらは、江戸を出て中山道をのぼる、旅の者でござんす。ゆうべ、碓氷のお関所の閉門に遅れてしまい、取り残されやしてね。それでやむをえず、妙義道からこの下仁田街道へ回り、裏から中山道へ抜けようと、やってまいった次第でござんす」

「ええい、黙れ。さような言い訳は、通用せぬわ。何ゆえ、われら本宿の番所を避けて、河原を抜けようとしたのだ。紛れもない、関所破りではないか」

藤八は、おおげさにのけぞってみせた。

「めっそうもねえことで。こんな真夜中に、だんながたをお起こししちゃあ、さぞご迷惑と存じやして、遠慮させていただいただけでござんす」

横手から、別の声がかかる。

「それだけではねえ。さっき、女子の声で二度か三度、人殺しと叫ぶのが聞こえたわ。その女子は、どこにおるとな」

「女子の連れなど、おりやせんよ。実を申せば、やっとここまでたどり着いたとき、追いはぎに襲われやして」

「追いはぎじゃと」

急に、しんとする。

「へい。二人組が、だんびらを振り回しやがったんで、助けを呼んだだけでござんす」

別の声がした。

「二人組とは、どんなやつらじゃ。詳しく、申してみい」

藤八は、考えるふりをした。

「暗いので、はっきりいたしやせんが、二人とも黒装束と黒覆面に、身を固めておりやした。浪人者らしい、剣呑《けんのん》な連中でござんした」

藤八の返事に、またしんとする。

すぐに、番士たちが龕灯のあたりに、集まる気配がした。

少しのあいだ小声で、何か言葉を交わしている。

ほどなくそれが途切れ、龕灯を持った男が言った。

「そやつらは、どこへ逃げた」

番頭《ばんがしら》らしき物言いだが、ほとんど訛りがない。

藤八は、自分たちが越えて来た、向こう岸を指した。

「浅瀬を渡って、あちらの崖の方へ、逃げたようでござんす。だんながたのおかげで、何も取られずにすみやした。ありがとう存じやした」

そう言って、もう一度頭を下げる。

番士たちは、またひたいを集めてひとしきり、何かささやいていた。

やがて、番頭と思われる男が言う。

「そやつらは、近ごろこの街道筋を荒らし回る、食い詰め浪人に相違ない。とはいえ、先刻聞こえた叫び声はまぎれもなく、女子のものだ。隠し立てをすると、ためにならぬぞ」

藤八は、またわざとらしく、背筋を伸ばした。

「め、めっそうもねえ。女子なんぞ、連れちゃおりやせんよ」

そう応じたとき、突然甲高い女の悲鳴が、河原に響いた。

「人殺しぃ。ひとごろしぃ」

びっくりしたように、龕灯が激しく揺れる。

しかし、すぐに光の輪が藤八からずれて、蛇の目の六郎兵衛に移った。

蛇の目が、口に当てた手を離し、かしこまって言う。

「どうも、お騒がせいたしやした。さっき悲鳴を上げたのは、このあっしでござんす」

藤八は、あっけにとられて、蛇の目の顔を見つめた。

蛇の目が、そのような女子そこのけの、甲高い声を出せるとは、夢にも思わなかった。番士の一人が、にがにがしげに吐き捨てる。

「ばか言うでねえ。男のくせして、どっからそげな声が」

途中で言いさす。

蛇の目は、まぶしそうに目を細めて、あとを続けた。

「あっしは江戸で、津軽のほうはえ節を歌わしたら、二番とはくだらぬ名人でござんす。女子のように裏声で叫び立てりゃ、番所まで届いて助けが来ると、そう思いやしてね」

藤八は、ほとほと感心して、首を振った。

草相撲の小結、と聞かされたときも驚いたが、さらに蛇の目が津軽の民謡の名人とは、考えも及ばなかった。

しかし、感心している場合ではない。

蛇の目のあとを引き取り、もっともらしく付け加える。

「そのとおりでござんす。かりに、あっしらが女連れの関所破りなら、間違っても大声で騒ぎ立てたりなんぞ、いたしやせんよ。おとなしく、追いはぎに金をくれて、事を穏便にすませやす。関所破りは磔と、承知しておりやすからね」

一息に、そうまくし立てる。

番士たちは、また顔を寄せ合って、評議を始めた。

藤八は、感心しただけではなく、蛇の目を大いに見直した。いい考えが浮かんだ、と先刻蛇の目が言ったのは、このことだったのだ、と思い当たる。

ややあって、番頭が藤八に龕灯の光を当て、おもむろに口を開く。

「その方らの在所、姓名と生業を、聞かせてもらおう」

「あっしは、江戸の市谷田町二丁目、勘十郎店に住まいする藤八、と申しやす。ご公儀御小人目付、神宮迅一郎さまのお手伝いを、いたしておりやす」

龕灯が、かすかに揺れる。

「御小人目付。その方、公儀の御用を、務めておるのか」

「さようで。ただの手先でございやすが、これでも房なしの十手を、お預かりしておりやす」

少しのあいだ沈黙があり、光が隣に動く。

「その方は」

「下総浦安在の、漁師熊五郎の次男で六郎兵衛、と申しやす。定業はその、祭りや縁日で日銭を稼ぐ、野師《やし》でござんす」

藤八は、笑いを噛み殺した。

蛇の目も、さすがにご法度の博奕打ち、とは明かせまい。

助け舟を出す。

「本業は野師でござんすが、実のところはあっしのもとで、下っ引きも務めておりやす」

すかさず蛇の目も、話を合わせてきた。

「そのとおりでござんす。言ってみりゃ、あっしもお上の御用を務めている、というわけで」

番士のあいだに、小さな笑いが起こる。

「下総浦安と申したが、江戸深川の在ではないのか」

「違いやす。深川八幡は、ただの縄張りでござんす」

また少し、間があく。

「その方らは、これほど夜を日に継いで、どこへ行く所存だ」

「へい。あっしは、京都までまいりやす」

藤八が答えると、また龕灯が向けられた。

「京都だと。何しに行くのだ」

「祇園会《ぎおんえ》の見物でござんす」

菩提寺の、長源寺に往来手形を頼んだとき、そう書いてもらったのだ。

すると、別の方からしわがれた声が、飛んできた。

「祇園会は六月じゃけん、まだ二月も先だべ。いくらなんでも、四月に行くのははちっとばかり、早すぎるんでねえか」

年寄りとみえて、かなり訛りがある。

「へい、それは承知しておりやす。実は、妹が京都祇園の京料理の店に、嫁いでおりやしてね。そこへ三月ほど骨休めに、行くつもりでござんす。ついでに、大文字の火も拝ませてもらって、江戸へもどりやす」

口からでまかせだが、そこまで調べが及ぶことは、まずあるまい。

龕灯の光が、また蛇の目に移る。

「その方も、同じか」

「いえ。あっしはその、中山道を追分から北国街道へ抜けやして、善光寺参りをするつもりでござんす」

藤八は鼻をこすり、笑いをこらえた。

手形には、そう書いてあるのだろうが、博奕打ちの善光寺参りとは、笑わせる。

しばらく、番士たち同士で話し合ったあと、番頭が言った。

「往来手形をあらためる。二人とも、明かりの前に出せ」

藤八も蛇の目も、言われたとおりにした。

どちらの手形も、二人が言ったことと相違しておらず、番士たちは黙り込んだ。

やがて、番頭が言う。

「今のところ、不審のおもむきはないようだが、詳しく詮議せねばならぬ。番所まで、足を運んでもらうぞ」

藤八はさすがに焦り、龕灯に向かって言った。

「待っておくんなせえ。疑いがはれたからにゃ、番所へ行くことはねえ、と思いやすが」

「念には念を入れよ、だ。つべこべ言わずに、ついてまいれ」

藤八は、橋を指さした。

「もしかして、あの綱をよじのぼれと、そうおっしゃるんで」

「のぼるときは、巻き上げの道具を使うゆえ、安心いたせ」

そう言ってから、番頭はほかの番士たちに、命をくだした。

「おまえたちは、念のため二人組の追いはぎを、追ってみよ。逃げたという、右岸の崖下を中心に、捜すのだ」

ついで龕灯が、別の番士に手渡される。

番士たちは、龕灯を頼りに浅瀬を探して、川を渡り始めた。

番頭に促されて、藤八と蛇の目は橋を目当てに、河原を歩きだす。

後ろから、番頭が言った。

「おれは一年前まで、江戸一橋御門の安中板倉家の上屋敷に、十三年詰めていた。しばらくぶりに、江戸者と口をきいたわ」

藤八は振り向き、月明かりに浮かぶ初老の男に、言葉を返した。

「どうりで、お言葉に土地の訛りがねえ、と思いやしたぜ」

男が、江戸詰めだったと聞いて、少し気が楽になった。

初鳥屋宿

ぎくりとする。

川下の方から、甲高い悲鳴が聞こえてきた。

勧進かなめは、洞穴の出口に体を寄せて、耳をすました。

しかし、人殺し、と長く叫んだ女の声は、一度きりだった。あとはふたたび、静寂に包まれてしまった。

背後で、牛若が言う。

「おめえさんのほかに、もう一人女子がいただかね」

かなめは、首をひねった。

「いないはずだよ。まあ、ほかにも関所破りがいるなら、別だけれどね」

「別口はねえべ。ここんとこ、関所破りをする女子は、めっきり減っただよ。案内するやつも、今じゃおらくれえしか、いねえわな。なんちっても、見つかりゃ磔だからの」

かなめは、口をつぐんだ。

牛若が案内した隠れ場所は、追いはぎに襲われた河原から、二町ほど川上にのぼった、崖下にあった。鬱蒼とした茂みの中の、岩で囲まれた洞穴だ。

入り口は、しゃがまなければはいれぬほど、低くて小さい。しかし、中は両腕をぐるりと回しても、壁に手が触れないほど広かった。

かなめは、牛若に聞いた。

「ところで、さっきの追いはぎに、心当たりはないのかい」

「なくもねえだよ。おおかた、信州の方からやって来た、食い詰め浪人だべな。中山道沿いに、村や旅人を襲って金品をかっさらう、悪党の一味がいるだよ。そいつらの仲間に、ちげえねえべ」

「おまえさんも、もう少し用心しなきゃ、いけなかったね」

かなめが苦言を呈すると、牛若は闇の中でかすかに、身じろぎした。

「だけんど、やつらはめったに上州まで、はいって来ねえだ。来るとしたって、国境をちっと越えるくれえさ。それが、こんなとこまでのして来るとは、中山道もよっぽどご詮議が、きつくなったんだべなあ」

そう言ってから、牛若はかなめを出口から、押しのけた。

外の闇をのぞいて、あとを続ける。

「おらがちっと、様子を見てくるだ。こっから出るでねえぞ」

そう言い残すと、穴をくぐって外へ姿を消した。

かなめは竹杖を握り締め、考えを巡らした。われ知らず、身震いする。

先刻、後ろから抱きすくめてきた賊の顔を、竹杖の付け根で後ろざまに突いたのは、考えてやったことではない。

だいじな乳を、いきなりわしづかみにされて、かっと頭に血がのぼった。それで、とっさに竹杖で相手の顔を、突いてやったのだ。

その手ごたえから、男の左の目をつぶしたようだが、あれで少しは懲りただろう。

もっとも、大声で人殺しと叫んだのは、少々軽率だったかもしれない。それも二度、三度と繰り返したのは、やりすぎだった気がする。

しかし、あのままでは藤八も蛇の目も、初めに姿を現したあの黒装束に、斬られる恐れがあった。

二人目の男はさておいて、最初の男はかなり腕が立つ、とすぐに分かった。声を立てる隙も与えず、一撃で牛若を昏倒《こんとう》させたわざは、ただ者ではない。

腕に覚えのない者ほど、やみくもに人を斬ろうとして、殺気をみなぎらせる。逆に、いつでも相手を倒す腕を持つ者は、むやみに刀を振り回したりしない。

彦輔に言わせれば、それを見極めるのが、相手と一戦を交える際の、勘どころらしい。そもそも彦輔は、相手が自分より強そうだと見れば、それとなく敵意をはぐらかして、刃を交えるのを避けようとする、ずるがしこいところがある。

道連れの仕事のさなかにも、相手の腕が立つと分かると、正面からは戦わないという。なんとか、相手の斬り込みを交わしつつ、雇い主が安全なところへ逃げるまで、時を稼ぐそうだ。

その上で、自分もさっさと退散するのが、長生きのいちばんの秘訣《ひけつ》だ、とうそぶく。冗談なのかまじめなのか、かなめには分からない。

ただ、これまで道連れの仕事で、しくじったことがないところをみると、あながちでまかせでもないのだろう。

ともかく、番所の番士が駆けつけてくれれば、追いはぎたちは逃げて行くはずだ、というのがかなめの目算だった。

それに、自分さえその場に残っていなければ、藤八も蛇の目も往来手形を持っているから、〈急度《きつと》叱り〉くらいで収まるはずだ。

そのためには、何よりかなめ自身が無事に、逃げおおせなければならない。

たとえ悲鳴が聞こえても、肝腎の女が見つからなければ、番所も藤八たちを罪には、問えないだろう。

それにしても、たった今川下から聞こえた悲鳴は、だれのものなのか。ほかに、女がいた形跡はないし、わけが分からなかった。

そのとき、牛若がもどって来る気配がしたので、かなめはわれに返った。

くぐり口から、牛若のささやく声がする。

「番士が一人、弁慶たち二人を橋の番所さ、連れて行ったみてえだ」

弁慶とは、先刻牛若と落ち合うときに使った、藤八の合図の呼び名だ。

かなめは、唇を嚙み締めた。

「わたしが、ここに見つからずにいるのに、なんだって連れて行かれるんだろう」

「分からねえだ。まあ、女子の悲鳴が聞こえたら、番所もそのまま放免するわけにも、いかんべよ。説教食らうくれえは、覚悟しなきゃなるめえ」

「説教だけなら、いいけどね」

不安に、胸が詰まる。

「それより、ほかの番士たちが向こう岸へ、渡って行ったようじゃ。おめえさんか、追いはぎどもを探してるだべ。今のうちに、こっちの崖をのぼるべな。ついでだから、夜が明けるころまで、ついてってやるだよ」

かなめは、ためらった。

藤八は、夜が明けても追いつかなかったら、先に追分宿へ行けと言った。

この分では、藤八も蛇の目も明るくなるまで、橋の番所に留め置かれるだろう。

気は引けるが、関所を破った身としては一刻も早く、この場を離れた方がよさそうだ。かなめは腰をかがめて、くぐり口から洞穴を出た。

外にいた牛若に言う。

「間違っても、先に逃げた追いはぎたちに、見つからないようにしておくれよ」

「案じることたあねえだ。このあたりの道は、連中よりおらの方が、詳しいだよ」

「どこから、上の道へ上がるんだい」

「この先に、おらが縄梯子を垂らしたとこが、あるだよ。追いはぎどもは、川に沿って河原をだいぶ先まで、逃げたにちげえねえ。梯子なしに、楽にのぼれるとこまで、十町はあるだ。おらたちは、縄梯子ですぐに上さのぼって、抜け道を行くだよ」

かなめは肚を決め、牛若のあとについて、歩きだした。

一時半ほどのち。

ようやく、東の空が白み始めるころ、かなめと牛若は大きな村落に着いた。

途中、険しい山道ものぼり、小さな村も通り抜けたが、さいわい例の浪人たちには、出くわさずにすんだ。

その村落は、〈はつとや〉という名前で、牛若によれば〈初鳥屋〉と書くそうだ。大きいといっても、中山道の宿場に比べれば、はるかに小さい村落だった。

かなめと牛若は、最初に見つけた茶屋にはいり、そこで腹ごしらえをした。

そのあと、かなめは牛若に一分金を渡して、土地の女が身につける古着を、手に入れてもらった。

茶屋の奥で着替え、それまで着ていたものは小さく畳んで、ほかの荷物と一緒にする。次いで、消し炭と土で顔や手足をよごし、醬油で煮しめたような手ぬぐいで、髪をおおった。菅笠は捨てた。

それから牛若に心付けを与え、帰る途中で藤八たちに出会ったら、かなめは土地の女に身なりを変えて、中山道へ向かったと伝えるように、頼んだ。


東の空が、明るみ始める。

めくぼの藤八は、後ろを歩く蛇の目の六郎兵衛を、振り向いた。

「そろそろ、夜が明けるぜ。急ごうじゃねえか」

「あれだけ、時をとられたんじゃ、とても姐さんにゃあ、追いつけやせんぜ」

二人は本宿の番屋で、しつこい詮議を受けた。往来手形のおかげで、なんとか関所破りの罪は免れたが、こってりと油を絞られた。

「それにしても、かなめが上げたあの悲鳴を、おめえが代わって叫んでみせたのにゃあ、驚いたぜ。あんな隠し芸を、持っていたとはなあ」

藤八が言うと、蛇の目は照れ笑いをした。

「おいらは、器用なのが取り柄でござんしてね。ただ、その器用に貧乏がつくのが、玉にきずなんで」

「それはともかく、かなめがあの追いはぎたちに、万が一にもとっつかまったら、目も当てられねえ。先を急ごうぜ」

例の、二人の浪人を追った番士たちは、藤八たちの詮議が終わらぬうちに、むなしく手ぶらでもどって来た。藤八が、あえて連中の逃げたのと、逆の方向を教えたせいだ。

正直に告げれば、かなめや牛若と同じ崖へ、追っ手を向かわせることになる。それを避けるために、逆を教えたのだった。

蛇の目を従えて、藤八は半ば駆けるように、道を急いだ。

日がのぼったようだが、厚い雲でも出ているのか、葉陰から日の光は漏れてこない。陰鬱なたたずまいのままだ。

道がしだいに、のぼり坂に変わった。

ときどき、背負子《しょいこ》を背負ったきこりや、荷駄を積んだ馬を引く馬子《まご》と、すれ違う。挨拶を交わすのが、いくらか気晴らしになった。

山道には石が転がり、しばらく雨も降っていないとみえて、ときどき砂ぼこりが立つ。道はくねくねと曲がり、両側には木立が続いている。

日は当たらないが、休まず急ぎ足で歩いたせいで、さすがに汗が出てきた。

曲がり角の、少し手前の道端に太さ一尺を超える、倒木が横たわっている。以前、大風にでも吹き倒されたまま、放置されたものらしい。

藤八は、顎をしゃくった。

「おい、あそこでちょいと、休んで行こうぜ」

蛇の目と並んで、倒木に腰を下ろし、菅笠を取った。

そろって、竹筒の水を飲む。

「このまま道なりに行くと、また中山道に出るはずだ。おめえは前に、通ったことがあるんだろう」

藤八が言うと、蛇の目はうなずいた。

「へい。一度だけでござんすがね。中山道のどこへ出たか、忘れちまいやしたが」

「道中案内によると、沓掛《くつかけ》宿と追分《おいわけ》宿のあいだの、借宿というところに出るらしい」

蛇の目が手を打つ。

「そう、そう、借宿だ。思い出しやしたぜ」

「そこへ行くまで、この裏街道にゃあ、宿場はねえのかい」

「中山道ほどじゃねえが、途中に初鳥屋という、小さな宿場がござんす」

確かに初鳥屋の名は、道中案内にも載っていた。

「そこまで、どれくらいだ」

「道のりにして、あと二、三十町ってとこでござんしょう」

「そうか。それじゃあ、とにかくそこまで行って、一息入れるとしようぜ」

二人は倒木から腰をあげ、木々におおわれた薄暗い山道を、また歩きだした。

道は、さらに爪先上がりになり、なおもあちこちにくねりだす。やがて、どの方角に歩いているのか、分からなくなった。

木々の枝が、鬱蒼と頭上にかぶさってくる。化け物でも出そうな暗さに、つい足が速まる。

そのうち、甘ったるい妙なにおいが、鼻先に漂い始めた。

藤八が口を開こうとすると、いきなり上の方から手の甲に、冷たいものが落ちてきた。

「おい、とうとう降り出したようだぜ、蛇の目の」

蛇の目も応じる。

「おいらの合羽にも、ぽつぽつ降ってきやしたぜ」

藤八は、にわかに鋭い痛みを感じて、手首を探った。

すると、手甲と手首の隙間の肌に、ぬるりとした妙な手ざわりがあり、ぎょっとする。取ろうとしたが、べたりと張りついたままで、なかなか取れない。

「ひえっ」

背後から、突拍子もない蛇の目の声が、飛んでくる。

振り向くと、蛇の目の道中合羽の上に、奇妙な模様ができている。あちこちに、長さ二寸ほどの黒光りするものが、張りついているのだ。

「くそ、なんだ、こりゃ」

悪態をつきながら、蛇の目がそれを取ろうとするが、なかなかはがれない。

藤八は、道中案内にあった心得書きを、はっと思い出した。

これは、雨ではない。

「おい。そいつは、山蛭《やまびる》だ。体につくと、血を吸われるぞ。すぐに、ここを抜けようぜ」

そう言い捨て、手首についた山蛭もそのままに、脱兎のごとく走りだした。

蛇の目もあわてて、合羽をばたばた鳴らしながら、あとを追って来る。

藤八は、手にした笠を頭上にかざし、がむしゃらに駆け続けた。

そのあいだにも、笠や肩口にぼとりぼとりと、山蛭が落ちてくる。やられた手首が、ちぎれるほど痛い。

ようやく森を抜け、開けたところへ出た。

藤八も蛇の目も、道端の草地に頭から、転がり込んだ。

蛇の目が、道中合羽を道端に投げ出し、藤八が手甲を取りはずすのに、手を貸す。

藤八は、吸いついた山蛭をぐいとつかみ、引きはがした。まるで、焼きごてを当てられたような、ひどい痛みだった。

「くそ」

その山蛭を、かたわらの木立へ投げ捨てたとき、道の先からだれかがやって来た。

見ると、野良着を着て手ぬぐいをかぶった、土地の者らしき女だった。声をかけるまでもなく、その女がそばに駆け寄って来て、大きな声で言う。

「どうしたのさ、二人とも」

黒く汚れたその顔を見て、藤八は驚いた。

勧進かなめだった。

「どうした、勧進の。先へ行ったんじゃねえのか。それに、その格好は、なんだ」

かなめが、顎を引く。

「牛若に頼んで、なりを変えたのさ。先へ行こうと思ったけれど、やっぱり心配になってね、もどって来たんだよ。それより、いったいどうしたというのさ、藤八さん」

藤八はわれに返って、手首を突き出した。

「こいつを見てくれ。山蛭に、吸いつかれたのよ。痛えのなんの、血が止まらねえんだ」

それを見るなり、かなめは眉をひそめた。

「ちょいとお待ち」

そう言って、背中の風呂敷包みを下ろし、草の上に広げる。

道端の藁屑を拾い、山蛭に吸われた藤八の手首を、きつく縛った。

竹筒の水を、口に含んで何度かゆすぎ、ちぎったさらしに勢いよく、吹きかける。

それを、ぎざぎざに裂けた傷口に、押し当てた。

ひやりとしみたものの、少しすると不思議に痛みが、弱まってくる。

かなめは、同じさらしで藤八の手首をこすり、こびりついた血をふき取った。血で汚れた手首が、見るみるきれいになる。

流れ出ていた血も、ぴたりと止まった。

藤八は感心して、かなめの顔を見た。

「おめえ、こんな手当てを、どこで覚えたんだ」

かなめは、ちょっとためらってから、口を開いた。

「昔、東海道の蒲原宿にいたころ、お女郎衆に教わったのさ」

藤八は、口をつぐんだ。

かなめは若いころ、わけがあって蒲原宿の旅籠で、飯盛り女をしていたのだ。

かなめが続ける。

「なぜだか、わたしも知らないけれど、女子が口をゆすいだ水でぬぐうと、山蛭に吸われた血が止まって、きれいにふき取れると、そう教えられたのさ」

藤八は、唾をのんだ。

「そいつは、奇妙だ。男がゆすいだ水じゃあ、だめなのか」

「だめらしいよ。わたしも、試したのはこれが初めてだから、ほんとうかどうか分からないけれど」

蛇の目が、藤八の手首を指して言う。

「おいらも初耳だが、確かに血が止まりやしたぜ。こいつは、覚えておいて損はねえや」

三人がかりで、あちこちに張りついた山蛭に砂をかけ、苦労してこそげ落とした。

中には、着物の上から血を吸ったやつもおり、藤八の腕や肩にいくつか、赤黒いあざが残っていた。

「おれも、うかつだった。道中案内の心得書きに、山蛭のことが書いてあったのよ。同じ夏でも、山蛭は晴れた日にゃあ落ちてこねえが、曇った湿っぽい日に限って、落ちてくるとな。江戸を出てから、これまでずっと天気がよかったから、すっかり忘れていたぜ」

藤八がぼやくと、かなめが思い出したように、口を開く。

「それはそうと、よく逃げて来られたねえ、二人とも。わたしはね、女が何度も大声で叫んだら、きっと番所が助けに来てくれると、そう思ったんだよ」

藤八は、苦笑いをした。

「まあ、確かに番士たちが駆けつけて来て、助かったことは助かったがな」

蛇の目が割り込む。

「ただ、そのあとがいけなかった。姐さんの悲鳴で、番所の連中はおいらたちと一緒に、関所破りの女がいたに違いねえと、そう勘ぐりやしてね」

「勘ぐりじゃなくて、そのとおりじゃないか。さぞかし、たいへんだったろうねえ」

その、ひとごとのような物言いに、藤八は渋い顔をした。

「たいへんどころじゃなかったぜ、勧進の。夜が明けるまで、たっぷり油を絞られてよ」

「でも、わたしと牛若が逃げたあとで、別の女の悲鳴が聞こえたんだよ。あれは、だれだったんだろうね」

蛇の目が、鼻をこする。

「ありゃあ、おいらでござんすよ、姐さん。甲高い声を出すのは、おいらの得手でござんしてね。案の定番所の連中は、てっきりおいらの悲鳴だと信じ込んで、あの二人組の追いはぎを、追って行きやした」

かなめが、あきれ顔をする。

「やはり田舎のお役人は、お人よしだねえ」

蛇の目は、藤八を見た。

「それより、兄貴。こんなとこで、ぐずぐずしてる場合じゃねえ。とりあえず、初鳥屋まで行きやしょうぜ」

「おっと、そのとおりだ」

藤八が、あわてて立ち上がると、かなめもそれに続く。

三人は荷物をまとめて、街道をまた歩きだした。

曲がりくねった、かなり険しい坂道が、途切れもなく続く。しかも、途中から日が差し始めて、三人とも汗だくになった。

たいした道のりではなかったが、のぼり坂と曲がりくねった山道のために、思ったより時がかかった。

初鳥屋に着いたときは、朝四つを過ぎており、三人ともすっかり疲れ果てていた。最初の茶屋は、かなめと牛若が休んだ店だとかで、そこで早めの中食をとることにした。

すでに、一働きすませた土地の者たちが、あちこちで弁当を使っている。

そこにいる者はみな、藤八たちのいでたちや口のきき方で、すぐに旅の江戸者と察したに違いない。

その二人と、土地の女に身をやつしたかなめは、どう見てもちぐはぐな取り合わせだ。店のだれもが、好奇の目を隠さなかった。

茶屋の外には、のんびり草をはむ馬や牛が、つないである。鶏が、にぎやかに鳴きながら、あちこちを駆け回る。

きこりや、猟師らしき男たちに交じって、釣竿と魚籠《びく》を持った者がいた。おそらく、街道沿いの川で魚を釣り、それを売って稼ぎにするのだろう。

その獲物らしい、串に刺したやまめが、麦飯と一緒に出てきた。

それに箸をつけながら、藤八は小声でかなめに、番所での話をした。

「番頭は田中一郎太という、安中板倉家の家士でな。一年半前まで、江戸の一橋御門の上屋敷に、十三年ばかり詰めていたそうだ。実を言うと、ご詮議の後ろ半分は江戸の話で、盛り上がったのよ」

正直に言うと、かなめは横目で藤八をにらんだ。

「やっぱり。そんなことだと思ったよ。おまえさんたちは、ちゃんと往来手形を持ってるんだし、大目に見てもらっていいはずさ」

そう言ってから、ふと眉を寄せて続ける。

「それより、あの追いはぎの浪人者のことを、何か言ってなかったかい。わたしは、二人のうちの一人の目を、つぶしてやったからね。もし、またどこかで出会ったら、ただじゃすまないだろう」

藤八はうなずいた。

「おれも、それを聞いてみた。田中一郎太とやらによると、おれとやり合ったやつは望月重兵衛、おめえに目をつぶされたやつは、樋口兵庫というらしい。信州が根城だそうだから、国境を越えたらどこで出会うか、知れたもんじゃねえ。顔と名前を、しっかり覚えておこうぜ」

「あいよ。今度悪さをしたら、目だけじゃすまないことを、思い知らせてやるから」

「おいおい。あんまり、調子に乗るんじゃねえぜ、勧進の。おれたちは、あくまで鹿角の旦那の、付き添いだからな」

かなめは、顎を引いた。

「付き添いじゃなくて、お目付役だろう。だって、藤八さんはお小人目付の、神宮の旦那の御用を、務めてるんだから」

「そりゃそうだが、今度ばかりはそうもいかねえよ。なにしろ、これがどういう仕事なのか、さっぱり分からねえんだからな」

藤八が正直に言うと、かなめは右手に箸を持ったまま、人差し指をこめかみに当てた。

「それにしても、あの菊野さんというのは、いったいどんな素性のお人なんだろうね。触れ込みは、坂田藤十郎さまの妹御だそうだけれど、ちょいとお品がよすぎるよ」

急に、声をひそめて続ける。

「それに、ほんとうに口が、きけないのかねえ。どう思う、藤八さん」

藤八は指を立てて、ささやいた。

「おいおい、勧進の。土地女のなりをして、ぺらぺら江戸弁をしゃべるんじゃねえ。みんな、妙な顔をしてるぜ」

かなめは、箸を置いた。

「ほんとうだ。考えてみたら、おまえさんたちとも会えたことだし、もうこんななりをしなくても、いいかもしれないね」

「そうだな。その黒い顔も、なんとかしねえとな。せっかくの別嬪が、だいなしだぜ」

「そういうおせじは、藤八さんらしくないよ」

蛇の目が、口を挟む。

「いっそ、風呂にでもはいったら、どうでござんす」

それを聞いて、藤八はかなめを見た。

「そりゃあ、いい考えだ。おれたちはみんな、ゆうべっから眠ってねえ。いっそ、今からこの村で宿をとって、ゆっくりするってのはどうだ」

かなめが、頬に手を当てる。

「追分の宿場で、彦さんたちと落ち合うんだろう。遅れなけりゃ、いいけれど」

「落ち合うのは、あしたの夕方だ。これから先、ずっと山道続きだが、きょうゆっくり休みゃあ、元気も出るだろう」

蛇の目が手を打つ。

「それで決まった。おいらもきょうは、くたくたなんでね。さっそく、一眠りしやしょうぜ」

三人は、大急ぎで飯を掻き込み、茶屋をあとにした。

ほどなく鶴屋という、中山道の宿場にも見劣りしない、りっぱな旅籠が見つかった。

碓氷関所

四月七日。

しだいに、東の空が明るさを増して、遠い山の端にようやく日が、顔を出した。

碓氷関所を差配する、安中板倉家の物頭《ものがしら》石倉平九郎は、円座の上ですわり直した。

木戸が開いてから、すでに四半時がたつのに、まだ体が温まらない。

山中のこととて、初夏とはいえ早朝は肌寒く、板の間も冷えたままだ。

たった今、善光寺参りをするという、高崎の油問屋の隠居夫婦を、通らせたところだった。

夫婦は、正面の石段から東西の木戸をつなぐ、広い通路へおりて行った。

それを見送り、平九郎は気を取り直して、控えの番士に声をかけた。

「次」

それに応じて、番士が待ち合い小屋の引き戸をあけ、中へ呼びかける。

「次、出ませい」

その声に応じて、男と女の三人連れが、小屋から出て来た。

いずれも、笠を取っている。

先に立つのは、月代を長く伸ばした、浪人体の侍だった。

三十歳くらいか、背丈のある痩せ形の男で、大股に悠々と歩いて来る。大刀は、番士が預かるために、脇差しかつけていない。

その後ろにいるのは、四十歳前後と思われる、ずんぐりした体つきの、厚化粧の女だった。

慣れぬ草鞋で、まめでもこしらえたのか、少し足を引きずっている。

しんがりに立つのは、元服前あるいは直後という年ごろの、若衆姿の美少年だった。

平九郎は、あまりに整ったその眉目《みめ》かたちに、一瞬見とれてしまった。

しかし、よく見ればしなやかな体つきや、楚々とした歩き方からして、男ではないことが、すぐに分かった。

このような華奢な美形が、男であるはずはない。

出女に厳しいことから、ときたま男になりすまして、関所を通り抜けようとする女が、いないではない。

とはいえ、今どきそんな姑息な手にだまされるような、甘い関所はどこにもない。たっぷりと、お灸を据えてやらねばなるまい。

三人連れは、白州に敷かれた毛氈の上に、並んですわった。

番士が、浪人体の侍から書付を受け取って、平九郎に差し出す。

平九郎は、その関所手形を開いて、目を落とした。

男は、公儀若年寄支配、徒目付鹿角半四郎三男、彦輔、三十歳。

それを見て、虚をつかれた。

見かけは、浪人者の風体をしているが、れっきとした御家人の家柄と分かって、いささか当惑する。

気を取り直して、平九郎は先を読み進んだ。

厚化粧の女は、下総大見川淵田家江戸屋敷留守居役、木下仙右衛門長女、りく、三十八歳。

大見川淵田家は、わずか二万石の知行高とはいえ、三河以来の譜代の名家だ。

三人目を見て、平九郎はまたも驚き、口を引き結んだ。

小女、同家江戸屋敷詰普請役坂田藤十郎妹、菊野、十五歳、とある。

てっきり、女子が若衆になりすましたものと、そう思い込んでいた。

しかし手形には、まさしく元服前の〈小女〉、と書き入れてある。男といつわれば別だが、これではとがめようがない。

書き判と印形から、公儀留守居役五人のうちの一人、室賀山城守正頼が給付したもの、と分かる。

どう見ても、にせものではない。

書付を広げたまま、平九郎は鹿角彦輔をじろり、と見た。

ゆっくりと言う。

「念のため、そこもとご自身の口から、お家の役回りとご姓名を、うかがおう」

彦輔は、頬の筋一つ動かさずに、低い声で応じた。

「それがしの父は、鹿角半四郎と申し、ご公儀徒目付を務めております。それがしは三男の、鹿角彦輔でござる。いわゆる厄介者にて、町屋で一人暮らしをいたしております」

「町屋暮らし、とな。して、暮らし向きは親がかり、ということでござるか」

めったに、そこまで聞くことはないが、なぜか気になって尋ねる。

彦輔は、口元にかすかな笑みを浮かべ、ためらう様子もなく応じた。

「いや。親の厄介には、なっておりませぬ。道連れの仕事で、たつきを立てております」

「道連れの仕事、とは」

「ご府内の女子や、年寄りが遠出をするおりに、無事に行き帰りできるよう、付き添う仕事でござる。平たく申せば、用心棒のようなものでございます」

平九郎は、書付を見直した。

「こたびの京都行きも、その道連れの仕事でござるか」

「いかにも。そこに記されているとおり、ここに控える二人の女子を京都まで、送り届ける仕事でござる」

平九郎は、わざとむずかしい顔を、こしらえた。

「手形の記載によると、それなる坂田菊野の行儀見習いのため、とあるが」

「さようでござる」

彦輔が答えるとともに、坂田菊野がこくり、とうなずく。

そのしぐさを見て、平九郎はまた書付に、目を落とした。

菊野については、言葉は話せぬが耳は聞こえる、と添え書きがしてある。

「これによれば、菊野は口をきけぬが、ひとの申すことは聞き取れる、とのこと。聾唖の者で、どちらか一方が子細なしという例は、寡聞にして存知せぬが、まことでござるか」

彦輔の目が、小ばかにしたように、きらりと光った。

「話せることは、いくらでもあかしを立てられますが、口をきけぬあかしを立てるのは、至難のわざでござる」

そう言ってから、菊野に話しかける。

「菊野どの。例のものを」

すると、菊野はふところに手を差し入れ、別の書付を取り出した。確かに、耳は聞こえるようだ。

番士がそれを受け取り、平九郎のもとへ運んで来る。

その書付は、公儀の奥医師土生玄碩《はぶげんせき》がしたためた、菊野の診立て書だった。

それによると、菊野は幼いころの熱病がもとで、声を出すのに必須の喉の襞に、重篤な不都合が生じたため、言語が発せられなくなった、とある。

陪臣の女子のために、公儀奥医師がわざわざ診立て書を書くとは、あまり例のないことだ。

平九郎は、診立て書を折り畳み、番士を通じて菊野にもどした。

あらためて聞く。

「行儀見習いとは、いずれかの公家の屋敷にはいって、教えを受ける含みでござるか」

平九郎の問いに、りくが彦輔を差し置いて、口を開いた。

「恐れながら、申し上げます。わたくしは、菊野さまの御側付を相勤める、りくと申す者でございます。仰せのとおり、いずれかのお公家さまのお屋敷において、行儀見習いをいたす所存でございます。なにとぞ、よろしくお取りはからいのほど、お願い申し上げまする」

そう言って、深ぶかと平伏する。

彦輔も菊野も、少しあわてた風情で、頭を下げた。

頃合いを計ったように、番士が改女を連れ出して来る。

この分では、三人になんの不都合も、見つかるまい。

平九郎は言った。

「この手形の、預かり証を下げ渡す。福島の関所でも、提示されるがよかろう」

そのまま、席を立つ。

坂本宿

行く手に、高い峠が立ちふさがる。

鹿角彦輔は菊野、りくとともに、碓氷の関所を無事に通り抜けて、四半時ほど歩いた。ほどなく、薬師坂という急坂にぶつかった。

安中から、松井田へ向かう途中、逢坂という険しい坂があったが、それに劣らぬ胸突きの急坂だった。

もっとも、江戸から上州のはずれまで、それだけ長く平坦な道が続いた、ということでもある。

薬師坂を越えると、道はふたたび緩やかになった。全体にのぼり方向だが、息が切れるほどではない。

坂本宿に近づくにつれ、その向こうに頭の丸い奇妙な山が、のし上がってきた。椀を伏せたような、おもしろい形の山だ。

めくぼの藤八から、別れる前に見せられた道中案内には、羽根石山としてあった。

りくが足を止め、身をそらしてその山を眺める。

「鹿角どの。あの山が、碓氷峠でございますか」

「いや。あれは、羽根石山という山で、碓氷峠の、いわば前座でござるよ。真打ちは、さらにその奥に、控えております」

彦輔の返答に、りくの肩が目に見えて力なく、すとんと落ちた。

それに気づいたのか、菊野がりくの足元を手で示して、彦輔に小さくうなずきかける。そういえば、前夜松井田宿に着くころから、りくは右足をあまり上げずに、歩くようになっていた。わけを聞くと、足の裏にまめができたのだ、という。

そのため、今朝がた宿を立つ前に、何かのまじないを唱えたそうだ。そんなものが、効くはずはないと思いながら、彦輔も口には出さなかった。

当然ながら、効き目がなかったとみえて、足の具合が前日よりよくなった、という気配は感じられない。

ともかく、このままほうっておくわけに、いかないだろう。

「足はだいじょうぶか、おりくどの」

彦輔が声をかけると、りくは振り向かずに応じた。

「大事ございませぬ。坂本宿で少々休みをとれば、よくなりましょう」

松井田から坂本まで、およそ二里半ほどの道のりだが、関所改めとのぼり坂のせいで、かなり時をついやした。

この先も、まだだいぶある。

りくは、気丈にも竹杖にすがって、ふたたび坂道をのぼり始めた。

弱音こそ吐かぬものの、その足取りはたどたどしく、痛いたしい。しまいには、とうとう右足を引きずって、歩くようになった。

彦輔も菊野も、両側から手を貸そうとしたが、りくはかたくなにそれをこばむ。

ようやく、坂本宿の下手の木戸が見えたときは、すでに朝四つ半を回っていた。

宿場は、中山道沿いにまっすぐ延びており、真正面に鎮座する羽根石山が、ずんと眼前に迫ってきた。新緑に包まれた、針坊主に似た山だ。

街道の真ん中、そして北側の裏手、南側の裏手の三カ所に、用水路がある。一つの宿場に、三本もの用水が流れるのは、かなり珍しい。

それだけに、家並みのきれいにそろった、居心地のよさそうな宿場町だ。

そうでなくても坂本宿は、碓氷峠と関所に挟まれた場所に位置するため、のぼりにせよくだりにせよ、ここに宿を求める旅人が多いという。

藤八の道中案内によれば、旅籠の数も四十軒と、前後の松井田と軽井沢に比べて、はるかに多い。しかも本陣と脇本陣が、ともに二軒ずつそろっているのは、参勤交代で大名家が二組以上、重なることがあるからだという。

そろそろ昼に近いが、宿場はまだ静かだった。

彦輔たちは、上手側の本陣のそばの、〈油や〉という一膳飯屋を、のぞいてみた。

さいわい、だれもいない奥の板の間に、席が取れた。

名物と称する、上州うんどんとやらを、注文する。

菊野もりくも、よほど腹をすかしていたとみえ、うんどん一本残さず、つゆまできれいに飲み干した。

一息入れて、彦輔は言った。

「りくどの。見たところ、その右足の様子では、碓氷峠はおろか羽根石山も、越えられまい。いささか早いが、この宿場でもう一泊して、英気を養ったらいかがでござるか」

りくは、例のごとくきっとなって、背筋をぴんと伸ばした。

「お心遣いは、無用でございます。今朝がた用いた塗り薬が、効いてまいりました。きょうのうちに、軽井沢まで足を延ばしましょうぞ」

彦輔は、顎を引いた。

「塗り薬。今朝ほどは、まじないを唱えたと、そう言われたはずだが」

「あれは、言葉のあや。わたくしも、まじないを信ずるほど、子供ではございませぬ」

「いずれにせよ、このまま旅を続けるのは無謀、というもの。控えられたがよかろう」

「次の軽井沢宿まで、どれほどの道のりでございますか」

あくまで、行く気のようだ。

「この先に、碓氷峠が控えるゆえ、ざっと三里ほどになりましょうな。平地ならばともかく、男でも一時半から二時はかかるという、長丁場でござる」

三里と聞くと、りくはさすがに頰をこわばらせたが、胸を張って言う。

「三里の道のりなど、どうということはございませぬ」

「途中でまめが破れたら、どうなさるおつもりだ」

「中の悪汁が出れば、治りが早まりましょう」

あまりの頑固さに、彦輔は当惑した。

もし、りくが山中で歩けなくなったら、迷惑するのはこちらだ。

さりげなく、菊野に目を向ける。

菊野も、さすがに不安げな表情になって、小さく首を横に振る。

それを見て、りくが言った。

「菊野さま。ご案じなさいますな。たとえまめがつぶれようとて、命に別条はないこと」

彦輔は、割ってはいった。

「そうはいかぬ。傷口から、病毒が中にはいって、万が一にも膿んだりすれば、大事にいたるでござろう。足を引きずるどころか、立つこともかなわぬように、なりましょうな」

それでも、りくは引かなかった。

「あすの夕刻、藤八どのと追分宿で落ち合うためには、きょうのうちに軽井沢にはいらねば、間に合いませぬぞ」

確かに、裏街道を行く藤八たちとは、そのように手筈を決めてある。しかし、一日二日遅れたところで、どうということはない。

「かりに、りくどのに万一のことがあれば、それがし一人で、菊野さんのめんどうをみなければならぬ。何が起こるか、知れたものではないぞ」

そう威しをかけると、強気一点張りのりくも、さすがに返す言葉を失ったごとく、口をつぐんだ。

こうなったら、奥の手を出すしかない。

彦輔は続けた。

「どうしても、先を急ぐと言い張るご所存ならば、それがしがまめを治す秘術を、施して進ぜよう」

りくは、目をむいて言った。

「秘術とな。さようなものがあるなら、さっそくにも試してみてくだされ」

「いかにも。まずは足袋を脱いで、右足を出されるがよい」

りくは驚き、すわったまますさった。

「何を仰せられる。こうした人目のあるところで、さようなはしたないことを」

それに取り合わず、彦輔は立ち上がった。

「秘術と申しても、まじないのたぐいではない。まめそのものを、手当てするのでござるよ」

そう言って、隅に置かれた衝立を、席のそばに引いて来る。

それを立て回して、座台の並ぶ土間の目を、さえぎった。

彦輔は、菊野を見て言った。

「糸と針を、貸してくれぬか。それに、懐紙とさらしを少々、用意してもらいたい」

菊野は、そばに置いた小葛籠を、引き寄せた。

中から、彦輔が言いつけた針や糸を、手際よく取り出す。

そのあいだに彦輔は、自分の矢立てを引き抜き、墨壺を開いた。そこへ、冷めた茶を少し垂らして、もぐさを湿らせる。

二人の、てきぱきした動きを見て、さすがのりくも観念したらしい。

一度、横ずわりにすわり直してから、足を板の間に伸ばす。

彦輔は、菊野を見て言った。

「りくどのの足袋を、脱がしてやってくれぬか」

それを聞くなり、りくはあわててみずから脱ごうと、手を伸ばした。しかし、指先が届かなかった。

菊野はかまわず、りくの右足を膝に乗せ、足袋を脱がしにかかった。

りくがすまなそうに、菊野に頭を下げる。

「ごめんどうをおかけして、申し訳ございませぬ」

菊野は首を振り、脱がした足袋を脇に置いた。

あらわになった、生白い右足の爪先に、さらしが巻きつけてある。まだ、血はにじんでいない。

彦輔がそれをほどくと、破れる寸前のまめが現れた。水疱が妙に、べとべとしている。

「何を塗ったのだ」

彦輔の問いに、りくはそっけなく答えた。

「松井田の旅籠で、半夏《はんげ》の粉を分けてもらい、それを飯粒で練って、水で溶いたものでございます」

りくの返事に、彦輔は苦笑いをした。

「まあ、毒にはなるまいがな」

それから、菊野が差し出した針に糸を通して、歯で三寸ほどの長さに切った。

その糸を墨壺にひたし、筆の軸尻で押さえつける。糸はすぐに、真っ黒に染まった。

不安げなりくにかまわず、彦輔は水疱の端に針を刺して、反対の端まで一気につらぬいた。

りくは、足をぴくりとさせたものの、何も言わなかった。

ついで彦輔は、針を端から引き出し、水疱の中に糸をくぐらせた。水疱の内側が、糸に含ませた墨で、黒く染まった。

つらぬいた糸から、針をはずして取り去る。糸の両端をつまんで、まめの上で皮を破らぬよう、緩めに結び合わせた。

菊野が、針穴からにじみ出る薄墨色の汁を、懐紙でそっと押さえてふき取る。

彦輔はさらしを取り、手ごろな大きさに切り裂いて、りくの爪先をしっかりと縛った。菊野が、足袋をはかせているあいだに、彦輔は矢立てをしまった。

足袋をはき終わったりくが、彦輔を見て口を開く。

「かようなまめに、墨汁が効くのでございますか。それも、まめをつぶさぬままに」

「半夏に飯粒の練り物と、さして変わりはござらぬ。皮を破らずに、穴だけあけて汁を出すのが、みそといえばみそ。少なくとも、今より悪くなることは、ありますまい」

そう請け合うと、りくは顎を引いて、彦輔を見据えた。

「どこでかような手当てを、学ばれたのでございますか」

「道連れという仕事がら、急場しのぎの手当てだけは、ひととおり身につけております。何ごとも、場数でござるよ」

さらに四半時ほど休んで、彦輔たちは竹筒に水を満たし、坂本宿を出立した。

羽根石山 ㈠

笠をかぶっても、じりじり照りつける日差しに、たちまち体が汗ばむ。

上手の、木戸に差しかかるあたりから、街道がせり上がるような、のぼり坂になった。あまりの険しさに、坂に段が刻まれている。段の差が小さいため、坂の傾きはさほど緩やかにならず、あまり変わりがないようにみえる。ただの気休め、というおもむきだ。

彦輔は、木戸の脇に置き捨てられた、六尺棒を拾い上げた。

りくに言う。

「竹杖を左手に持ち替えて、右手でこの棒の端をしっかりつかみなさい」

りくはおとなしく、言われたとおりにした。

彦輔は、棒の反対側の端を握り、りくを引くようにして、坂をのぼり始めた。

碓氷峠が控えているため、やはり前後の坂本か軽井沢に、宿をとる者が多いらしい。この刻限に、羽根石山をのぼりおりする旅人は、ほとんど見当たらない。坂本宿のにぎわいが、嘘のようだ。

やがて、のぼるほどに道幅がせばまり、頭上に木々がおおいかぶさってきた。狭い場所は、幅一間にも満たぬほどで、両側とも切り立った崖、という道も少なくない。

鬱蒼とした茂みが、日の光をさえぎってくれるが、ふいてもふいても汗が出てくる。

坂道に設けられた段も、やがてなくなった。大小の石が、あちこちに転がったり、埋まったりしている。

足元の悪い道に、ゆっくりと歩を進めながら、彦輔はときどき背後を振り返った。

相変わらず、りくは右足をひきずっていたが、それでもなんとかついて来る。負けぬ気だけは、人一倍強いようだ。

その後ろにいる菊野は、さすがに若いだけあって、足取りに乱れがない。額に汗を浮かべながらも、元気にのぼり続ける。

彦輔は、百歩のぼるごとに足を止め、息を整えた。

何度目かに一度は、道の脇に立つ木にもたれたり、落石に尻を乗せたりして、疲れた体を休める。りくと菊野も、彦輔にならった。

それにしても、これほど人の行き来が少ないとは、思わなかった。関所には、そこそこに旅人がいたはずだが、どこへ消えてしまったのか。

道幅がさらにせばまり、やがて街道というより、ただの山道になった。

くねくねした坂を、息を切らしてのぼるうちに、昼なお暗い森林にはいる。

いつの間にか、かいていた汗が引き、肌が冷えてきた。あらためて、かなり高いところまでのぼって来た、ということに気がつく。

やがて、いくらか平らな場所に出た。道端に、半分朽ちた木の腰掛けが、置いてある。彦輔は、りくと菊野をそこにすわらせた。

二人とも、竹筒を取り出して、喉を潤す。

しばらく休んだあと、ふたたび六尺棒の助けを借りて、山道をのぼり始めた。

ほどなく、木立に沿って右へ折れる山道に、差しかかった。崖上に組まれた石垣と、その上に立つ古い小屋が見える。

そこへたどり着いたとき、開いていた小屋の木戸から、野羽織に野袴姿の二人の侍が、ぬっと出て来た。

戸口の脇に、〈堂峰御番所〉と書かれた立て札が、雨ざらしで立っている。

このようなところに、番所があったとは知らず、彦輔は少し身構えた。おそらく、関所破りを見張るためのものだろう。

番士たちが、石段をおりて来る。いずれも小柄だが、手ごわそうな連中だ。

二人そろって、彦輔の後ろに控えるりくと菊野を、無遠慮に眺め回す。

年かさに見える、えらの張った番士が、無愛想に言った。

「そこもとらは、武家のかたがたか」

「さようでござる」

彦輔が応じると、右耳がつぶれたもう一人の番士が、訛りの強い口調で問うた。

「関所の改めを、受けて来られたか」

「いかにも、今朝がた受けてまいった。関所手形はそのおり、番頭にお預けいたした」

彦輔は、背中の小葛籠を下ろし、預かり証を取り出して、番士たちに示した。

そこには、彦輔たちの姓名や出自が、手形そのままに引き写され、関所と番頭の印が押してある。

二人は、順にそれをあらためて、彦輔に返した。

年かさの番士が言う。

「山中は、旅人の行き来も少なく、はなはだ物騒だ。山賊も出るゆえ、気をつけて行かれよ」

堂峰の番所を過ぎると、いっそう道が険しくなった。

旅人を慰めるためか、それとも元気づけるためか、山道の脇に大日如来や馬頭観音像、石地蔵などが目立つ。

柱が並んだような、細長い割れ目の目立つ岩肌が、あちこちでむき出しになっている。にわかに、その山道が豁然《かつぜん》と開けて、目の前に思いもかけぬ景観が、広がった。

深くえぐれた、緑の山面のあいだから、まっすぐ延びる中山道が、一望のもとに見渡せるのだ。

手前に、のぼって来た羽根石山の、坂道が見える。それが坂本宿に続き、その先に松井田宿へ続く街道が、真一文字に延びている。

人家は、宿場のほかほとんど見当たらず、両側に田畑が広がっているだけだ。

彦輔も、このような景色を見るのは、初めてだった。さすがに、息をのんでしまう。

りくもまた、まめの痛みを忘れたように、伸び上がってその景色を、じっと眺めた。

その口から、嘆声が漏れる。

「これはこれは、たいした眺めじゃ。のう、鹿角どの」

「いや、まことに。江戸にいては、めったに見られぬ眺望でござるな」

菊野も、当然ながら言葉もなく、この絶景に見入っている。

彦輔は、思い出した。

「そう、そう。きのう、藤八が見せてくれた道中案内に、羽根石山にめったに拝めぬ、とっておきの場所がある、と書いてあり申した。確か、のぞき、と呼ばれる場所でござったが、これに違いあるまい」

「のぞき、でございますか。なるほど、山あいからのぞくこの景色に、ふさわしい名称じゃ」

菊野が同感だとばかり、しきりにうなずいている。

そのとき、背中に四角い荷を負った、商人ふうの男が山道をおりて来た。

男は、人がいるのに驚いたように、足を止めて言った。

「これはまた、めったに人に出会わんところで、ようお目にかかりましたわ。ごきげんよろしゅう」

上方なまりだ。

彦輔も、愛想よく応じる。

「この景色に、見とれていたところだ。たいしたものではないか」

男は荷をおろし、笠を取って汗をふいた。

「ほんにまあ、ええ眺めだっしゃろ。そやかて、わてはようこの山を行き来しますよってに、見慣れとりますけどな」

あばたの残る、中年男だ。

彦輔は聞いた。

「ところで、この山のてっぺんまで、あとどれほどだ」

「ほんの、ちょびっとだす。立場に茶屋がありますよって、お休みになれますわ」

「そうか。それを聞いて、少し元気が出た」

彦輔が言うと、男は軽く眉根を寄せた。

「ただ、くだりにはいって急坂をおりはると、座頭ころがしっちゅう別ののぼり坂が、待ってまんねん。そのとき、用心せなあきまへんで」

「そんなに、急な坂か」

「いんにゃ、ちゃいます。坂のことやあらしまへん。わてが、碓氷峠の方からくだって来たとき、その坂のどん底で怖いお武家はんが、二人がかりでやくざもんを、なぶってはりましたんや。二人がそいつを、林ん中へ引きずり込んだすきに、わては大急ぎで駆け抜けましてん。まだおるかもしれへんし、女子はん連れは気いつけた方がええ、思いますわ。ほな、ごめんやして」

上方者はそう言い残すと、荷をすばやく背負い直し、さっさと山道をくだって行った。りくと菊野が、じっと彦輔を見つめてくる。

二人の侍と、やくざ者か。むろん、思い当たるものがある。

彦輔は、素知らぬ顔をして、二人に言った。

「もう少しのぼると、休むところがあるそうだ。そこで一息、入れようではないか」

りくに、また棒の端を持たせて、山道をのぼり始める。

上方者の言ったとおり、息が切れる間もないうちに、頂上らしき場所に着いた。木々に囲まれた、それなりに広い平地だ。

確かに、人足や馬子、駕籠かきなどが休む、立場があった。しかし、狭くて急な坂が多いためか、馬一匹、駕籠一丁も見当たらない。

合わせて、四軒の茶屋が軒を並べており、そのうちの一つは間口三間ほどの、ほかより一回り大きい店だった。

大きな茶屋には、男の旅人が数人いたが、ほかの茶屋は閑散としている。

彦輔は、人足たちが休んでいる茶屋の、すぐ隣の店にはいった。

あいた座台を、一つそっくり使って、荷物を置く。菊野とりくは、草鞋を脱いで座台に正座した。

彦輔は、背中の荷物だけ下ろして、そのまま座台の端に腰をかけた。

すでに日は、中天を大きく回っている。むろん、時の鐘は聞こえないが、八つにはなっただろう。

見たところ、百歳にも手の届きそうな老爺が、茶を盆からこぼしながら、よたよたと運んで来る。

菊野とりくは、山葵の茶漬けを頼む。

彦輔は、いつものように甘酒と、草団子を注文した。

腹ごしらえをしたあと、彦輔はころ合いを計って、二人に切り出した。

「しばらくここで、待っていてもらいたい。この先の、座頭ころがしとやらへ行って、様子を見てまいる」

りくが、背筋を伸ばす。

「先刻、上方の者がのぞきの山道で、何やら申しておりましたが、そのことでございますか」

「さよう。りくどのはここで菊野さんと、それがしのもどりを待つのだ」

りくの頬がこわばる。

「鹿角どのに、万一のことがあった場合は、どうするおつもりじゃ」

「様子をみるだけのこと。かならず、もどってまいる」

「もどって来られなんだら、わたくしたちはいったい、どうなるのでございますか」

彦輔は、声を低めた。

「それがしの小葛籠の中に、関所手形の預かり証と、藤八から預かった支度金の大半が、はいってお
り申す。だれでもかまわぬゆえ、この立場の者を坂本宿へ使いに出して、宿場役人を呼びなさい」

そこで言葉を切り、何か言おうとするりくを、手で押しとどめる。

「しかし、そうはならぬゆえ、心配はご無用。この彦輔、これまで道連れの仕事を、数えきれぬほど
こなしてまいったが、不覚をとったことは一度もござらぬ」

りくは、唇をひくひくさせたものの、何も言わなかった。

菊野が、食い入るように彦輔のことを、見つめてくる。

彦輔は、口元を緩めた。

「安堵しておられよ。何もなければ、すぐにもどってまいる」

そう言って、りくが口を開かぬうちに、腰を上げた。

立場を横切り、碓氷峠へ向かう坂道を、くだって行く。

滑らぬよう気をつけながら、彦輔は考えを巡らした。

りくが、足にまめをこしらえながら、軽井沢行きにこだわったのは、わけがあるような気がする。

それはつまり、途中で例の二人の侍が、彦輔たちを待ち伏せする手筈に、なっていたからではない
か。

江戸を立って以来、りくが途中のどこかであの二人と、つなぎをつけた様子はない。

藤八は、彦輔の疑いを軽く見ているようだし、彦輔も確たる自信があるわけではない。しかし江戸を出る前に、場所と日にち、おおまかな刻限を決めておけば、襲撃することもできない相談ではない。

彦輔は、木漏れ日のこぼれ落ちる山道を、気を配りながらおりて行った。

坂をおりきると、上方者が言った座頭ころがしの急坂が、待ち構えていた。

そのとき、どこからか悲鳴が聞こえた。

羽根石山㈡

鹿角彦輔は、耳をすました。

また、悲鳴が聞こえる。

いや、悲鳴というほど甲高くはない。どうやら、男の叫び声のようだ。男が、苦痛を訴えて発する、叫び声に違いない。

あたりを見回すと、座頭ころがしの坂の脇に、木立を分けて斜めにはいる、小道が見えた。

叫び声は、その奥から聞こえてきたようだ。

彦輔は、小道の入り口まで行き、奥の気配をうかがった。木々の陰りで、道筋は薄暗いものの、見通しはさほど悪くない。

これなら、不意をつかれる恐れはあるまい。

刀の鞘を少し引き出し、鐔《つば》の手前をぐいと握って、小道に踏み込んだ。

そのまま小走りに、奥へ突き進む。叫び声はそれきり、聞こえてこない。

曲がりくねった小道を、二十間ほども走り続けて、おおいかぶさる茂みをくぐり抜けると、にわかに開けた崖の縁に出た。

そこは日の当たる草地で、柵に囲まれた縁の向こうは、切り立った崖になっている。

それを越えて、はるかかなたにそびえ立つのは、おそらく浅間山だろう。

崖の手前の地面に、道中合羽が広げられ、その上に後ろ手に縛られた渡世人が、うずくまっている。

そばには、小枝の鞭《むち》を手にして立ちはだかる、侍の姿があった。

その侍が、黒い塗笠の縁に手をかけて、彦輔に顔をのぞかせた。

思ったとおり、それは桶川宿で湯をともにした、例の侍たちの一人だった。目つきの鋭い、色の浅黒い方の男だ。

彦輔は、すばやく周囲に目を配ったが、頬骨が張ったもう一人の男は、見当たらなかった。挟み箱をかついだ、中間の姿もない。

縛られた男は、例の二人の渡世人のうちの一人、雁木の鬼吉だった。

鬼吉はうつむいたまま、肩で息をしている。

彦輔は、声をかけた。

「だいじょうぶか、鬼吉」

鬼吉は、のろのろと顔を起こし、面目なさそうに言った。

「申し訳ございせん。待ち伏せを、食らいやした」

聞かれもしないうちに、互いが仲間同士だということを、明かすかたちになった。

男の顔に、思ったとおりだというような、得意げな笑みが浮かぶ。

それを意にも介さず、彦輔は鬼吉の様子をうかがった。

顔は土で汚れているが、体のどこにも血の出たあとはない。肩や背中を、鞭で打ちすえられただけで、斬られてはいないようだ。

「これは、なんのまねだ」

彦輔が問いかけると、男はせせら笑った。

「おいおい。それは、こちらのせりふだろう。われらのあとをつけるとは、いったいどういう料簡だ」

「つけてなどおらぬ。おぬしらと同じように、中山道をのぼっているだけよ」

「そうは思えぬな。この渡世人が、おぬしらと気脈を通じていることは、先刻承知だ。しらを切っても、むだというもの」

確かに、そのとおりだ。

彦輔は、正直に言った。

「おぬしらが、おれたちに妙なまねをせぬよう、目を光らせているだけのことさ」

男はあらためて、彦輔を頭のてっぺんから爪先まで、じっくりと見直した。

「確かおぬし、鹿角彦輔とか申したな。桶川の湯屋で、そう聞いた覚えがあるが」

「そのとおりだ。やましいことがないなら、おぬしも名乗ればよかろう」

男が、鼻で笑う。

「そうよな。さよう、まるいかくべえ、とでもしておくか」

彦輔は、丸井角兵衛という字を、思い浮かべた。

いかにも、嘘らしい名前だ。

「それでは、丸井角兵衛うじとやら。何用あって、おれたちをつけねらうのか、聞かせてもらおう」

丸井角兵衛と名乗った男は、皮肉に口元をゆがめた。

「くどいな、おぬしも。言いがかりをつけるのも、いいかげんにしておけ。おぬしが勝手に、そう思い込んでいるだけではないか。われらが、何をしたと言うのだ」

そううそぶいて、鞭で袴の裾をぴしり、と叩く。わずかに、砂ぼこりが舞い上がった。その、いかにももったいぶった応答に、彦輔はいらだった。

そのとたん、はっとする。

角兵衛がのんびりと、こちらの相手をしているのは、時を稼ぐためではないか、と気づいたのだ。

「おぬしの連れは、どうしたのだ。それに、中間もおらぬようだが」

彦輔の性急な問いに、角兵衛の返事がわずかに遅れる。

「一足先に、軽井沢へ向かったわ。おぬしの相手は、おれ一人で十分だからな」

そう応じた角兵衛の目に、かすかな揺れが生じたのを、彦輔は見逃さなかった。

彦輔は、ものも言わずに身をひるがえし、もとの小道に飛び込んだ。

あわてて、呼びかける角兵衛にかまわず、猛然と小道を駆けもどる。

鬼吉を痛めつけ、声を上げさせたのは、自分を呼び寄せる罠だった、と悟る。

彦輔が、菊野とりくのそばを離れ、様子を探りに来るのを見すまして、もう一人の男が峠の立場に、向かったに違いない。

中間は、それを知らせるつなぎ役を、務めたのだろう。

彦輔は、座頭ころがしの坂下に出るなり、今度は羽根石山の峠に向かって、坂を駆けのぼった。

思えば、〈のぞき〉ですれ違った上方者も、あの侍たちに金で雇われ、わざわざ座頭ころがしの話を持ち出して、彦輔の気を引いたのかもしれぬ。

駆け続けたせいで、さすがに胸が苦しくなり、途中で足を止めた。

息が上がったままでは、菊野たちを取りもどすのに、力が出ない。

道端の木に手をつき、荒い息を吐きながら考えた。

角兵衛の相棒も、まさかほかに客や人足がいる茶屋で、真っ昼間から女二人に斬りつけるような、ばかなまねはしないだろう。何か口実をもうけて、二人を人けのいないところへ、連れ出すはずだ。その上で、こちらと逆方向の坂本宿へ、また引き返すに違いない。あるいは、抜け道を使って別の場所へ逃げる、という手もある。

彦輔は息を整え、あらためて山道をのぼりにかかった。

のぼりながら、背後にも目をくばる。角兵衛なる男も、あとを追って来るやもしれぬ。鬼吉のことが気にかかるが、よもや角兵衛もとどめを刺すまでは、やらないだろう。だれもいない山中にせよ、人を殺せばただではすまないからだ。

やっと、峠の立場まで駆け上がると、そこは何ごともなかったように、静まり返っていた。

急いで、先刻足を休めた茶屋へ、駆け込む。

案の定菊野もりくも、姿が見えなかった。座台に残るのは、彦輔の荷物と塗笠だけだ。彦輔はそれを手に取り、奥で茶を飲んでいる老爺に、呼びかけた。

「おやじ。ここにいた、女子二人はどこへ行った」

老爺が、のろのろしたしぐさで、耳に手のひらを当てる。

「なんか、言っただかね」

耳が遠いらしい。

これでは、らちが明かない。

彦輔は隣の茶屋へ回り、酒を飲んでいる人足たちに、菊野たちのことを尋ねた。

すると、赤黒い顔をした人足の一人が、茶屋の裏手を顎で示し、大声で言った。

「この裏に、崖道があるだ。そこをおりて行ったげな」

「まことか。見ていたのか」

念を押すと、人足はこめかみを掻いた。

「見ちゃいねえが、迎えに来たお武家さんと一緒に、店の裏へ回ってったきり、もどって来ねえからの」

「崖道はどこへつながるのだ」

彦輔の問いに、人足は鉢巻きをはずして、顔をぬぐった。

「そこをおりて行ぐと、座頭ころがしの坂の下に、出るだよ」

くそ、と思わず悪態をつく。

彦輔は身をひるがえし、小葛籠と塗笠を持ったまま、また座頭ころがしを目指して、猛然と山道を駆けおりた。

焦るあまり、足を滑らせて転び、したたかに腰を打つ。

あわてて、手にした荷物を背負い、笠もかぶり直した。

それにしても、菊野はともかくりくまでが、おとなしく見知らぬ侍について行く、というのは腑に落ちぬ。

やはり、りくが侍たちと示し合わせて、菊野を一緒に連れ出したのではないか。そう考えたくもなる。

道連れの仕事を始めてから、こんな具合に鼻面を引き回されたことなど、ほとんど記憶にない。久びさに、頭に血がのぼった。

崖道は、おそらく幅が狭い上に、足場も悪いに違いない。座頭ころがしまで、そこそこに時がかかるだろう。

ならば、山道を駆けおりる方が早く、まだ間に合うかもしれない。

ようやく、座頭ころがしに臨む窪地に、駆けもどった。

そのとき、先刻駆け出て来た小道の奥から、叫び声が聞こえた。

「鹿角どの、鹿角どの。どこにおられるのじゃ。われらはここじゃ、ここじゃ」

まぎれもない、りくの声だった。

彦輔は、ふたたびその小道へ飛び込み、奥の崖縁を目指して走り出した。

今の今まで、坂を必死に駆けのぼり、駆けくだりしたせいで、ひたいに汗が噴き出し、目にまで流れ込む。

それを袖で拭い、ひたすら走り続けた。

なんの脈絡もなく、めくぼの藤八とかなめは、うまく関所破りをやり遂げたか、という考えが頭をよぎる。

邪念を振り払い、ひたすら駆け続けた。心の臓が飛びはね、喉の奥がふいごにあおられたように、熱く燃えだす。

駆けているうちに、またも助けを求めるりくの声が、木々のあいだから届いてくる。

崖縁に出る、すぐ手前の茂みで、彦輔は一度足を止めた。

大きく肩を上下させて、ひとまず息を整える。

それから、おもむろに茂みをくぐって、草地へ踏み込んだ。

そのとたん、脇の草むらから飛び出した男が、ものも言わずに打ちかかって来る。

彦輔は、とっさに身をかわして、刀を抜き合わせた。

見ると、黒地の看板（法被《はっぴ》）を着た中間が、手にした木刀を構え直して、また打ちかかろうとする。

彦輔は、中間に鋭い太刀風を浴びせ、相手がひるむすきに手元へ飛び込んで、得物を奪い取った。

首筋に刃先を擬したまま、奪った木刀を背後の茂みに、投げ捨てる。

同じ手で、中間の襟首をむんずとつかみ、その場に引き据えた。どんぐりまなこの、四十がらみの男だ。

草地の奥に、目を向ける。

崖縁の柵を背に、それぞれ菊野とりくを盾にして、二人の侍が立ちはだかっていた。

二人とも、女たちの肩に抜き身を当て、彦輔の動きを制する構えだ。

一人はもちろん、丸井角兵衛と名乗った、例の男だった。

もう一人は、頬骨の張った相方の侍で、この男が立場から崖道を抜け、菊野たちをここへ引き立てて来たに違いない。

その脇には、例の道中合羽の上に、雁木の鬼吉が縛られたまま、横たわっている。

猿ぐつわをかまされ、身動き一つしないところをみると、意識がないようだ。

彦輔は、中間の横鬢《よこびん》を刃先の腹で、軽く叩いた。

中間がのけぞり、その刃を避けようとする。

彦輔は、角兵衛に目を向け、さりげなく聞いた。

「おぬしの相方は、なんと申す御仁だ。姓名を、うけたまわろう」

この期に及んで、そんな問いが飛んでくるとは、思っていなかったらしい。

角兵衛は、一瞬とまどったように、相方をちらりと見た。

それから、小ばかにしたように唇をゆがめ、わざとらしくのんびりと答える。

「そうよな。なかやま、みちのすけ、とでもしておくか」

彦輔は苦笑した。

「中山道之助か。いかにも、中山道を旅するにふさわしい、いい名前だ」

そう言ってから、表情を引き締めて続ける。

「では、丸井うじに中山うじ。この中間と、お手元の女子二人を相対で、引き換えてもらおうか」

角兵衛と道之助は、一瞬きょとんとした様子で、顔を見合わせた。

道之助とやらが、彦輔に目をもどして言う。

「ばかも、休みやすみに言え。一人と二人では、釣り合いが取れまいが」

かまわず、彦輔は続けた。

「これは、うっかりした。もう一人いるのを、忘れていた。そちらの人質は、そこに転がる渡世人と合わせて、都合三人だ。こちらの一人と三人で、取引しようではないか」

角兵衛が口を開くより早く、りくがきりりと眉を逆立てて、申し立てる。

「気でも、おふれあそばしましたか、鹿角どの。それではますます、釣り合いが取れませぬ。その渡世人など、勘定に入れることはござらぬ。早う、その中間を解き放って、菊野さまとわたくしを、お助けくださいませ」

口の端から、泡を吹かぬばかりの勢いだ。

一方、道之助に捕らわれた菊野は、両の拳を強く握り締めたまま、少しも表情を変えることなく、聞き耳を立てている。

小太刀を、腰に差したままなのを見ると、角兵衛らはそれをただのお飾り、とみなして取り上げなかったらしい。

角兵衛が言う。

「二人だろうと三人だろうと、中間一人と引き換えでは、話にならぬ。そもそも、だいじな人質を中間風情と交換せよ、とは虫がよすぎるぞ」

彦輔は、中間の襟首をつかんだまま、横鬢から刃を引いた。

「中間。おまえの名は、なんと申す」

突然聞かれて、中間はとまどいながらも、神妙に答える。

「三平、と申します」

「おまえ、渡り中間か、三平」

「さ、さようで」

「ならば、さっさとやめた方がりこうだな、三平。おまえに木刀で、おれを打たせようとしたやつに、中間風情と呼ばれたのだ。へたをすれば、おれに斬られていたかも、しれんのだぞ」

三平と名乗った中間は、唇をぐいと引き締めただけで、何も言わない。

角兵衛が、三平を見て言い訳するように、声をかける。

「そやつのほざくことなど、気にするでないぞ、三平。かたがついたら、それなりの手当をはずんでやる」

彦輔は笑った。

「ここでおれに斬られたら、手当もくそもないぞ、三平。たった今、おれの側に寝返るのがりこう、というものだ。そうすれば、倍の手当を払ってやる」

それを聞いて、角兵衛があわてたように割り込む。

「待て待て、待て。三平を放してやれ。そうしたら、この付き添いの大年増を、返してやるわ。それで、文句はあるまい」

それを聞くなり、りくはきっとなって、背筋を伸ばした。

「何を申すか、無礼な。みどもより、まずは菊野さまを放すのが、礼儀であろうが」

角兵衛が笑う。

「おまえなど、人質の勘定にはいらぬわ。その方らにとって、何よりだいじなのは、そこにいる若衆姿の、おひいさまであろうが」

そう言って、菊野に顎をしゃくる。

彦輔は、唇を引き結んだ。

角兵衛が口にした、おひいさまという呼び方が、なぜか冗談めかしたようには、聞こえなかった。

角兵衛に、目を据える。

「おぬしら、何がねらいだ。その二人を、どうするつもりだ」

角兵衛は、鼻で笑った。

「これほどの美形ならば、京の島原あたりに売っても、それなりの金になろうて」

その無遠慮な物言いに、彦輔は眉根を寄せた。

菊野に、目を向ける。

確かに聞こえたはずだが、菊野はおびえた様子を見せない。また、怒りをあらわにするでもなく、口元にかすかな笑みさえ、浮かべている。

意味が分からないのか、はたまた冗談、と割り切ったのか。

その、平然とした様子に、かえって当惑する。

いずれにせよ、菊野は島原で高く売れようが、りくの方は売りものになるまい。そう思うと、つい苦笑も出そうになる。

それをこらえて、彦輔は無理にまじめな顔を、こしらえた。

角兵衛に、目をもどす。

「これまでの道中、おぬしらは差し料に、柄袋《つかぶくろ》をかけていたはず。羽織は無紋ながら、公用の旅、と見たは僻目か」

彦輔の詰問に、角兵衛は口元を引き締めただけで、答えようとしない。

彦輔は続けた。

「まめに、月代をしているところを見れば、無頼の浪人とも思えぬ。いずれのご家中だ」

道之助が、口を開く。

「おぬしごときに、家名を告げる義理はない。公用だろうと私用だろうと、大きなお世話よ」

「ならば、こちらになんの用がある。まさかに、その二人を島原へ売るなど、本気ではあるまいが」

そう決めつけたが、角兵衛はぐいと唇を引き結んで、答えようとしない。

さらに続ける。

「かりにも、その二人を傷つけたり、あやめたりするのが目当てならば、ここでおれがもどるのを、待つはずがない。いったい、何がねらいだ」

道之助が、まるめた拳を口に当てて、しかつめらしく咳払いをする。

「おぬしが、何かと当方に難癖をつけたり、渡世人にあとをつけさせたりするゆえ、礼儀を教えてやろうとしているのだ」

彦輔は口をつぐみ、考えを巡らした。

納得はできないが、確たる証拠がないからには、これ以上問い詰めてもしかたがない。桶川の手前で、二人組の黒頭巾の賊が、襲って来たときのことを、思い返す。

そのおりの二人が、目の前にいる角兵衛と道之助かは、なんともいえぬ。

同じ二人組、と断をくだすほどの証拠は、何もない。めくぼの藤八も、同じようなことを言っていた。

これ以上言いつのっても、時をむだにするだけだ、と考え直した。

いっそ、早めに事を収めてしまおう、と肚《はら》を決める。

彦輔は、中間に突きつけた刀を引き、鞘に収めた。

「あい分かった。そこもとらの言うとおり、はっきりした証拠は何もない。これまでのこと、こちらの思い違いだとすれば、このとおりおわびいたす」

口調をあらため、そう言って頭を下げた。

角兵衛も道之助も、一瞬面食らった様子で、言葉が出ない。

彦輔は続けた。

「三平をそちらにお返しして、今後難癖をつけるのはやめる、と約束もいたそう。それゆえ、そこもとらも人質三名を、解き放っていただけまいか」

下手に出ると、道之助がまた咳払いをして、口を開く。

「これだけ、われらをわずらわしておいて、おわびいたす、だけですむと思うのか」

「よもや、雲助並みにわび料を出せ、との催促ではござるまいな」

彦輔が皮肉に言い返すと、道之助はぐっと詰まった。

角兵衛が口を出す。

「わびるだけなら、三歳の童子でもできる。一人前の武士ならば、それなりの作法があろう」

「それなりの作法、とな。では腹を切れ、とでも言われるか」

角兵衛と道之助が、ぎょっとしたように目を見開く。

その驚きように、むしろ彦輔の方が、驚いた。りくもわずかに、うろたえた様子を見せる。

これしきのことで、ほんとうに腹を切るあわて者がいる、とでも思ったのか。

角兵衛も道之助も、りくと菊野に突きつけた刀を、ゆっくりと下ろした。

少し考えた角兵衛が、皮肉めいた笑みを浮かべて言う。

「腹を切れ、とまでは言わぬ。そのかわり、そこに土下座してわびを入れよ」

土下座ときたか。

彦輔はわざとらしく、笑みを浮かべた。

「お安いご用でござるよ」

そう言いながら、塗笠を脱いで、地に投げる。

すぐさま膝をつき、その場に正座した。りくが顔色を変え、何か言おうとする。

しかし、それより早く彦輔は地に拳をつけ、頭を下げた。

「ご無礼の段、ひらにご容赦願いたい。このとおりでござる」

わびを述べて、顔を起こす。

角兵衛も道之助も、毒気を抜かれた体で、彦輔を見つめた。まさか、ほんとうに土下座するとは、思わなかったのだろう。

彦輔は口を閉ざしたまま、平然と二人の顔を見返した。

すると、にわかに角兵衛がずかずかと、無造作にそばにやって来た。

いきなり、手にした刀を振り上げ、彦輔目がけて勢いよく、振り下ろす。

りくの悲鳴が、周囲の木々のあいだに、こだました。

角兵衛の刀は、彦輔の頭上五寸ほどのところで、ぴたりと止まった。

地に座したまま、彦輔は微動だにしなかった。

とはいえ、さすがに背筋が引き締まり、一瞬息を詰める。

動かなかったのは、角兵衛の太刀筋に殺気がなく、こちらの出方を見る試しわざだ、とひらめいたからだ。

りくが、へなへなと地に崩れ落ちるのが、目の隅に映る。

半ば喪心した様子に、菊野が急いでその体を支え、抱き起こした。

青ざめたりくは、菊野の腕にすがるようにして、なんとか立ち上がった。

物言いたげに、もぐもぐと口を動かしたが、言葉にならない。

彦輔も体を起こし、裁着袴の汚れを払い落とした。

角兵衛が、小ばかにしたように唇をゆがめ、刀を引いて腰にもどす。

彦輔は塗笠を拾い上げ、かぶり直した。

角兵衛の太刀風は鋭く、頭上五寸でぴたりと止めたわざは、やはりただ者ではない。まともに立ち合えば、苦戦をしいられる遣い手だ。

道之助も、あざけるような笑みを浮かべて、刀を収めた。

「どうした、鹿角どのとやら。角兵衛の太刀筋に、体がすくんで動けなんだか」

「やめておけ。これで懲りただろう」

角兵衛が、余裕のある口調でたしなめる。

道之助が、すわり込んでいた中間に、声をかけた。

「三平、行くぞ」

三平があわてて、草むらに置いてあった挟み箱を、かつぎ上げる。

角兵衛は、歩きだす二人をちらりと見やり、彦輔に目をもどした。

「われらはこれより、軽井沢へ向かう。おぬしらも来るなら、あとからゆっくり来るがよい」

そう言い捨てて、道之助のあとを追おうとする。

突然、菊野がりくから手を離し、ざざっと土を踏んで角兵衛の背へ、一飛びに迫った。その気配に
はっとして、角兵衛が振り向く。

菊野は、いきなり小太刀を引き抜き、角兵衛に斜め下から鋭く、一撃を浴びせた。

角兵衛は、不意をつかれて体勢を崩しながら、危うく飛びしざった。

菊野の刃先は、角兵衛の塗笠の前側を、ものの見ごとに斬り裂いた。

だらり、と開いた笠のあいだから、驚いたような顔がのぞける。

「何をする、この小娘が」

碓氷峠　借宿

聞きしに勝る難路だ。

菊野とりくはもちろん、鹿角彦輔も延々と続くのぼり道に、閉口した。途中何度も、足を休めなければならなかった。

元気なのは、雁木の鬼吉だけだ。

鬼吉は、丸井角兵衛と中山道之助に、かなり痛めつけられたはずだが、まったくこたえた様子がない。

鬼吉に言わせると、二人にあがってもむだだと、はなからあきらめた、という。

岩陰で待ち伏せされ、肩先に一撃を食らったとき、これはだめだと思ったそうだ。よくも悪くも、見切りをつけるのが、早いらしい。

確かに、鬼吉の右肩には痣《あざ》ができていたが、骨が折れるほどではなかった。背中も、多少赤くなっているものの、あとに残らぬ程度の打ち傷だ。

自在に、手加減できるところからすれば、やはり二人とも相当の遣い手、とみてよかろう。

四人が、木の茂みのかぶさる道に差しかかったとき、軽井沢の方からやって来た、行商人らしい男が、声をかけてきた。

これから向かう山道は、頭上の葉陰にひそむ山蛭が、人の血を吸いに落ちてくる。ことに、このような曇りがちの日には、用心した方がよいと、親切にも教えてくれたのだ。

見ると、男の菅笠や桐油引きの合羽に、それらしき黒光りするものが、いくつも張りついている。

男に礼を言って、四人とも笠をかぶり直し、道中合羽を着た鬼吉以外は、桐油合羽を身にまとった。

男が教えてくれたとおり、山道をたどるあいだに山蛭が、ぼとぼとと落ちてきた。

それにかまわず、四人は足を止めずに、歩き続けた。とにかく、できるだけ早く山蛭の山道を、抜けなければならない。

りくは肩を縮め、前のめりになりながら、足のまめなど忘れたように、小走りに道を急ぐ。

そのうちに、空をおおっていた雲が、少しずつ切れ始めた。日差しが強まると、木漏れ日で山道が明るくなり、山蛭の襲撃がやんだ。

それでも用心して、笠も合羽も身につけたまま、ひたすら先を急いだ。山道はいっそう細く、爪先上がりにきつくなる。

坂本宿から軽井沢宿まで、およそ三里だという。

曲折の少ない平地ならば、男でおよそ二時、女でも二時半ほどの道のりだ。しかし、今越えつつある碓氷峠のせいで、とてもそうはいかない。

ただ、峠を越えれば軽井沢まで、くだりの山道になる。それまでの辛抱だ。

例の角兵衛、道之助の二人は健脚のようだから、この日のうちに軽井沢を過ぎ、次の沓掛宿まで足を延ばすかもしれない。

男だけなら、彦輔も無理をして歩き続けるところだが、菊野とりくが一緒では、そうもいかない。軽井沢で、泊まるしかあるまい。

正直なところ、彦輔自身も羽根石山の坂道を駆け足で、のぼったりおりたりしたので、相当疲れている。

ようやく、とりあえず、ちゃんとした休みをとらねば、体が続かない。

道中案内にも載っている、熊野神社の森が右手に現れた。高い石垣に挟まれた、境内に上がる長い石段が、目にはいる。

石段の上にのぞく楼門に、〈熊野皇大神社〉と金箔で書かれた額が、かかっている。道中案内には、日本武尊ゆかりの神社、と書いてあった。

その本宮が、上野と信濃の国境に当たる、という。境内が二つの国に、またがっているのだ。

石段を、のぼりおりする旅人の姿が、いくつか見える。その多くは、軽井沢からやって来た、関八州行きの旅人だろう。

逆に、長い峠をのぼって軽井沢へ向かう者は、おそらく高い石段を見ただけで、上がるのをためらうに違いない。

石段の下に、いくつか茶屋が並んでおり、そこで休む旅人の姿も少なくない。あいた座台もあり、疲れた足を休めるには、かっこうの場所だ。

「ここから軽井沢までは、緩やかなくだりの山道になるはず。ひとまず、この茶屋で一息入れるといたそう」

彦輔が言うと、りくはほっとしたように、腰を伸ばした。

彦輔は、茶屋の親爺に声をかけ、女用の新しい菅笠を二つ、買い入れた。自分用の塗笠と、鬼吉用の三度笠はあいにく、売っていなかった。

親爺に余分の金を払い、山蛭の張りついた菅笠と、桐油合羽の始末を頼む。合羽が必要になれば、また買えばいい。

それから、鬼吉と二人がかりで塗笠、三度笠に張りついた山蛭をはがし、草むらに捨てた。

茶屋にはいろうとすると、菊野が石段の方を指さして、柏手を打つしぐさをした。まずは、熊野神社にお参りをしたい、ということらしい。

それを察したらしく、りくが首を振って言う。

「それはどうか、お控えくださいませ。わたくしは、足のまめがまだ痛みますし、先ほどの騒ぎで鹿角どのも、さぞかしお疲れでございましょう」

すると菊野は、人差し指を自分の鼻に向け、次にそれを立ててみせた。どうやら、一人でものぼる、と言いたいようだ。

りくは、困ったような顔をして、彦輔を見返った。

「不調法ながら、わたくしはこの茶屋で、待たせていただきます。間違いのないように、鹿角どのが菊野さまに、付き添ってくださいませ」

それくらいのことは、言われなくても分かっている。

「承知いたした。鬼吉。おまえは、念のためおりくどのと、ここに残ってくれ」

「へい」

鬼吉は、とまどいながら返事をして、ちらりとりくの顔を見た。

りくはそっぽを向き、目を合わせようとしない。

もともと、りくは鬼吉と蛇の目を、好ましく思っていない。ただ、自分たちの旅の手助けをしてくれる、と知って文句を言わずにいるだけだ。

荷物を鬼吉に預け、彦輔は菊野と一緒に、茶屋を出た。

先に立って、石段をのぼり始める。石段は高く、四、五十段はありそうだ。

さりげなく、左右の木立に目を配る。角兵衛、道之助はともかく、何者かがねらっていないとも限らず、用心するに越したことはない。

しかしあやしい気配は、どこにもなかった。

後ろを見ると、菊野はまっすぐ前を向いているものの、やはり石段の左右に目を走らせている。

油断を見せぬ振る舞いだ。

彦輔は、座頭転がしをはいった崖の上で、菊野が角兵衛の塗笠を斬り裂いた、先刻の出来事を思い起こした。

菊野が、角兵衛の背後に迫ったあのとき、土を強く蹴るざざっという足音が、耳を打った。

菊野自身には聞こえないにせよ、みずからの足に伝わる土の感触で、角兵衛が襲撃の気配に気づくことは、分かっていたはずだ。

案の定、角兵衛はすばやく振り向いて、身構えた。

時をおかず、菊野は小太刀を抜き放ち、下から角兵衛を斬り上げた。

角兵衛は、危うく飛びしざって、その一撃を避けた。

小太刀の切っ先は、かろうじて角兵衛の塗笠に届き、前側を斬り裂いたのだった。

しかし角兵衛は、刀の柄に手をかけたものの、抜き合わせようとはしなかった。

菊野もまた、二の太刀を打ち込まずに、あっさり刀を鞘にもどした。

角兵衛は、斬り裂かれた塗笠のあいだから、驚きのこもった目で菊野をにらんだ。

菊野は、かすかな笑みを口元に浮かべ、角兵衛を見返した。

二人は、五つ数えるほどのあいだ、そのままじっと向き合ったままでいた。

やがて、角兵衛はくるりときびすを返し、道之助を促して歩き去ったのだった。

おそらく角兵衛は、自分が菊野に試されたことを、悟ったに違いない。


四月八日。

江戸をたってから、すでに六日目を数える。

めくぼの藤八、勧進かなめ、蛇の目の六郎兵衛の三人は、朝五つを過ぎるころ初鳥屋の旅籠、鶴屋を出立した。

宿場に湯屋はなく、そこが内風呂を備えたただ一軒の、ちゃんとした旅籠だった。裏庭に大きな風呂小屋があり、ほかの旅籠の客もはいりに来るので、よくにぎわっていた。

三人は前日、夕飯を挟んでたっぷりと眠り、この朝も少し遅めに宿を出た。

緩やかながら石ころが多く、なんとも歩きにくいのぼり坂が、延々と続く。ときどき、汗ばんだ体を日陰に休めて、息を継がねばならなかった。

中山道も、旅人の数はさして多くなかったが、この裏街道はさらに少ない。

かなめの目にも、行き来する人びとのほとんどが、近隣近在の者たちと知れた。

荷車や馬で、荷物を運ぶ者が目立つのは、碓氷の関所を嫌うというよりも、やはり道の険しい碓氷峠を、避けるためだろう。

天気がいいせいか、木立に囲まれた道を通っても、山蛭は落ちてこなかった。

かなめは、山蛭に襲われた藤八と蛇の目の、尋常ならぬあわてぶりを見たので、同じ目にあうのはごめんだった。

途中、人家らしい人家はほとんどなく、たまに茶屋が目につくくらいだ。一つ見過ごすと、どれほど間があくか分からず、出くわすごとに足を休めた。

妙義山を右手に見ながら、山道を歩き続ける。

あまり、道が曲がりくねっているので、どの方角へ向かいつつあるのかは、日の高さや向きを確かめて、見当をつけるしかない。

おおむね、北の方へ向かっていることは、確かだろう。

かなめは、前を行く藤八の背中に、問いかけた。

「望月重兵衛に、樋口兵庫とかいう二人組の追いはぎも、この街道を行ったのかねえ」

「そりゃ、どうかな。ここは中山道の裏街道で、目につきやすい。信州につながる道は、ほかにもあるはずだ。連中は、もっと南を走る山道へ、抜けたんじゃねえかと思う」

「今ごろはとうに、信州へ逃げ込んでしまったろうね」

「たぶんな」

かなめは、話を変えた。

「そういえば、もう一つ別の、二人組のお侍が、いたじゃないか。あの二人連れは、どうしたろうね。まさか、彦さんたちを襲ったりは、していまいね」

そう言うと、後ろを歩く蛇の目が、口を開いた。

「鬼吉が、あの二人組のあとをつけておりやすから、不意をつかれる心配は、ござんせんよ」

「だといいけれど」

昨夜たっぷりと寝たので、三人とも足取りは軽かった。

しばらく行くと、上州と信州の国境を示す石標が、道端に立っていた。

道は相変わらず、緩いのぼり坂だ。碓氷峠が、どれほどの難所かしれないが、それよりはずっと楽だと思いたい。そう考えれば、さして苦にもならない。

街道沿いに、左右にうねった川が流れており、馬柱木《まごいぎ》という村を過ぎてから、土橋を三つも渡った。

相変わらず人家は少なく、一里ほどのあいだにわずか二軒、目にしただけだった。

油井村を過ぎると、真正面に悠然と煙を吐く、浅間山とおぼしき高い山が、姿を現わした。

さらに小一里ほどで、あちこちに焼け石の転がる、広い街道にぶつかった。

大きく、〈中山道〉と彫り込まれた、木標が見える。

右へ行けば〈沓掛〉、左へ向かえば〈追分〉と、矢印も出ている。

思いのほか早く、中山道に出たと知って、蛇の目がうれしそうに小躍りした。

「ここが、借宿でござんすよ、兄貴。だいぶ前に、あそこの茶屋で、休んだ覚えがありやす」

藤八も、顔をほころばせる。

「それじゃ、間違いあるめえ。ひでえ目にあって、だいぶ遠回りをしちまったが、なんとか本道へもどったぜ」

かなめは、喉が渇ききっていたので、真っ先に茶屋に向かって、足を急がせた。

藤八も蛇の目も、負けじとあとを追って来る。

水で喉をうるおしたあと、味噌汁に握り飯、餅、あぶらな、わらびの煮つけなどを頼んで、腹ごしらえに取りかかった。

日はちょうど、中天にかかっていたが、葭簀越しに涼風が吹き込んできて、疲れがすっと抜けるようだ。

「追分まで、あとどれくらいだろうね」

かなめが聞くと、蛇の目がわけ知り顔で答える。

「おいらの見立てじゃあ、ざっと二十五、六町ってとこでござんしょう」

藤八が乗り出した。

「一里もねえのか。すると、のぼり坂だとしても、半時足らずってとこだな」

「へい。ちょいと、早く着きすぎるくらいで」

かなめは、味噌汁を飲んだ。

「彦さんたちだって、負けちゃいないだろう。もう、着いているかもしれないよ」

藤八が手を振る。

「先を争っても、しかたあるめえ。きょう中に落ち合えれば、それでいいのよ」

早くも、蛇の目が食べ終わって、大きく伸びをする。

「腹ごなしに、そのあたりをざっと見てまいりやす」

そう言い残し、茶屋を出て行く。

かなめは、茶を運んで来た親爺に、問いかけた。

「ちょいと、ものを尋ねるけれど、きょうあたりこの茶屋にお侍一人と、女子二人の三人連れが、立ち寄らなかったかい」

親爺は、首を振った。

「こんち、あまっこの客はおめさんが、しょっぱなだわな」

「女子といっても、一人は若衆に姿を変えた、きれいな娘さんなんだけどね」

また、首を振る。

「そんねん、めめいいあまっこが来なしたら、いっそ忘れんずら」

よく分からないが、どうやら立ち寄った気配はなさそうだ。

そのとき、外へ出て行った蛇の目が、頓狂な声を上げた。

「兄貴、姐さん。軽井沢の方から、鹿角の旦那たちがおそろいで、やって来やすぜ」

かなめも藤八も、あわてて外へ飛び出した。

蛇の目が示す道のかなたに、遠目にも鹿角彦輔らの一行と分かる、四人連れの姿が見えた。

まだ、一町ほども離れているが、向こうもかなめたちに気づいたとみえ、手を振り始める。

離ればなれになったのは、ほんの一日半ほどのあいだだが、ずいぶん久しぶりのような気がして、かなめは心がはずんだ。

鬼吉と菊野が、申し合わせたように足元を乱し、こちらへ駆け出して来る。

りくは二、三歩踏み出したものの、足を止めて二人に何か、呼びかけた。

しかし、鬼吉も菊野も耳をかそうとせず、駆け続ける。

りくは、怒ったように肩をいからせて、彦輔を見返った。

彦輔は、われ関せずといった風情で、悠々と歩き続ける。

そばまで駆けて来ると、菊野は飛びつくようにかなめの手を取り、満面の笑みを浮かべて、上下に振り立てた。

その、すなおな気持ちの表わし方に、かなめはとまどいながらも、胸を打たれた。

「菊野さん、ご無事でようございましたね」

声をかけると、菊野はうれしそうに何度もうなずき、手を強く握ってきた。

その目が、かすかにうるんでいるのに気がつき、かなめも危うく涙が出そうになる。

それほどまでに、菊野が自分に会いたがっていたとは、思いも寄らなかった。

すぐ隣で、鬼吉と蛇の目が抱き合わぬばかりに、再会を喜んでいる。

そばで藤八が、あきれたように首を振りながら、苦笑いを漏らした。

やがて彦輔とりくも、茶屋にたどり着いた。

塩名田宿　芦田宿

その日。

鹿角彦輔の一行は、借宿の茶屋で休んだだけで、追分の宿場を素通りした。まだ日が高く、行けるだけ先へ行こうと、話がまとまったのだ。

小田井、岩村田をへて塩名田《しおなだ》宿まで、一気に足を延ばすことにする。借宿からは、およそ四里半を超える、かなりの長丁場だ。

道みち藤八は、菊野とりくの世話焼きを、かなめに任せた。また、鬼吉と蛇の目を先頭に立たせ、自分は彦輔としんがりを務めた。

歩きながら彦輔に、妙義道から下仁田街道をへて、借宿へ抜けるまでのてんまつを、詳しく話した。

初めのうちこそ彦輔は、追いはぎに襲われた事の次第を、神妙に聞いていた。

しかし、かなめの悲鳴騒ぎのあたりから、込み上げる笑いをこらえるのに、苦労するありさまだった。

「笑いごとじゃござんせんぜ、旦那。その追いはぎ野郎は、信州を根城にする無頼の浪人者の、一味らしいんで。この先、どこでまた出くわすか、知れたもんじゃねえ。そのときは、こっぴどくやっつけてやって、おくんなせえよ」

藤八が苦情を言うと、彦輔は笑いをこらえるようにして、うそぶいた。

「分かった、分かった。今度出会ったら、二人重ねて四つにしてやるわ」

逆に藤八が、碓氷関所での手形改めの首尾を聞くと、彦輔は無事に通り抜けたと言うだけで、詳しいいきさつを語ろうとしなかった。

それから話を変え、鬼吉と蛇の目の扱いについて、もし二人に異存がないなら、しばらく同行させてもよかろう、と言った。

「あまり頼りにはならぬが、枯れ木も山のにぎわいだ。二人分の旅籠代くらい、持ってやってもいいだろう」

そこだけ、二人に聞こえぬように、ささやき声になった。

藤八にも、否やはなかった。

所持金は十分にあるし、京の両替商和泉屋利兵衛の店にも、予備の資金が届いているはずだ。

ようやく、塩名田宿にたどり着いたときは、さすがに暮れ六つを過ぎていた。

まだ、まめの治りきらぬりくには、かなりきつい路程だったはずだ。

しかし、りくはそのあいだ一度も、弱音を吐かなかった。途中、茶屋で二度休んだだけで、歩き通した。

その根性だけは、藤八も認めざるをえなかった。

ただ、鬼吉や蛇の目はもちろん、藤八にまで顎で指図しまくる、りくの腰高ぶりはいつもと変わらず、大いに閉口した。

塩名田の旅籠では、女たち三人、彦輔と藤八、それに鬼吉たち二人と、つごう三つの部屋を押さえた。

風呂にはいったあと、男四人で彦輔たちの部屋に膳を並べ、夜食をとった。

鬼吉も蛇の目も、一緒に旅を続けることに、異存はないと言った。むしろ飲み食い、宿がただになると知って、大喜びだった。

博打は、しばらくお預けになるが、そのあいだ元手を倹約できるので、悪い取引ではないだろう。

藤八と二人きりになると、彦輔はあらためて酒を頼んだ。

それから、碓氷の関所を越えたあとのことを、藤八に話し始める。

例の二人の侍を巡って、実は一騒動あったと聞かされ、藤八は驚いた。

話が終わったあと、気持ちを落ち着けて、聞き返す。

「すると、その丸井角兵衛、中山道之助とやらは、人質まがいの威しをかけただけで、菊野さんにもおりくさんにも、手を出さずに行っちまった、ということでござんすかい」

「つまるところは、そういうことになる。あの二人が、おりくと裏で通じていて、菊野に危害を加えるつもりだ、と読んだのはどうやらおれの、見立て違いだったようだ」

藤八は、鼻をこすった。

「だからあっしは、初めっから旦那の考えすぎだと、そう言ったじゃござんせんか」

彦輔が、おもしろくもなさそうに、うなずく。

「確かに、そうだった。今度ばかりは、おまえの読みが当たったらしいな」

今度ばかり、というのはよけいだが、すなおにあやまちを認められると、さすがにくすぐったくなる。

藤八は酒を飲み、首筋を掻いた。

「まあ、お話を聞いたかぎりじゃあ、旦那があちこち駆け回っているあいだに、あの二人はいつでも好きなときに、菊野さんを手にかけることが、できたはずだ。それを、そうしなかったとすりゃあ、はなから手出しをする気なんぞ、なかったということになる。連中は、この一件といっさい関わりがねえ、ということでござんしょうね」

一息に言うと、彦輔はいかにもまずそうに酒を飲み、げっぷをした。

「そういうことだ。そこでおれも、これ以上争うのは得策ではない、と肚を決めた。だから、すなおにわびを入れたのだ」

「そりゃまた、けっこうなお心がけで」

「ただ連中は、口でわびるだけでは、納得できぬ。土下座してあやまれ、とぬかした」

藤八は驚いて、背筋を伸ばした。

「侍同士で土下座しろとは、ちょいと料簡が違いやしょう」

「そうだ。とんでもないやつらよ」

その口ぶりから、藤八は思わずにやり、とした。

「まったくだ。しかし、だんなのことだから、言われたとおりにおとなしく、土下座したんでござんしょうね」

彦輔が、いやな顔をする。

「おまえも、おもしろくないやつだな、藤八。まあ、確かに、図星ではあるが」

「旦那とは、長い付き合いだ。それくらい見抜けなくて、どうしやす。まあ、いかにも旦那らしくて、ようござんすがね」

彦輔は酒を飲み、にわかに話を変えた。

「それより、おかしなことがあったのよ。二人が、おれのわびを受け入れて、その場を去ろうとしたときのことだ」

一息入れて、話を続ける。

彦輔によると、向きを変えた丸井角兵衛に、菊野がいきなり小太刀を抜き、斬りつけたというのだ。

　さすがに、角兵衛はいっぱしの遣い手とみえ、かろうじてそれをかわした。しかし、菊野の鋭い切っ先に、わずかながら塗笠の前部を、斬り裂かれてしまった。

「それで角兵衛は、どうしたんで」

「何をする、とかなんとか言っただけで、そのまま抜き合わせもせずに、少しのあいだにらみ合った。それから、道之助に合図して、立ち去ったのよ」

　肩透かしを食らって、藤八は酒をこぼしそうになった。

「それで、菊野さんの方は」

「こちらも、さっさと刀を収めて、静かに連中を見送った。要するに、ただ角兵衛の腕を試しただけ、ということらしい」

　わけが分からず、藤八は首をひねった。

「なぜそんなことを、したんでござんしょうね」

「その直前に、角兵衛がおれの腕を試そうと、頭の上で刀を寸止めにしてみせた。そのお返しを、してくれたのだろう」

　憮然として、藤八は眉根を寄せた。

「旦那は土下座した上に、腕まで試されて黙っていたと、そうおっしゃるんで」

「そうだ。もっとも、おれが刃をよけなかったから、やつにもおれの腕のほどは、見当がついたはずだ」

　ぬけぬけと言う。

なんとなく釈然とせず、藤八は口をつぐんだ。

それを察したように、彦輔は続けた。

「つまるところ、菊野はおれに代わって角兵衛に、挨拶を返したというわけさ。あれで角兵衛も、菊野がただの無邪気な小娘ではない、と分かったはずだ」

藤八は、膝を乗り出した。

「それで、菊野さんは、なんと」

なんと言っているのか、と聞こうとしてやめる。

うっかり、菊野が口をきけないことを、忘れていた。

彦輔は、酒を飲み干した。

「菊野の小太刀は、ただのお飾りではない。あの太刀筋を見ただけで、なかなかの遣い手と分かった。丸井角兵衛も、相当の腕前だから、菊野がただ者ではないことを、見抜いたはずだ」

藤八は、腕を組んだ。

「あの菊野さんが、それほどの遣い手とは、とても信じられやせんぜ」

彦輔がうなずく。

「初めから、身のこなしが妙にきりりとした娘だ、という気はしていた。武家の娘ゆえ、いくらか心得はあると思ったが、それどころではない」

藤八は、首をひねった。

「いったい、あのおひいさまはどういう素性の、女子でござんしょうね」

そう言ってから、同じ問いをかなめから受けたことを、思い出す。

あのとき、藤八が答えられなかったように、彦輔も答えあぐねる様子だ。

ようやく、口を開く。

「あれほどの腕なら、あえておれのような用心棒を、雇うことはなかっただろう。ただ、女の一人旅は関所の詮議が、ことさら厳しい。それを避けようとして、男の道連れを雇っただけかもしれぬ」

藤八は酒を飲み干し、彦輔の顔を見直した。

「菊野さんは、ほんとうのところそれほどの、すご腕なんでござんすかい」

「うむ。もし相手が、角兵衛のような腕達者でなければ、逆袈裟に斬られていたやもしれぬ」

藤八は、にわかに寒気を覚えて、ぶるっと身震いした。


翌朝五つ。

彦輔らは草鞋を替え、気分も新たに塩名田宿を、出立した。

宿場を抜けると、すぐに千曲川《ちくま》にぶつかる。ここが、信濃をつらぬく中山道のうちで、千曲川の本流と交わる、唯一の場所だという。

道中案内によれば、川幅が七十間ほどもあるそうだが、このところ雨が少ないせいか、川の流れは二筋に分かれ、むき出しの河原の方が広い。

板橋も、飛びとびに対岸へつながっているが、橋脚がいかにも貧弱な造りだ。

大雨で出水すれば、ひとたまりもなく、流されそうに見える。おそらく、それを勘定に入れて、安普請の橋にしたのだろう。

ともかく橋が流されれば、しばらくは船渡しになるか、渡り止めになるはずだ。

そうした場合に備えて、次の八幡宿まで二十七町なのに、上方へ向かう旅人の多くは、塩名田に泊まるものと思われる。

鬼吉と蛇の目を先頭に、彦輔と藤八がしんがりを務めて、川を渡った。

りくは、彦輔の手当てが効いたのか、まめの痛みが和らいだとみえて、足を引きずらなくなった。

そのため、休まずに八幡宿を通り抜け、三十町ほど先の望月宿へ、直行する。そこも、茶屋で四半時休んだだけで、さらに先へ進んだ。

この日のうちに芦田、長窪をへて、和田宿まで足を延ばしたい、と彦輔は言う。

藤八の胸勘定によると、塩名田から和田までの道のりは、六里を超える。平地ならばともかく、のぼりくだりの多い山道では、かなりきつい。

彦輔と菊野、りくの三人は前日、軽井沢から塩名田まで、おもにくだり道ではあるが、すでに六里を歩いている。

いくら、まめが治ってきたとはいえ、この先ふたたび六里を超える長丁場は、りくには無理ではないか、と危ぶまれた。

しかし、りくは少しもためらわずに、すぐにも歩きだしそうにする。とにかく、負けず嫌いな女だった。

そうなると、藤八はもちろん鬼吉、蛇の目の二人も、弱音を吐くわけにいかない。

かなめは、さすがにきついと思ったのか、それとなく菊野の考えを聞いた。

すると、菊野はだいじょうぶとばかり、あっさり首を縦に振る。それで、だれも異を唱えるわけに、いかなくなった。

次の芦田までは、一里少々の道のりだった。

さらに、その先の長窪まで一里半ほどだが、半分以上がかなり長いのぼり道らしい。

芦田に着くころ、ちょうど昼どきになったので、腹ごしらえをすることにした。

茶店で、中食をとりながら聞くと、長窪をへて和田の宿場まで、笠取峠を越えておよそ三里半、とのことだった。

暮れ六つまでには、なんとかたどり着けそうなので、少しゆっくりすることになった。鬼吉と蛇の目は、早々に中食を食べ終わり、宿場の様子を見てくると言って、茶屋を飛び出した。

かなめが、客が少ないのを見すましたように、一昨夜の関所破りのいきさつを、菊野とりくに話して聞かせる。

りくは眉をひそめ、いかにもつまらなそうな顔で、聞き流す風情だった。

一方、菊野はさもおかしそうに、くくっと喉を鳴らしながら、聞いていた。

そのさなか、鬼吉と蛇の目があわただしく、駆けもどって来た。息を切らし、藤八たちがすわる座台に、へたり込む。

「どうした、おめえたち。何かあったのか」

藤八が聞くと、鬼吉が肩で息をしながら、切れぎれに言う。

「あの二人に、追いつきやしたぜ。この先の、問屋場で、馬を頼んで、おりやした」

「あの二人というと、菊野さんたちやおめえを人質にした、例の侍たちか」

「へい。おいらたちにゃあ、気づかずにおりやしたが」

藤八は、彦輔を見た。

彦輔が、軽く眉根を寄せて、無愛想に言う。

「あの二人とは、もう話がついている。気にすることはない」

「しかし、たいした荷物もねえのに、馬を頼んでどうするんでござんしょうね」

藤八が言うと、かなめが口を入れた。

「のぼり坂が多いから、馬で楽をする気じゃないのかい」

蛇の目が、手を振る。

「そりゃあねえ、と思いやす。山道を馬でのぼるのは、けっこう難儀でござんす。もし、馬がつまずきでもしたら、谷底へまっさかさまに落っこちて、そのままおだぶつで」

黙って聞いていたりくが、にわかに口を開いた。

「その問屋場に、案内しやれ。あやつらが、無体な振る舞いをしたことを、役人に訴えるのじゃ」

すぐに、彦輔が割り込む。

「そいつは、やめておいた方がよかろう、おりくさん。あの二人を疑ったのは、それがしの思い違いだ。向こうも、おとなしく刀を収めたことだし、今さら蒸し返すのは愚かというもの」

りくは、きっとなった。

「土下座までさせられて、くやしゅうはござらぬのか、鹿角どの」

その甲高い声に、ほかの客が顔を向けてくる。

彦輔は、少したじろいだようだが、低い声で続けた。

「はばかりながら、さようなことは少しも、気にしており申さぬ。それがしの仕事は、菊野さんを無事に京まで、送り届けることでござるよ」

鼻息も荒く、りくが何か言おうとするのを、とっさにかなめがさえぎる。

「そのとおりでございますよ、おりくさま。道連れの仕事は、何よりもがまんがだいじ。できるかぎり、悶着を避けるのが、道連れの極意でございます」

それを聞くなり、りくはこめかみに青筋を立て、かなめに食ってかかろうとした。

とっさに、菊野がりくの袖口を取り、軽く後ろへ引く。

りくは出端をくじかれ、不満げに菊野を見返った。

菊野は、あっけらかんとした表情で、軽くりくに首を振ってみせた。

りくは唇を引き結び、張っていた肩をすとん、と落とした。

笠取峠 長窪宿

昼九つ半に、一行は芦田の茶屋を、あとにした。

一足先に、様子を見に行った鬼吉が、問屋場の前で待っていた。

鹿角彦輔が近づくのを待ち、ささやき声で言う。

「あの二人は、もう先に行っちまったようで」

「馬を借りてか」

藤八が割り込むと、鬼吉は首を振った。

「いや。四半時近くも、ねばったそうでござんすが、問屋場じゃあ馬は荷物だけで、人は乗せねえと断わった、とのことで」

それを聞くなり、蛇の目がしたり顔で言う。

「おいらが言ったとおり、山道は危のうござんす。乗り手だけならまだしも、馬ごと谷底へ落ちでもしたら、とんでもねえ大損だ。ついて行く馬方も、ただじゃあすみやせんからね」

藤八は、苦笑した。

宿場を出ると、にわかに風が吹き始めた。

初夏とはいえ、これほど高い山の中に来ると、肌がひんやりとして、むしろ寒いくらいだ。

碓氷峠から比べれば、だいぶ低いところまで、くだって来たはずだ。それでも、長窪宿とのあいだに笠取峠という、また別の峠がある。

さらに、その先の和田宿を過ぎると、もっと険しい和田峠が控えている、とも聞いた。それもあって、この日は和田宿で泊まり、翌日の峠越えに備えることにした、という次第だった。

芦田宿を出ると、少しずつのぼり坂になるとともに、長い松並木の道に差しかかった。そのとっつきで、やおらりくが足を止め、南に当たる並木道の左手へ、向き直った。

菊野に合図すると、おもむろに二拝二拍して、何ごとかぶつぶつ唱える。最後にまた、一拝した。

菊野も、それにならう。

二人の動きは、神社での参拝と同じだ。

りくは顔を上げるなり、鬼吉や蛇の目、それに藤八とかなめを交互に見ながら、小声でうながした。

「何をしておる。その方たちもよくよく、お礼を申し上げるのじゃ」

うむを言わせぬ、厳しい口調だ。

鬼吉と蛇の目は、尻を蹴飛ばされたように、くるりと向きを変えた。

松並木の向こうに広がる、遠い山並みに向かって、ぺこぺことお辞儀を始める。

かなめも、あわてて同じ方角を向き、神妙に頭を下げた。

わけが分からぬまま、藤八もそれを見習う。

すると彦輔までが、いかにも気の進まぬ様子で、同じ格好をした。

りくが、また軽く頭を下げ、おごそかに言う。

「ここから先は、おそれ多くも東照大権現さまが、旅人のために夏場の日よけ、冬場の風よけとして整えられた、ありがたい松並木でございます。おそろかに歩けば、ばちが当たりますぞ」

そのまますたすたと、一人で歩きだした。

菊野が、かなめに困ったように笑いかけ、りくの後ろについて行く。

かなめは、藤八を見た。

それが癖の、くるりと瞳を回すしぐさをして、菊野のあとを追い始める。

鬼吉と蛇の目は、彦輔と藤八の顔色をうかがいながら、恐るおそる女たちに従った。

彦輔はにが笑いをして、藤八に顎をしゃくった。

並んで、歩きだす。

「おりくさんは、江戸のお城に頭を下げたんで」

「いや。方角違いだ。頭を下げたのは、駿河の久能山だろう」

彦輔に言われて、なるほどと思い当たる。

「ははあ。東照大権現をまつった、久能山の東照宮でござんすか」

「そうだ。もっとも、その後遺骨は日光の東照宮へ、移されたがな」

彦輔の話によると、菊野の兄坂田藤十郎も、りくの父木下仙右衛門とやらも、下総大見川淵田家の家中だ、という。

淵田家は、たかだか二万石の小藩ながら、三河以来の譜代だそうだ。りくが、徳川家康をあがめるのも、当然だろう。

りくの言うとおり、並木道を進んで行くと、心なしか風当たりが弱くなり、少し暖かさがもどったような気がする。

彦輔は言った。

「さっき、おりくが言ったことはほんとうだが、家康公が松並木を整えたのは、旅人のためだけではない。外様が謀反を起こして、上方から攻め寄せて来たときの、備えでもあるのよ」

「とおっしゃいやすと」

「その場合徳川方は、松並木を盾にここで鉄砲を撃ちまくって、敵の進攻をせき止めるという、裏のねらいがあったのだ」

藤八は、顎をなでた。

「なあるほど。しかし、敵も鉄砲くらいは、持っておりやしょう。ならばお互いさまで、たいした支えにゃなりやせんぜ」

「どうにも、支えきれなくなったときは、この松の木を何本も切り倒して、街道をふさぐのだ。サカモギにするのよ」

「サカモギ、といいやすと」

「逆さに茂る木、と書く。枝をけずって、槍のようにとがらせた松の木を、何本も街道に横たえるのだ。そうすれば、鉄砲よりさらに進攻を遅らせたり、はばんだりすることができる、という寸法さ」

あまり感心せず、藤八は首を振った。

「まあ、悪い考えじゃあござんせんが、この太平の世にそんないくさが始まる、とは思えやせんね」

道がますます、つま先上がりになった。

いつの間にか、先頭に移っていた鬼吉と蛇の目が、道端に立つ木標を見て、頓狂な声を上げる。

藤八は、小走りにそばへ行って、木標をのぞいた。

〈笠取峠　この先上り三十丁〉と書いてある。

鬼吉がぼやく。

「三十町といやあ、ざっと小一里だ。けっこう、きつうござんすよ、兄貴」

「そのようだな。しかしおめえたちは、これが初めてじゃあるめえ」

蛇の目は、肩を揺すった。

「まあ、これで三度目でござんすが、こいつを見るたびに、引き返したくなるんで」

ほうっておいて、また歩き始める。

のぼりの三十町は、さすがにきつかった。その間、松並木は途切れずに、続いていた。一時半ほどで、ようやく笠取峠の頂上に、たどり着く。りくも、なんとかついて来た。吹きさらしの峠は、ますます風が強さを増し、あおり立ててくる。

背後を振り返ると、松並木のはるか向こうに、黒褐色の浅間山の雄姿が、くっきりと浮かび上がっている。

蛇の目が、得意げに言う。

「どうでござんす、この浅間の眺めは。つい笠を取って、見とれちまいやしょうが」

鬼吉が顎紐をほどき、三度笠を頭からはずして、あとを続けた。

「それでここを、笠取峠というんでござんすよ」

そのとき、ひときわ強い風が渦を巻いて、一行に襲いかかった。

「おっとっと」

鬼吉が叫んだときは、すでに遅かった。

はずしたばかりの三度笠が、風にさらわれて宙へ舞い上がり、くるくると谷底へ落ちていく。

みんなあわてて、自分の笠を押さえにかかった。

彦輔が言う。

「風に笠を取られるから、笠取峠というのが実の由来だ。覚えておけよ、鬼吉」

鬼吉はくさりきって、今度は道中合羽を取られぬよう、必死で体に巻きつけた。

峠の茶屋は、中山道をくだって来た上方者で、あふれている。藤八には、早口で交わされる上方言葉が、さっぱり分からなかった。

一休みしたあと、一行は峠をくだって、長窪へ向かった。

長窪宿に着いたのは、昼八つ半ごろだった。

笠取峠から長窪までは、幸いにもずっとくだりが続いた。

しかしそれも善しあしで、しまいには膝ががくがくし始め、藤八も彦輔もだいぶ往生した。

旅慣れた鬼吉、蛇の目が平気なのは分かるが、菊野やかなめなど女たちまで、足どりが乱れないのは不思議だった。

ましてりくまでが、まめに苦しんだことなど忘れたように、駆けおりぬばかりにせっせと歩くのには、あきれるしかなかった。

追分宿を出てから、どの宿場も旅籠屋が十軒に満たぬほど、少なかった。

ところが、長窪宿にはいると急に活気が出て、にぎやかになった。

旅籠の数が増えたのは、客引き女の姿が目立つことで、すぐに分かる。

女連れと見て、まったく声をかけてこないのは、例のとおり飯盛旅籠の客引きだけだ。

宿場町は、東西に走る街道の両側に広がり、西の端は石垣の突き当たりになって、いきなり南へ曲がる。

これもまた、いつ起こるとも知れぬ、いくさへの備えだろう。

彦輔一行は、はずれの茶屋でしばらく休み、気合を入れて長窪宿を出た。

先ほど来、笠取峠から続いていたくだりが、ふたたび爪先のぼりの坂道になる。和田峠のふもとに位置する、和田宿まで二里ほどあるというから、かなりきつい行程だ。

途中、街道沿いに流れる依田川に、左岸へ渡る大和橋という橋が、かかっていた。

先頭を行く鬼吉、蛇の目の二人はその橋を渡らず、さらに先に見える別の橋へ、足を進める。

和田峠

藤八は、二人に声をかけた。

「ちょっと待ちな、蛇の目の。こっちの橋を、渡るんじゃねえのか。渡った先に、〈是より和田の里〉と、石標が立ってるぜ」

蛇の目が振り向く。

「そっちは、遠回りの悪路でござんすよ。中山道の本道はこの先、東から別の川が依田川へ流れ込む、ちょいと手前でそれぞれ一本ずつ、橋を渡って続きやす」

その心得た口ぶりに、おとなしく従うことにする。

なるほど、そこから一町ばかり歩くと、別の川が依田川に合流しており、それぞれにかかった小さな橋を、続けて二つ渡った。道中案内には書いてなかったが、蛇の目が言うとおりのようだ。

二つ目の橋が、依田川の本流にかかる、和田橋だという。

すぐ左手に、頭に松林をいただいた苔だらけの、大きな岩が見える。その向こうには高だかと、和田峠が控えている。

見ごたえのある景色だ。

ただし峠の周辺に、まだ雪が残っているのに気づき、藤八は少なからず驚いた。同じ初夏でも、江戸とはまるでおもむきが違う。

依田川を左に見ながら、しばらく山道をたどって行くと、下和田の立場に着いた。

人足のたまり場と、茶屋がいくつか、軒を接している。茶屋の一つで、団子と茶を腹に入れながら、足を休める。

並びの立場から、人足が一人そばに寄って来て、りくに声をかけた。

「こん先、坂がどんどん、きつくなるだよ。ひととおりでねえ、胸突きだわな。うっさのるが、かしこかよ」

りくが困った顔で、藤八を見る。

「うっさのるとは、どういう意味じゃ」

藤八も、首をひねった。

「馬にでも乗れ、と言ってるんじゃございませんかね」

鬼吉が、割り込んでくる。

「馬じゃございませんよ、兄貴。きつい胸突きになるから、牛さ乗るがよか、と言ってるんで」

「牛に乗るのかい」

かなめが、びっくりしたような声で聞き返し、菊野がくくっと笑った。

蛇の目が言う。

「坂がきつうござんすから、馬は危ねえと言ったでござんしょう。牛なら、よほどのことがねえかぎり、落ちる心配はござんせんよ。そのかわり、歩きがちっとばかり、のんびりしておりやすがね」

それを聞いたりくが、まなじりを吊り上げる。

「馬であろうと牛であろうと、そのようなものに用はない。自分の足で歩くと、そう言うてやれ」

その見幕に、人足は何も言い返さず、首筋を掻きながら引っ込んだ。

彦輔が言う。

「牛に乗ったのでは、日暮れまでに和田宿には着けぬ。歩きは少々きついが、少しでも早く着いた方が、ゆっくり休める。明日の峠越えは、もっときついからな」

その一言で、みんな腰を上げた。竹筒を水で満たして、出発する。

一時ののち。

和田宿に着いたとき、空はまだ明るかった。しかし、日は峠の向こうに隠れてしまい、宿場にはもう灯がともっていた。

翌日に備えて、みんな早寝をした
翌朝六つ。

そろって、ほこりだらけの手甲脚絆と、きのう一日ではきつぶした草鞋を、新しいものに取り替える。

彦輔と藤八、蛇の目は山蛭で汚れた笠を、鬼吉は風に飛ばされた三度笠を、それぞれ買い直した。

次の下諏訪宿まで、まだ五里半あまりある。中山道の、宿場間の道のりとしては、もっとも長い。

しかもこの先、海からの高さが道中でいちばんといわれる、和田峠を越えなければならない。

それを考えてか、彦輔が下諏訪まで人足を二人雇う、と決めた。

一人に藤八の笈を背負わせて、もう一人の背負い籠で女たちの手荷物を、運ばせることにする。

下諏訪までの賃銭は、人足一人当たり二百四十五文だった。

藤八は彦輔と相談し、酒手を含めて二人に一朱ずつ、与えることにした。

昨今の相場では、一朱が四百文ほどになるから、人足たちは文句も言わず、荷物をかついだ。

さいわい、天気はよかった。

ほどなく、人足を雇ったのは正しかった、と分かる。山道は、すぐにきつい胸突きになり、道幅も一間そこそこにせばまった。

ときどき、道がくねって崖の上に突き出し、あるいは山側が深くえぐれて、そこだけ少し広くなるくらいだ。

谷を挟んで、向かいの山の平らな腰のあたりに、田が作られているのが見える。

かなめが、妙にしみじみと言った。

「あんなところでも、お米ができるのかねえ」

だれも、言葉が出なかった。

行けども行けども、人家もなければ茶屋もない。右手の崖の裾に、まだ消え残った雪が積もっているのに、あらためて驚かされる。

「どうりで、寒いわけだ」

藤八がこぼすと、彦輔が言った。

「この分では、峠のてっぺんを抜けるのに、雪を掻き分けねばなるまいな」

「悪い冗談は、やめてくだせえよ、旦那」

そのとき、上の方からほう、ほうという声と、からんからんという鈴の音が、降ってきた。

人足たちは、足を止めた。

一人が、口を開く。

「峠の上から、馬か牛がおりて来るだよ。ここじゃ、すれ違えねえから、ちっと引き返すっぺ」

そう言って、さっさときびすを返し、あともどりして行く。

しかたなく、彦輔たちものぼって来た道を、引き返した。

二人の人足は、残り雪のたまった崖下に、身を寄せていた。みんなも、それにならう。崖がえぐれている分、そこは山道の幅にいくらか、広がりがあった。

人足が言ったとおり、やがて荷物の上に人を乗せた牛が、ゆっくりとおりて来た。

牛引きが、腰をかがめて挨拶する。牛に乗っ男は、キセルをくわえたまま、すんまへんな、と上方訛りでわびた。

藤八は口の中で、小さくののしった。

中山道一の難所、といわれるだけあって和田峠の山道は、これまでよりはるかにきつかった。

もっとも、道中案内には〈木曽のかけはし、太田の渡し、碓氷峠がなくばよい〉と、三大難所がうたわれているのに、なぜか和田峠はその中に、はいっていない。

途中、崖側に切り株が五つ、並んでいた。旅の者が休むために、据えられたらしい。

気丈なりくも、さすがに疲れたとみえて、切り株の一つにすわり込んだ。菊野もかなめも、それにならって腰を下ろす。

三人並んで、竹筒の水を飲んだ。

かなめが口元をぬぐい、いかにもあきれたという口ぶりで、ぼやいてみせる。

「こんなくたびれる街道を、よく旅する人がいるものさね。東海道なら、せいぜい箱根山くらいで、よっぽど楽じゃないか」

「そのかわりこっちにゃ、じゃまくせえ大井川がねえぜ」

彦輔が笑った。

「まあ、おあいことというところだな」

元気を出して、また二里ほどものぼると、茅葺きの施行所《せぎょうしょ》があった。

難儀な峠だけに、ここではただで旅人に食事が供され、牛馬にも餌が与えられる、という。

もっとも、それは冬場だけのことだそうで、今は閉じられていた。

そこを抜けると、ほどなく茶屋が五軒並んだ、東餅屋と呼ばれる休息所にぶつかった。茶屋の親爺によれば、そこから峠の頂上まで、さらに二里半あるとのことだ。

さしものりくも、それを聞いて眉を曇らせ、肩を落として言う。

「あと二里半ののぼりとは、いささかきつい長丁場じゃ。きのうのきょうで、いささか疲れが出ました。このあたりで、早泊まりはできませぬか」

珍しく、本音を漏らした。

すでに、日は中天に達しているが、日暮れまでにはまだだいぶ、間がある。

「ごらんのとおり、このあたりに旅籠屋はござらぬ。ご法度ながら、茶屋泊まりもできなくはないが、女子の場合は詮議が厳しいゆえ、どの店も引き受けたがるまい。ここは、人足にかついでもらってでも、峠を越えていただきましょう」

彦輔が言うと、店先で休んでいた人足たちが、泡を食ったように手を振った。

「男だろうと女子だろうと、おらたちゃ人はかつがねえだ。馬か牛さ、雇ってもらうべ」

蛇の目が、口を出す。

「峠まではきつうござんすが、きのうの笠取峠と同じで、越えちまえばあとは楽になりやす。てっぺんまで、おいらと鬼吉がかわりばんこに、おりくさまをおんぶいたしやすよ」

聞き終わるやいなや、りくはまなじりを決して、すっくと立ち上がった。

「まだ、そなたらに背負われるほど、もうろくしてはおらぬ。さあさあ、まいりますぞ」

そう言い捨てるなり、さっさと茶屋を出て、竹杖を頼りに坂をのぼり始める。

菊野は、かなめと顔を見合わせて、しかたなさそうに笑いながら、腰掛けを立った。

彦輔も鬼吉たちも、急いでそれに続く。

やむなく、藤八はみんなの茶代を払って、あとを追った。

それから、峠のてっぺんまでの二里半は、のぼり坂が蛇のように曲がりくねった、考えも及ばぬ難路だった。

東餅屋で、うっかり本音を漏らしたりくは、苦し紛れにせよ見えを切ったせいか、最後までがんばりとおした。

頂きに達してからも、多少ののぼりおりが続いたあと、五つ六つ茶屋の建ち並ぶ、平らな場所に出た。

そのうちの、座台がある店に腰を落ち着け、中食をとる。

茶漬けをすすりながら、りくが自慢げに言った。

「噂ほどには、たいした坂でなかったわいの。そうは思わなんだか、鹿角どの」

彦輔は、茶漬けにむせた。

あわてて口元をぬぐい、咳払いをして応じる。

「仰せのとおりでござる。それにしても、りくどののがんばりには、感服つかまつった」

あからさまな世辞だ。

「なんの。ちなみに、この峠は中山道一高いそうじゃが、どれほどの高さかの」

彦輔が口を引き結んだので、代わって藤八が答える。

「ものの本によれば、およそ五百丈とのことでござんす。平らな、まっすぐな里程に置き換えやすと、四十五里ほどになりやしょう」

彦輔があとを続ける。

「別の言い方をすれば、江戸からここまでの道のりと、ほぼ同じでござるよ」

かなめが、背筋を伸ばした。

「ほんとかい、彦さん」

よほど驚いたらしく、口元に飯粒をつけたままだ。

「海面からの高さ、と考えればそうなる。この辺は、土地自体が高い場所にあるから、その分差し引かねばならぬがな」

話を聞いていた、人足の一人が口を挟んでくる。

「今のぼって来た東の坂よか、こっからくだる西の坂の方が、きついだに。それこそ、ひととおりじゃあらすか。膝が折れんように、気いつけるがいいだ」

藤八は彦輔と、顔を見合わせた。

前日、笠取峠から長窪へおりるとき、膝ががくがくしたのを思い出したのだ。

りくが顎を突き出し、小ばかにしたように笑う。

「のぼりに比べれば、くだりなどものの数にはいらぬわ。早う下諏訪へくだって、温泉にはいろうではないか」

温泉と聞いて、菊野もかなめも急に元気が出たように、うなずき合った。

確かに女たちは、三人とも笠取峠からのくだりを、難なくこなしていた。男に比べて、膝の骨と骨のつなぎが、柔らかいのだろうか。

そこへ、藤八の笈をその場に置いたまま、姿を消していたもう一人の人足が、あたふたともどって来た。

眉根を寄せ、彦輔と藤八を見比べながら、こう話し出す。

「隣にいた、仲間の人足から聞いただが、物騒なことになっただよ」

それによると、前日の夜半下諏訪宿の二つ先の、洗馬《せば》宿を抱える洗馬村一帯が、馬に乗った山賊集団の襲撃を受け、ただならぬ損害をこうむったらしい。死傷者も何人か出た、というのだ。

さいわい、宿場そのものは襲われなかったが、食糧や日用雑貨、人馬労力など、宿場の営みを支える賄いに、重大な差し支えが生じるようだ。

「んだで、くだりの旅の者は一つ手前の本川宿、のぼりの者は同じく塩尻宿で、足止めになったずら」

藤八も彦輔も言葉を失い、少しのあいだ呆然としていた。

人足は相方の人足と、よく分からぬ土地言葉で、しばらくやりとりしてから、藤八を見た。

「こうなっと、のぼりの旅人は塩尻よりかも、一つ手前の下諏訪の宿場で、様子を見るに違えねえ。

早く行かねえと、宿が埋まっちまうずら」

それを聞くなり、藤八はすぐに肚を決めた。

「おめえ、下諏訪に顔のきく旅籠を、知らねえか」

「知らねえこともねえが」

人足の返事に、藤八は鬼吉に顎をしゃくって、茶屋の外に連れ出した。

「おめえ、あの人足と一緒に先に行って、顔のきく旅籠と話をつけろ。どうでも二部屋、あけさせるんだ。人足と旅籠に、鼻薬をきかせてな」

そう言って、巾着から一分金を二粒取り出し、鬼吉の手に握らせた。

「人足の背負ってる笈は、どうするんで」

「坂を駆けおりるのに、じゃまになるだろう。笈は、おれと蛇の目で引き受ける。おめえたちは、手ぶらで行くがいいぜ」

もどって彦輔の了解をとり、鬼吉にうなずいてみせる。

鬼吉は、人足を引きずるように、茶屋を飛び出して行った。

下諏訪 (一)

人足の言ったとおりだ。

峠の西側の山道は、目がくらむようなくだり坂で、笈をかついだ藤八は、何度もつんのめりそうになった。

日の動きから、坂はおおむね南の方角へ、くだっているようだ。東側と同じく、あちこちに雪が残っており、日の当たらぬ場所は、寒いほどだった。

ときたま崖から、下を流れる川を眺め下ろすと、水が岩に当たってしぶきを上げ、白く砕け散るのが見える。菊野もかなめも、足を止めて崖のふちから、恐るおそるのぞき込んでいた。

その、絵に描いたような景色に、風流とは無縁の藤八といえども、目を洗われるような気分になる。そんなとき、鹿角彦輔は見向きもせず、両腕を広げて息を吸ったり、吐いたりするだけだ。

藤八以上に、風流を解せぬ性分とみえる。

山側に転がる、大きな石に腰を下ろしたりくが、蛇の目の六郎兵衛に声をかけた。

「蛇の目とやら。すまぬが、足首をひともみしてくりゃれ。くるぶしが、痛うてかなわぬのじゃ」

「へい、へい」

二つ返事で引き受けると、蛇の目はいかにもおそれ多いというしぐさで、りくの足をひたいに押しいただき、もみ始める。

藤八と彦輔は、顔を見合わせて苦笑した。かなめは、見ていられないという風情で、そっぽを向く。

そのとき、荷を背負った商人らしき二人連れが、下の方からのぼって来た。

「すまねえ、ちょいとものを尋ねてえんだが」

藤八が声をかけると、二人は足を止めて、汗をぬぐった。

武家と町人の男女、それに渡世人という妙な取り合わせに、とまどった様子を見せる。年配の男が言った。

「なんでっしゃろ」

「ゆうべ、洗馬村が山賊に襲われたらしいんだが、おめえさんたちは出くわさなかったかい」

「わてらはゆんべ、塩尻に泊まりましたさかい、山賊とは出会うとりまへん。そやかて洗馬宿は、大騒ぎやったそうだすな」

「らしいな。ところで、下諏訪宿は込み合っていたかね」

藤八が聞くと、今度は年若の男が応じた。

「のぼりのお客はんで、埋まっとりましたわ。次の塩尻宿で、足止めになったさかいに、みんな下諏訪に泊まるんとちゃいますか。塩尻とのあいだには、もひとつ塩尻峠ちゅう難所が、控えとりますさかいな」

塩尻宿は旅籠屋が七十軒を超え、その数は中山道一と道中案内に、書いてあった。

それでも、下諏訪に泊まる者が多いとすれば、雁木の鬼吉と人足を先にやったのは、間違いではなかったようだ。

しかしこの様子では、部屋を二つも取れるかどうか、むずかしいところだろう。

「ほな、ごめんやして」

商人たちが行ってしまうと、藤八たちもまた用心しつつ、山道をおり始める。

案の定、藤八と彦輔は前日と同じように、膝ががくがくし始めた。

しかたなく、岩場を這う蟹のように横を向いたり、ときには後ろ向きになったりして、体の構えを変えながらおりて行く。

途中、西餅屋なる茶屋で休んだほかは、熊笹の生い茂った細い山道を、延々とくだり続けた。山の端から、諏訪湖の白い湖面がのぞくたびに、元気が出て足取りも軽くなる。

藤八と彦輔は、震える膝をだましだまし、一方女たちは別に弱音も吐かず、一気に下諏訪までくだった。

道中案内で、宿場の入り口の目印とされていた、大きな石仏を見たときは、しんそこほっとした。

高さが一丈近くもある、肩の丸い巨大な石仏だった。

石の表面に、万治《まんじ》三年という銘が読み取れるから、百七十年近くも前のものだ。

諏訪大社の下社春宮、と案内に載っていた神社を右に眺め、さらに秋宮らしき別の神社を左に見て、宿場の木戸に向かう。

左から合流する別の街道は、湖の向こう側にある上諏訪宿をへて、江戸につながる甲州道中だろう。道標によれば、中山道も甲州道中も江戸への道のりは、どちらも五十数里とのことで、ほとんど変わらない。

少し前から、ぷんと鼻をつき始めた硫黄のにおいが、ますます強まってくる。いかにも温泉、というにおいだった。

下諏訪は、和田峠を越えて来た疲れをいやし、新たに塩尻峠に向かう英気を養う、だいじな宿場だ。

しかも中山道で、ただ一つ温泉が出る宿場だから、泊まり客が多い。

ましてこの日、のぼりが塩尻で足止めとなれば、旅人は当然居心地のよい、手前の下諏訪で体を休めるだろう。客であふれるのは、当然のことだ。

藤八は、彦輔を見た。

「この込み具合じゃあ、いくら人足の顔がきくといっても、部屋が取れるとは思えやせんね」

ふところ手をした彦輔が、襟元からもぞもぞと指先を出し、所在なげに顎をなでる。

「そのようだな。だいいち、鬼吉たちを見つけるのが、一苦労だ。向こうで見つけてくれるのを、待つしかあるまい」

確かに、こちらの方が人数が多く、見つかりやすいだろう。

はぐれないように、藤八たちはひとかたまりになって、左右に目を配りながら、ゆっくりと歩いた。

客引き女は、この日に限って客の袖を引かず、断わることにおおわらわだった。

通りの脇に設けられた、屋根しかない見通しの温泉場に、男たちが芋を洗うような格好で、つかっている。

塀で、きちんと囲いがしてある方は、侍か女のための温泉場だろう。

出入りの激しい、問屋場の前に差しかかったとき、人込みを搔き分けるようにして、鬼吉が顔をのぞかせた。

「おう、雁木の。ひでえ込みようだが、宿は取れたか」

藤八が声をかけると、鬼吉はりくの目を避けるように、袖を引っ張った。

天水桶の陰で、声をひそめて言う。

「あの人足のつてで、半町ほど先の桔梗《ききよう》屋という平旅籠に、なんとか一部屋だけ取りやした。六畳間でござんすが」

藤八は、口を引き締めた。

「一部屋だけか。たとえ六畳間でも、衝立を立て回して七人となると、ちっとばかりきついな。だれかさんが、また目くじら立てるに違えねえ」

少なくとも、りくは鬼吉たちと同じ部屋には、泊まりたがらないだろう。

「心配いりやせんよ、兄貴。おいらと蛇の目は今夜、立場の人足小屋に泊めてもらうってことで、話をつけやしてござんす」

それを聞いて、いくらかほっとする。

藤八と彦輔だけなら、りくも倉賀野で一度、雑魚寝をしている。

こたびは、山賊騒動のあおりでもあり、前回より畳二枚分も広い部屋だから、いやとは言わないだろう。

鬼吉が、人足から聞いた話によると、温泉地なのにほとんどの旅籠に、内湯がないそうだ。あっても、めったにたかないらしい。

せいぜい、参勤交代や公儀御用のおりに、本陣と脇本陣がたくくらいだ。

宿場の者も、ふつうの泊まり客もすべて、宿場内に三カ所ある温泉場へ、はいりに行くという。

鬼吉を先頭に、宿場の人込みを抜けて行くと、右側に桔梗屋の袖看板が、見つかった。その前に立ったとき、にわかに背後が騒がしくなり、馬の蹄の音が響いてきた。

藤八が振り向くと、宿場の人込みが乱れながら左右に割れて、そのあいだを男を乗せた馬が二頭、疾駆して来るのが見えた。

いや、その背後から前の男たちを追うように、馬を馳せる三人目の男がいる。

藤八は、思わず声を上げた。

「とんちきめ。宿場を馬で駆け抜けるばかが、どこにいる」

とっさにかなめとりくを、そばに引き寄せる。

彦輔も、菊野を自分の体で、かばった。

次の瞬間、前の二頭が砂ぼこりを上げて、走り過ぎる。

ほとんど間をおかず、もう一頭がきびすを接するように、一行の鼻先を疾風《はやて》のごとく、駆け抜けた。

それを見て、彦輔が叫ぶ。

「隼人。隼人」

三人目の男の背で、編笠が上下に躍っているのが、ちらりと見えた。

それも一瞬のことで、三頭の馬はたちまち街道を遠ざかり、砂ぼこりだけが残った。

込み合う宿場のど真ん中を、馬で疾駆するという傍若無人の振る舞いに、だれもが怒りの声を上げている。

しかし、それもいっときのことで、三々五々人の流れがもとにもどり、ほどなく騒ぎは収まった。

一息ついたところで、藤八は彦輔の顔を見た。

「旦那。たった今、なんとおっしゃいやしたかね。隼人、と言ったように聞こえたが、だれのことでござんすかい」

かなめも、乗り出してくる。

「彦さん。わたしにも隼人と、そう聞こえたよ。まさか、富永の旦那のことじゃ、ないだろうね」

やはり、藤八と同じく富永隼人のことを、思い浮かべたらしい。

隼人は、この一件のきっかけとなった、目黒新富士での腕試しのおりにも、最後の方で首尾を確かめるように、姿を現わしたものだ。

あのときから彦輔は、こたびの神宮迅一郎のたくらみにも、隼人が一枚嚙んでいるに違いない、とにおわせていた。

しかし彦輔は、少しのあいだ二人の問いに、答えなかった。

やがて、独り言のようにつぶやく。

「顔つきが富永隼人に、似ていたような気がした。しかし、おれの見間違いかもしれん」

藤八は、首をひねった。

「あっしは、顔をよく見なかったが、今の侍は月代を伸ばさずに、ちゃんと剃っておりやしたぜ。富永の旦那なら、浪人髷でござんしょう」

かなめも、そばから言う。

「それに、あのお侍は裁着袴に野羽織を、身に着けていたじゃないか。富永の旦那なら、あんな格好で馬に乗りませんよ。主持《しゅうも》ちでもあるまいし」

「それもそうだな」

そうは言ったものの、彦輔はまだ何か引っかかるような、浮かぬ顔つきだった。

鬼吉と蛇の目は、一晩泊めてもらうという人足小屋へ、そのまま回るという。

二人には明朝六つ、迎えに来るように言い含めて、藤八たちは桔梗屋にはいった。

二階の六畳間は、畳のにおいも新しい、きれいな部屋だった。すでに、手前と奥が衝立で、仕切られていた。

加えて、この旅籠には内湯があり、今わかしているところだという。山賊騒ぎで、屋外にある温泉場が立て込むため、内湯をたてることにしたらしい。

それを聞くと、りくは倉賀野の雑魚寝を忘れたように、文句一つ言わずにいそいそと、衝立の向こう側に回り込んだ。

荷ほどきをしながら、かなめと菊野を相手に機嫌よく、世間話までし始める。

藤八は、ほっとして彦輔とうなずき合い、茶のはいった湯飲みを手にして、通りに面した出窓の縁に、腰をおろした。

手すりに左肘をのせ、彦輔に言う。

「この分じゃあ、いつになったら京へ着くやら、分かりやせんぜ」

彦輔も、同じように手すりにもたれて、茶を飲んだ。

「行く先を京にしたのは、おれたちにも行く先を知られぬように、迅一郎が勝手に決めただけのことよ。かならず中山道を通れ、という縛りをかけてきたからには、東海道と合流する草津までか、少なくとも京へ着くまでのあいだに、真の行く先が分かるに違いない」

なるほど、と思う。

ただし、追加の路銀は京都の両替屋に、為替で送られてくることになっている。

それまでのあいだに、菊野をどこかへ送り届けて、そのあと金を受け取りに行く、という段取りになるのだろうか。

どこまで行くか知らないが、そろって無事に江戸へもどるためにも、帰りの路銀を受け取る必要がある。

思わず、ため息が出た。

これほど、先の読めない仕事は初めてだし、それは彦輔も同じだろう。

「しかしこれから先、いったい何が起こるんでござんしょうね」

藤八がぼやくと、彦輔は生あくびをしながら、そっけなく応じた。

「知らんし、知りたくもない。無事に江戸へもどって、礼金を手にすることさえできりゃあ、それで文句はない」

そのとき、どこからか時を告げる、捨て鐘が鳴り始めた。薄紫色の空からして、暮れ六つの鐘と見当がつく。

下の通りに、旅籠や茶店の明かりが流れ出て、行き来する人びとの姿が、浮かび上がった。ほとんどが、塩尻峠をくだって来た、上方からの旅人らしい。

上手から来る旅人の中に、焦げ茶色の野羽織と野袴に身を固め、編笠をかぶった侍姿の男が一人、交じっていた。

それを見て藤八は、先刻馬で宿場を駆け抜けた侍の、背中ではずんでいた編笠を、思い出した。近ごろ見かけぬ、古い形の編笠だったので、覚えていたのだ。

「ちょいと、旦那。上手から歩いて来る、編笠のお侍をごらんなせえ。ありゃあさっき、馬で宿場を駆け抜けて行った、三人目の男でござんしょう」

藤八が言うと、彦輔は体をねじって、通りの右手を見返った。

「あのお侍に隼人、隼人と呼びかけなすったんじゃ、ござんせんかい」

藤八の問いに、彦輔はすぐには答えず、急いで腰を上げた。

向きを変えて、手すりから下の通りへ、体を乗り出す。

侍は、足ばやにこちらへ歩いてきたが、編笠に隠れて顔が見えない。しかし、まわりにいる男たちと比べて、頭ひとつ背が高いことは、明らかだった。

藤八は手を伸ばし、彦輔の肘をつついた。

「もう一度、隼人、と呼びかけてみたら、どうでござんす」

そうけしかけると、彦輔もその気になったらしく、さらに体を乗り出して、片手を口元に当てた。

それより早く、侍は笠の縁を軽く押し上げ、二人の方に目を向けた。

その顔を見て、藤八は背筋を伸ばした。

笠で髷が隠れ、顔しか見えないせいか、富永隼人によく似ていることは、一目瞭然だった。

「こいつは驚いた。髷が見えねえと、富永の旦那にそっくりでござんすよ」

そう言い終わらぬうちに、侍が二人に手を上げて、にっと笑いかける。

それを見て、藤八は今度こそのけぞり、言葉を失った。

彦輔が言う。

「どうだ。やはり、隼人ではないか」

藤八は、手にした湯飲みを縁に置き、出窓から乗り出した。

「富永の旦那。いったい、こんなとこで、何をしてるんで」

そう声をかけると、隼人は自分の足元を指さし、二人に軽くうなずいた。

どうやら、下へおりて来い、と言いたいらしい。

藤八も彦輔も、すぐに腰を上げた。

彦輔が、衝立の向こうに、呼びかける。

「おりくどの。ちょっと下の通りを、一歩きしてまいる。そのあいだ、風呂にでもはいっておられよ」

かなめが、衝立の上から、目だけのぞかせた。

「どうしたんだい、二人とも」

「もどってから話す」

彦輔はそう言い捨て、障子をあけて先に部屋を出た。

藤八も、あとを追う。

土間の下駄を突っかけ、表の通りに出ると、並びの居酒屋の前にいた隼人が、二人を手招きした。

彦輔が、少し声をはずませて言う。

「おぬし、何ゆえこんなところに、姿を現わしたのだ。それに、さっきの馬はどうした」

隼人は、居酒屋に顎をしゃくって、うそぶいた。

「とにかく、一杯やらぬか」

下諏訪 二

居酒屋の板の間に上がり、衝立で仕切って席をこしらえる。

鹿角彦輔と藤八は、富永隼人と向き合い、並んですわった。

隼人の頭は、一日二日手入れをしていないにせよ、ともかく月代を剃り上げていた。

藤八が、それをつくづくとながめながら、問いかける。

「旦那。いったいその頭は、どうなすったんでござんすかい。まさか、どこぞの家中に仕官がかなった、とでも」

隼人は、眉根を寄せた。

「今どき、そんなうまい話があるものか。とにかく、酒だ」

藤八が小女を呼び、冷や酒を五合入りの徳利で、注文する。

彦輔は、隼人に聞いた。

「それで、馬はどうした。そもそも、おぬしが追いかけていたあの二人は、何者なのだ」

「あの馬は、韮崎《にらさき》宿で借りたのだ。ここの立場で、韮崎へ送り返すように、頼んできた」

彦輔は、驚いた。

「韮崎といえば、甲州道中の宿場ではないか。何ゆえ、そんなところにいたのだ」

そう問うたとき、早ばやと酒がきた。肴は、何かの山菜の煮付けと、川魚の干物だ。

藤八が隼人の湯飲みに、酒をなみなみとついでやる。

隼人は、それを一息に半分飲み干し、おくびを漏らした。

彦輔と藤八も、自分の湯飲みを満たして、一口飲む。

隼人はすぐに、話し始めた。

「実は、おぬしらが江戸をたった、同じ四月三日の朝方におれたちも、高輪の薩摩屋敷を出立したのだ」

手を上げて、それを止める。

「待て待て。おれたちとは、だれのことだ。それに、何ゆえ薩摩屋敷なのだ」

隼人は酒を飲み干し、涼しい顔で応じた。

「まあ、聞け。おれたちとは、神宮迅一郎に下総大見川淵田家の、坂田藤十郎。同じく、淵田家の番士が十人と、供回りの中間やら、お女中衆のことだ」

思わぬ話の雲行きに、彦輔は湯飲みを盆にもどした。

それが今度の一件と、どう関わっているのか、にわかには見当がつかない。

憮然として言う。

「迅一郎はともかく、淵田家の坂田藤十郎といえば、おれに菊野の道連れを頼んだ、当人ではないか」

隼人が、苦い顔でうなずく。

「おれも、そう聞いている。こちらの一行も同様に、どこのだれとも知れぬ女子を、どこかへ送り届けるらしい。おれは、その警固の一人として、雇われたのだ。月代まで、剃らされてな」

藤八がもどかしげに、割り込んでくる。

「どうして、そんな仕儀になったんでござんすか、旦那」

隼人は、大きく息をついた。

「おれは出立の前夜、迅一郎の手の者にいやも応もなく、薩摩屋敷に連れて行かれた。その上で、迅一郎に東海道をのぼる一行の、警固役に加わるよう説きつけられたのだ。警固する女子は、数日前から薩摩屋敷に移って、出立を待っていたそうだ」

「何ゆえ、薩摩屋敷なのだ。淵田家の一件に、薩摩の島津家が絡んでいるのか」

急き込んで彦輔が問うと、隼人は困惑した表情を浮かべた。

「おれにも分からぬ。ただ、薩摩のご隠居栄翁《えいおう》こと、島津重豪《しげひで》は今の公方家斉公の、岳父に当たるお人だ。ご隠居も、お上の御用とあれば、薩摩に関わりがあろうとなかろうと、力を貸すに違いない。少なくとも、おれはそう解釈した」

隼人の返事を聞いて、彦輔も少し当惑する。

「すると、これはやはりお上の絡んだ御用、ということか」

「そこまでは、おれにも分からぬ。ともかく、迅一郎はおぬしに知られぬように、事を運ぶつもりだったらしい。事前に話せば、おれからおぬしに伝わる恐れがある、と考えたのだろう」

隼人の、思いも寄らぬ打ち明け話に、彦輔は頭が混乱した。

藤八が、その場を取りつくろうように、隼人に言う。

「供回りの数からいっても、東海道の一行は中山道よりずうっと、大がかりでござんすね。そちらの女子は、淵田家の殿さまの奥方か、お姫さまで」

「それも、分からぬ。おれのような雇われ者は、そばにも近寄れぬ扱いだからな」

彦輔は、なおも言いつのろうとする藤八を、押しとどめた。

「そもそも、武家の女が箱根を越えるのは、何かと詮議が厳しい。とりわけ、大名家の妻女が江戸を離れて、領国へもどるなどは論外のことだ。その向きのお墨付なり、それに匹敵する書付でも、ないかぎりはな」

彦輔の指摘に、隼人はうなずいた。

「迅一郎は、それに類するものを何か、持っているはずだ。現に、あの手ごわい箱根の関所を、難なく通り抜けたからな」

彦輔は腕を組み、いっとき考え込んだ。

あらためて言う。

「要するに、迅一郎の一行はおれたちとは別に、東海道から上方へのぼる意向だな。それもことさら、厳重な警固をつけて」

隼人が、いかにも意味ありげに、重おもしくうなずく。

「そうだ。しかも、泊まりはすべて、脇本陣よ。一度だけ、参勤交代の行列が二つ重なって、ただの旅籠に泊まることになったがな」

「脇本陣に泊まるとき、関札《せきふだ》は出したか」

「いや。通常なら、淵田なにがし宿、と出すところだが、いっさい札は出さなかった。かえってそれが、不審を招く結果になった、ともいえるな」

彦輔は、腕をといた。

「その一行が、厳しい警固を必要とするわけが、何かありそうだったか」

「うむ。現に、おれたちの一行を、てんでんばらばらにつけて来る、何人もの侍たちがいた。ざっと数えたところ、合わせて十二、三人はいただろう。手出しこそしてこなかったが、隙あらば女子を奪おうという、そんな気配が漂っていた」

「襲いもせずに、ただついて来るだけか」

「おれには、そう見えた。ところが、由井宿から薩埵《さつた》峠を越えて、次の奥津宿に着いてみると、そやつらはいつの間にか、みんな姿を消していた。だとすれば、峠と奥津のあいだで、道を変えたに違いない。おそらく、そやつらは東海道を右へそれ、身延《みのぶ》街道へ抜けて、甲州道中へ回ったもの、とおれはにらんだ」

「何ゆえだ」

「おぬしらのことを思い合わせると、連中は甲州道中をへて中山道へ向かった、としか考えられぬからよ。それで、おれははたと気がついた」

隼人はそこで間をおき、酒を一口飲んだ。

藤八が、いらいらした顔で、口を出す。

「何に、気がつきなさったんで」

「ひときわ目立つ、迅一郎の一行はただのおとりにすぎぬ。逆に、おぬしらが道連れを務める相手こそ、真に警固すべき女子に違いない、とひらめいたのだ」

彦輔は唇を引き締め、言葉を選びながら言った。

「すると、あの菊野なる小娘こそが、そこまで手間をかけて守らねばならぬ、やんごとなき女子だ、というのか」

藤八も、口を出す。

「いくらなんでも、そりゃあねえでござんしょう。そんなだいじなおかたを、鹿角の旦那一人に任せるなんて」

そこまで言ってやめ、気まずそうに首をすくめる。

彦輔は、隼人と顔を見合わせて、苦笑した。

隼人が、先を続ける。

「そのあたりは、おれにも分からぬ。ただ、おれの勘はそう告げている。理屈ではないのだ」

彦輔は、反論した。

「しかし、あとをつけて来た連中が、そうした仕掛けをたやすく見抜く、とは思えぬぞ」

「そうかな。連中は当然、迅一郎がおとりを使うこともありうる、と疑っていたはずだ。何者かが、上方へ向かう三街道の入り口に、網を張っていたに違いない。その上で、これと目をつけた一行を、早足の者がそれぞれあとを追って、互いに知らせ合ったのではないか」

それを聞いて、彦輔は最初にこの話を持ち出されたとき、坂田藤十郎に対して同じ家中に、志を異にする者がいるのではないか、と当て推量をぶつけたことを、思い出した。

そのことは口にせず、彦輔はさりげなく言った。

「おぬしの、言うとおりかもしれぬ。おとりというのは、あからさまに目立ちすぎれば、見破られる恐れがある。まあ、それを逆手に取るやり方も、ないではないが」

隼人がうなずく。

「藤十郎にせよ迅一郎にせよ、中山道を小人数で行くおぬしらを、ほうっておくわけにはいくまい。そやつらに襲われたら、ひとたまりもないからな。そこでおれは、何も言わずに行列をはずれて、奥津の宿場から身延街道へ回り、連中のあとを追ったのだ」

「それから、どうした」

「身延山の裾を巡って、甲州道中の韮崎宿へ出た。韮崎から、馬を駆って上諏訪を抜け、ここ下諏訪へやって来たわけよ」

彦輔には、考えも及ばぬ道筋だった。

東海道から身延街道、甲州道中をへて、中山道へ回るなどという芸当は、思いつきでできるものではない。

さすがに若いころ、越前福井の松平家の城下を出奔して、諸国を巡り歩いた隼人ならではのこと、と感心する。

隼人は続けた。

「ついさっき、おれが馬で追っていた侍たちは、東海道であとをつけて来た、侍たちの中の二人だ。仲間から遅れたらしい。韮崎宿で、二人が馬を借りるのを見かけて、おれも馬であとを追うことにしたのだ」

「まさか、韮崎からさっきのように、疾駆して来たわけではあるまい」

彦輔が言うと、隼人は薄笑いを浮かべた。

「当たり前よ。下諏訪の少し手前で、ずっとつけて来たのを、気づかれてな。連中が、急に馬を走らせ始めたので、おれも宿場だということを忘れて、つい追いかけてしまったわけよ」

彦輔はうなずき、酒を飲んで話をもどした。

「ところで、迅一郎もおぬしが抜けたことには、すぐに気づくだろう。しかし、なぜ抜けたかについては、どう考えるかな」

「迅一郎も、連中につけられていたことは、途中で気づいたはずだ。そやつらと、おれが姿を消したと分かれば、おおかた察しがつくのではないか。そのときは、迅一郎も藤十郎も番士を引き連れて、中山道へ回って来るのが筋、というもの。ただしおれは、あまり当てにしておらぬがな」

隼人は唇をゆがめて、そう決めつけた。

彦輔は、また腕組みをした。

「その連中が、いっせいにおれたちを襲って来たら、いささか手に余るぞ」

隼人が、酒を飲んで応じる。

「中の三人が女、という小人数のおぬしら一行を、侍が束になって襲って来るとは、少々考えにくい。たとえ山中でも、目立ちすぎるからな」

「手だれを選んで、四、五人で襲う、というところか。それなら、たとえ邪魔がはいろうと、何度でも試せるからな」

隼人が、薄笑いを浮かべる。

「どちらにしても、おぬし一人では、しのげぬだろう。おっつけ、おれの腕が必要になるぞ」

彦輔は隼人を見た。

「いずれ、おぬしにも迅一郎から、礼金が出るはずだ。助太刀したからといって、おれの分はびた一

事でござんすよ」

藤八が、顔をしかめる。

「旦那。こんなときに、けちなことを言うのは、やめにしなせえ。こいつは冗談抜きの、命懸けの仕事でござんすよ」

「冗談でも言わねば、ばからしくてやっておられぬわ」

彦輔がうそぶくと、藤八はあきれたと言わぬばかりに、首を振った。

彦輔は続けた。

「迅一郎は、おれが旅に出ているあいだ、おぬしにふだんの道連れの仕事を、代わらせると言っていた。それが嘘だったばかりか、おぬしをもう一つ別の道中の用心棒に、使っていたとはな。どう考えても、おもしろくないぞ」

隼人が、なだめにかかる。

「まあ、そう言うな。古来、敵をあざむくにはまず味方から、というではないか。そもそも、こたびの道連れの仕事に、何か裏がありそうなことは、おぬしも気づいていたはずだぞ」

それは、認めざるをえない。

「否定はせぬ。ともかく、おぬしがこの一件に関わっていることは、初手から分かっていた。もっとも、こんなところへ現われるとは、思わなかったがな」

「おれも、まさか下諏訪の宿場で、馬を走らせることになるとは、思わなかった。この上は、これから先どうするかを、一緒に考えねばならんぞ」

彦輔は、隼人に顔を寄せた。

「連中はさすがに、おれたちが中山道のどこにいるか、まだつかんでいないはずだ。おそらくだいぶ先の、人目につかぬ峠道あたりで、待ち伏せするに違いない」

隼人が、小さくうなずく。

「だとすれば、こっちにも裏をかく手が、ないでもない」

「どんな手だ」

「中山道を避けて、裏街道を行くのよ」

「裏街道だと」

「そうだ。この下諏訪から、まっすぐ南へくだる、伊那街道という脇道がある」

彦輔は、藤八に目を向けた。

藤八は背筋を伸ばし、くぼんだ目を精一杯見開いて、ばしりと胸を叩いた。

「へい。伊那街道なら、確かにあっしも道中案内で、見た覚えがございやす。この下諏訪と、一つ先の塩尻から、南へくだる街道が二股に、延びておりやしてね。そいつが、途中で一本にまとまって、伊那から遠く三河の方まで、つながるんでござんすよ」

隼人が笑う。

「ほほう、よく調べたではないか、藤八。この街道は、福島の関所を通れぬわけのある者が、こっそり伊那を回って、飯田から妻籠《つまご》へ抜ける、脇道なのだ」

「さすがにおぬし、道筋には詳しいな」

彦輔がそれとなくほめると、隼人の得意げな顔に、わずかな翳が差した。

「かたき持ちだったころ、あちこちと逃げ回ったからな」

彦輔は、手を上げた。

「おっと、その話はなしにしよう。もう、終わったことだ」

仇討ちのいきさつを蒸し返せば、長い話になってしまう。

藤八が、彦輔に言う。

「しかし、旦那。坂田さまの注文じゃ、かならず中山道を行ってくれ、とのことでござんしょう。勝手に伊那街道へそれて、いいんでござんすかい」

「その、飯田とやらから妻籠へ抜けられるなら、また中山道へもどることになる。差し支えあるまいが」

「菊野さんの送り先が、塩尻と妻籠のあいだにあるとしたら、どうするんで」

「知ったことか。初めにどこそこと、はっきり言わぬのが悪いのよ」

彦輔が言い捨てると、藤八はぐっと詰まった。

酒を飲み干して、急に話を変える。

「旦那。そろそろ、旅籠へもどった方が、よかあござんせんか。おりくさんたちが、心配しておりやしょう」

彦輔も、それを思い出して、隼人を見た。

「おれたちは、この並びの旅籠に、なんとか一部屋取ることができた。ただし、あいにく連れの女たちと、相部屋でな。おぬしを泊めるほどの、余裕はないのだ。どこかほかの旅籠に、心当たりがあればいいが」

隼人は、顎をなでた。

「そうさな。本陣は無理としても、脇本陣には泊まれるだろう」

彦輔は首を振った。

「それも無理だな。洗馬村の山賊騒ぎで、この宿場は飯盛旅籠をはじめ、脇本陣もひらの客たちに、差し出してしまったはずだ。もう、相部屋もあるまい」

隼人が、にやりと笑う。

「気遣いは無用だ。まず、参勤交代でも重ならぬかぎり、かならず部屋をあけさせる」

「そんなことが、できるのか」

彦輔の追及にも、隼人は笑みを消さない。

「おれにも、迅一郎が用意してくれた、諸事木戸御免の書付があるのよ。それを突きつければ、脇本陣なら出入り自由だ」

そううそぶいて、ふところをぽんと叩く。

彦輔は藤八と、顔を見合わせた。一介の浪人者に、そのような書付が下付されるなど、信じられぬことだ。

それを考えると、この一件はよほどの筋から出た、ただならぬ大事に違いない。

その穿鑿はやめにして、彦輔はこれまでのあらましを、大急ぎで隼人に告げた。

翌日の手筈を整え、藤八が勘定をすまして、三人ばらばらに居酒屋を出る。

外はすでに暗く、その店の軒行灯にも、火がはいっていた。

伊那街道　平出村

翌朝。

まだ暗いうちに、藤八たち一行は朝餉を終え、旅籠の土間におりた。

いつでも出立できるように、手早く勘定をすませる。

間なしに、富永隼人がやって来た。ほんとうに、脇本陣に泊まった、という。

隼人については、彦輔が前夜のうちにりくをはじめ、三人の女たちに話をしておいた。隼人は、江戸に住む昔なじみの浪人で、たまたま上方へ行く途中、彦輔、藤八とここ下諏訪で、出くわした。

そこで助っ人かたがた、一行に加わってもらうことになった、というふうに話をこしらえた。

もちろん、東海道筋でのいきさつについては、伏せられた。

藤八が見たところ、勧進かなめは隼人に何か話しかけたくて、うずうずしている様子だった。

ただ、彦輔と藤八は前の晩、あまり隼人と親しく口をきかないよう、かなめに因果を含めておいた。隼人をよく知るかなめが、よけいな茶々を入れると、めんどうなことになるからだ。

それが効いたのか、かなめは不承不承にせよ、隼人とはただの顔見知り、という程度の挨拶に、とどめていた。

ほどなく、雁木の鬼吉、蛇の目の六郎兵衛も、旅籠にやって来た。

二人とも、隼人が助っ人に加わったことで、なんとなく居心地が悪そうだった。自分たちの出番が、なくなるのではないかと、不安を覚えたのかもしれない。

そうした、多少のぎこちなさをはらみながら、東の空が白むのを待って、一行は桔梗屋を出立した。

先頭に立った藤八は、宿場のはずれの荒物屋で、伊那街道への道筋を聞いた。

塩尻の方へ少しのぼると、小さな川を渡ったところで、東堀という村に差しかかる。

その村に、南へくだる伊那街道の入り口がある、とのことだった。

しばらく歩くと、それらしき川にぶつかり、長い橋がかかっていた。

諏訪湖を水源とする、ごくありふれた川だが、南へ延々と流れ流れて、やがては天竜川になる、と道中案内にあった。

伊那街道は、その流れとつかず離れず、南へ延びている。

この街道には、中山道の塩尻峠、鳥居峠のような難所が、ほとんどないらしい。また、出立するまでのあいだに、塩尻宿の足止めが解けた、との知らせは届かなかった。

そうしたこともあってか、こちらへ流れて来る旅人の姿が、かなり多く見られた。

藤八は、鬼吉と蛇の目に先頭を任せて、少し歩を緩めた。

しんがりを務める、彦輔と隼人が追いつくのを待って、小声で話しかける。

「この脇道から、中山道の妻籠へ抜けられるなら、途中にある福島の関所を、通らずにすみやす。どっちみち、あっしとかなめは関所手形に、名前が載っておりやせん。福島は、碓氷に輪をかけて詮議が厳しい、と聞いておりやす。こっちへ回って、よかったんじゃござんせんか。碓氷のように、抜け道を行ってひでえ目にあうのは、もうまっぴらで」

藤八が言うと、彦輔は仏頂面をして、ささやき返した。

「しかし、れっきとした関所手形があるのに、菊野とりくとおれがそろって、関所を通らなかったとあとで知れれば、それはそれで詮議の種になるぞ」

ひそひそ話に、かなめが何ごとかとばかり、振り返る。

藤八は、前を向いて歩くように、身振りで合図した。

かなめは肩を揺すり、顔を前にもどした。

りくも菊野も、気にしないようだった。

藤八は、間をおいて続けた。

「だとすりゃあ、帰りもまた関所を通らずに、江戸へもどることになる、というわけで」

「まあ、そういうことだな」

彦輔が応じると、隼人がそばからささやく。

「心配するな。おれは、老中水野出羽守のお墨付を、もらった身だ。関所だろうと、口留番所だろうと、大手を振って通ることができるぞ」

「ほんとでござんすかい」

驚いて、つい突拍子もない声を、出してしまった。

かなめはもちろん、今度はりくと菊野も、びっくりした顔で振り向く。

藤八はあわてて手を振った。

「なんでもねえ、なんでもございませんよ。女子衆には、関わりのねえ話で」

りくが、ふんと顎をしゃくって、足を速める。

藤八は、汗をふいた。

彦輔が言う。

「かりに、そのお墨付が本物だとしても、おぬし一人のものだろう。おれたちのような、よけい者にまでご威光が及ぶ、とは思えんな」

「おれがいいと言えば、それでいいのだ。少なくとも、試してみる価値はあるぞ」

藤八は、含み笑いをした。

どうやら、隼人は試してみたくて、しょうがないらしい。

ちなみに、名前が出た水野出羽守忠成は、十年ほど前に西丸《にしのまる》側用人から、老中格をへてのし上がった、切れ者の老中だ。

その当時、御書物奉行だった近藤重蔵が、殿中の廊下で出羽守を待ち構え、書庫の改修方を願い出る、異例の直訴があった。

出羽守は考えておこう、などとあいまいな返事をして、重蔵の直訴をかわそうとした。ところが重蔵は、その扱いに納得しなかった。歩を進めようとする、出羽守の袴の裾をつかんで、その場に引き留めるという、慮外の振る舞いに出た。

老中に対し、いっかいの旗本が殿中において、かかる非礼を働いた場合、まず改易は免れぬところだ。へたをすれば、切腹もありうるといわれている。

しかし、出羽守はなぜかそうした措置を、とらなかった。ただ、重蔵を大坂の弓奉行に追いやっただけで、その非礼を不問に付した。

蝦夷地探検を巡る、重蔵の並はずれた功績の数かずを、さすがに考慮しないわけには、いかなかったのだろう。

公辺《こうへん》で偶発した、かかる裏の椿事《ちんじ》は通常、市中には伝わらない。

しかし、この一件はいつからともなく、どこからともなく噂となって流れ、士分のあいだに知られてしまった。

となれば、市中に流れ出るのは、時の問題だった。

藤八は、小人目付の神宮迅一郎から、その話を聞かされた。

出羽守は、かねがね将軍家斉のお気に入りで、今も厚い信頼を得ている、と聞く。

迅一郎が、どのような命を受けたか知らないが、その出羽守から一浪人などのために、そうしたお墨付まで下付《かふ》されたとすれば、確かにこの道連れの一件は、尋常一様の仕事ではない。

彦輔や隼人ばかりでなく、藤八もこの仕事の裏に何かあることは、たやすく察しがついた。

ともかく、菊野が警固すべき実の女子ならば、真の道連れを務める彦輔に対しても、お墨付が出ておかしくないではないか。

いや、彦輔にこそ下付されてしかるべきだ、と思う。

それを考えると、藤八はむらむらと怒りがわいてきた。

「それにしても、お墨付が富永の旦那に出て、鹿角の旦那に出ねえとは、ずいぶんじゃござんせんか。逆ならまだ、話は分かりやすいがね」

隼人が、なだめるように口を開く。

「おとりの行列を、本物らしくこしらえるためには、そうした書付まで用意するのが、当然だ。彦輔のように、まったくそれらしくない者が、そんな書付を持っていたら、かえって疑いを招くではないか」

そのために、月代まで剃らされたのか、と聞き返そうとして、藤八は思いとどまった。隼人の言にも、一理あるような気がした。

彦輔が、割り込んでくる。

「藤八。今さら言っても、手遅れだ。とにかく、行けるところまで行くしか、ないだろうよ」

悟りきったような口ぶりだ。

藤八は首を振りふり、また先頭へもどった。

汗をかきながら、せっせと足を運ぶ菊野が、どこかのお姫さまとは、どうしても思えなかった。

伊那街道を行くほどに、人の行き来がにぎやかになった。

増えたのは、旅人の数ではない。脇道から、大きな荷駄を載せた馬を引いて、馬方が次つぎと現われたせいだ。みんな、藤八たちと同じ方向へ、のぼって行く。

中には、一人で四、五頭の馬を引く、やり手の馬方も見られた。

藤八は、彦輔に聞いた。

「ここらにゃ、問屋場も立場もねえのに、この馬方たちゃあどっから出て来て、どこへ行くんでござんしょうね」

彦輔も首をひねり、おざなりな口調で言う。

「分からんな。どこかで、市でも立つんじゃないのか」

それを聞いて、隼人が口を開いた。

「いや、あれは土地の者が、畑仕事や養蚕《ようさん》の合間に、別稼ぎをしているのだ。遠州、三州へ穀物や大豆、生糸などを運んで、日銭を稼ぐのよ」

「遠州や三州へ行くなら、天竜川を舟でくだった方が、ずっと早くて楽でござんしょう」

「天竜川は急流が多いゆえ、長丁場の舟運は無理だ。そこで連中は、手持ちの馬を使って荷を運ぶ、というわけよ。帰りに、塩や干物を運んでもどれば、また商いになる。これを称して、ちゅうまと呼ぶ」

「ちゅうま、といいやすと」

「中の馬と書いて、中馬と読むのだ」

中馬か。

なぜ、そう呼ぶのか知らないが、旅慣れた隼人の博識に感心して、藤八は唇を引き結んだ。

彦輔は、話についてこられぬせいか、おもしろくなさそうな顔になる。

山道に、それなりののぼりおりはあるものの、峠と呼ぶほどの険しい難所には、ぶつからない。

田舎道でもあり、茶屋らしい茶屋は見当たらず、たまに腰掛けと葭簀だけの、お手軽な休みどころが、目につくくらいだ。それも、おおむね立て込んでいて、中にはいれない。やむなく、道端の木陰で茶を飲み、足を休める始末だった。

二里ほど歩いて、橋場村という村を過ぎたところに、また橋があった。

前の橋と違って、幅も長さもかなりあり、水の流れも速い。いつの間にか、天竜川と呼ぶにふさわしい、堂々たる川に育っていた。

四里ほどで、平出《ひらいで》という大きな村に、到着する。

村の入り口に、〈江戸与里《より》凡《およそ》五十九里〉と書かれた、杭が立っていた。

江戸出立が、八日前の四月三日だから、一日に七里半ほども歩いた勘定になる。

そのあいだに、いろいろと騒ぎがあったことを思えば、菊野たち女三人はさして弱音も吐かず、よく歩いた方だと思う。

街道から、少し引っ込んだところに、扇屋という小さな旅籠屋と、それに並ぶ一膳飯屋があった。

昼時には、まだ少し間があることもあって、奥の狭い板の間があいていた。一行八人が上がり込むと、それだけでいっぱいになった。

女三人、男五人の組み合わせの、それも武家やら町方やら股旅者やら、てんでんばらばらの顔触れに、土間の座台にいた旅人たちが、好奇の目を向けてくる。

鬼吉が、片手を振り回しながら、大声で言った。

「やいやい、おれたちゃ、見世物じゃねえ。前を向いて、おとなしく飯を食うがいいぜ」

ほとんどの旅人は、それですぐに見るのをやめ、食事にもどった。

しかし土地の者たちは、鬼吉の切った啖呵が分からなかったのか、口をあけたままぽかんとしている。

彦輔が、苦笑して言う。

「ほうっておけ、鬼吉。それより、藤八。何か見つくろって、注文してくれ。甘酒も、忘れるなよ。なければ、ただの酒でもいいが」

それを聞くと、りくがきっと背筋を伸ばした。

「鹿角どの。まだ、昼前でございますぞ。少しは、たしなみなされませ」

彦輔が、珍しく言い返す。

「これは、異なことを。甘酒は酒ではござらぬ。いくら飲んでも、酔いはせぬもの。おりくどのは、甘酒でも酔うほどの、下戸でござるか」

りくはぐっと詰まり、鼻の穴を広げた。

「甘酒はともかく、御酒は控え目になさいませ」

菊野がくくく、と声を漏らすと、つられてみんな笑い出す。

甘酒はなく、酒がきた。

茶飯に魚の干物、芋と豆と菜っ葉の煮物で、腹ごしらえをする。

食べているさなかに、土地の馬方や百姓が訛りの強い話しぶりで、洗馬村の山賊騒ぎの噂をするのが、耳に届いた。

それを聞いて、彦輔が言う。

「藤八。その、いちばん近い座台で、背を向けておしゃべりしている男を、ここに呼んでくれ。詳しい話を、聞かせてもらおうではないか」

藤八は、土地の馬方らしいその男に、声をかけた。

「そこの、とっつぁん。ちょいと、ここへ来てくれねえか」

馬方は振り向き、何ごとかという顔をした。

藤八は、湯飲みで酒を飲むしぐさを、してみせた。

「一杯付き合え、と言ってるのよ」

馬方が、仲間たちの顔を見回してから、こちらへ向き直る。

「ほんじゃまあ、ごめんなしてくんなんしょ」

ひょこひょこと、しきりに頭を下げながら、立ち上がって板の間の端に、腰を移す。

「声がでけえのは、生まれつきでごわす。かんべなあ」

「何も、わびることはねえ。まあ、一杯やりねえ」

藤八は、新しい湯飲みに酒をつぎ、馬方にすすめた。

「あんがとあんす」

一息に、ぐっと飲み干す。

「おっと、いい飲みっぷりじゃねえか、とっつぁん。もう一杯やりねえ」

ついでやると、今度は半分飲んでやめた。

「ついでに、今おめえさんたちが話していた、山賊のことをもうちっと詳しく、聞かせてくれねえか。やつらは、何人ぐらいいるんだ。やり口がそうとう、ひどいらしいじゃねえか」

藤八が水を向けると、馬方は口元をぬぐった。

「ひでえ、なんてもんじゃねえだよ。数はまあ、どんだけいるか分からねえが、まあ二十人から百人のあいだじゃろう」

「そんなに、あやふやなのか」

「んだ。夜んなっと、前触れもなぐ馬さ乗りつけて、村を荒らし回るとよ。数なんぞ、かぞえる暇はねえだ」

全部は聞き取れないが、馬方の話によればおおむね、次のようなことらしい。

昔から、村むらを回って一夜の宿を求める浪人者、あるいは勧進や布施を乞う巡礼、托鉢《たくはつ》坊主、虚無僧のたぐいが、あとを絶たなかった。

そうした連中は、頼みを断わるとたちまち、不逞《ふてい》のやからに豹変する。食い物、酒などの略奪はもちろん、婦女子を犯したりさらったり、悪行のかぎりを尽くす。

近ごろは、その種のあぶれ者が徒党を組み、あちこちで狼藉《ろうぜき》を働き始めた。連中は、方々の山に根城を持ち、いわゆる山賊の群れと化して、今や近隣の恐怖の種になっている。山賊どもは、食いあぶれた浪人者が中心だが、巡礼姿の者や僧形の者も交じり、なかなかしっぽをつかませない、というのだった。

かなめが、口を挟んでくる。

「このあたりのご領主は、何をしてるんだろうね。お大名がいなくても、ご公儀の代官所とか陣屋が、あるはずだよ。人手を出して、征伐すればいいじゃないか」

「じゃけんが、その人手がねえだよ。山狩りするにも、ここらは四方八方山ばっかで、どっから手えつけりゃええか、分からんが」

しかも連中は、このところ中山道ばかりか、ほかの街道にも目をつけている、ということだった。

藤八は、いやな感じがした。

伊那宿

一行は、まだ日が頭上にある九つ半ごろ、平出村を出た。

さいわい、道は緩やかなくだりで、さしたる起伏はない。

この日は、暮れ六つまでに伊那宿にはいり、そこで泊まることに決めていた。

伊那宿は、伊那街道のうちでは、大きい方らしい。しかし、中山道ほどには、整った宿場ではないだろう。旅籠の数も、多くはあるまい。

中山道を行く旅人が、かなり伊那街道へ流れて来たため、旅籠の手配だけは早めにした方がいい。人数を考えると、三部屋が望ましい。一刻も早く、押さえる必要がある。

藤八は彦輔と相談して、また鬼吉と蛇の目の二人を、伊那宿へ先行させることにした。便があれば、馬を使うことも許した。

相談しながら、藤八はこういうときこそ、隼人のお墨付が役に立つはずだ、と思いついた。

それとなく、横から顔色をうかがうと、隼人は関わりがないという風情で、そっぽを向く。

彦輔も、それに触れようとしない。やむなく藤八も、黙っていることにした。いざとなったときに、持ち出せばいい。

鬼吉たちには、悪くても二部屋は取り込むように、固く申しつけた。

そもそも一部屋で、八人も寝られるような広間は、田舎の旅籠にはない。あったとしても、女たちと同じ部屋、というわけにはいかない。さすがに雑魚寝は、もうたくさんだ。鬼吉と蛇の目が、蹴飛ばされたように駆け出して行くと、一行はそろって足を緩め、のんびりと歩きだした。

この伊那街道は、塩尻宿からくだってくる、もう一つの脇道と途中で出会い、一本の道になる。その合流地点が、松嶋宿の手前の北松嶋で、平出からは二里弱の道のりだ。

途中、樋口、山崎、小河内などをへて、宮ノ下の村を過ぎると、また天竜川とぶつかった。

今度は、三、四十間ほどもある、長い橋がかかっている。水の流れは、ますます激しさを増して、渡るときに足元の橋げたが、細かく震えた。

これでは確かに、荷を積んだ船で川をくだるのは、かなりの危険を伴う。転覆したり、岩に衝突したりするのを、免れるのはむずかしい。

これから先、何度天竜川を越えるのか、見当もつかない。ともかく右に左に、遠く近く川の流れを見ながら、行くことになるだろう。

松嶋宿では、塩尻宿から合流した旅人が加わり、さらに人の数が増えた。

この宿場は、落ち着きのある古い町で、きれいな家並みが四町ほども、続いている。

下諏訪を出てから、すでに六里近く歩いている。ここから伊那宿までは、およそ二里半の道のりだ。

峠の多い中山道ならば塩尻、洗馬を越えて、本山宿で泊まるところだろう。

ほかの旅人が、のんびり休んでいる隙に、藤八たち一行は早ばやと、松嶋宿をあとにした。

すでに、だいぶ日が傾き始めていたが、ほかの旅人たちの出足は鈍い。

あるいは、伊那宿での混雑を嫌って、松嶋か途中の村で民家と話をつけ、泊まるつもりなのかもしれない。

伊那に近づくにつれ、右手前方にそびえる山の西側に、日が傾き始めた。

隼人によると、その山は駒ケ嶽といい、さらに奥の山は前駒ケ嶽だ、という。その昔、逆の方向から下諏訪まで、くだったことがあるそうだ。

坂下という村を過ぎて、何度目かにまた天竜川を渡り、さらに荒井と称する、小さな村を越える。

伊那まで、あと数町ほどに差しかかったとき、道端の茶屋から鬼吉と蛇の目が、迎えに出て来た。

「おう、ご苦労だったな。首尾はどうだ」

藤八が声をかけると、鬼吉は自慢げにぽん、と手を打ち合わせた。

「あの混み具合ときたら、まったく兄貴の言うとおりで。もう今ごろは、どの旅籠も一杯でござんすよ」

「三部屋、取れたか」

蛇の目が、首をすくめる。

「それがその、あいにくと二つしか、取れなかったんで。勘弁してくだせえ」

「なに、二部屋取れりゃあ、上乗だ」

「そのかわり、どっちも六畳敷きでござんすから、女子衆はゆっくり休めやす」

それを聞いて、りくが満足げにうなずく。

「それはひとまず、ご苦労であった」

初めて、ねぎらいの言葉をかけられ、蛇の目はばちが当たると言わぬばかりに、ぺこぺこ頭を下げた。

鬼吉が、藤八の顔色をうかがいながら、付け足す。

「おいらと蛇の目は、押し入れでも敷居の上でも、かまいやせん。どうか、気を遣わねえでくだせえ」

「おまえさんたちは、鴨居からぶらさがってりゃいいのさ」

急に、かなめが茶々を入れたので、笑いがはじけた。

おりくまでが、珍しく笑い転げた。

菊野が、口を袖でおおって、笑い声を殺す。

笑うときも、十分に声が出せないせいか、少し苦しそうだ。見たことはないが、泣くときも同じかもしれぬ。

歩きだしながら、彦輔が皮肉めいた口調で、隼人に尋ねる。

「こういうときこそ、おぬしの持つお墨付とやらが、ものを言うのではないか」

藤八は肚の中で、ようやく出たかと、ほくそ笑んだ。

ふところ手をした隼人が、襟元から出した指で、顎の先をなでる。

「中山道ならともかく、このような脇街道には、お墨付のご威光も届かぬよ。旅籠屋のあるじは、老中のありがたいお墨付など、目にしたこともあるまい」

隼人の返事に、藤八はまさかと思って、苦笑いをした。

伊那宿にはいったとき、暮れ六つの鐘が、鳴りだした。

この宿場は、中山道にも負けぬほど、にぎやかだった。小さいながら、問屋場もある。藤八たちは、その前で足を止めた。

人の行き来は絶えないが、そうしたにぎやかさの中にも、どこか不穏なものが感じられた。

「旦那。なんだか、中山道に比べて、落ち着かねえ宿場でござんすね」

藤八が言うと、彦輔もうなずいた。

「そうだな。どうも、浮足立っているように見えるな」

かなめが、横から言う。

「なぜだかみんな、そわそわしているよ。嵐でも来るのかね」

隼人も、口を開いた。

「確かに、いささかあわただしいな」

それから、鬼吉と蛇の目に声をかける。

「ところで、おまえたちが押さえたのは、なんという旅籠だ」

「へい、竹屋という旅籠で。この先、半町ほどでござんす」

鬼吉が答えると、隼人は顎をしゃくった。

「ひとっ走り行って、ちゃんと部屋を押さえてあるかどうか、確かめてこい」

「へい」

鬼吉は蛇の目に合図して、人込みの中を駆け出した。

藤八たちは、問屋場の軒先の長腰掛けに、腰をおろして待った。

鬼吉たちは、さして待つ間もなく、駆けもどって来た。

鬼吉が、息を切らして言う。

「旦那、安心してくだせえ。ちゃんと、押さえてありやす」

蛇の目が、あとを続けた。

「それどころか、二部屋が三部屋に、なっておりやしたんで」

藤八は、驚いて乗り出した。

「どうしてだ」

「なんだか知らねえが、半時近く前に急に泊まるのをやめて、出て行った客が何組か、あるらしいんでござんす」

それを聞いて、藤八は彦輔と隼人の顔を、見直した。

彦輔が、隼人に目を向ける。

「どうも、妙なにおいがする。何か、ありそうだな」

隼人も、黙ってうなずく。


鹿角彦輔は、暗い行灯の明かりが映る、しみだらけの天井を見上げた。

隣では、富永隼人が早くも、軽い寝息を立てている。

部屋に挨拶に来た、旅籠のあるじ竹屋卯兵衛《うへえ》が、問いに応じて明かした話を、思い起こす。

一昨夜、洗馬村を襲った山賊たちは、中山道の西側に広がる八森山、という山の裾野あたりを、根城にしているらしい。

もっとも、連中はしっぽをつかませまいと、まめに場所を移動したり、いくつかの組に分かれたりするため、今もそこにいるかどうかは、分からない。

八森山は、襲われた洗馬村の後背にあり、そこが山賊の根城だという説は、いかにももっともらしく聞こえる。

しかし、それが確かな沙汰ならば、たとえ人手が足りぬ代官所でも、放置してはおくまい。にもかかわらず、捕り手を繰り出す気配がないのは、その噂を信じていないからだろう。

ただ、宿場の者たちの立ち居振る舞いに、なんとなく落ち着きがない。何かにつけて、そわそわする気配が漂う。

いつの間にか、泊まり客にもそれがうつってしまった、というおもむきだ。

ふと、何か聞こえたような気がして、彦輔は枕から頭を上げた。

かすかな音が、耳を打つ。

「あれは、馬の足音だな」

隣の寝床で、隼人が低い声を漏らした。どうやら、眠ってはいなかったらしい。

彦輔は、耳を凝らした。

確かに何か聞こえるが、馬の足音かどうかは、分からない。なんとなく、湿った音だ。隼人が続ける。

「雨が降り出したようだな。雨の中を、かなりの人数が馬でやって来る」

「それならば、もっとあわただしい音がするだろう」

彦輔はそう言って、身を起こした。同時に隼人も、夜着をはねのける。

「馬は、走らせておらぬ。静かに、歩かせているのだ」

隣の部屋から、藤八が襖越しに、呼びかけてきた。

「旦那。どうなすったんで」

「一騒動あるやもしれぬ。鬼吉と蛇の目を起こせ」

「一騒動、といいやすと」

手早く。身支度を始める。

「分からぬ。どうも、虫の知らせが、当たったようだ」

「虫の知らせ、といいやすと」

「いちいち、聞き返すな。早く二人を起こせ。いつでも逃げ出せるように、支度をしろ」

鬼吉の声がする。

「とうに、起きてやすぜ」

続いて、蛇の目の声。

「あっしらは、もう支度ができておりやす。というか、いつも手甲脚絆のまま、寝る癖がついてるんで」

同じく、身支度をしていた隼人が、しっ、と合図する。

「足音が止まった。どうも、この旅籠がねらいのようだ」

そのとき、廊下に面した障子の外で、女の声がした。

「彦さん。起きているかい」

勧進かなめだ。

少し離れた部屋から、様子を見に来たらしい。

「ああ、起きている。すぐに、ここを抜け出す。菊野さんとおりくさんに、支度をするように言ってくれ。化粧など、している暇はないぞ」

「支度なら、すんでるよ。菊野さんが、身振りで様子がおかしい、と教えてくれたんだ。脚絆もつけたし、草鞋もはいたよ」

彦輔は、驚いた。

菊野が、この気配を察していたとは、考えもしなかった。

障子をあけ、廊下に立つかなめを見ると、確かに支度をすませている。

「例の山賊かい、彦さん」

「おそらく、そうだろう。多勢に無勢、逃げるが勝ちだ」

そのとき、表戸を何かで壊そうとする、荒っぽい物音が始まった。

さすがに、ほかの泊まり客も異変に気づき、廊下に飛び出して来た。

藤八たち三人も、身支度をして姿を現わす。藤八の笈は、蛇の目が背負っている。

菊野とりくが、鴨居の掛け燭台の明かりを受け、ほかの客を左右によけながら、小走りにやって来る。

「これはいったい、何ごとであろうの、鹿角どの。表戸を叩いているのは、何者じゃ」

彦輔は、草鞋をはいて立ち上がり、りくの問いに応じた。

「話をしている暇はない。まずは、そこの雨戸をあけて、裏庭から逃げるのだ」

「どこへ逃げるのじゃ」

彦輔は、指を立てた。

「藤八と鬼吉たちに、おまえさんたちを案内させる。まずは旅籠の裏の道を、南へ突っ走れ。川にぶつかったら、とりあえず橋げたの下に、身を隠すのだ」

「分かったよ」

すかさず、かなめが応じる。

早くもその場を、ほかの泊まり客が騒ぎ立てながら、右往左往し始めた。

彦輔は、藤八を見た。

「おれと隼人は、あとから追いかける。おれたちが行くまで、隠れた橋から動くなよ」

それから、りくたちに言う。

「三人とも、藤八たちから離れるでないぞ」

菊野が動じる様子もなく、こくりとうなずき返す。確かに、肚のすわった女子だ。

あちこちで、不安のこもった叫び声、金切り声が飛び交う。表の物音は、ますます大きくなった。

彦輔は、泊まり客たちを押しのけ、廊下の際に立った。

足を上げ、一蹴りで雨戸を打ち破る。

闇の中から、大粒の雨がざざっと、降り込んできた。

「離れずに行け」

彦輔の声に応じて、藤八を先頭に女三人、その後ろに蛇の目と鬼吉が続き、裏庭の闇に飛び出して行く。

それを見て、廊下をうろうろしていた客たちも、はじかれたようにあとを追い、裏庭へなだれ出た。

見ると、身支度をした者は少なく、ほとんどが着の身着のままだ。寝間着姿で、振り分け荷物だけ持つ者もいれば、後生大事に枕を抱えた者もいる。

表戸が破れる、すさまじい音がした。

廊下を激しく、風が吹き抜けていく。威しをかけるつもりか、賊たちが上げるわめき声が、聞こえてきた。

手行李を背に負い、笠をかぶった彦輔は、腰の大刀に手をかけて、隼人を見返った。

隼人が言う。

「このまま、藤八たちのあとを追おう。まともに、山賊の相手をする義理など、ないからな」

落ち着いた声だった。

「分かった。追って来るやつだけ、斬り払おう」

彦輔はそう応じて、われがちに逃げ出す客と一緒に、裏庭へ飛びおりた。

方向が分からず、人の群れと一緒に闇の中を、駆けて行く。だれかが転ぶと、後ろについた人びとがその上へ、ばたばたと重なって倒れる。

それを避けながら、彦輔と隼人はやみくもに走った。

いつの間にか、雨がやんだことに気づく。上を見ると、動きの速い雲間から、月さえのぞこうとしていた。夏場の、にわか雨だったらしい。

町のあちこちから、喚声と悲鳴が聞こえてくる。旅籠の周囲が、明るくなった。

山賊たちが、松明《たいまつ》をつけたらしい。

低い、石積みされた塀を乗り越え、裏庭の外へ出る。

どこからか、水の流れる音が聞こえてきた。

「隼人。右手に、川があるぞ。藤八たちは、こっちへ行ったのではないか」

彦輔が声をかけると、隼人の声が返ってきた。

「いや、そっちは西だ。南へくだる天竜川は、こっちだろう」

雲間から出た月に、ぼんやりと浮かんだ隼人の指先は、彦輔の左方を指していた。

彦輔は、迷わず言った。

「ならば、二手に分かれよう。最初にぶつかった橋で、藤八たちが見つからなかったら、それぞれ互いの道へもどって、あとを追う。それでどうだ」

「分かった」

二人は、左右に分かれた。

鍋懸街道　経ヶ嶽

鹿角彦輔は川を目指して、やみくもに走った。

右往左往する人の群れで、なかなか先へ進まない。

あちこちから、叫び声や悲鳴が上がり、宿場は表も裏も大混乱におちいっていた。

山賊どもが、傍若無人に馬を走らせ、暴れ回る気配が伝わってくる。入り乱れる、人の波を押しのけ掻き分けして、彦輔は必死に走った。

川沿いの道にも、逃げて来た人びとの、前後も分からぬ列ができていた。

その脇を抜けて、さらに先へと向かう。

雨は嘘のように上がり、半月が顔を出している。ただし、道はひどいぬかるみだった。さすがに息が切れ、足を止めて振り返る。そこここに、黒い人影が群れをなし、宿場の様子をうかがっている。

宿場は、松明らしい火のせいで、燃えるほど明るく見えた。それでも、火を放たれた様子はなく、炎は上がっていない。

彦輔は息をついて、あたりの様子をうかがった。

川は北側にあり、西の方から道に沿ってつかず離れず、流れてくる。上流で、大雨が降りでもしたのか、土手の近くまで水が上がっている。

彦輔はふたたび、小走りに足を速めた。それにつれて、人の数が少なくなる。
一、二町も行くと、さすがに人影がまばらになった。ただし、いっこうに橋にはぶつからず、菊野やりくの姿も見えない。
隼人が言ったとおり、藤八たちは伊那街道に沿って、南へ向かったのかもしれぬ。

足を止め、半月の明かりを頼りに、あたりを見回す。

そのとき、川の流れに重なって、かすかな水音が聞こえるのに、気がついた。

目を上げると、行く手の川っぷちに木の茂みがあり、その向こうから小さな。水車の影が、のぞいていた。

どうやら、川から水を引く用水路が、道を横切っているらしい。

彦輔は、水車に近づいた。

すると、ゆっくり回る輪の陰から、ひょいと顔をのぞかせる者があった。

「旦那。お一人でござんすか」

その声に、ほっと息をつく。

「藤八か。みんな、どうした」

藤八が道へ出て来ると、あとから菊野やりくが、ぞろぞろと姿を現わした。

かなめが言う。

「ちょいと、遅かったじゃないか、彦さん。わたしたちは無事だけど、富永の旦那はどうしたのさ」

「念のため、二手に分かれたのだ。隼人は、伊那街道沿いの川を目当てに、南の道をとった。あちらの橋に、おまえたちがいないと分かれば、すぐにこちらへ回って来るはずだ」

彦輔が応じると、りくが恨めしげに口を開いた。

「おかげで、泥だらけになりましたぞ、鹿角どの。どうしてくれるのじゃ」

菊野が声を出さず、歯を見せて笑う。

彦輔は返事をせず、宿場を見返った。

周辺の空が、いくらか暗くなったところをみると、騒ぎが収まってきたようだ。

「洗馬村を襲ったのと、同じ山賊でござんしょうかね」

藤八の問いに、彦輔はうなずいた。

「むろん、その一党だろう」

「だとすりゃあ、宿場を襲ったあとは、この道を逃げて来るかもしれやせんぜ」

りくが、背筋を伸ばす。

「ならばこの場に、のほほんと立ってはおられぬぞ。またどこかへ、身を隠さねば」

そう言いさして、不安げにあたりを見回した。

彦輔は、藤八を見た。

「藤八。この道の先は、どこへつながっているのだ」

「道中案内によると、この道はナベカケ街道と呼ばれて、中山道の宮ノ越宿へ、つながるらしゅうござんす。鍋釜の鍋に、一所懸命の懸、と書きやす」

「鍋懸街道か。ちなみに宮ノ越の宿場は、福島の関所の手前か先か、どっちだ」

「福島宿は、宮ノ越の一つ先でござんす。そこの関所を通らなけりゃ、中山道を先へ進めやせんぜ。

かなめはまた、関所を破らなきゃなるめえ」

それを聞いて、かなめが頬を引き締める。二度とごめんだ、という顔つきだ。

正直なところ、彦輔もご法度の関所破りは、気が進まない。

すぐに、肚を決めた。

「騒ぎが収まるのを待って、もくろみどおり伊那街道に、もどることにしよう」

そのとき、二町か三町宿場寄りの道で、喚声が上がった。

人びとの群れが、ばらばらと乱れ崩れて、道の左右に分かれるのが、夜目にも黒ぐろと映る。

宿場を背に、燃える火がいくつも宙を躍りながら、こちらへ向かって来る。

目を凝らすと、松明をかざした人影の列が、まっしぐらに馬を走らせるのが、見てとれた。

その蹄の音が、しだいに大きくなる。

彦輔はどなった。

「みんな、水車の陰にもどれ。やり過ごすのだ」

かなめが藤八と一緒に、菊野とりくを水車の方に、押しもどして行く。

みんなが、隠れ終わるのを待って、彦輔は道の反対側の草むらに、しゃがみ込んだ。

人の群れを、容赦なく蹴散らしながら、馬の列がぬかるんだ道を、疾走して来る。

藤八が言ったとおり、襲撃を終えた山賊どもがこの道を、引き揚げて来たらしい。

山賊どもは、手にした松明を右に左に、振り回していた。火の粉を避けようと、人びとが声を上げて、逃げ惑う。

もう一度、目を凝らした。

松明の数は十数本だが、それよりだいぶ遅れて別の二本が、あとを追って来る。二人だけ、逃げ遅れたのだろう。

最初の松明の列は、たちまち目前に迫った。すさまじい勢いで、彦輔のそばを駆け抜ける。

通り過ぎたそのとたん、最後尾の松明から飛び散った大きな火の粉が、水車の陰に落ちかかった。

たちまち、何かに燃え移る気配がして、悲鳴が上がる。

彦輔が体を起こすと、かなめが水車の陰から、飛び出して来た。

菅笠に燃え移った火を、叩き消そうとあたふたする姿が、炎の中に浮かぶ。

すると、馬上の男がそれに気づいたとみえ、くるりと馬首を巡らすなり、まっすぐに引き返して来た。

あわてて、飛び出そうとした彦輔は、ぬかるみに足を取られて、つんのめった。

馬上の男が、松明を投げ捨てて猿臂《えんぴ》を伸ばし、かなめの後ろ襟をつかむ。

同時に、水車の陰から躍り出た藤八が、かなめに飛びつこうとした。

しかし一瞬早く、男はかなめをすごい力で、馬上へ引きずり上げた。藤八が、かなめの足をつかみそこねて、ぬかるみに這いつくばる。

かなめが、金切り声で叫び立て、彦輔の名を呼んだ。

彦輔が起き上がると同時に、鬼吉と蛇の目が馬に飛びつき、かなめを取りもどそうとする。

駆け出そうとした彦輔は、またもぬかるみに踏み込み、足がもつれて膝をついた。

乗り手が足を上げ、鬼吉を勢いよく蹴り離すと、蛇の目はそのあおりをくらって、二人ともぬかるみに倒れ込んだ。

かなめが、鞍の前部にうつぶせに、引き据えられる。

「待て。待て」

彦輔も藤八も、鬼吉も蛇の目も口ぐちにどなりながら、馬を目がけて突進した。

男が、かまわず馬腹を蹴る。

「彦さん」

かなめが叫んだとき、馬は仲間たちのあとを追って、猛然と駆け出した。

なおも叫びながら、かなめが足をばたばたさせる。

馬影はたちまち遠ざかり、すぐに闇の中に溶け込んだ。

馬の足音だけが、あとに残った。

彦輔は呆然として、その場に立ち尽くした。

「くそ。なんてことだ」

藤八がののしり声を上げ、彦輔はわれに返った。

かなめをさらった馬は、すでに月明かりの下を、はるかに遠ざかっている。

山賊どもの松明の火も、もはや見えなかった。

水車の陰から、菊野とりくがもみ合いながら、出て来る。何か争っているようだ。

珍しい光景に、みんなあっけにとられる。

りくが言った。

「菊野さまは、だいじなお体でございます。危ないまねは、お控えになるようにと、何度申し上げればよいのじゃ」

その、いかにも叱責めいた口調に、菊野はふだんに似ぬ乱暴なしぐさで、りくの手から袖を振り放した。

思うに、助勢に出ようとする菊野を、りくが必死になって引き止めた、ということらしい。

彦輔は、菊野を見た。

「おりくさんの言うとおりだ、菊野さん。かなめは、かならず助け出すから、心配いたすな」

さりながら、よもやかなめを山賊どもに、まんまとさらわれようとは、考えもしなかった。

不覚の極みだ。

宿場の方を見ていた藤八が、あわてたように言う。

「松明があと二つ、やって来やすぜ。仲間でござんしょう」

そのことを思い出して、彦輔も宿場を見返った。

街道を、別の松明が前後して二本、こちらへやって来る。

例の、逃げ遅れたと思われる、山賊どもの仲間だろう。

気を取り直して、闇に目を凝らす。二本の松明が離ればなれに、疾駆する馬の上で躍りながら、近づいて来る。

彦輔は草の上から、先刻の男が投げ捨てた松明を、拾い上げた。さいわい、火は衰えているものの、まだ消えてはいない。

彦輔は水車の陰にはいり、松明を左右に振り立てた。やがて、火勢がもどってくる。

藤八を見て、こちらへ走って来る馬を、顎で示した。

「藤八。おれが、先に来る馬の乗り手を、叩き落とす。あとから来るやつは、ほうっておけ。一人目を失敗したときだけ、二人目を仕止めることにする」

「分かりやした」

「おまえと鬼吉は、落ちたやつをふんづかまえろ。蛇の目はなんとか、馬を引き止めてくれ」

「合点で」

三人が、声をそろえて言う。

月明かりのもと、不安そうに見上げてくるりくと、もどかしげに小太刀に手をかける菊野に、彦輔はうなずいてみせた。

「おれたちに、任せておけ。間違っても、出て来るでないぞ」

菊野が唇を引き締め、不承不承といった顔で、うなずく。

彦輔は、左手に松明を持ち替え、刀を引き抜いた。

水車の陰からのぞくと、馬はすでに間近に迫っている。

先を走る馬が、松明とともにやって来た。後ろの松明は、二十間ほどの遅れだ。

彦輔は刃を上に向けて、じっと待ち構えた。

先頭の馬が、あと五間ほどに迫ったとき、水車の陰から一飛びに飛び出す。

ためらわず、疾走する馬の前に立ちはだかり、松明と刀を勢いよく振り回した。

馬は、驚いて前脚を突っ張らせ、尻を落として止まろうとした。

しかし、止まるに止まれず、前脚を上げたまま彦輔の方に、突っ込んで来る。

彦輔はとっさに体をかわし、鞍から浮いた小柄な乗り手の胴を、刀の峰で打ち払った。男は悲鳴を上げ、ぬかるんだ道にどうとばかり、転落した。

松明が、じゅっと音を立てて消え、転がった男に藤八と鬼吉が、飛びかかる。

同時に、立ち直ってまた走り出そうとする馬に、蛇の目が飛びついた。手綱をつかみ、馬の首をひねって、走り出せないように引き止める。

そのとき四人の脇を、後ろから来たもう一頭の馬が、脚を緩めず走り抜けた。

しかし、乗り手はすぐさま手綱を引き締め、少し先で馬を止めた。

くるりと馬首を巡らし、駆けもどって来る。

彦輔は、松明を捨てて刀の峰をもどし、八双に構え直した。

そのとき。

「あわてるな、彦輔。おれだ」

相手がそう言って、松明を自分の方に引きつける。

闇に浮かんだのは、富永隼人の顔だった。

彦輔は、刀を下ろした。

「おう、おぬしか。どういうことだ、これは」

隼人が馬からおり、手綱を蛇の目に預ける。

「だいぶ先まで探したが、天竜川の橋にはだれもいなかった。宿場へもどったら、山賊どもが引き揚げるところよ。そこで、いちばん後ろのやつを、馬から引きずり下ろして、入れ替わったわけさ。おぬしらに、一刻も早く追いつこう、と思ってな」

菊野とりくも出て来て、隼人のそばに走り寄る。

隼人は、松明をぐるりと巡らし、あとを続けた。

「かなめは、どうした」

一瞬、しんとなる。

彦輔は、口を開いた。

「実は、山賊の一人につかまって、連れ去られたのよ」

隼人が、松明を上げる。

「遠目に、一騒動あったように見えたが、あれがそうか」

「そうだ」

彦輔は、先刻の不始末の次第を、隼人に詳しく告げた。

「それゆえ、山賊どもの根城を聞き出すために、こやつを生け捕りにしたのだ。かなめを救うには、それしかあるまい」

藤八と鬼吉が、泥まみれになった黒覆面の男を、松明の前に引き据える。

藤八はうむを言わせず、覆面をむしり取った。

月代を、伸ばしほうだいに伸ばした、男の顔が現われた。

左の目が、赤黒くつぶれている。さほど、古い傷ではない。

藤八が、驚いた声で言う。

「旦那。この野郎は、本宿の番所の下の河原で、かなめやあっしを襲って来た、追いはぎの一人でござんすよ。なんでも、樋口兵庫という名前だそうで」

樋口兵庫の名が出たとたん、男の顔に狼狽の色が浮かぶ。

蛇の目も、口を出した。

「そうだ、間違いねえ。かなめの姐さんにつぶされた、左の目が何よりの証拠でござんすよ」

隼人が、松明を兵庫とやらの顔に、ぐいと近づける。

兵庫の左目は、確かに赤黒くつぶれており、まだ生なましい傷が残っていた。

兵庫は何も言わず、ふてくされた顔で藤八と蛇の目を、交互に見上げた。

彦輔は言った。

「今しがた、その左目をつぶした女子が、おまえの仲間に連れ去られた。根城はどこだ。さっさと言え」

兵庫の喉が、ごくりと動く。

「か、勘弁してくれ。そいつを漏らしたら、殺されちまう」

隼人が、松明の火を無事な右目に、突きつけた。

ひっと声を漏らして、兵庫が体をこわばらせる。

「死ぬよりつらいのは、目が両方とも見えなくなることよな。この松明を、おまえの無事な右目に、突っ込んでやろうか」

兵庫は、ぬかるみの中で体をずらし、顎を喉に引きつけた。

「わ、分かった。言うから、やめてくれ」

兵庫によると、山賊どもの今の根城は、前夜聞いた八森山ではなく、中山道の東側にある経ケ嶽《きようがたけ》、という山の中らしい。

話を聞き終わると、隼人は懐から黒覆面を取り出し、彦輔に示した。

「こいつは、宿場で引きずり下ろした山賊から、召し上げたものだ。これをつけて、経ケ嶽の隠れ家とやらへ、かなめを助け出しに行く」

彦輔は、首を振った。

「おぬし一人では無理だ。おれも一緒に行く」

「いや。おぬしには、菊野さんをどこやらへ送り届ける、だいじな仕事がある。ここはおれに任せて、このまま伊那街道を急ぐのだ。かなめを助け出したら、おれたちもすぐにあとを追う。いいから、任せておけ」

東の空が、白み始めた。

＊

勧進かなめは後ろ手に、柱に縛りつけられていた。

両の腕を精一杯、突っ張ってみる。何度試しても、固く縛られた麻縄は、びくともしない。あきらめて、力を抜く。

立ち姿でなく、すわった姿勢で縛られたのが、せめてもの救いだった。

ただ、猿轡《さるぐつわ》をされたために、鼻からやっと息はできるものの、声が出せない。

森の中の、この小屋に連れ込まれたときは、まだ夜が明けきっていなかった。

かなめを引きさらったのは、本宿の河原で自分たちを襲って来た、追いはぎの一人だった。

男が蠟燭をつけ、かなめの顔を見て漏らした言葉で、それが分かったのだ。

「おまえ、本宿の河原の女ではないか」

めくぼの藤八によれば、確か望月重兵衛という名の男だった。

それが、かなめに目をつぶされた男ではなく、いくらかは分別のありそうな、兄貴株の浪人者だったことで、少しほっとした。

もし相方の、なんとか兵庫という男だったら、小屋に連れ込まれると同時に、手ひどい仕返しを受けていただろう。

いずれにせよ、二人とも山賊の一味だったことが、はっきりした。

重兵衛はやはり、すぐには手を出さなかった。

蠟燭を吹き消すと、分捕り品らしい麻袋を抱え、小屋を出て行った。それから、かなり時がたつ。

おそらく隠れがで、仲間たちと酒でも飲んでいるのだろう。

いつもなら、鹿角彦輔が助けに来てくれるのを、つい当てにしてしまうところだ。

しかし、相手が大勢の山賊一味ともなれば、一人二人ではとても勝ち目がない。そう思うと、さすがに心細くなる。

そのとき、近くで木の枝が折れるような、乾いた音がした。右手の、羽目板から漏れてくる曙光が、かすかに揺れる。

だれかが、やって来たのだ。

門がはずされ、引き戸がつかえながら、あけられる。

光を背に、戸口に黒ぐろと立ちはだかったのは、顔こそはっきり見えないものの、重兵衛に違いなかった。

かなめは、唇の裏を嚙み締めて、足を体に引きつけた。

重兵衛は何も言わずに、小屋に踏み込んで来た。戸口は、あけ放したままだ。

おもむろに言う。

「兵庫め、いまだにもどって来ぬ。宿場でもたもたしていて、つかまったらしい。もし、やつがもどっていたら、おまえもただではすまぬところだ」

かなめは口がきけず、相手をにらみつけるしかない。

重兵衛は続けた。

「とはいえ、兵庫めがいなくとも、やはりただではすまぬぞ。みながみな、女に不自由しておる。おれとて、同じことよ」

そう言いながら、そばにやって来る。

酒のにおいが鼻をついて、かなめはむかむかした。

重兵衛が、鞘ごと刀を抜き取って、脇の土間に置く。

目の前にしゃがみ込むと、かなめの上体を縛った麻縄を、ぐいと引き下げた。

わざとらしく、舌なめずりをしながら、襟元から胸へ手を差し入れてくる。

逃れるにも、逃れようがなかった。歯を食い縛って、耐えるしかなかった。

重兵衛がうそぶく。

「ふむ。なかなか、いい乳をしているではないか」

かなめはうなり、必死に身をよじった。

重兵衛も重兵衛の手も、いたずらをやめようとしなかった。

重兵衛が、かなめの襟をくつろげて、さらに奥へ手を入れようとする。

そのとき、小屋の外からまたぷちっという、乾いた音が聞こえてきた。

重兵衛はあわてて手を引き、刀を取り上げた。

「だれだ。だれか、いるのか」

すると、外から野太い声が、返ってきた。

「重兵衛。女のにおいが、ぷんぷんするではないか。抜け駆けは、許さんぞ」

重兵衛は首を振り、しぶしぶのように立ち上がって、戸口に向き直った。

「きさま、相変わらず、鼻のきくやつだな。戸はあけておくから、外で待っておれ」

どうやら、仲間が気配をかぎつけ、忍んで来たらしい。

「さっさとすませよ、重兵衛」

「煙草一服も、かからぬわ。ただし、のぞき見するでないぞ」

重兵衛が言い返したとたん、どすっという鈍い音とともに、甲高い悲鳴が上がった。

重兵衛は、すばやく刀を引き抜き、鞘を投げ捨てた。

そのまま、外へ飛び出して行く。

かなめは、耳をすました。

重兵衛の、どなり声。

「きさま、何者だ」

だれかが、外にいる山賊仲間を、斬り倒したらしい。

「おまえがさらった女の、用心棒よ」

かなめは、くぐもった声を聞き分けられず、とまどった。

たちまち、刃と刃がぶつかって、斬り合いが始まる。

重兵衛が、驚くほどの大声を出して、呼ばわった。

「みんな、来てくれ。役人だ、役人が来たぞ」

その直後、重兵衛のすさまじい悲鳴が起こり、泥水のはねる大きな音が聞こえた。

間をおかず、黒覆面の男が抜き身を手に、小屋へ飛び込んで来る。

切っ先を土間に突き立て、すばやくかなめの猿轡を引きはずる。

後ろに回って、すばやく縄目を切りはなった。

男が、前にもどって黒覆面をむしり取ると、そこに富永隼人の顔が現われた。

かなめは、自由になった腕を伸ばし、隼人の袖をつかんだ。

「助けに来てくれたんだね。恩にきますよ、旦那」

「来たのがおれで、あいにくだったな。彦輔が、あとを追おうとしたのを、おれが無理やり代わったのだ」

　かなめは、首を振った。

「旦那ったら、お気遣いはいりませんよ」

　支えられて、戸口へ向かう。

「仲間がやって来ないうちに、さっさと逃げよう」

　言いもあえず、仲間たちが山道を駆けおりて来る、あわただしい音が耳に届いた。

　隼人は、かなめの腕をつかんで、小屋をぐるりと裏手へ回った。

　目の前の小道を指して言う。

「この道を、駆けおりろ。途中に、馬をつないである。それに乗って、先に行け」

「馬になんか、乗ったことがないよ」

「それなら手綱を引いて、駆けくだるのだ。おれが時を稼ぐ。この小道をたどれば、鍋懸街道に出る。すぐにあとを追う」

　早口で言い、肩を押す。

「分かった。でも、早く来ておくれよ。それに、気をつけて」

　隼人はうなずき、小屋のおもてへ駆けもどって行った。

　かなめは、着物の裾を思い切りたくし上げて、隼人が示した小道をまっしぐらに、駆けくだった。

　背後から、剣戟《けんげき》の響きとどなり声、叫び声が聞こえてくる。

　斬り合いが、始まったのだ。

　腕達者とはいえ、隼人一人で大勢の山賊たちと、どれだけ戦えるだろうか。不安で、胸がいっぱいになる。

ほどなく、木の幹につながれた馬の姿が、目にはいった。

かなめはそばに駆け寄り、手綱をほどいた。轡を取り、大急ぎで山道を、駆けおり始める。

背後に、足音が響いた。

振り向くと、血刀を斜め後ろに引き、いっさんに駆けおりて来る、隼人の姿が見えた。その後ろから、山賊どもがわめきながら、追いかけて来る。

「馬に乗れ」

隼人はどなり、すぐ後ろに迫った先頭の男を、逆袈裟に斬って捨てた。

山賊たちがひるんだ隙に、隼人が突進して来る。

かなめは無我夢中で、馬の背によじのぼった。

後ろから、隼人がすごい勢いで、飛び乗って来る。

隼人は、腹ばいになったかなめ越しに、腕を伸ばして手綱をつかんだ。

同時に、馬の腹を蹴りつける。

馬は、一瞬竿立ちになったものの、たちまち疾風のように、走り出した。

飯島宿　飯田宿

翌四月十二日。

朝五つ過ぎ、鹿角彦輔たちは伊那宿を立ち、街道を南へ向かった。

明け方、鍋懸街道から宿場へもどると、襲撃の混乱は収まっていなかった。

どこもかしこも、上を下への大騒ぎだった。

火をつけられなかったのが、せめてもの救いという声が、あちこちで聞かれた。

彦輔は、捕らえた山賊一味の一人、樋口兵庫なる浪人者を縛り上げて、宿場役人に引き渡した。

しばらくのあいだ、問屋場で待ってみたが、富永隼人と勧進かなめの安否は、届いてこなかった。

二人の身を案じつつも、隼人ならなんとかしてくれるだろう、という当てのない望みを抱くほか、方策がなかった。

下を見て歩きながら、はなからかなめを連れて来なければよかった、という考えも頭をかすめる。

しかし、今さら悔やんでも、始まらない。

めくぼの藤八をはじめ、ふだんはにぎやかな雁木の鬼吉、蛇の目の六郎兵衛の二人も、元気がなかった。

いつも明るい菊野まで、さすがに顔色がさえない。

肩を落として、力なく歩き続ける姿が、彦輔にはいっそつらかった。

逆に元気なのは、りく一人だった。

まるで、何ごともなかったようにすたすたと、先頭を歩いて行く。

その様子に、腹が立つよりあきれて、何も言えなかった。天気がいいのが、恨めしいほどだった。

三里ほど歩き、天竜川の支流らしい川を渡ると、右側に上穂《うわぶ》宿、左側に赤須《あかず》宿の二つが向き合った、珍しい宿場町に差しかかった。

そこの一膳飯屋で、早めの中食をとることにする。

店の親爺によると、ここはいわゆる合宿《ごうしゅく》で、今は二宿併せて赤須上穂宿、と称しているそうだ。

早飯をすませた鬼吉、蛇の目が宿場の様子を見に、出て行った。

しかし、間なしにもどって来ると、蛇の目があわただしく告げた。

「問屋場に、捕り手らしいいでたちのお侍が、大勢集まっておりやすぜ」

「捕り手。どこの捕り手だ」

彦輔の問いに鬼吉が応じる。

「なんでも一つ先の、飯島の宿場にお代官の陣屋がある、と聞きやした。そこのお役人連中が、ゆうべの一件を調べに伊那宿へ向かう途中だ、とのことでござんす」

それを聞いて、彦輔は藤八に顎をしゃくった。

「よし、行こう」

菊野とりく、それに鬼吉たちをそこに置いて、問屋場へ駆けつける。

問屋場では、確かに捕物支度をした連中が、食事をしている最中だった。

見たところ、屁の突っ張りにもならないような、木っ端役人ばかりだ。それでも、蛇の目が言ったとおり、数だけは十五、六人いる。

彦輔は、指揮をとる竹垣伊八郎、という元締を呼び出した。

自分の身分姓名を明らかにした上、昨夜の山賊襲来の顚末《てんまつ》をつぶさに告げた。

伊八郎は、小普請組から回された御家人で、江戸者と出会ったことを、大いに喜んだ。いきさつを語ったあと、彦輔はさらに話を進めた。

山賊一味の、樋口兵庫なる男を捕らえ、宿場役人に預けてあること。

一味十数人が、鍋懸街道を西へ向かい、経ケ嶽の山中に逃げ込んだ、と思われること。また、連れの女かなめを一味にさらわれ、それを富永隼人が一人で、助けに向かったこと。

そのため、経ケ嶽に捕り手を差し向け、かなめを無事に取り返すべく、隼人に助勢してほしいこと。

ついでに、かなめと隼人が助け出されたら、自分たちがこの宿場の一つ先の、飯島宿で待っていることを、伝えてもらいたいと頼んだ。

念のため、隼人がお上の御用を務めていることも、付け加えておく。

飯島宿までは、赤須上穂宿から二里しかないが、前夜ろくに眠っていないため、早めに足を休めることにしよう、と決めてあった。

捕り手たちを見送り、赤須上穂宿を出たのは、昼九つ半ごろだった。

途中、何度か足を休めたために、飯島宿に着くまで一時半ほどかかり、夕七つ前になってしまった。

大木屋、という大きな旅籠に、部屋を三つとった。

内風呂がついていたが、それは菊野とりくに譲って、彦輔は藤八らと一緒に、湯屋へ行った。

半時ほどかけて、ゆっくり疲れをいやしたあと、ぶらぶら宿へもどる。

近くまで来たとき、蛇の目が旅籠の二階を指さして、頓狂な声を発した。

「だ、旦那。あれをごらんなせえ」

目を上げると、二階の障子窓の手すりから、身を乗り出して手を振る、菊野の姿が見えた。

菊野は、まるで泣き笑いをするように口を開き、声にならない声で何か訴えている。

すると、その後ろから別の女が顔をのぞかせ、同じように手を振るではないか。

藤八が、言う。

「旦那。ありゃあ、かなめでござんすよ」

彦輔はさすがに驚き、手を振り返して言った。

「見れば分かる。隼人が、助け出したに違いないぞ」

みんないっせいに、旅籠へ駆けもどった。

半時ののち。

彦輔らは、そろって膳に向かいながら、隼人とかなめの話を聞いた。

隼人によると、かなめを助け出したあと、追っ手の山賊をかわすため、いっとき鍋懸街道をはずれて、遠回りをしたという。

それに、馬が足を痛めて乗れなくなり、伊那宿へもどるのが昼前になった。

風呂にはいったり、衣服を乾かしたりしているうちに、飯島陣屋の捕り手たちが、宿場にやって来た。

隼人は、元締の竹垣伊八郎に面会し、山賊たちの消息を伝える一方で、彦輔からの伝言を聞かされた、という。

そのあと隼人は、かなめを助け出したいきさつを、手短に語った。

それによると、山賊たちのあとを追うのは、思ったより楽だった、という。多数の馬が走ったため、ぬかるみにその足跡がくっきりと、残っていたそうだ。

連中が、鍋懸街道と経ケ嶽を行き来した道筋も、容易に見つけることができた。

「かなめをさらって、小屋に閉じ込めた男は、分捕り品を運んで行ったきり、しばらく姿を消していたらしい。そやつがもどって来た直後に、おれがその小屋へたどり着いた、というわけよ。ちょっとでも遅れたら、どうなっていたか分からぬがな」

そう言って、隼人は意味ありげに彦輔に、笑いかけた。

かなめが、たしなめるように隼人をにらみ、ついでに彦輔の顔色をうかがう。

彦輔は、わざと屈託のない笑みを浮かべ、かなめを安心させてやった。

いちばんすなおに、かなめの無事を喜んだのは、菊野だったかもしれぬ。

菊野は、かなめのそばに寄り添い、身振り手振りでしきりに何か、訴えかけた。

かなめも、それに精一杯言葉を返して、その気持ちに応じていた。

りくは例によって、ぶすっとしたままだった。

隼人は、詳しく語らなかったが、大勢の山賊たちを相手にして、獅子奮迅の戦いを繰り広げたに違いない。

それは、衣服に残っていた泥の汚れや、乾いた血糊《ちのり》を見るだけでも、よく分かる。

やむをえなかったとはいえ、彦輔は自分が助けに行けなかったことを、いささか負い目に感じた。

それだけに、二人が無事にもどったことを、だれよりもうれしく思った。

翌四月十三日。

彦輔一行は夕七つ前、飯島宿から六里ほど南の、飯田宿に到着した。

休みやすみ歩いたせいで、だいぶ時がかかった。

さらに、飯田から大平街道を西へ向かい、中山道の妻籠に出るまで、八里ほどの道のりがある。

これはさすがにきついので、その日は飯田に泊まることにした。

飯田宿は、わずか一万七千石の小藩ながら、関ケ原以来の徳川家の譜代大名、伴内信濃守光豪《みつひで》の城下町にある。

美原屋という、小ぎれいな旅籠に宿をとった。

他の宿場と比べて、ここはどの建物もおおむね、普請が新しい。火事が多いせいのようだ。

あるじによると、飯田はしばしば大風が吹くため、火が広がりやすいのだという。

近時の大火は四年前で、そのおりは宿場の七割方が、灰になったそうだ。

また、他の宿場に比べて格段に、馬の数が多い。

飯田には、いくつも往還が重なるせいで、日に入馬千疋《いりうませんびき》、出馬《でうま》千疋といわれるほど、中馬《ちゅうま》の行き来が盛んだという。

彦輔と隼人、藤八は明るいうちから、宿場の南端に近い、湯屋へ行った。女たちは内湯を使い、鬼吉と蛇の目は留守番を引き受けた。

湯を出たあと、彦輔たちは二階で軽く酒を飲み、これからの見通しについて、論じ合った。

京都までという最初の話は、行く先をぼかすための虚仮《こけ》だろう。

実際には中山道の、東海道と合流する草津宿へ着くまでに、真の行く先が明らかになるはずだ。

詰まるところ、それが三人の一致した考えだった。

外へ出たとき、日はすでに西の山の端にかかり、夕闇が迫りつつあった。

宿へもどると、女たちの姿が見えない。留守番の鬼吉、蛇の目もいなくなっていた。

宿の女中の話では、菊野たち三人はそろって近在の名物、お六櫛《ろくぐし》とやらを買いに出た、という。

念のため、鬼吉がついて行ったらしい。

しかし、少しばかり帰りが遅いので、今度は蛇の目が様子を見に、出て行った。それきり、五人ともまだもどっていない、というのだ。

「その、お六櫛というのは、どこで売ってるんだね」

藤八の問いに、女中は前垂れで手をふきながら、眉根を寄せて言った。

「名物じゃけん、土産物屋ならどこでも売っとりますが、元祖お六櫛の柏屋の出店を、教えてあげなした」

「その店は、どこにあるんだ」

「宿場の西から、大平街道を少し行ったとこに、ござります。ただ、あっちこっちで元祖をうとうとるけん、どこが本家かだれも知らんずら」

それを聞いて、彦輔はにわかに不安を覚え、割り込んだ。

「その出店は、宿場のはずれから、どれほどのところだ」

「ほんの、五町ほどだに」

たいした道のりではないが、まさかということもある。鬼吉と蛇の目だけでは、いかにも心配だ。

彦輔は、隼人を見た。

「そんなところまで、足を延ばしたとは思えんが、いちおう様子を見に行ってくる。おぬしらは、ここで待っていてくれ」

「一人でだいじょうぶか」

「心配するな。入れ違いにもどって来る、ということもある。そのときは、説教してやってくれ」

隼人は、瞬時迷うそぶりを見せたが、すぐにうなずいた。

「分かった。早く行け」

旅籠を飛び出した彦輔は、宿場の西のはずれまで、小走りに急いだ。

大平街道へはいったとたん、裾を乱しながらやって来る、かなめの姿が見えた。

その後ろから、鬼吉と蛇の目が遅れぎみに、ついて来る。

近づくとともに、蛇の目がりくを背負っているのが、見てとれた。

しかし、菊野の姿がどこにもない。

彦輔に気づいたかなめが、転がるように駆けて来た。

彦輔は、飛びついてくるかなめを、両腕で抱き留めた。

「どうした、何があった。菊野さんは、どこにいる」

かなめはそれに答えず、息を切らしながら鬼吉たちに、手を振った。

「あんたたち、早くおりくさんを旅籠へ、運んでおくれな」

二人は足を止めず、彦輔にぺこぺこしながら、宿場へ向かった。

おりくは蛇の目の背で、ぐったりしたままだ。

かなめが言う。

「お六櫛を買いに、この街道を三町ばかり、はいったのさ。そうしたら、あいつらが道の脇から出て来て、わたしたちを取り囲んだんだよ」

彦輔は、かなめの肩をつかんだ。

「待て、待て。あいつらとは、だれのことだ」

「彦さんが、あやしいとか言っていた、二人連れのさんぴんだよ」

虚をつかれ、言葉を失う。

あの二人のことは、ここ数日すっかり、放念していた。

「彦さんは、あの二人がおりくさんと、ぐるじゃないかと疑っていたけれど、そうじゃなかった。一人が、おりくさんをつかまえるが早いか、首筋を打って気絶させたんだ。それから菊野さんに、刀を投げ渡せと言ったのさ」

「渡したのか」

「いいえ。菊野さんは、やつらに渡すかわりに、わたしに投げてよこしたんだ」

かなめは、袖の下から短めの刀を、取り出した。

あらためるまでもなく、菊野の小太刀に違いなかった。

かなめが続ける。

「二人のほかに、仲間が三人と駕籠かきまで、一緒にいたんだよ。そいつらが、菊野さんを駕籠に乗せて、妻籠の方へ連れ去ったのさ」

かなめの話によると、頭目株の男が一人だけその場に残り、鬼吉や蛇の目が駕籠のあとを追えないように、しばらく見張っていたそうだ。

頭目は眉の濃い、色の浅黒い男だったというから、丸井角兵衛に違いあるまい。

駕籠が見えなくなると、男はようやくくりくを突き放し、ふところから折り畳んだ紙を取り出して、かなめに投げ渡した。

そのあと、道端の茂みから馬を引き出し、さっさと走り去った、というのだ。

「その言づてというのが、これなんだよ。鹿角彦輔に渡せと、そう言われたのさ」

かなめは袖口に手を入れ、くしゃくしゃになった紙を、彦輔に突き出した。

広げて読む。

卯月十五日昼午下刻
馬籠《まごめ》峠上蛇抜《じゃぬけ》神社
単身不来小娘可死
○□

彦輔は、唇を引き結んだ。

角張った癖のある字だが、意味は読み取れる。

四月十五日、つまり明後日の昼八つ前ごろに、馬籠峠上の蛇抜神社とやらへ、一人で来い。さもなければ、菊野の命はない。

そう言いたいらしい。
○□はむろん、丸井角兵衛のことだろう。
紙を裏返して見たが、それ以外は何も書かれていない。

かなめが、のぞき込む。

「なんて書いてあるんだい」

「菊野を死なせたくなければ、あさっての昼馬籠峠の神社に、おれ一人で来いと書いてある」

かなめは親指の爪を噛み、少し考えて言った。

「彦さんは、おりくさんを疑っていたけれど、あのさんぴんたちとは、関わりがなかったんだね。あいつらに、人質にされたくらいだから」

「まあ、狂言でなければな」

負け惜しみを言ったとき、旦那、旦那と呼ぶ声が聞こえた。

振り向くと、藤八が息せききって、駆けて来た。

「旦那。いったい、どうしたってんで。菊野さんがさらわれたって、ほんとでござんすかい」

「ほんとうだ。とにかく宿へもどって、隼人と相談しよう」

大平街道　妻籠

明けて、四月十四日の早朝。

鹿角彦輔は、単身飯田宿を立って大平街道にはいり、中山道へ向かった。

大平峠の手前に、飯田領主伴内家預かりの市ノ瀬関所があり、女改めをしていた。

彦輔は難なく通り抜けたが、菊野を連れ去った丸井角兵衛らは、おそらく脇道にそれるかして、関所を避けたに違いない。

角兵衛とその仲間が、どこで見張っているか分からず、彦輔はとりあえず一人旅を、装っていた。

半時ほど間をおいて、富永隼人と藤八がなりを変え、あとを追う段取りになっている。角兵衛も、相方の中山道之助も、隼人のことは知らぬはずだ。

藤八とは、桶川の湯屋で一度顔を合わせているが、はっきりとは覚えていまい。

りくとかなめには、鬼吉、蛇の目とともに、半日遅れで出立するように、言ってある。当初かなめは、隼人と藤八に同行すると言い張ったが、なんとか彦輔が説得した。

大平街道は、伊那街道と比べても、だいぶ道が悪い。

妻籠宿まで、石がごろごろした険しい山道を、何度ものぼりくだりするのは、男でも楽な仕事ではない。

菊野を連れ去った連中も、雇い駕籠でこの難路を行くにせよ、限りがあるだろう。どこかで駕籠を捨て、徒《かち》で行ったに違いない。

五人の男に、脇を固められて歩くとなれば、菊野もそうたやすくは囲みを破れまい。声を上げて、助けを求めることもできないから、逃げるのはまず無理だろう。

大平街道を行き来する、旅人の姿はほとんど見られない。杣人《そまびと》らしき土地者を、ときどき見かけるだけだ。

道みち、彦輔は考えを巡らした。

そもそも菊野は、ただの小娘ではない。丸腰とはいえ、油断をすれば大の男でも、扱いかねるほどの腕がある。

そのことは、菊野の太刀筋を目にした角兵衛も、十分承知しているはずだ。

それだけに菊野が、なまじいに腕を振るおうとして、もしものことがあれば、やぶへびになる。

それにしても、不審なことが多い。

角兵衛らが、菊野を無理やりさらったり、始末したりするつもりなら、その機はいくらでもあった。

桶川の一件はさておき、羽根石山のおりなどは、願ってもない好機だったはずだ。

そうせずに、今ごろあらためて連れ去った上、彦輔を呼び出そうとするとは、いかなる所存か。

かりにも、身代金を取る気でいるなら、あの言づてにそう書くはずだが、それらしい文言はなかった。

もっとも、最初に渡された路銀は半額の五十両で、三分の一近くは遣ってしまった。残りの金は、京都の両替屋で受け取るまで、手元にはない。

もしも、身代金を求められたりしたら、今ふところに残っている分だけでは、手付けにもならないだろう。

しかし、ないよりはましと考えて、とりあえず三十両を手行李に入れ、背負ってきた。

ともかく、この上は角兵衛とじかに会って、何が望みか聞くほかはない。

ようやく、彦輔が妻籠宿のはずれの、橋場村にたどり着いたのは、夕七つ前のことだった。

十間以上もある、長い板橋がかかっており、下を流れる川がごうごうと、すさまじい水音を立てている。

ただ、木曾川の本流にしては、幅が狭すぎるような気がした。川筋からして、西側の本流に流れ込む、支流だろう。

左へ向かえば馬籠宿、右へ向かえば妻籠宿と、石標が出ている。

角兵衛たちが、どちらへ向かったか、分からない。いちばん近い、妻籠の旅籠に宿をとったか。

あるいはすでに、彦輔と落ち合う馬籠峠へ、向かったか。

それとも、どこかこの近辺に用意した、隠れがにでもひそんでいるのか。

彦輔は、暮れなずむ空に浮かぶ、馬籠峠の方に目を向けた。

できれば、蛇抜神社とやらを下見しておきたいが、すでに日暮れが近いので無理はできない。

肚を決めて、妻籠の宿場へ向かった。

よもや角兵衛も、女子の人質を連れて平旅籠に泊まる、などという無謀なことはするまい。

かりに、角兵衛と宿場で出くわしたりすれば、彦輔は騒ぎ立てて役人の気を引き、助けを求めることができる。

それは角兵衛も、望まないだろう。

一党はどこか別の場所に、身を隠したに違いない。その隠れがを、あてもなく探したところで、時をむだにするだけだ。

彦輔は、妻籠宿に急いだ。

街道沿いに、茶店や土産物屋を含む、民家が散在している。茅葺き、瓦葺きの屋根はなく、家はすべて板葺きだった。

風から家を守るためか、屋根板の上には石がいくつも、置かれている。

どの家にも土壁は見られず、板壁ばかりが目立つ。冬場は寒さが厳しいため、土壁だと凍りついて崩れるとか、そんな話を聞いたことがある。

ようやく、宿場にはいった。道幅の狭い、簡素な宿場だ。

一歩きしてみる。

坂の多い、三町足らずの街道に、建物が七、八十軒ほども並んでおり、その半分近くが旅籠だった。

同じ中山道でも、このあたりは山また山の、嶮岨《けんそ》な場所に違いない。そのためか、行き来する旅人も泊まり客も、下諏訪宿などと比べて、寂しいほどの数だ。

彦輔は、宿場の通りを丹念に探し歩いて、両隣の部屋がすでに客でふさがり、真ん中があいている旅籠を探して、腰を落ち着けた。あいだを、二枚の襖で仕切っただけの、四畳半の部屋だ。

両隣がふさがっていれば、あとから不審な客がはいる、という心配はない。

その日は風呂にはいらず、酒も飲まないことにした。

旅籠の女中に聞くと、馬籠峠には確かに蛇抜神社と称する、古い神社があったそうだ。もっとも、今は宮司も神主もおらず、荒れ果てた廃社になっている、という。

角兵衛は、当然ながらじゃまのはいらぬ、人目のない場所を選んだのだ。

隼人と藤八も、同じ妻籠宿に泊まるに違いないが、それぞれ一人旅を装って、別々に宿をとったはずだ。

半日遅れのかなめ一行は、大平街道の最後の宿場、広瀬宿に泊まることになっている。その上で、明日の昼ごろ妻籠にはいり、様子が分かるまで宿にとどまるよう、固く言ってあった。

前夜飯田宿で、彦輔は角兵衛がよこした言づてを、隼人に見せた。

隼人も彦輔同様、角兵衛の真意を測りかね、首をかしげた。

菊野を奪い去って、亡き者にするのがねらいならば、角兵衛の目的はすでに達せられたはずだ。

今さら、彦輔を呼び出す必要は、ないではないか。

「こればかりは、迅一郎と藤十郎を問い詰めて、本筋を明らかにするほかはないな」

それが、隼人の意見だった。

下諏訪での話によれば、東海道をのぼるおとりの一行の、あとをつけていた侍たちが、途中で姿を消した、という。

中山道を行く、彦輔たちの一行の中にこそ、ねらうべき真の相手がいる、と見抜いたらしい。

そこで隼人も、その連中のあとを追って身延街道、甲州道中を抜け、下諏訪へやって来たのだ。

神宮迅一郎も、追っ手と隼人が消えたと分かれば、すぐさま手の者を何人か引き連れ、中山道へ回ってくるはずだ、というのが隼人の読みだった。

しかし、今までのところ、そうした侍たちの一行は、いっさい目にしていない。

藤八の道中案内を見ると、甲州道中を下諏訪まで来ずに、手前の金沢で左に折れ、高遠《たかとお》をへて伊那へ先回りをする、という道筋もあった。

そうすれば、迅一郎らは山賊たちの襲撃より前に、鍋懸街道から中山道の宮ノ越へ、一気に抜けることができたはずだ。

もしそうなら、彦輔たちより先に妻籠から馬籠へ、足を延ばしたかもしれぬ。

馬籠峠

翌朝は、雨が降っていた。

妻籠宿から馬籠峠まで、一里半に満たぬ道のり、という。

平地ならば、半時ほどで歩けるだろうが、この雨と険しい山道のせいで、倍近くもかかった気がする。

すでに昼九つ、午の正刻は過ぎたはずだ。

指示された午の下刻には、まだしばらく間があるものの、丸井角兵衛の一党はとうに、来ているに違いない。

鹿角彦輔は足を止め、少しのあいだ息を整えた。雨合羽の下にも、だいぶ雨が染み込んでおり、気色が悪い。

峠を割る切り通しに立ち、馬籠宿の方を見下ろした。

石を載せた、板葺きの屋根があちこちに、見え隠れする。しかし、そのたたずまいはただの民家で、馬籠宿はもっと下の方だろう。

あたりを見回したとき、突然頭の上から、声が降ってきた。

「ずいぶん早いではないか」

振り仰ぐと、右手の崖の上に立ちはだかって、こちらを見下ろす男の姿があった。

塗笠をかぶっているものの、雨合羽は着ていない。顔はよく見えないが、声で角兵衛の相方の中山道之助、と知れた。

「指図どおりに、やって来たのだ。用件を聞こう。その上で、菊野を返してもらうぞ」

彦輔が言うと、道之助は横柄に応じた。

「その話は、蛇抜神社でする。神社は、この崖の裏手にある」

「どこからはいるのだ」

「そこだ」

道之助はそう言って、切り通しの端に顎をしゃくった。どこまでも、横柄な男だ。

「その前に、おぬしらの用件を聞こう。菊野をさらって、どうしようというのだ。身代金でも、取るつもりか」

「崖の裏へ回れ、と言っているのだ。言うとおりにせねば、菊野の命はないぞ」

彦輔は、口をつぐんだ。

菊野の命がねらいならば、とうに始末をつけているだろう。ねらいはきっと、別にあるはずだ。

「分かった」

短く答え、道之助が示した切り通しの端へ、足を運ぶ。

すると、茂った木立のあいだに、奥へ延びる小道が見えた。

降りかかる、大粒の雨滴を笠で避けながら、小道へ踏み込んで行く。

ぬかるんだ土の上に、乱れた足の踏み跡が残っているのは、何人もの人間が出入りしたあかしだ。

いつの間に先回りしたのか、小道の途中で道之助が待ち受けていた。羽織も裁着袴も、濡れそぼったままだ。

そばに来た道之助が、無造作に右手を突き出す。

「差し料を預かろう」

少し考え、彦輔は雨合羽の下で、腰を探るしぐさをした。

合わせ目から、とっさに左手を突き出し、道之助の右の手首をとらえて、ぐいと引き寄せる。

同時に、相手の脇差を右手で引き抜き、すばやく首筋に突きつけた。

「おとなしくしろ。騒ぐと、容赦しないからな」

不意をつかれた道之助は、一瞬頬をこわばらせたものの、すぐに薄笑いを浮かべた。

「むだなことをするな。おれを殺せば、小娘はもどらんぞ」

「それはどうかな。菊野を殺すつもりなら、とうにやっているはずだ」

彦輔が言い返すと、道之助はぐっと詰まった。

口調を変えて言う。

「何をする気だ、おぬし」

「奥へ進め。菊野がいるところへ、案内するのだ」

道之助は、せせら笑った。

「言われなくとも、案内するところよ」

彦輔は、脇差を道之助の首筋に当てがったまま、左手を離して相手の大刀を鞘ごと引き抜き、草むらへ投げ捨てた。

その手で、今度は襟元をつかむ。

「このまま、後ろ向きに歩け」

道之助は不満げに、唇を引き結んだ。

それでも、彦輔に顔を向けたまま、言われたとおり足探りしながら、あとずさりを始める。

ときどき、ぬかるみに足を取られて、よろめいた。そのたびに、彦輔は首筋に刃先を強く、押しつける。

しまいには、耳の下に刃が食い込み、血が流れ出した。

油断なく、あたりに目を配りながら、道之助を押して行く。

ほどなく、生い茂った木々が途切れ、広い草地に出た。

風雨にさらされ、朽ち果てた大きな祠が、ぽつんと立っている。縁板《えんいた》はそり返り、手すりは腐って崩れ落ち、扉の格子は折れ曲がって、傾いたままだ。

屋根にも穴があき、載せられた石には苔がむしている。これを神社と呼んだら、ほかの神社は立つ瀬がないだろう。

祠の裏手から、ぬかるみを蹴立てながら、男たちが姿を現わした。先頭に立つのは、むろん丸井角兵衛だ。

角兵衛をのぞく、ほかの侍は三人だけだった。

菊野が、その三人のあいだから、顔をのぞかせている。

彦輔を見返すその目に、恐怖の色はなかった。悟りきったような、落ち着いたまな差しだ。

彦輔はあらためて、三人の侍たちの顔を見比べた。たとえ田舎侍にしろ、だれもが悪党づら、というわけではない。

これが、東海道から回って来た連中だとすれば、富永隼人が言った人数よりも、はるかに少ない。どこか近くに、残りがひそんでいるのかもしれぬ。

それにしても、角兵衛以下男たちのだれもが、抜刀していない。余裕があるようだ。

彦輔は、道之助の首筋に当てた刃を、ぐいと起こした。

道之助が、焦ったように喉を動かす。

彦輔は、探りを入れた。

「菊野を前に出せ。この男と、交換しようではないか」

そんな、安直な取引に乗らないことは、承知の上だ。

角兵衛が、濃い眉の下から熱っぽい目で、彦輔を見返した。

神妙な口調で言う。

「どうか、お鎮まりくださいますよう」

それから、取ってつけたように、続けた。

「若さま」

思いも寄らぬ呼びかけに、虚をつかれる。

一瞬、右手に力がはいったらしく、道之助が喉を鳴らして、首をのけぞらせた。

彦輔は、言い返した。

「何が、若さまだ。ふざけている場合ではないぞ」

角兵衛は、笑わなかった。

「ふざけてなど、おりませぬ。あなたさまは、まぎれもなく飯田一万七千石、伴内信濃守さまのご子息、せいじろうさまでござります」

ますます、混乱する。

「せいじろう。おれがか。ばかを申せ。おれは鹿角彦輔と、名乗って聞かせたはず。寝言を言うのも、たいがいにせよ」

「なんの、まことでござる。せいの字はさんずいに、将軍家斉さまの〈なり〉。じろうのじは、次と書きまする」

済に次郎、つまり済次郎か。

まったく、覚えがない。まして、大名の息子だなどと、冗談にもほどがある。

彦輔は、道之助の襟をつかんだ左手を緩めず、油断なく角兵衛を見返した。

何を考えているのか、さっぱり分からぬ。角兵衛の顔は、相変わらず引き締まったままで、ふざけている様子はない。

かといって、頭がおかしくなった気配もない。

ほかの男たちも、まったく表情を変えず、真剣に彦輔を見守っている。

さらに、男たちのあいだからのぞく、菊野の目にもとまどいの色がない。それがなおさら、不思議だった。

これには間違いなく、何か裏がある。

持ち前の、好奇の心がむらむらと、わいてきた。

「おれがその済次郎なら、どうだというのだ」

角兵衛が、軽く頭を下げる。

「脇差をお捨ていただき、道之助をお放しください」

あくまでも、真顔だった。

「おれに、おぬしらの人質になれ、とでもいうのか」

「人質など、めっそうもないこと。ともかく、脇差をお引きくださいますよう」

ますます、分からなくなる。

「菊野はどうなる」

「この小娘は、ただのおとり。当方に用があるのは、若さまお一人でございます」

彦輔は、憮然とした。

菊野がおとりとは、どういうことか。わけが分からぬ。

彦輔は、道之助の首に脇差を擬したまま、角兵衛に言いつのった。

「わけを言え。おれが、伴内信濃守とやらのせがれ、済次郎でなければならぬ、そのわけを」

角兵衛は表情を変えず、辛抱強い口調で応じる。

「わけも何も、ございませぬ。済次郎さまは、済次郎さまでございまする。もはや、お芝居を続ける必要はない、と存じまする」

ばかていねいな物言いに、むしろこけにされたような気がして、彦輔は口を開こうとした。

そのとたん、にわかに周囲の木立が揺れ、人の色めき立つ気配が迫ってきた。

尋常ならぬ殺気に、体を引き締めて左右をうかがう。

それを見すましたように、道之助がみずから後ろ向きに転がり、脇差の刃を逃れた。

木立の中から、黒装束に身を固め、黒覆面でおもてを隠した男たちが、次つぎに躍り出て来る。

その数は七、八人。いずれも、抜き身をかざしている。

やはり、仲間がいたか。

彦輔は、とっさに雨合羽をかなぐり捨て、道之助の脇差をほうり出して、大刀を引き抜いた。

角兵衛たちも、いっせいに抜刀する。

彦輔は、斜め後ろから斬りかかって来た、黒覆面の刀を寸前ではねのけ、開いた胴に一撃を見舞った。

すばやく、向き直る。

道之助が、草地に落ちた脇差を拾い、襲いかかる別の黒覆面の臑を、勢いよくなぎ払った。

黒覆面が声を上げ、草の上に腰を落とす。

とっさに、彦輔は同士討ちをしたのか、と目をみはった。つかの間、黒覆面たちがどちらの味方なのか、判断がつかなくなる。

角兵衛に目を向けると、角兵衛もまた斬りつける黒覆面をすかして、逆に斬り伏せたところだった。

菊野はと見れば、別の黒覆面の刃をかいくぐり、彦輔の方へ駆け寄って来る。

彦輔は、脇差の代わりに腰に差してきた、菊野の小太刀を鞘ごと引き抜いた。

それを、そのままはずみをつけて、菊野に投げ渡す。

受け止めるより早く、菊野は抜く手も見せず、刃をひらめかせた。

真一文字に、横胴をなぎ払われた黒覆面が、一声上げて倒れ伏す。がつん、と音がしただけで、血しぶきは飛ばなかった。

よく見ると、菊野の手にした小太刀の刃が、とっさの間に逆さまに、返されている。

投げられた小太刀を、受け止めて抜くだけでも、相当の腕が必要だ。それを、瞬時に返して峰打ちにするとは、めったにできるわざではない。

打たれた黒覆面は、しばしうなり声を上げていたが、間なしに動かなくなった。

菊野の太刀さばきを、まのあたりにしたほかの黒覆面が、にわかに浮足立つ。

そのあいだにも、角兵衛とその一党は数で劣りながら、襲いかかる黒覆面の集団を、立て続けに斬り倒した。

すると、またまた木立の中から、まるで地虫でもわくように、新たな黒覆面の一団が、飛び出して来る。

ただ、今度は数が少なく、わずか五人だった。

しかし、最初の一団より腕は確かで、先頭の三人が角兵衛の配下の三人を、一人一殺で次つぎに斬り倒す。

その上で、角兵衛と道之助の二人に、鋭く迫った。

さすがに角兵衛、道之助はすぐにはやられず、三人を相手に負けずに斬り結ぶ。

残る二人は、三人に減った最初の黒覆面とともに、彦輔と菊野に向かって来た。

その二人が、左右から彦輔をねらい、あとの三人は菊野を正面から、押し詰めていく。どうやら最初の一団は、こちらの腕を確かめるか、あるいは疲れさせるのだけが、ねらいだったようだ。

あとから現われた五人は、それまでの者たちとはまるで、太刀筋が違う。いずれもかなりの手だれで、臆せずこちらに迫って来る。

とはいえ、そうした連中が角兵衛たちまで、始末しようとしているのは、どういうことか。

最初は、角兵衛の一党だとばかり思ったが、真剣に斬り合うところを見ると、どうやら黒覆面の侍たちは、仲間ではないようだ。

まったく、先の読めない斬り合いになった。

角兵衛が、彦輔を別人扱いしたことから始まり、話が奇妙な方向へどんどん、ねじれていく。

しかし今、それを穿鑿している余裕は、まったくない。

彦輔が対峙する二人は、たとえ一対一で戦っても、かなり苦戦をしいられそうな、それなりの遣い手だ。

彦輔は、刀を下段に構えたまま、動けなかった。

二人のうちの、どちらが仕掛けて来るにせよ、それを受けているあいだに、残る一人に斬りかかけられたら、防ぐのはむずかしい。

これがほかの場合なら、一目散に逃げ出している。

一人で三人を相手にする、菊野に手を貸してやりたいが、むしろこちらが手を借りたいくらい、追い詰められた気分だった。

目の隅に、菊野の動きがちらり、と映る。

菊野は、向かって左にいる黒覆面に、誘いの隙をみせた。

すると、反対の右側にいた男が、その隙をついていきなり菊野に、斬り込もうとする。

「菊野」

彦輔が叫ぶより早く、逆を取られた菊野はとっさに小太刀を返し、右側の相手のふところに、飛び込んだ。

この奇襲に、防戦する間もあらばこそ、男は右肘を斬られて刀を落とし、泥に膝をついた。

さらに菊野は、残る二人にも果敢に立ち向かい、たちまち手首や肘を切り裂いて、刀を捨てさせた。

菊野に気を取られ、半身になった彦輔をめがけて、黒覆面の一人が勢い猛に、斬りかかる。

受ける余裕はなく、彦輔は背を丸めて体を沈め、太刀筋を避けようとした。

しかしすでに遅く、相手の太刀はまともに彦輔の背に、どすっと食い込んだ。

すさまじい衝撃を受けて、彦輔はたまらずその場にくずおれ、泥の中に膝をついた。やられた、と思う。

とたんに、大声が耳を打った。

「隼人、推参」

次の瞬間、頭の上ですさまじい悲鳴が上がり、相手の男がそのまま背中の上に、倒れかかってくる。

名乗りを上げたのは、まさしく富永隼人の声だった。

彦輔は泥に手をつき、おおいかぶさった男を力任せに、振るい落とした。

同時に隼人が、黒覆面の首筋からぐいとばかり、刀を引き抜く。

勢いよく血しぶきが飛んで、彦輔の顔に降りかかった。

黒覆面は目を見開いたまま、息が絶えていた。

「大事ないか、彦輔」

隼人に声をかけられ、彦輔は体を起こした。

わけが分からぬまま、息をついて応じる。

「うむ、大事ない。おかげで、助かった。しかし、遅かったではないか」

そのとたん、背中からにぎやかな音とともに、足元に小判がこぼれ落ちた。

なんと、手行李に入れて背負った小判のおかげで、命拾いをしたのだった。

彦輔は、冷や汗をかきながら、隼人の方に向き直った。

隼人が、残った黒覆面の男の喉元に、刃を突きつけている。

男の手には、すでに刀がなかった。とうに、叩き落とされたらしい。

角兵衛と道之助も、あとから現れた黒覆面の一人を、生け捕りにしたとみえて、草の上に引き据えたところだった。

菊野も無傷で、すでに小太刀を収めている。斬り合いなど、まるでなかったとでもいうような、けろりとした表情だ。

それを見計らったように、めくぼの藤八が木立から出て来た。

麻縄を取り出し、生き残った黒覆面の男たちを、手際よく後ろ手に縛り上げて、数珠つなぎにする。

それが終わると、藤八は妙ににやにやしながら、泥まみれの小判を拾い集めて、巾着に落とし込んだ。

そのとき、またまたのそりとばかり、木立から姿を現わしたのは、待ちかねていた神宮迅一郎と、坂田藤十郎の二人だった。

迅一郎が言う。

「苦労をかけたな、彦輔。これにはいろいろと、わけがあるのだ」

彦輔は、ため息をついた。

「そうだろうとも。ゆっくり、話を聞かせてもらおうか」

まったく、腹が立つ。

馬籠宿

その翌日。

信州飯田、伴内信濃守家中の国家老、岩重茂左衛門は白い髪をわずかに残した、いかにも　徹そうな老武士だ。

くぼんだ目と、入れ歯で緩んだような口元から、すでに古希を過ぎていることが、読み取れる。

茂左衛門は、鹿角彦輔に深ぶかと、頭を下げた。

「こたびのこと、もとはと申せば伴内家安泰のため、それがしの一存で仕組んだ、田舎芝居でござる。坂田藤十郎以下、丸井角兵衛、中山道之助らはみな、それがしの手足となって、働いたのみ。何とぞ、その者たちの数かずのご無礼は、それがしの指図によるものと思し召して、ご寛恕いただきとう存ずる」

彦輔は当惑して、茂左衛門に呼びかけた。

「ご家老。どうか、つむりをお上げください。父親にも等しいお年のご家老に、さようなご挨拶をされては、それがしとて困惑いたします」

茂左衛門は、ゆっくりと頭を上げた。

「さりとはいえ、ご公儀徒目付のお家柄のご子息を、当家のような小名の家督争いに巻き込み申したこと、言い訳のできる沙汰ではござらぬ。大目付筋の知るところとなれば、それがしがしわ腹を切るくらいでは、とうていすまぬこと。お家改易は、免れますまい」

「ご案じならずとも、よろしゅうございます。それがしの口から、お上の筋へ漏れることはない、とお請け合い申す。ただ、神宮迅一郎から恐れ多い筋へ、沙汰の上がる懸念もござるゆえ、くれぐれもご油断召さるな」

彦輔が言うと、背後に控えていた神宮迅一郎が、あわてて口を挟んでくる。

「卒爾ながら、岩重さま。ただ今の彦輔の申し条、ただの当てこすりにすぎませぬ。それがしが、初めに事実を告げなかったことで、つむじを曲げているだけでござる」

彦輔は、言い返した。

「事実を告げれば、それがしが尻込みをして、この仕事を断わるに違いない、と思ったのでございましょう。そう考えるだけで、いかさま腹が立ち申す」

「初めに、すべて打ち明けていれば、引き受けたと申すのか」

迅一郎の問いに、彦輔は体をひねって、背後を見返った。

「むろんのこと、引き受けた。おぬしが、同行すると請け合えば、の話だがな」

「おれには」

そう言いかけ、迅一郎は急いで言い直した。

「それがしには、東海道へ回る別の務めが」

茂左衛門が、手を上げてそれをさえぎる。

「ご両所とも、お控えくだされよ。すべての責めは、この茂左衛門にあり申す。この死にぞこないに免じて、これまでの数かずの不都合、ご無礼をどうかご容赦いただきたい」

また頭を下げられて、彦輔は不承不承膝をもどした。

前日、馬籠峠で繰り広げられた、修羅場のすぐあと。

伴内家の、丸井角兵衛の手の者と思われる家士が、大挙して馬籠峠の蛇抜神社に押し寄せた。

家士たちは、荷車をいくつも用意しており、それに死者や重傷者を積み込んで、峠から運び下ろして行った。

ただし、死んだ者の数は少なく、富永隼人に首筋を刺された男のほか、二人だけにすぎなかった。その分、手や足を失うなど、深手を負った者は多かった。

軽傷の者、捕らえられた者たちは、自分の足で歩かされた。

そうした、家士たちの手際のよさを見ると、早くから段取りをつけていた、としか思えなかった。

角兵衛によれば、荷車は橋場村から大平街道にはいり、途中で清内路《せいないじ》という別の道を抜けて、戦国時代の古い砦跡へ向かう、とのことだった。

どうやら、死者はそこへすべて、ひそかに埋葬する手筈に、なっていたらしい。

最後の最後、蛇抜神社に姿を現わした迅一郎、そして坂田藤十郎の二人は、後始末をする家士たちを尻目に、彦輔と富永隼人、藤八を峠の下の馬籠宿へ、引き連れて行った。

これまた、手配をすませていたとみえ、彦輔らは八幡屋という脇本陣に、案内された。そこで、迅一郎と藤十郎は彦輔に、ここにいたったいきさつを、すべて明らかにした。それによると、事の次第は次のようだ。

まず、飯田の領主伴内信濃守光豪は、まだ還暦を回ったばかりだが、三年来胃に悪性の腫瘍を患っており、もはや回復の見込みはない、という。

したがって、だいぶ前から家中では、家督相続についての論議が、繰り返されてきた。信濃守には、寛政十二年生まれで今年二十八歳の、謹一郎という実の嫡男がいる。生母の正室るいは、謹一郎の生後一年半ほどで、病死した。

謹一郎は、とうに将軍への御目見をすませたものの、生来病弱な上に近年労咳《ろうがい》を発し、それがとみに悪化しつつあった。

そのため、嫡男ながら格別の計らいで、国元での療養を許されている。

ただ、父親同様いつお迎えがくるか、先の分からぬ雲行きだった。

そこで、次善の策として謹一郎の弟、済次郎に跡目を継がせる話が、持ち上がった。

済次郎は、享和三年生まれの二十五歳で、きわめて壮健だという。

ただし済次郎は、信濃守が参勤交代で在府中、江戸屋敷で家女に生ませた庶子で、国元には一度ももどったことがない。

また、信濃守が手をつけた当の家女は、屋敷外でひそかに出産したあげく、そのまま暇を出されたため、どんな素性の娘とも明らかにされなかった。

その結果、済次郎の養育はほぼ乳母の手に、ゆだねられた。

それゆえ、済次郎は少なくとも国元では、ほとんどなじみのない存在だった。

このようにして、跡継ぎの一件が行き詰まったさなか、次席家老の大崎内膳なる人物から、思いも寄らぬ申し立てがあった。

かつて信濃守は、在国中に内膳の娘もよに手をつけ、一男子を生ませたというのだ。

名は順之輔といい、文化四年生まれの二十一歳。

その後、もよは近習《きんじゅ》の森山頼母なる家士に、納得ずくでもらわれていった。

したがって、今や順之輔は森山家の総領と認められ、家督を継ぐ立場にある。

内膳の言い分は、こうだ。

嫡男の、謹一郎以外の庶子が跡を継ぐなら、出自のあいまいな済次郎よりも、伴内家の重臣たる自分の血を引く、順之輔の方がふさわしい、と。

順之輔の顔立ちは、確かに信濃守とよく似ており、その言い分にも一理がある。

しかるに、内膳と頼母は首席家老ばかりか、主君信濃守までもないがしろにして、まつりごとをほしいままにする、きわめて評判の悪い一族だった。

また順之輔自身も、若いのに二人の血を引いたものか、高慢横暴の噂が絶えなかった。信濃守が、大崎一族の専横を黙認したのは、もよに手を出した弱みがあったゆえ、と思われる。

とはいえ信濃守も、順之輔に家督を譲ることには、乗り気でなかった。むしろ、済次郎を跡継ぎにしたい、というのが本心のようだった。

そうした、複雑極まりない内情を聞かされたあと、彦輔はこの日国家老の岩重茂左衛門に、引き合わされたのだ。

茂左衛門が言う。

「そのようなわけで、とりあえず済次郎さまを江戸から、国元へ呼びもどすことにしたのでござる。むろん、跡継ぎのことで殿のご内意を伝える、という含みでな。ただ、次席家老の大崎内膳らから、横槍がはいる恐れがあり申す。そのため、それがしの考えでいささかの仕掛けを、施すことにいたした。そのために、淵田家の江戸屋敷詰め、坂田藤十郎どののお力を、お借りした次第でござる」

背後で、藤十郎が言う。

「それがしの実父は、伴内家江戸家老の近松勘太夫、と申す。それがし十三歳のおり、淵田家の江戸家老坂田藤五郎の養子にはいり、坂田家を継ぎ申した。実父と養父は、従兄弟同士。菊野は、腹違いの妹でござる」

続いて、神宮迅一郎の声。

「ちなみに、藤十郎とおれは昌平坂学問所の、同学の誼《よし》みだ」

彦輔は近松、坂田両家の入り組んだ血縁を聞かされ、混乱して言葉も出なかった。

茂左衛門が続ける。

「もし済次郎さまを、国元へお連れすると分かれば、大崎内膳の一党は黙っておらぬ。江戸屋敷にも、内膳らにくみする者が少なからず、おり申す。そやつらに知られずに、済次郎さまをお国入りさせるのは、きわめてむずかしゅうござる。そこで、江戸家老とともにいささか、仕掛けを考え出した次第」

その仕掛けとは。

伴内済次郎の帰国を知れば、力ずくでそれを阻止しようと、大崎内膳の息のかかった者たちが、当然手出しをしてこよう。

そのため、茂左衛門の意を受けた伴内家の江戸家老、近松勘太夫は一策を案じた。

ひそかに、腕のいい出入りの絵師を呼び、精細な済次郎の似顔絵を何枚か、描かせた。その上でそれを、下総大見川淵田家の江戸屋敷に在勤する、みずからの実子坂田藤十郎に、託した。

くわだてを打ち明け、その似顔絵とできるだけ似た者を、早急に探し出してもらえまいか、と頼んだのだ。

藤十郎はすぐさま、行き来のある他家の江戸勤番侍や、公儀御用を務める番士らに似顔絵を渡し、存じ寄りを当たってもらった。

その中に、昌平坂学問所の学友で、仕事がら顔の広い小人目付の、神宮迅一郎がいた。迅一郎は一目で、似顔絵に描かれた人物が、鹿角彦輔によく似ていることに、気がついた。

まずは、藤十郎に彦輔の首実検をさせ、同時に剣の腕や胆力を試させるために、例の目黒新富士での茶番を、仕組んだ。

藤十郎は、彦輔が済次郎と顔立ち、体つきがそっくりなうえに、腕も立つことに満足した。

そこで迅一郎に、事の次第を詳しく告げ、裏にひそむ密事も正直に明かして、力を借りたいと持ちかけたのだ。

話を聞いた迅一郎も、彦輔を済次郎の身代わりに仕立てる、との藤十郎の奇策に興を覚え、力添えをすると約束した。

迅一郎の一存で、彦輔には真実を告げず、通常の道連れの仕事の一つ、と思わせておいた。

一方の藤十郎も、彦輔が道連れを務める菊野に、裏の事情を伝えなかった。

ただ、淵田家の当主、掃部守の主命で京都へおもむき、見聞を広めてくるように、とだけ申しつけた。

こうして、計略そのものは組み上がったが、内膳らをそこへ引き込むには、それなりのお膳立てが必要だ。曲のない仕掛けでは、すぐ見破られてしまう。

そのため、勘太夫は自分の娘で、藤十郎の実の妹に当たる、八重子をおとりにして、敵をあざむく機略を、用意していた。

すなわち、八重子を伊勢参りに送り出すとの名目で、彦輔ら一行と同じ四月三日に、江戸を出立させるのだ。

ただし、彦輔一行とかち合わぬよう、東海道を行かせることにする。

このとき、藤十郎は勘太夫の意を受けて、さる筋から将軍徳川家斉の岳父に当たる、薩摩島津家の大隠居栄翁こと、島津上総介重豪に助力を求めた。

まずは、本物の伴内済次郎を数日前、ひそかに高輪の薩摩屋敷へ、もぐり込ませる。

次いで、出立の前日豪華な乗物を仕立て、八重子を江戸屋敷から薩摩屋敷へ移した。

その上で、女装した済次郎とすり替え、当日の朝早く一行を送り出した。行列は、見た目もものものしく、仕立てられた。

藤十郎と迅一郎、それに富永隼人も警固のため、行列に加わった。実の済次郎を、危険にさらすわけには、いかないからだ。

隼人には、彦輔らがおとりとして、中山道をのぼっている、とだけ伝えた。

このように、藤十郎は目立たぬように装いながら、逆にいかにも目立つかたちで、事を運んだ次第だった。

果たして、大崎内膳の一党とみられる侍たちが、見え隠れに行列のあとをつけて来た。その侍たちは、ほとんどが国元から送り出されたものか、見覚えのない顔が多かった。中には、金で雇われた浪人づれが、それらしく外見をつくろっただけ、という者もいるようだった。

内膳の一党は、茂左衛門らが済次郎の帰国を、関所の詮議が厳しい〈出女〉の旅に仕立て、目をくらまそうとしている、と深読みしたはずだ。そしてまさに、そう思わせることこそが、茂左衛門と勘太夫の、当面のねらいだった。

しかし、内膳の一党がそれにまんまと乗り、正直に行列を襲って来たのでは、実の済次郎に危険が及び、奇策が裏目に出る。

一党が念のため、東海道以外の街道筋にも、目を光らせているはずだ、というのが藤十郎らの読みであり、所期のねらいでもあった。

それが的中したごとく、一党は藤十郎が張った仕掛けに、見事に乗った。

おそらく、中山道筋を見張っていた仲間が、のぼりの旅人たちの一行の中に、目当ての済次郎によく似た侍、つまり彦輔を見いだしたのだ。

早馬でも使って、使いの者がその事実を東海道筋の本隊へ、知らせたに違いない。

それを聞いた一党は、追って来た行列がおとりで、中山道の一行の中にいる男こそ、本物の済次郎だと即断した。

そこで急遽、追っ手を東海道から中山道筋へ、差し回したのだ。

その動きに気づいた隼人は、ただちに一党のあとを追って、中山道へ向かった。

何か裏がありそうだ、という勘が働いたいきさつについては、彦輔もすでに隼人から聞いている。

藤十郎と迅一郎も、仕掛けがねらいどおり功を奏したと知ると、本物の行列の警固を他の家士に任せて、隼人のあとに続いた。

万が一、たくらみが破れた場合に備えて、藤十郎は茂左衛門の腹心の家士で、江戸屋敷に知られていない丸井角兵衛、中山道之助の二人を中山道へ、回してあった。

二人は、あとになり先になり、彦輔の一行に張りついていた。

桶川宿の手前での立ち回り、羽根石山での小競り合いは、万一彦輔が内膳の一党に襲われた場合、どの程度持ちこたえられるか、腕を試すためだったそうだ。むろん、物見遊山にも似た一行の旅に、活を入れるねらいもあった、と思われる。

さらに、りくのことがある。

彦輔がにらんだごとく、りくはやはり裏で角兵衛、道之助の二人と気脈を通じていた。宿場ごとに、りくは旅籠の下働きや留女に金を与え、こまめに二人とつなぎをつけていた、という。

ただ、例の伊那宿での山賊騒ぎで、角兵衛たちはりくとのつなぎを、一時的に断たれてしまった。

二人は、彦輔たちより先行していたこともあり、そのまま飯田宿へ向かったらしい。

ちなみに、内膳の一党を率いていた頭目は、伴内家の飯田城下に町道場を持つ、武智左馬助という剣客だった。

左馬助は武州浪人と称し、数年前飯田にやって来た。

そのおり、それまでの道場主だった老剣士を、他流試合であっさり打ち負かし、道場をわがものにした。

左馬助の道場には、内膳の娘もよが嫁いだ森山頼母の家士が、何人か入門していた。その者たちを含めて、一党には腕の立つ門弟がいくたりも、加わることになった。

もし、左馬助が首尾よく事をしおおせた暁には、伴内家の剣術師範に取り立てる、との内意が内膳から伝えられた。

それで、左馬助も一党を率いる肚を固めた、という。

しかし内膳の密謀は、もろくもついえた。

蛇抜神社で、角兵衛らに捕らえられた左馬助は、茂左衛門の手に引き渡された。

左馬助としても、仕官の道が閉ざされた今、助命および領内からの立ち退き、という寛大な処分ですむならば、引き替えにすべてを明らかにするほか、道はなかっただろう。

それによると、事のいきさつはこうだ。

東海道の行列を、おとりと判断した左馬助はただちに、一党を中山道へ転回させた。

一党はまず、身延街道から甲州道中に抜けて、上諏訪の手前の金沢宿を左に折れ、金沢街道にはいった。

金沢宿で、馬を調達した一党は高遠宿、伊那宿から鍋懸街道を突っ走って、一気に中山道の宮ノ越へ抜けた。

左馬助は、別人になりすました伴内済次郎が、国元の飯田を目指すとすれば、下諏訪の先で中山道を左に折れ、伊那街道を南下した方がはるかに早い、と読んだ。

ただ左馬助としては、一行が追っ手の目をくらますために、あえて中山道を妻籠まで行き、そこから一気に大平街道に転じて、搦《から》め手から飯田入りを果たすのでは、との疑いも捨て切れなかった。

そこで左馬助は、足の達者な物見を二人選び、伊那宿からじかに飯田へ、向かわせた。本隊は、そのまま木曽福島の関所を抜け、妻籠まで行った。

しかし、目当ての一行が中山道をたどった形跡は、ついに見いだせずに終わった。

そうこうするうちに、飯田へ回した二人の物見が、息せききって大平街道を駆け抜け、本隊に沙汰を上げて来た。

それによると、飯田宿の外で見知らぬ侍たちが、済次郎一行の小娘をさらい、中山道へ向かいつつある。どうやらその小娘を人質に、こちらがねらう済次郎を、中山道へおびき寄せる所存らしい、というのだ。

事情は知れぬが、渡りに舟とばかり左馬助らは、大平街道口にひそんで、その一味を待ち受けた。

すると、確かに男装した小娘が、人質になっていた。一党は、ひとまずそれをやり過ごして、あとをつけた。

そして小娘が、馬籠峠の神社へ連れて行かれるのを、見届けた。

実のところ、この筋書きは丸井角兵衛と中山道之助が、大崎内膳の一党をおびき寄せるために、一か八かで仕組んだ罠だった。

角兵衛らは、先着した飯田宿で何人か、手勢を呼び集めた。

しかも、その動きをあからさまに見せて、内膳の一党が食いつきたくなる下地を、整えたのだった。

ちなみに、菊野が宿場の外へ足を延ばしたのは、たまたまのことではない。

りくが、名物のお六櫛を買うとの口実で、元祖と称する大平街道の店へ、たくみに菊野を誘い出したのだ。

それもまた、飯田宿で一行を待ち受けていた、角兵衛からのつなぎによる指図だった。彦輔も、馬籠峠での前後のいきさつについては、今やしっかりとのみ込んでいる。

あのおり。

角兵衛は、例の蛇抜神社で彦輔と対峙しながら、内膳の一党が罠とも知らず、周囲を固めつつあることを、承知していた。

続く、修羅場の後始末についても、別の手勢を待機させておくだけの、用意周到さを見せた。

密謀に加わった、左馬助の門弟たちの中には、内膳や森山頼母の家士も、多く交じっていたらしい。内膳と頼母自身を含めて、一党の者たちにもいずれ、厳しい沙汰がくだるだろう。

こうして内膳の一党が、済次郎と思い込んだ彦輔を、葬り去ろうと謀ったたくらみは、あえなく失敗に終わったのだった。

ちなみに、本物の伴内済次郎の一行は、この日無事に飯田へ到着した、という。

岩重茂左衛門との、長い面談を終えた鹿角彦輔は、神宮迅一郎、坂田藤十郎とともに、脇本陣の自室にもどった。

富永隼人が、一人で酒を飲みながら、待っていた。

「おぬしもこけにされて、だいぶつむじを曲げただろうな」

隼人にそうからかわれて、彦輔は苦笑せざるをえなかった。

「そのとおりだ。おれに、肝腎なことをいっさい知らせず、事を運んだのが気に入らぬ」

藤十郎は頭を下げ、神妙な顔つきで応じた。

「神宮うじによれば、孫子の兵法とのことでござる」

彦輔は、鼻で笑った。

「例の、敵をあざむくにはなんとやら、というやつか」

迅一郎が、むっとするのを見て、急いで話を変える。

「それよりもう一つ、どうしても知りたいことがある。出立のおり、島津のご隠居の助力を仰いだ、とかいう話だが、どこにそんな手づるがあったのだ」

出端をくじかれたように、迅一郎は藤十郎と目を見交わし、こほんと咳をした。

「これは、ここだけの話にしてもらいたい。ゆめゆめ、ほかへ漏らしてはならぬぞ」

「承知した」

応じると、迅一郎は続けた。

「栄翁さまが、将軍家斉公の岳父であられることは、承知していよう。栄翁さまのお力添えを得たのは、これがお上にからんだ一件だからだ」

「お上に。まことか」

「いかにも。おぬしも知るとおり、家斉公はこれまでご正室のほか、二十人近いご側室をお相手に、五十人を超える子女を、お産ませになった」

内々のことにせよ、その話は世間にもほぼそのまま、漏れ伝わっている。

迅一郎は、さらに続けた。

「そのうちの十八番目、お蝶のかたに産ませられた時之助ぎみには、実は双子の弟ぎみがおられたのだ」

彦輔は、顎を引いた。

「双子だと」

藤十郎が、あとを引き取る。

「さよう。その弟ぎみが、伴内済次郎さまなのでござる」

彦輔はあっけにとられて、二人の顔を交互に見た。

「すると、その坂内済次郎は将軍家斉のご落胤、ということか」

迅一郎がうなずく。

「いかにも、そのとおりだ。少なくとも、おれが聞いたところではな」

藤十郎の話によると。

お蝶のかたは、西丸御番組の曽根なにがしの娘で、みごもってほどなく双子、と分かったという。双子の場合、おおむね先に生まれた弟の方は、命を絶たれる運命にある。是非はともかく、それが昔からの習いだった。

お蝶のかたは、その処置に納得できず、頼りにしていた梅松という中臈《ちゆうろう》に、ひそかに赤子の命を救うよう、手配を頼んだ。

梅松は、腹心の女中や中居を使い、その赤子を処置したものとして、ひそかに城外へ連れ出した。その上で、曾根家の遠縁に当たる、伴内家の抱屋敷に運び入れた、という。

伴内信濃守は、添えられた葵の御紋入りの懐剣とともに、赤子を受け入れた。

生母をあいまいにしたまま、取り急ぎ済次郎と名付け、実子として育てることにしたのだった。

「信濃守さまが、いかなるご所存でお預かりになったのか、しかとは分からぬ。ただし、お上や栄翁さまはそのあたりを、うすうすご承知のようだ、との話もある。あるいは、お蝶のかたがひそかに、漏らされたのかもしれぬ」

迅一郎はそう言って、この話は終わりだというように、唇を引き結んだ。

途方もない話に、彦輔はそれ以上何も言えなかった。


その翌日。

藤八とかなめが、菊野の供をして脇本陣へ、彦輔と隼人を訪ねて来た。

菊野は、どこかで調達したらしく、新しい衣服を身につけている。若衆髷も、きちんと結い直してあった。

互いに無事を喜んだあと、かなめがやれやれというように、伸びをしながら言う。

「これでやっと、江戸へ帰れるかと思うと、せいせいするよ」

藤八が口を挟む。

「峠ののぼりおりは、もうまっぴらだぜ。東海道から、のんびり帰ろうじゃねえか」

彦輔は首を振った。

「まずは軍資金だ。京都の両替屋に、江戸から為替が届いていよう。確か和泉屋、という店だった」

藤八は、たちまち相好を崩して、指を立てた。

「ちげえねえ。ついでに祇園で豪遊して、それからお伊勢参りといきやしょうぜ」

「ばかを言え。それでは、少しもおもしろくない。そもそも祇園で遊べば、金が足りなくなる恐れもある」

彦輔の返事に、隼人が顔をのぞき込んでくる。

「ではどうする、というのだ」

「約束を果たした以上、どこをどう回って江戸へ帰っても、文句は出まい」

「おぬし、どこを回るつもりだ」

「お伊勢回りなど、愚の骨頂よ。こういうときでもなければ、一生行けぬところへ行くのだ」

かなめが、じれたように乗り出す。

「気をもたせるのはおよしよ、彦さん。いったい、どこへ行こうっていうんだい」

彦輔は、一呼吸おいて言った。

「迅一郎を威して、お上の金をあと百両よけいに、両替屋へ送ってもらう。その金で、長崎へ行くのよ」

それを聞いて、かなめはのけぞった。

「長崎だって。冗談じゃないよ、彦さん。気でも違ったのかい」

それを、鼻で笑い飛ばす。

「正気も正気、大正気だ。長崎から、阿蘭陀《オランダ》へ渡るのも、おもしろいぞ」

三人はあっけにとられ、顔を見合わせた。

すると、菊野がにわかに相好を崩して、両手を打ち合わせた。

目を輝かせ、しきりにうなずいてみせる。

彦輔も笑った。

「そうか、菊野さんも長崎へ行きたいか」

菊野はなおも、うなずき続けた。

彦輔は真顔にもどり、口調をあらためて菊野に言う。

「ところで、菊野さんは今度の旅の真の目的を、聞かされていなかったそうだな。それはまことか」

菊野はもう一度うなずき、それから忙しく身振り手振りを繰り返して、何かを伝えようとした。

それを、じっと見つめていた隼人が、菊野が両手を膝にもどしたとたん、さもおかしそうに笑い出した。

わけが分からず、彦輔は隼人を見た。

「何がおかしい。菊野さんは、口がきけんのだ。身振り手振りを笑うのは、いくらおぬしでも無礼だぞ」

　そうとがめると、隼人はあわてて笑うのをやめた。

　しかし、すぐにまたにやにや笑いを浮かべ、口を開いた。

「おれが笑ったのは、菊野さんの言いたかったことが、分かったからだ」

　彦輔は、二人の顔を見比べた。

「菊野さんは、何を言いたかったのだ」

　隼人が鼻の下をこすり、あまり気の進まぬ様子で言う。

「彦輔。おぬしは、菊野さんに危険が及ばぬように、道連れを務めたつもりだろう」

「そうだ」

　一息おいて、隼人が続ける。

「菊野さんとしては、万が一にもおぬしに危険が及ばぬように、自分が道連れを務めたつもりだそうだ」

　あたりが、しんとする。

　彦輔は絶句して、菊野に目を向けた。

　菊野は、まるで聞こえなかったというように、まじめな顔で見返してくる。

　恐るおそる、彦輔の様子をうかがっていたかなめが、藤八と顔を見合わせてくすり、と笑った。

　それをきっかけに、部屋中に笑いがはじけ飛んだ。


　さらに、その翌朝。

脇本陣の外で、藤八やかなめと一緒に菊野とりく、鬼吉と蛇の目が顔をそろえ、彦輔と隼人を待ち構えていた。

「もし不都合でなければ、菊野さまとわたくしも長崎まで、ご一緒させていただきます」

りくが、鼻息を荒くして言ってのけると、鬼吉と蛇の目までがしたり顔でうなずく。

隼人が、ぽんと胸を叩いて、口を開いた。

「やむをえんな。おれも、付き合おう。おれが持つ、お上の諸事木戸御免の書付があれば、女子だろうが無手形だろうが、どこでも大手を振って、通り抜けできるからな」

かなめが、手を打って笑う。

「これで決まったね、彦さん」

彦輔は、首を振った。

「いや。きのう隼人が、菊野さんの身振り手振りを読み取ったのは、口からでまかせだと認めるまで、同行は許さぬ」

みんながいっせいに、菊野を見返った。

菊野が、聞こえなかったという顔で、そっぽを向く。

彦輔は腰に手を当て、馬籠の空に向かって高笑いをした。

阿蘭陀へ行く前に、まずは長崎だ。


（了）

毎日新聞「日曜くらぶ」二〇一八年四月一日〜二〇一九年十二月二十二日

逢坂 剛

一九四三年東京生まれ。広告代理店勤務のかたわら、八〇年「暗殺者グラナダに死す」でオール讀物推理小説新人賞を受賞し、作家デビュー。八七年『カディスの赤い星』で直木賞、日本推理作家協会賞、日本冒険小説協会大賞の三冠に輝く。その後も日本ミステリー文学大賞、吉川英治文学賞、毎日芸術賞を受賞。「百舌シリーズ」はドラマ化され大きな話題となった。近著に『百舌落とし』『最果ての決闘者』『平蔵の母』『鏡影劇場』。

口絵・装画……深井国
装画…………歌川広重　妻籠／木曽海道六拾九次
細久手／木曽海道六拾九次
©Alamy／PPS通信社
装幀…………芦澤泰偉＋五十嵐　徹

道連《みちづ》れ彦輔《ひこすけ》　居直《いなお》り道中《どうちゅう》

印刷　２０２１年３月10日
発行　２０２１年３月30日

著者　逢坂剛《おうさかごう》

発行人　小島明日奈
発行所　毎日新聞出版
〒１０２－００７４
東京都千代田区九段南１－６－17　千代田会館５階
営業本部　０３（６２６５）６９４１
図書第一編集部　０３（６２６５）６７４５

印刷　精文堂印刷
製本　大口製本

ISBN 978-4-620-10851-3